Von Ashley Carrington ist außerdem erschienen:

Fluß der Träume
Unter dem Jacarandabaum
Insel im blauen Strom

Über den Autor:

Ashley Carrington, Jahrgang 1951, Studium der Rechte sowie Theater-, Film- und Fernsehwissenschaft. Als Jugendbuchautor Rainer M. Schröder mehrfach preisgekrönt. Der Vollbluterzähler lebt mit seiner Frau in Florida.

Ashley Carrington

Maralinga

Roman

Knaur

Die Originalausgabe erschien beim Droemer Verlag, München.

Besuchen Sie uns im Internet:
www.knaur.de

Vollständige Taschenbuchausgabe 2002
Copyright © 2000 bei
Droemersche Verlagsanstalt Th. Knaur Nachf., München
Alle Rechte vorbehalten. Das Werk darf – auch teilweise –
nur mit Genehmigung des Verlages wiedergegeben werden.
Umschlaggestaltung: ZERO Werbeagentur, München
Umschlagabbildung: Artothek, Peißenberg
Umbruch: Ventura Publisher im Verlag
Druck und Bindung: Nørhaven Paperback A/S
Printed in Denmark
ISBN 3-426-62049-9

2 4 5 3

IN LIEBE
FÜR AXEL, ELISA
UND
ANNA-KATHARINA SCHRÖDER

»… Aber sprachlos war unsere Liebe und mit Schleiern umhüllt. Nun aber ruft sie laut zu dir und möchte unverhüllt vor dir stehen. Und von jeher war es so, daß die Liebe erst in der Stunde der Trennung ihre eigene Tiefe erkennt …«

DER PROPHET,
KHALIL GIBRAN

1

Am Tag der Tragödie erwachte Schwester Lena, lange bevor die kleine Klosterglocke mit ihrem hellen Klang dem Konvent kurz vor vier Uhr das Ende der Nacht verkündete und zum frühmorgendlichen Chorgebet in die Klosterkirche rief.

Die warme Sommerluft, die durch die weit geöffneten Fenster in den kleinen Schlafsaal drang, war erfüllt vom intensiven Duft des wilden Jasmin, der unten an der Klostermauer eine lange Hecke bildete und noch immer in voller Blüte stand. Das frische Mentholaroma der hohen und immergrünen Eukalyptus-Bäume, die den Konvent der »Sisters of the Sacred Heart« in den Hügelketten östlich von Adelaide mit einem breiten schattenspendenden Gürtel umschlossen, vermochte auf dieser Seite der Anlage gegen die manchmal fast schon betäubende Schwere der Jasminsträucher nichts auszurichten.

Schwester Lena bekreuzigte sich, sowie die Schläfrigkeit von ihr abfiel, und sprach leise ihr morgendliches Dankgebet: »Herr, ich danke Dir für den neuen Tag, den Du mir schenkst. Befreie mich von den falschen Bindungen an das Irdische, und mache mich empfänglich für die Gaben des Himmels. Laß mich mit jedem Tag bewußter in Deiner Gegenwart leben, und bleibe mir allzeit nahe mit Deinem Erbarmen. Darum bitte ich durch Christus, unseren Herrn. Amen.«

Dann schlug sie das dünne Laken zurück, setzte sich auf,

streckte sich und blieb einen Augenblick auf der harten Bettkante sitzen, während sie in die jasminschwere Dunkelheit lauschte. Deutlich hörte sie den regelmäßigen Atem der drei anderen jungen Frauen, mit denen sie den Raum über dem Refektorium teilte. Schwester Emily und Schwester Bridget, die beiden Postulantinnen, lebten erst seit wenigen Monaten im Kloster; und Schwester Angela, die wie sie selbst kurz vor dem Ende ihres Noviziats stand und mit ihr der ersten Profeß, dem zunächst zeitlich begrenzten Ordensgelübde, entgegenfieberte, erwachte nie frühzeitig. Die kleine, etwas pummelige Frau besaß zudem die segensreiche Gabe, sich von einem Augenblick zum anderen in tiefen Schlaf fallenlassen zu können, wann immer sich ihr die Möglichkeit zu einem Nickerchen bot. Für eine Nonne, die in einem kontemplativen Orden nach der benediktinischen Regel lebte, bedeutete solch eine Gabe ein wahres Geschenk Gottes. Denn das Offizium, das Lob Gottes, mit seinen festgelegten Gebetszeiten beherrschte nicht nur weitgehend den Tag, sondern verkürzte auch den Nachtschlaf ganz erheblich.

Mit nackten Füßen huschte Schwester Lena über den rauhen Steinboden in den angrenzenden Waschraum. In den gottlob nur kurzen Wintermonaten ging oft eine durchdringende Kälte von den Fliesen aus. Doch jetzt, in der zweiten Februarhälfte, spürten ihre Fußsohlen nicht einmal mehr die Ahnung von Kühle. Dabei beugte sich der Hochsommer nach hitzeflirrenden Monaten nun doch den milderen Temperaturen des herannahenden Herbstes.

Das Wasser, das Schwester Lena aus dem bauchigen Steinkrug in die Waschschüssel goß und mit den Händen zum Gesicht führte, war so warm wie die Luft und brachte wenig Erfrischung. Ohne sich abzutrocknen, kehrte sie in den kleinen Schlafsaal zurück. Leise schlüpfte sie in ihr Ordensgewand, schloß die lange Knopfleiste, schlüpfte in ihre Sandalen und setzte die gestärkte Haube auf. Mit raschen, längst zur Routine gewordenen Handgriffen richtete sie das lange Schultertuch der Haube und vergewisserte sich, daß auch nicht eine einzige Strähne ihrer kurzen blonden Locken am Rand hervorlugte. Nachlässigkeiten dieser Art hatten unweigerlich einen Tadel der Mutter Oberin zur Folge; Mutter Laurentia führte den Konvent der »Sisters of the Sacred Heart« mit äußerst strenger Hand, was diese Dinge betraf. Und das war auch gut so, erwies sich das Fleisch doch nur allzu oft als erschreckend schwach und leicht geneigt, der Versuchung nachzugeben.

Schwester Lena nahm vom Nachttisch das ledergebundene Stundenbuch, das ihre Mutter ihr am Vorabend ihres Eintritts ins Kloster geschenkt hatte, und verließ den Schlafsaal, ohne eine ihrer jungen, fest schlafenden Mitschwestern zu stören. Die Dunkelheit in den langen Gängen und auf der Treppe machte ihr nichts mehr aus; sie bewegte sich, ohne zu zaudern. Nach drei Jahren fand sie sich im Kloster notfalls auch mit verbundenen Augen zurecht.

Der Kreuzgang, der zu allen Zeiten eine besondere Faszination auf sie ausübte, schien sie wie ein guter Freund mit seinem tiefen friedvollen Schweigen zu begrüßen. Wie viele Stunden hatte sie hier schon im Gebet und in stiller Betrachtung verbracht! Diesen Ort würde sie ihr Leben lang lieben, dessen war sie sich gewiß.

Die von Säulen getragenen Rundbögen wirkten vor dem etwas helleren Innenhof wie die Silhouetten schwarzer Scherenschnitte. Leise knirschte der Sand unter ihren Sandalen, als sie sich hinaus in den vom Kreuzgang umschlossenen Hof begab, dessen üppige Blumenpracht und Fülle von blühenden Sträuchern das Werk von Schwester Apollonia war.

Schwester Lena setzte sich auf eine der Bänke und genoß eine Weile die stille Morgenstunde. Der neue Tag war nicht mehr fern. Der Himmel über ihr verlor schon seine samtene Schwärze, und mit ihr verblaßte auch das Funkeln der Sterne. Sie verspürte auf einmal den Wunsch, hier bis zum Sonnenaufgang sitzen zu bleiben und zuzusehen, wie die ersten Wogen goldenen Lichtes den Himmel eroberten, über das Dach des Konvents fluteten, schließlich in den Innenhof des Kreuzgangs herabfielen und sich mit leuchtender Kraft über die Blumenpracht ergossen.

Sie schalt sich jedoch sofort für diesen törichten Gedanken, den man wohl einer jungen unreifen Postulantin nachsehen konnte, nicht jedoch einer Novizin wie ihr, die in wenigen Wochen die Profeß ablegen wollte. Wie konnte sich in ihr bloß der Wunsch regen, das Gotteslob im Kreise ihrer Mitschwestern für ein verträumtes Stündchen im Innenhof eintauschen zu wollen! Für diesen Moment der Schwäche mußte sie Abbitte leisten.

Schnell erhob sie sich von der Bank und begab sich in die Gnadenkapelle, in der neben dem ewigen Licht zwei Kerzen vor dem Marienaltar brannten. Sie kniete nieder, nahm ihren Rosenkranz zur Hand und versenkte sich mühelos in das vertraute Gebet.

Kurz vor vier Uhr schlug die Glocke auf dem Dach des Wohntraktes und rief die Nonnen zum Chorgebet. Schwester Lena nahm in der Klosterkirche auf der Nonnenempore, die ein gutes Stück in das Kirchenschiff hineinragte, ihren angestammten Platz im Chorgestühl ein. Als der Gesang der versammelten Kommunität nicht nur bis in den entferntesten Winkel des Gotteshauses drang, sondern Schwester Lena auch im innersten bis in die letzte Faser erfüllte, konnte sie über ihren Moment der Schwäche nur noch lächeln. Nichts vermochte dieses Gefühl der Hingabe

und Erfüllung zu übertreffen, mit dem sie hier im Kloster täglich aufs neue beschenkt wurde.
Und als später beim feierlichen Hochamt helles Sonnenlicht durch die Kirchenfenster flutete, in bunten Kaskaden gefächert über den Steinboden fiel und sie mit ihren Mitschwestern das »Gloria« sang, dachte sie mit andächtigem Staunen an die Wunder Gottes, an seine unbegreifliche Schöpfung, erfüllt von Dankbarkeit, wie wunschlos glücklich und gesegnet sie doch war.

2

Fast zur selben Stunde, gute vierzig Meilen nordöstlich von Adelaide im Barossa-Tal, kämpfte Ludwig Seewald, ein kräftiger, untersetzter Mann von fünfzig Jahren, schwitzend mit den Tücken des technischen Fortschritts, der sich Automobil nannte, von der Mehrzahl der Landbevölkerung aber immer noch als »pferdelose Kutsche« bezeichnet wurde.
Ludwig Seewald mußte hinter der scharfen Kurve herunterschalten, weil die staubige Straße vor ihm anstieg und der halboffene Talbot mit seinen vierzehn Pferdestärken die Steigung hinauf nach »Finnegan's Park« sonst nicht bewältigt hätte, wie er insgeheim fürchtete. Mehrmals heulte der Motor gequält auf, als er den Gang wechseln wollte und dabei wiederholt zuviel Gas gab. Ein heftiger Ruck ging durch den Wagen, als der Gang schließlich faßte und den Talbot nach vorn schießen ließ.
»Heilige Muttergottes, der Motor wird doch wohl nicht gleich explodieren, oder?« stieß Anna Seewald, die sonst nichts so leicht aus der Fassung brachte, erschrocken auf dem Beifahrersitz hervor und bekreuzigte sich hastig. »Halt besser an!«
»Ach was! Ich bin nur noch nicht so richtig vertraut mit dem Automobil«, beruhigte Ludwig Seewald seine Frau. Sie trug wie er einen langen Staubmantel und eine klobige Schutzbrille, die ihrem Gesicht ein etwas groteskes Aussehen verlieh, wie selbst er zugeben mußte. Auf die Lederkappe mit den herabhängenden Ohrenschützern, die er selbst mit sol-

chem Stolz trug, hatte sie allerdings verzichtet; ihr faustdicker Zopfkranz, mit dem sie ihr streng nach hinten frisiertes Haar krönte, paßte nicht darunter. Ein Kopftuch leiste ihrer Überzeugung nach weit bessere Dienste, zumal an solch heißen Sommertagen wie diesen, wo man der Hitze noch nicht einmal in den frühen Morgenstunden zu entrinnen vermochte.

»Ich wünschte, wir hätten Prinz oder den robusten Zeus vor den Buggy gespannt und dieses ... lärmende Ungetüm im Schuppen gelassen! Da hätten meine Nerven weniger gelitten, ganz abgesehen von den blauen Flecken, die uns so erspart geblieben wären«, bedauerte Anna Seewald. »Und wir wären auch nicht dermaßen staubig wie in so einer pferdelosen Kutsche!«

»Warum sollen wir nicht zeigen, was wir uns hart erarbeitet haben, Anna?« hielt er ihr fröhlich entgegen.

»Weil es eitle Hoffart und nicht gottgefällig ist – und weil wir das Geld für anderes viel dringender benötigt hätten, wie du sehr wohl weißt!« hielt sie ihm leicht ungehalten vor. »Hast du mal ausgerechnet, wie viele neue Rebstöcke wir dafür hätten kaufen können? Das Geld hätte mit Sicherheit gereicht, um eine neue Rebsorte auf ›Maralinga‹ anzupflanzen! Und zwei neue Weinpressen hätten wir auch ganz gut gebrauchen können, wo unsere doch ständig ausfallen, weil hier etwas bricht und dort etwas klemmt. Einmal ganz abgesehen davon, daß die Ernte dieses Jahr nicht so ausfallen wird, wie wir es uns erhofft haben. Zumindest hättest du warten müssen, bis wir wissen, wie viele Kisten Wein Mister Cavendish von unserer letzten Abfüllung in seinem Weingroßhandel in Adelaide hat absetzen können. Ein wenig Geld auf der hohen Kante hätte uns in dieser Situation bestimmt gutgetan. Denn wer weiß, was das Jahr noch an Unvorhergesehenem bringt! Zudem muß einiges am und im

Haus dringend ausgebessert und renoviert werden. Ach, ich könnte dir noch so vieles aufzählen, wofür wir das Geld zehnmal sinnvoller hätten verwenden können.«
Damit traf Anna Seewald einen wunden Punkt, und ihr Mann reagierte darauf mit einer ärgerlichen Geste, hinter der er sein schlechtes Gewissen zu verbergen versuchte. »Nun fang bloß nicht wieder davon an!« erwiderte er gereizt. »Gar so schlecht wird die Ernte schon nicht ausfallen, und den Wagen habe ich verhältnismäßig günstig bekommen.«
»Ja, aber eben nur *verhältnismäßig* günstig! Wenn ich nur Sixpence in der Tasche habe, ist und bleibt eine große Zuckertüte für fünf Pennies ein sündhaft teures Vergnügen!« grollte Anna Seewald.
Ludwig Seewald zog es vor, diesen berechtigten Vorwurf einfach zu überhören. Der Wagen hatte die lange Steigung mittlerweile überwunden und tauchte auf der Kuppe der Anhöhe in den Schatten der Palmen-Allee, die sich über eine Viertelmeile erstreckte und zum herrschaftlichen Landhaus der Finnegans führte, das nicht zu Unrecht den Namen »Finnegan's Park« trug.
»Außerdem ist es ganz gut, wenn wir in einem Automobil vorfahren. Das wird gehörig Eindruck machen. Eine solche Anschaffung ist nun mal ein unübersehbarer Beweis dafür, daß es uns gutgeht und wir nicht auf Almosen angewiesen sind.« Er zwinkerte seiner Frau zu.
Diese gab ein ärgerliches Schnauben von sich. »Hör auf mit diesen Reden! Du streust dir doch nur selbst Sand in die Augen, Ludwig! Uns geht es alles andere als gut! Genaugenommen leben wir von der Hand in den Mund.«
»Nun mach es mal nicht so dramatisch, Liebes«, sagte er besänftigend. »Wir haben auf ›Maralinga‹ schon mehr als eine Krise gemeistert, oder etwa nicht?«

»Schon, aber allmählich werde ich dafür zu alt. Und leider ist auf Krautscheid auch kein Verlaß mehr. Statt dir ins Gewissen zu reden, sieht er tatenlos zu, wie du die Zügel auf ›Maralinga‹ schleifen läßt.«

Er winkte fröhlich ab. »Nun hör mal mit deinem Gemäkel auf, Anna. Ich sage dir, James Finnegan wird es diesmal nicht wagen, uns die Daumenschrauben anzulegen und uns herunterzuhandeln. Wenn er wie üblich einen Teil unserer Ernte für seine Weinkellerei haben will, wird er einen guten Preis zahlen müssen!«

»Dein Wort in Gottes Ohr!« seufzte Anna Seewald und verfiel in sorgenvolles Schweigen. Einmal mehr wünschte sie, ihr Ludwig könnte besser mit Geld umgehen, der Realität nüchtern in die Augen sehen und mehr geschäftlichen Weitblick entwickeln. Nur gut, daß sie bei fast allen wichtigen geschäftlichen Verhandlungen stets zugegen war. Zwar hatte ihnen das zu Anfang spöttische Bemerkungen und so manch eine indignierte Reaktion eingebracht, besonders bei Männern wie James Finnegan. Aber die Leute hatten sich schnell daran gewöhnt, daß sie, Anna Seewald, nicht nur ihren Mann bei der harten Arbeit in den Weinbergen von »Maralinga« stand, sondern auch über alle geschäftlichen Belange unterrichtet und bei wichtigen Entscheidungen mit einbezogen sein wollte, selbst wenn sie das Reden und Verhandeln ihrem Mann überließ. Nur, viel hatte das auch nicht geholfen, das Weingut endlich auf eine solide finanzielle Basis zu stellen. Ihr Mann liebte das gute Leben einfach zu sehr, um vorsichtiger mit seinen Ausgaben zu sein. Sie gab es nicht gern zu, nicht einmal vor sich selbst, aber seine Unbekümmertheit jagte ihr immer mehr Angst ein, je älter sie wurde.

»Ah, da sind wir ja schon!« rief Ludwig Seewald betont munter, als sie das Ende der Palmen-Allee erreichten, um eine gepflegte Rasenfläche mit Blumenbeeten herumfuhren und Augenblicke später vor dem prächtigen Domizil der Finnegans anhielten.

Das Gebäude bestand aus massivem Barossa-Bluestone und ähnelte mit seinen Erkern und dem Turmaufsatz über dem Mitteltrakt einem kleinen, aber für die örtlichen Verhältnisse doch sehr beeindruckenden englischen Landsitz. Remise, Pferdestallungen und einige weitere Wirtschaftsgebäude lagen seitlich im Schatten hoher Bäume.

Obwohl Mißgunst ihm eigentlich völlig fremd war und gar nicht seiner unbekümmert lebensfrohen Natur entsprach, befiel Ludwig Seewald beim Anblick dieses herrschaftlichen Anwesens doch jedesmal ein Anflug von Neid. Es wurmte ihn, daß ausgerechnet James Finnegan, der vor gut fünfunddreißig Jahren im Hafen von Adelaide mit entschieden weniger Geld in der Tasche von Bord eines britischen Einwandererschiffes gegangen war als er, daß dieser irische Handlanger eines Dubliner Schankwirtes und Weinhändlers es mit seiner Durchtriebenheit und Geschäftstüchtigkeit so weit gebracht hatte, während er, Ludwig Seewald, sich nach kaum weniger Jahren in Australien noch immer abmühen mußte, um seine Familie und »Maralinga« über Wasser zu halten.

Er tröstete sich schnell damit, daß Reichtum zwar seine unbestrittenen Vorteile besaß, aber eben doch noch längst kein Garant für Glück war, wofür James Finnegan ein gutes Beispiel darstellte. Das kleine Weingut »Maralinga«, das Anna und er hier im Barossa-Tal im Schweiße ihres Angesichtes aufgebaut hatten, würde ihn sicherlich nie zu einem vermögenden Mann machen. Aber was das Glück betraf, das Herz und Seele erfüllte und wirklich zählte, so hatte er, Ludwig Gottlieb Seewald aus der Pfalz, die weitaus größeren Reichtümer vorzuweisen, nämlich vier gesunde prächtige Kinder und eine nicht minder prächtige Frau, deren Tüchtigkeit ebenso unerschöpflich war wie ihre Herzensgüte und ihre eheliche Liebe und Treue. Dagegen war James Finnegan mit seinen desolaten Familienverhältnissen wahrhaftig ein bedauernswert bettelarmer Tropf.

Dieser Gedanke vertrieb den neidvollen Groll, der sich flüchtig in Ludwig Seewald geregt hatte. Er stellte den Motor aus, setzte die Schutzbrille ab und stieß schwungvoll den Wagenschlag auf. Dabei sagte er in regelrechter Hochstimmung zu seiner Frau: »Nun denn, Anna, dann wollen wir dem alten Halsabschneider mal die Ehre geben!«

»Der alte Halsabschneider, wie du ihn nennst, ist zweiundfünfzig und damit gerade mal anderthalb Jahre älter als du«, erinnerte Anna ihn trocken, die selbst gerade erst die Vierzig überschritten hatte.

»Aber ich fühle mich mindestens fünfzehn Jahre jünger, und ich denke, das habe ich allein dir zu verdanken«, flüsterte er und tätschelte Anna die Hüfte.

»Ludwig!« gab sie sich entrüstet, während ihr in Erinnerung an die vergangene Nacht das Blut ins Gesicht schoß; schnell entzog sie sich seiner Hand mit einer Drehung.

Er lachte vergnügt. »Weißt du, daß du noch immer wie ein junges Mädchen errötest ... und daß es noch genauso verführerisch auf mich wirkt wie damals, als ich dich vor einundzwanzig Jahren auf dem Hof der Bäckerei in Tanunda nach deinem Namen gefragt habe?«

»Du bist wirklich unverbesserlich, Ludwig Seewald!« erwiderte sie kopfschüttelnd, doch ihre Augen leuchteten voller Liebe, und um ihren Mund spielte ein weicher, zärtlicher Zug.

Douglas, der älteste Sohn von James Finnegan, kam über den Vorplatz auf sie zu. Der sechsundzwanzigjährige, athletisch gebaute Mann trug einen Tennisschläger unter dem

Arm. Er machte eine blendende Figur in der weißen Tenniskleidung, bestehend aus langer Leinenhose und kurzärmeligem Hemd. Sie bildete einen eindrucksvollen Kontrast zu seinem vollen tiefschwarzen Haar und seinem sonnengebräunten Gesicht mit den überaus markant-männlichen Zügen. Er ähnelte seinem Vater wie aus dem Gesicht geschnitten; sogar die kantige Kinnpartie hatte er von ihm geerbt.
Er begrüßte die beiden und sagte dann mit einem Blick auf den Talbot ein wenig spöttisch auf Barossa-Deutsch: »Ich sehe, Sie gehen auf ›Maralinga‹ mit der Zeit, Herr Seewald!«
»Ich weiß, mit der Zeit zu gehen gilt eigentlich als das alleinige Privileg der Jugend. Aber ich habe mir erlaubt, mich nicht daran zu stören, Mister Finnegan«, antwortete Ludwig Seewald in fast akzentfreiem Englisch.
In der eigenen Familie und mit den meisten Nachbarn sprach er in dem deutschen Dialekt, der sich im Laufe der Zeit ausgeprägt hatte. Er mochte es jedoch nicht, wenn Australier britischer Abstammung Barossa-Deutsch mit ihm redeten; es hatte etwas Herablassendes, Gönnerhaftes an sich. Im Gegensatz zu den vielen tausend deutschen Einwanderern zumeist altlutherischen Glaubens, die das Barossa-Tal seit den dreißiger Jahren des neunzehnten Jahrhunderts besiedelt hatten und bis in die Gegenwart unbeirrt an ihrer deutschen Sprache sowie ihren Sitten und Gebräuchen festhielten, hatte er sich vom ersten Tag an eisern bemüht, diese fremde Sprache zu beherrschen, wie sie in diesem Land unter dem Kreuz des Südens gepflegt wurde, und sich der neuen Kultur anzupassen. So hatten er und Anna auch ihre Kinder erzogen. Sie hatten zwar automatisch auch Deutsch gelernt, doch stets im Schatten des Englischen, das nun eben die Sprache ihrer Heimat war. Und nach mehr als achtundzwanzig Jahren, die er nun schon hier lebte, fühlte

sich Ludwig Seewald auch längst nicht mehr als Deutscher, sondern als Südaustralier, der tief in diesem Land verwurzelt war. Die Einbürgerung, die er vor zehn Jahren vorgenommen hatte, als sich am 1. Januar 1900 die einzelnen eigenständigen britischen Kolonien in diesem Land zu einer Föderation zusammengeschlossen und den modernen Staat Australien gebildet hatten, diese Einbürgerung hatte nur offiziell bestätigt, was in seinem Selbstverständnis schon lange verankert war – nämlich das Bewußtsein, genauso Australier wie all die anderen Einwanderer zu sein, die seit der Ankunft der ersten Sträflingsflotte im Jahre 1788 den roten Kontinent besiedelten, und genauso stolz auf seine Pionierarbeit in diesem Land sein zu dürfen.

»Vater schwört auf Daimler und Lanchester, und wir haben mit beiden Wagen auch wirklich nur die allerbesten Erfahrungen gemacht«, erklärte Douglas selbstgefällig, um mit einem nachsichtigen Lächeln hinzuzufügen: »Aber dieser kleine Talbot soll ja auch seine Vorzüge haben.«

Anna Seewald reckte angriffslustig das Kinn. »In der Tat! Vorzüge, die sich allerdings nicht jedem gleich erschließen!« antwortete sie spitz, um im nachsichtig mütterlichen Tonfall fortzufahren: »Und jetzt lassen Sie sich nicht länger aufhalten, junger Mann. Sie wollen bestimmt zum Spielplatz.«

Das überhebliche Lächeln des jungen Mannes gefror.

»Das heißt Tennisplatz, meine Liebe«, bemerkte Ludwig Seewald und hatte Mühe, sich ein Schmunzeln zu verkneifen. Seine Frau reizte man nicht ungestraft.

Anna zuckte die Achseln. »Das läuft ja wohl auf dasselbe hinaus«, meinte sie ungerührt, fuhr aus dem Staubmantel und legte ihn in den Wagen.

»Genaugenommen heißt es *court*, aber das können Sie ja nicht wissen«, korrigierte Douglas sie schmallippig. »Und

ich komme gerade von dort zurück. Ich habe meinen Halbbruder glatt in drei Sätzen geschlagen. Aber auch das wird Ihnen vermutlich nicht viel sagen.«
»Ich denke, wir sollten Ihren Vater nicht länger warten lassen«, sagte Ludwig, der sich gerade auch seines Staubmantels entledigte und ihn zusammengefaltet auf die Rückbank legte, zu Douglas. Er streifte auch die Lederkappe vom Kopf und strich sich durch sein schütteres, schon früh ergrautes Haar.
Douglas nickte knapp und winkte mit herrischer Geste einen der Bediensteten heran. »Fahr den Wagen in die Remise, Orville!« befahl er dem hageren Mann, der von den Stallungen herbeieilte.
»Danke, das werden wir nachher bestimmt zu schätzen wissen«, meinte Ludwig versöhnlich. »Wenn gleich die Sonne hinter dem Dach hervorkommt, werden die Sitze im Handumdrehen so heiß, daß man Speck auf ihnen braten kann.«
Douglas lächelte mit kühler Höflichkeit. »Dad erwartet Sie hinten auf der Terrasse«, erklärte er und bedeutete den beiden, ihm zu folgen. Er führte sie durch die hohe und herrlich kühle Halle, die mit weißen und schwarzen Marmorplatten im Schachbrettmuster ausgelegt war, und geleitete sie durch einen der erlesen eingerichteten Salons hinaus auf die rückwärtige Terrasse.
Ludwig Seewald blieb unwillkürlich stehen, als er hinter Douglas durch die Tür trat und sich ihm das einzigartige Panorama darbot, das noch jeden Besucher von »Finnegan's Park« in Bewunderung versetzt hatte – und zwar bei jedem Besuch wieder aufs neue. Vor seinem Auge erstreckte sich das Barossa-Tal, das mit seinem Herzstück gerade mal zwanzig Meilen in der Länge und acht Meilen in der Breite maß. Sanfte Hügelketten durchzogen die fast parkartige Landschaft. Kleine Siedlungen und Ortschaften ruhten wie

Inselchen in dieser behutsam wogenden See aus Weinbergen, Obsthainen, Feldern, Weiden und Äckern. Und nie mußten die Augen weit schweifen, um auf einen der vielen weißgestrichenen Kirchtürme zu stoßen, die überall im Barossa-Tal spitz wie Stifte aufragten und überwiegend lutherischen Gotteshäusern angehörten.

Der Blick schweifte ungehindert weit über die Tanunda- und Nuriootpa-Ebene bis zu den Bergen der Mount Lofty Range im Norden und Osten hinaus. Und im Süden stiegen, scheinbar zum Greifen nahe, über den dichtbewaldeten Hängen einer weiteren Bergkette die Zwillingsspitzen des fast zweitausend Fuß hohen Kaiserstuhls mit seinen steilen Flanken aus dem Barossa-Tal auf. Einzig der Blick auf die Greenock Hills, die den Talkessel im Westen begrenzten, blieb einem von der Terrasse aus verwehrt.

Ludwig konnte sich nie satt sehen an dieser anmutig sanften Landschaft aus gestaffelten Hügelketten, die in einem mauvefarbenen Ton schimmerten und überall von den dunkelgrünen Bändern der Weinberge durchzogen wurden. Barossa bedeutete: »Hügel der Rosen«.

Ludwig Seewald seufzte kaum hörbar. Auf Erden gab es kein Paradies, aber das Barossa-Tal kam dem Garten Eden, so wie er ihn sich vorstellte, schon sehr nahe. Wie sehr er dieses Tal doch liebte!

James Finnegan saß in einem bequemen weißen Korbsessel unter der von immergrünem Efeu überwachsenen Pergola und studierte die Tageszeitung, als sein ältester Sohn mit Ludwig und Anna Seewald auf der Terrasse erschien. Breitschultrig, von hochgewachsener Gestalt und mit einem überaus markanten Gesicht, dessen scharf geschnittene Züge noch von einem dichten, akkurat gestutzten Vollbart von eisengrauer Farbe unterstrichen wurden, wirkte er sogar noch im Sitzen auffallend stattlich und respekteinflößend.

Ohne Hast faltete James Finnegan die Zeitung zusammen, legte sie auf den Tisch und erhob sich. Er ging seinen Besuchern jedoch nicht einen einzigen Schritt entgegen, sondern erwartete, daß sie zu ihm kamen. Während er den linken Daumen in die linke Westentasche seines Anzuges aus bestem schwarzem Tuch hakte, zog er mit der rechten Hand aus der anderen Westentasche eine goldene Taschenuhr hervor, die an einer gleichfalls schweren goldenen Kette hing. Er ließ den mit seinem Monogramm versehenen Deckel aufspringen, warf einen kurzen Blick auf das Zifferblatt und nickte dann zufrieden, als hätte er von Ludwig und Anna Seewald auch nichts anderes als Pünktlichkeit erwartet.

James Finnegan begrüßte die beiden auf seine distanziert freundliche Art, bat sie, Platz zu nehmen, und bot ihnen eine Tasse Tee an. »Erste Darjeeling-Pflückung. Das Feinste vom Feinen, was unsere unruhige Kronkolonie Indien zu bieten hat. Frisch aufgegossen«, versicherte er. »Albert hat die Kanne erst vor einem Augenblick gebracht.«

»Gern«, sagte Ludwig, und auch seine Frau nahm das Angebot mit einem Nicken freundlich lächelnd an. Die Tasse Tee gehörte, wie das Gespräch über das Wetter, bei fast jedem Geschäft zum unverzichtbaren Ritual.

»Wenn du dann bitte so freundlich wärst einzugießen, Douglas«, bat James seinen Sohn, der sich auch zu ihnen an den Tisch gesetzt hatte.

»Mit Vergnügen«, antwortete Douglas, und ein feines Lächeln zuckte um seine Mundwinkel, als er sich vorbeugte und nach der Silberkanne griff, um die hauchzarten Porzellantassen der Gäste zu füllen.

Ludwig bemerkte dieses eigenartige Lächeln, und es gefiel ihm gar nicht. Zudem irritierte und beunruhigte es ihn, daß Douglas sich wie selbstverständlich zu ihnen gesetzt und

James das wortlos hingenommen hatte. In all den Jahren, die Anna und er nun schon Geschäfte mit James Finnegan machten, hatte bisher keiner seiner beiden Söhne an derartigen geschäftlichen Unterredungen teilgenommen. Daß Douglas nun mit am Tisch saß, konnte also weder Zufall noch Gedankenlosigkeit sein. Nicht bei einem derart bestimmenden Vater wie James Finnegan, der nicht nur seine Firma, sondern auch seine Familie mit buchstäblich eiserner Faust regierte – und auch sonst nichts dem Zufall überließ.
Douglas goß auch sich eine Tasse Tee ein, zog dann ein silbernes Zigarettenetui hervor und steckte sich eine Zigarette an, während sein Vater dem Ritual Genüge tat, indem er mit Ludwig und Anna Seewald Gemeinplätze über das Wetter und den besorgniserregend niedrigen Wasserstand des North Para River sowie seiner Nebenarme austauschte, der in diesem Abschnitt des Barossa-Tals für die Landwirtschaft von größter Bedeutung war.
Als James Finnegan seine Tasse geleert hatte und sie von sich wegschob, wußte Ludwig, daß der unverbindliche Teil ihrer Unterredung sein Ende gefunden hatte und es nun ans Geschäftliche ging.
»Die Ernte wird dieses Jahr nicht viel Freude bringen«, sagte James. »Wir hatten zuviel Regen zur falschen Zeit und zu früh zu starke Hitze.«
»Nun ja, es hat gewiß schon bessere Jahre gegeben«, räumte Ludwig freimütig ein. »Aber was die Trauben auf ›Maralinga‹ angeht ...«
»So erreichen sie vermutlich nicht einmal die Qualität, die wir zur Verarbeitung unseres billigsten, verschnittenen Branntweins brauchen, der in den Kaschemmen der Hafendocks ausgeschenkt wird«, fiel Douglas ihm kühl ins Wort.
Ludwig fuhr verdutzt zu ihm herum und war im ersten Moment sprachlos. Er rechnete damit, daß Finnegan seinen

Sohn augenblicklich ob dieser Unverschämtheit zurechtweisen würde. Ihm einfach ins Wort zu fallen war schon ungebührlich genug. Aber zugleich auch noch zu behaupten, daß seine Trauben nicht einmal zur Herstellung von billigstem Brandy taugten, konnte man nur als unverfrorene Frechheit bezeichnen.

Aber anstatt Douglas zu ermahnen, sagte James völlig ungerührt von dem ungehörigen Benehmen seines Sohnes: »Ja, so schmerzlich es auch ist, Ihnen das mitteilen zu müssen, aber die Trauben von ›Maralinga‹ sind dieses Jahr in der Tat von besonders schlechter Qualität.«

»Das kann ja wohl nicht Ihr Ernst sein! Und was heißt hier überhaupt von *besonders* schlechter Qualität?« stieß Ludwig entrüstet hervor. »Das klingt ja so, als hätten wir schon in den vergangenen Jahren Trauben von minderer Qualität geliefert!«

»Das haben Sie ja auch«, bestätigte James kühl. »Aber die Qualität Ihrer Trauben reichte eben immer noch aus, um sie zur Herstellung von preiswertem Brandy zu verwenden. Dieses Jahr sieht es allerdings anders aus.«

»Das ist ja ... lachhaft!« entgegnete Ludwig empört und spürte, wie sich sein Puls beschleunigte. Er blickte kurz zu Anna hinüber, die stumm und mit blassem Gesicht zwischen ihm und James saß. Aber warum sagte sie denn nichts? Sie hielt doch auch sonst nicht mit ihrer Meinung hinter dem Berg?

Anna hatte sich insgeheim zwar schon darauf eingestellt, daß James ihnen in diesem Jahr schwer zusetzen würde, aber mit einer derartigen Offensive hatte sie nicht gerechnet.

James Finnegan rief nach seinem persönlichen Bediensteten Albert. »Bring uns die Schüssel, die Douglas auf der Anrichte bereitgestellt hat!« forderte er ihn auf.

Einen Augenblick später erschien Albert, der in seiner unauffälligen Person die Position des Kammerdieners, Sekretärs und Chauffeurs für James Finnegan in sich vereinigte, mit einer schweren Kristallschale. Er stellte die Schale, in der mehrere Dolden lagen, in die Tischmitte und zog sich mit der ihm eigenen Diskretion sofort wieder zurück.

»Das sind ›Maralinga‹-Trauben von jener Rebsorte, die ich Ihnen seit Jahren abkaufe«, erklärte James. »Wollen Sie immer noch behaupten, Sie könnten mir Trauben von annehmbarer Qualität liefern?«

»Wer hat Ihnen gestattet, in unsere Weinberge zu gehen und sich ohne unser Wissen Dolden von unseren Rebstöcken zu schneiden?« wollte Ludwig erregt wissen.

»Halten wir uns doch jetzt nicht mit Lappalien auf!« erwiderte James mit aufreizender Gelassenheit, während sein Sohn sich vorbeugte und ein paar Trauben von der obersten Dolde abpflückte. »Was tut es groß zur Sache, ob Sie mir eine Probe bringen oder ich mir vorher schon selbst eine beschaffe?«

Douglas ließ die Trauben durch die Finger gleiten. »Tatsache ist, daß sie nichts taugen«, sagte er und warf sie verächtlich auf den Tisch.

Nun blitzten Annas Augen auf. »Frechheit macht aus einem Rotzbengel weder einen Mann, noch fördert sie Geschäftsbeziehungen!« fauchte sie James an. »Sagen Sie das Ihrem Flegel von Sohn, der offenbar vergessen hat, was Manieren sind!«

»Wie verwunderlich, daß Sie es für schlechte Manieren halten, wenn man die Dinge beim Namen nennt, Frau Seewald«, entgegnete Douglas unbeeindruckt von ihrem Protest und bestimmt nicht zufällig auf Barossa-Deutsch.

»Das sehe ich nicht anders«, stimmte sein Vater ihm kühl zu. »Und da wir schon mal dabei sind, die Dinge ungeschminkt beim Namen zu nennen: Ob Sie nun einfach nur

eine Menge Pech gehabt, miserabel gewirtschaftet oder sich mit ›Maralinga‹ schlichtweg übernommen haben – fest steht nun mal, daß Sie Ihr Weingut nicht länger halten können, mein lieber Seewald.« Er machte eine kurze Pause, um die Worte wirken zu lassen. »Sie sind am Ende. Endgültig. Sie wissen es bloß noch nicht.«
Ludwig starrte ihn ungläubig an und schnappte dann wie unter Atemnot nach Luft. Das Blut schoß ihm in den Kopf und pochte heiß in seinen Schläfen. »Sie ... Sie ... müssen nicht recht bei Sinnen sein!« stieß er schließlich wutentbrannt hervor und sprang auf. »Und ich denke nicht daran, mir noch länger Ihre ... Ihre ebenso lächerlichen wie beleidigenden Reden und die Unverschämtheiten Ihres Sohnes anzuhören. Komm, Anna! Wir sind doch nicht auf das Wohlwollen von Mister Finnegan angewiesen!«
»Wahrhaftig nicht!« bekräftigte Anna und stand abrupt auf.
»Sie irren«, widersprach James. »Ohne meine Großzügigkeit sind Sie erledigt, Seewald; dann kommt ›Maralinga‹ unter den Hammer. Und die wenigen Bieter, die sich dann einfinden dürften, werden es sich dreimal überlegen, ob sie es wagen sollen, gegen mich zu bieten. Sie tun also besser daran, sich Ihre Empörung für geeignetere Zeiten aufzuheben, sich wieder zu setzen und sich anzuhören, was ich Ihnen zu offerieren habe.«
Ludwig zögerte.
Anna warf ihm einen unsicheren, verstörten Blick zu.
»Wollen Sie denn nicht wissen, welche Abrechnung Ihnen Mister Cavendish vorlegen wird?« fragte James und bedachte sie mit einem überlegen spöttischen Lächeln.
Diese Frage löste bei Ludwig augenblicklich Beklemmungsgefühle aus. Er wehrte sich gegen die Wahrheit, die sich ihm nun förmlich aufdrängte. »Mister Cavendish ist ein Ehrenmann, und ich will nicht wissen, wie Sie sein Vertrauen

oder das eines seiner Angestellten mißbraucht haben, um Kenntnis ...«

Nun war es James, der ihm schroff ins Wort fiel. »Mister Cavendish ist vor allem Geschäftsmann, und während seine Geschäfte ob der Weine von ›Maralinga‹ katastrophal daniederliegen, wie er Ihnen wohl nächste Woche eröffnen wird, macht er blendende Profite mit den Erzeugnissen aus der ›Finnegan Winery‹. Er wird Ihnen nächste Woche zwei hochbeladene Fuhrwerke mit unverkäuflichen ›Maralinga‹-Weinen und einen Scheck über die lächerliche Summe von elf Pfund bringen und Ihnen mitteilen, daß er Ihre Weine nicht mehr in sein Sortiment aufnimmt.«

»Mister Cavendish ist nicht der einzige Spirituosenkontorist im Land«, antwortete Ludwig grimmig, konnte aber nichts gegen das Schwächegefühl tun, das ihn plötzlich befiel und ihn zwang, sich doch wieder zu setzen.

»Ja, wir werden schon einen anderen finden«, pflichtete Anna ihm bei, doch ihre Stimme zitterte, und auch sie nahm wieder Platz, als hätte sie die Kraft verlassen.

»Das glaube ich nicht«, bemerkte Douglas und griff wieder nach seinem Zigarettenetui. »Und nicht allein wegen der minderwertigen Qualität der ›Maralinga‹-Weine. Sie haben einfach die Zeichen der Zeit übersehen und zu sehr darauf vertraut, daß ...«

James brachte ihn mit einer herrischen Geste zum Schweigen. »Lassen Sie uns nicht um den heißen Brei herumreden, Seewald. ›Maralinga‹ mit seinen gut vierzehn Hektar Land trägt sich nicht oder zumindest nicht mehr bei den Ausgaben, die Sie mittlerweile haben. Sie und Ihre Frau haben dieses Weingut in langen, mühsamen Jahren aufgebaut, doch bei der Auswahl der Rebsorten und der Bestellung des Landes sind Ihnen eine Menge Fehler unterlaufen.«

Ludwig funkelte ihn wütend an. »Das behaupten Sie!«

Ein mitleidiges Lächeln flog über das bärtige Gesicht von James Finnegan. »Sehen Sie sich doch bloß Ihre Zahlen an, Seewald!« forderte er ihn auf. »Wie viele Tonnen Trauben haben Sie denn bei der letzten Ernte eingefahren? Doch gerade mal eine pro Hektar. Das ist weniger als die Hälfte von dem, was die meisten anderen Weingüter erzielen. Wenn diese Tonne Trauben wenigstens noch von akzeptabler Qualität wären, könnten Sie immerhin noch an die fünf Pfund brutto pro Hektar machen. Nach Abzug aller Kosten bliebe dann zwar nicht mehr viel übrig, und mit dem mageren Profit über die Runden zu kommen wäre hart, aber bei einem bescheidenen Lebensstil durchaus möglich. Ihre Trauben hingegen haben schon im letzten Jahr keine drei Pfund gebracht – und dieses Jahr sind sie nicht mal zwei Pfund pro Tonne wert. Sie werden auf ihnen sitzenbleiben – und Ihre Verbindlichkeiten werden Sie im Handumdrehen finanziell strangulieren.«

»Das werden wir ja sehen!« knurrte Ludwig, doch das Schlucken fiel ihm schwer, und der Schweiß brach ihm aus allen Poren. Er wünschte, er könnte den restlichen kalten Tee trinken, der noch in seiner Tasse stand. Doch er zwang sich, nicht danach zu greifen, weil er fürchtete, seine Hand könnte zittern und verraten, wie es in Wirklichkeit um seine innere Verfassung stand. Diese Blöße wollte er sich nicht geben, schon wegen Douglas Finnegan nicht, dessen überhebliches Grinsen ihn mit ohnmächtiger Wut erfüllte.

»Ich garantiere es Ihnen«, fuhr James unbeirrt fort. »Natürlich kann man ›Maralinga‹ wieder zu einem produktiven Weingut machen. Aber das kostet eine Menge Geld und wird Jahre dauern. Und da Sie nicht über die nötigen Reserven verfügen, um diese bittere Zeit zu überstehen, die bedeutend mehr Kosten als Einnahmen bringt, wird ›Maralinga‹ immer mehr herunterkommen. Und das möchte ich

vermeiden. Deshalb will ich Ihnen ›Maralinga‹ abkaufen. Ich biete Ihnen einen Preis, der weit über dem liegt, was Sie erhalten werden, wenn Sie an jemand anderen verkaufen – ganz zu schweigen von der schäbigen Summe, die Ihnen nach einer Zwangsversteigerung bleibt.«
Heftig schüttelte Ludwig den Kopf. »Nein! ›Maralinga‹ ist mein Lebenswerk. Unser Sohn Andreas wird das Weingut eines Tages übernehmen, und wenn seine Zeit gekommen ist, werden seine Kinder in seine und die Fußstapfen ihres Großvaters treten. Wofür sonst haben wir uns denn all die Jahre abgerackert?« stieß er gepreßt hervor und sprang auf. »Ich verkaufe nicht! Niemals! Für keinen Preis!«
»Und schon gar nicht an Sie!« fügte seine Frau erbittert hinzu und stellte sich an seine Seite.
Douglas lachte geringschätzig auf. »Sie werden verkaufen, weil Ihnen gar nichts anderes übrigbleibt. Dafür werden wir schon sorgen!« sagte er mit unverhohlener Drohung und blies ihnen den Rauch seiner Zigarette ins Gesicht.
James schoß ihm einen wütenden Blick zu. »Ich glaube, es wäre doch besser gewesen, wenn du nicht an diesem Gespräch teilgenommen hättest! Deine Manieren lassen in der Tat zu wünschen übrig!« fuhr er ihn an. »Wir unterhalten uns lieber ohne dich weiter; geh jetzt, und zwar flott.«
Douglas verzog das Gesicht und zuckte mit den Achseln. »Ganz wie du willst, Dad«, sagte er und drückte erst noch mit provokativer Ruhe seine Zigarette im Aschenbecher aus, bevor er sich aus dem Sessel erhob.
»Auch das wird nichts an meinem Entschluß ändern!« erklärte Ludwig und registrierte zu seiner Verwirrung, daß Douglas gelangweilt, ja fast schon amüsiert und nicht im mindesten verlegen oder gar eingeschüchtert wirkte. Dabei hatte eine derart barsche Zurechtweisung seines Vaters bislang doch immer Wirkung gezeigt. Diesmal jedoch schien

die Maßregelung wie Wasser von einer Ölhaut abzuperlen. Aber was machte er sich darüber Gedanken, was zwischen James und seinem Ältesten vor sich ging? Er hatte jetzt wirklich andere Sorgen.
Während sich Douglas von der Terrasse trollte, stand der alte Finnegan schnell aus seinem Sessel auf und hielt Ludwig am Arm zurück. »Gehen Sie nicht im Zorn, Seewald. Und legen Sie vor allem nicht die Worte meines Sohnes auf die Goldwaage. So sind junge Leute eben; sie glauben, schon alles besser zu wissen und zu können, während sie in Wirklichkeit noch die Eierschalen hinter den Ohren kleben haben. Meine Söhne machen da leider keine Ausnahme«, redete er begütigend auf ihn ein und zog ihn zum Tisch zurück. »Lassen Sie uns das besser noch einmal in aller Ruhe besprechen. Es kostet Sie doch nur ein wenig Zeit. Sie vergeben sich doch nichts, wenn Sie sich anhören, was ich Ihnen anzubieten habe. Und vielleicht ergibt sich ja eine Möglichkeit, mit der wir alle gut leben können.«
Widerwillig ließ Ludwig sich darauf ein. Alle nahmen wieder unter der schattigen Pergola Platz.
James Finnegan bot ihnen eine stolze Summe, die in der Tat um einiges über dem lag, was »Maralinga« zur Zeit wert war, wie Ludwig im stillen zugeben mußte. Und James erklärte sich sogar bereit, sie und ihre Kinder noch zwei Jahre in ihrem Haus wohnen zu lassen und ihn, Ludwig, offiziell als seinen Verwalter einzustellen. Das würde ihm helfen, sein Gesicht in der Gemeinde zu wahren, und ihm ausreichend Zeit geben, sich in aller Ruhe nach einem neuen Anwesen umzuschauen.
»Sie müssen sich nicht sofort entscheiden, Seewald. Nehmen Sie sich ruhig ein paar Tage Zeit, um in aller Ruhe und Nüchternheit das Für und Wider meines Angebotes abzuwägen. Sie werden dann gewiß zu dem Schluß kommen, daß

ich Ihnen eine goldene Brücke aus dem finanziellen Ruin baue, der Ihnen droht«, erklärte er abschließend. Dann rief er Albert und trug ihm auf, seine Gäste hinauszugeleiten.
Der Talbot stand schon vor dem Haus in der sengenden Sonne – und neben der Fahrertür wartete Douglas auf sie.
»Gehen Sie mir aus dem Weg!« herrschte Ludwig ihn grimmig an und schob ihn grob beiseite. »Sie werden ›Maralinga‹ nicht bekommen!«
»Ach, nein?« fragte Douglas gedehnt.
Ludwig ließ den Motor an. Das Blut hämmerte ihm im Kopf, und die Sachen klebten ihm schweißnaß am Körper, als er von ohnmächtiger Wut erfüllt hinter das Lenkrad rutschte. Staubmantel, Schutzbrille und Lederkappe ließ er unbeachtet auf der Rückbank liegen.
»Flegel!« zischte Anna.
Der Wagen machte einen Satz nach vorn, als Ludwig den Gang mit einem wütenden Ruck einlegte und auf das Gaspedal trat. Die Reifen schleuderten Sand und kleine Steine nach hinten weg, so daß Douglas in eine Staubwolke gehüllt wurde.
Doch anstatt sich zu ärgern, schickte Douglas ihnen nur ein spöttisches Lachen hinterher.
»Um Gottes willen, was tust du? Du fährst zu schnell!« rief Anna erschrocken, als ihr Mann mit Vollgas die Palmen-Allee hinunterbrauste. »Nimm den Fuß vom Gas!«
»Zum Teufel mit der ganzen Finnegan-Bande!« fluchte Ludwig, als sie mit hoher Geschwindigkeit aus dem Schatten der Allee kamen und die Straße abschüssig wurde. Seine Hände hielten das Lenkrad so fest umklammert, daß die Knöchel weiß hervortraten. Der Schweiß rann ihm nur so über das hochrote Gesicht, und sein Herz jagte. Deutlich spürte er das Pochen seiner Adern an den Schläfen. »Sie werden uns nicht um unser Lebenswerk betrügen!«

»Nein, das werden wir nicht zulassen! Sie werden ›Maralinga‹ nicht bekommen!« stimmte Anna ihm zu. »Mit Gottes Hilfe werden wir schon irgendwie zurechtkommen. Aber jetzt fahr doch endlich langsamer!«
»Ist ja schon gut, Frau«, sagte Ludwig, trat auf die Bremse und gab plötzlich einen erstickten Schrei von sich. Seine rechte Hand löste sich vom Lenkrad und wirbelte zum Kopf, während er sich im Sitz krümmte.
»Ludwig!« schrie Anna entsetzt und packte ihn an der Schulter. »Jesus, Maria und Josef, was hast du?«
Ludwig antwortete nicht. Sein Körper bäumte sich noch einmal auf, begleitet von einem erneuten erstickten Aufschrei, und sackte dann in sich zusammen. Der Kopf rollte zur Seite.
Anna blickte in weit aufgerissene, leblose Augen, die an ihr vorbei ins Nichts starrten.
Entsetzt schrie Anna auf. Ihr Mann war tot!
Indessen schoß der Talbot schlingernd die abschüssige Straße hinunter.

3

Im gestreckten Galopp kam Patrick Finnegan über die westliche Hügelkette und preschte auf dem vertrauten rotsandigen Pfad durch den Eukalyptus-Hain. Die unteren Äste schienen von beiden Seiten nach Pferd und Reiter zu greifen und sie für ihre Kühnheit mit Peitschenhieben bestrafen zu wollen; doch nicht ein einziger Zweig berührte Patrick oder seinen Rotfuchs Minerva.

Patrick liebte den Rausch der Geschwindigkeit und den Nervenkitzel, sich erst im letzten Moment unter den heranfliegenden Ästen hinwegzuducken und den Windhauch im Nacken zu spüren. Mit Minerva konnte er sich dieses nicht so ganz ungefährliche Spiel erlauben, war seiner vollblütigen sechsjährigen Fuchsstute doch jegliche Schreckhaftigkeit fremd.

Als der Pfad gegen Ende des kleinen Wäldchens breiter und sicherer wurde, richtete er sich im Sattel auf und ließ Minerva in einen erholsamen Trab fallen. Nach diesem scharfen Ritt hatten sie sich beide eine Atempause verdient. Ihm klebte nicht nur das Hemd völlig durchnäßt am Körper, sondern er schmeckte auch den Schweiß, der ihm über das Gesicht lief, bittersalzig auf den Lippen. Und durch die Hosen spürte er die feuchten Flanken seines Pferdes.

Patrick ließ den Eukalyptus-Hain hinter sich und ritt durch das fast kniehohe goldbraune Wallaby-Gras auf die große alte Akazie zu, die einsam am Rand der Kuppe stand. Von dort hatte man einen wunderbaren Blick auf die Palmen-

Allee von »Finnegan's Park«. Im Schatten der mächtigen Krone zügelte er Minerva, holte seinen silbernen, mit Brandy gefüllten Flakon aus der Satteltasche und nahm einen kräftigen Schluck.

Mit windzerzaustem Haar, das fast die Farbe des verdörrten Grases aufwies, und grimmiger Miene starrte er zu dem Anwesen hinüber und dachte voller Groll an seinen fünf Jahre älteren Halbbruder Douglas, der es mal wieder geschafft hatte, ihn mit seinem beißenden Spott und seiner Arroganz bis aufs Blut zu reizen ... und, nun ja, auch mit seiner überlegenen Sportlichkeit, wie er widerwillig einräumen mußte. Zusätzlich hatte Douglas ihn bei ihrem Tennis-Match auch noch um fünf wichtige Punkte geprellt, als ob er ihn nicht auch so hätte schlagen können. Aber er wollte wohl auf Nummer Sicher gehen. Lachend war Douglas vom Platz stolziert, während in ihm ohnmächtige Wut gekocht hatte.

Früher hatte Douglas ihn durch die Kraft seiner Fäuste spüren lassen, wer von ihnen beiden der Liebling des Vaters war und später einmal Herr auf »Finnegan's Park« werden würde. Heute prügelten sie sich längst nicht mehr mit Fäusten, denn Douglas hatte seit Jahren sehr viel wirkungsvollere und schmerzhaftere Mittel, ihn zu verletzen und zu demütigen. Worte konnten Wunden schlagen, die viel tiefer gingen und sehr viel länger schmerzten als selbst die brutalsten Faustschläge.

Gewöhnlich brauchte Patrick sich nach solch einer Auseinandersetzung mit seinem Bruder nur in den Sattel zu schwingen und eine Weile allein durch die Hügel zu reiten, um den Aufruhr in seinem Inneren einigermaßen unter Kontrolle und wieder einen klaren Kopf zu bekommen. Diesmal wollte der bittere Zorn jedoch einfach nicht von ihm weichen.

Er nahm einen zweiten langen Zug aus dem Flachmann, um

den Knoten in seinem verkrampften Magen mit einem weiteren Schluck scharfen Brandy zu bekämpfen. Er mußte sich förmlich zwingen, den Flakon nicht auf einmal auszutrinken und ihn wieder wegzustecken.

Patrick hörte den Wagen, der drüben über die Palmen-Allee von »Finnegan's Park« kam, während er sich noch an seiner Satteltasche zu schaffen machte. Der gellende Schrei, der im nächsten Augenblick zu ihm auf die andere Hügelkette drang, ließ ihn erschrocken hochfahren.

Auch wenn er von dem anstehenden Besuch der Seewalds bei seinem Vater nichts gewußt hätte, hätte er doch sofort erkannt, wem der schwarze Talbot gehörte. Er registrierte auch, daß der Schrei von Anna Seewald kam und daß irgend etwas mit ihrem Mann nicht stimmte. Der Winzer hing in einer grotesken Stellung hinter dem Lenkrad, während der Wagen unkontrolliert die Straße hinunter schlingerte! Hatte Ludwig Seewald die Gewalt über sein Automobil verloren?

Ohne lange zu überlegen, trieb Patrick seine Fuchsstute an und jagte in wildem Galopp den Hang hinunter. Ein eisiger Schreck durchfuhr ihn, als er sah, wie Anna Seewald, die nun ohne Unterlaß schrie, ihren Mann mit beiden Händen packte und verzweifelt schüttelte, ihn im nächsten Moment jedoch schon wieder losließ, um nach dem Lenkrad zu greifen.

Hatte Ludwig Seewald es nicht mit dem Herzen? ging es ihm durch den Kopf, und plötzlich ahnte er, welch eine Tragödie sich dort gerade vor seinen Augen abspielte: Der Mann mußte das Bewußtsein verloren haben, oder vielleicht war ihm etwas noch viel Schlimmeres zugestoßen, daß er so in seinem Sitz hing, während der Wagen auf der abschüssigen Straße immer mehr an Fahrt gewann.

Patrick feuerte Minerva an, und als würde die Fuchsstute

spüren, daß es bei diesem wilden Ritt nicht um ein flüchtiges Vergnügen, sondern um Leben und Tod ging, mobilisierte sie alle Kräfte, die in ihrem jungen muskulösen Leib steckten. Die Hufe trommelten immer schneller über den Boden. Doch schon nach wenigen Pferdelängen erkannte Patrick, daß sie es auch in gestrecktem Galopp nicht schaffen würden, den Talbot noch früh genug vor der scharfen Kurve zu erreichen. Die Entfernung war einfach zu groß – und der Wagen schon viel zu schnell.
»Ziehen Sie seinen Fuß vom Gaspedal!« schrie er Anna Seewald verzweifelt zu. »Den Fuß vom Pedal! ... Und den Wagen vorsichtig nach links lenken! Weg von der Straße und den Hang hoch! ... Nach links! ... Steuern Sie nach links!«
Als nur noch vierzig, fünfzig Yards Pferd und Reiter vom Wagen trennten, hörte Anna Seewald endlich, was Patrick ihr zurief. In ihrer Panik riß sie das Lenkrad zu scharf herum, was bei dieser Geschwindigkeit sogar auf ebener Straße ein tödlicher Fehler gewesen wäre. Hier machte das abrupte Lenkmanöver jedoch keinen Unterschied mehr, denn es war schon zu spät, die Tragödie noch abzuwehren.
Mit Grauen sah Patrick, wie der Wagen herumschwang, sich auf die Seite legte und wie von unsichtbarer Hand hochgehoben wurde. Er überschlug sich mehrmals, flog dabei über die fast rechtwinklige Kurve hinaus und stürzte unter entsetzlichem Getöse in das steinige Flußbett des Capricorn Creek. Die anschließende Stille jagte Patrick einen Schauer durch den Körper.
Obwohl er wußte, daß niemand solch einen grauenhaften Unfall überleben konnte, schonte er weder sich noch Minerva, um so schnell wie möglich zu den Seewalds zu kommen. Hastig sprang er im Bogen der Kurve aus dem Sattel. Er stürzte auf die schmutzige Straße, wobei er sich die Hose an den Knien aufriß und sich Hautabschürfungen an Hand

und Unterarm zuzog, sprang jedoch sogleich wieder auf, um zum Flußbett hinunter zu rennen.

Anna Seewald war beim Aufprall aus dem Wagen geschleudert worden und lag mehrere Schritte vom Wrack entfernt mit dem Gesicht nach unten zwischen den rundgewaschenen Steinen. Patrick drehte sie vorsichtig um und stieß einen erstickten Schrei aus, als er sah, wie schrecklich zugerichtet sie war. Ihr konnte kein Sterblicher mehr helfen. Er zog sie schnell hoch ins Gras, zerrte die zerfetzte Schürze vom Körper der Toten und bedeckte damit ihr Gesicht.

Ludwig Seewald fand er auf der anderen Seite des völlig demolierten Automobils, ein Bein im zusammengestauchtem Blech verklemmt. Seltsamerweise hatte ihn der Unfall nicht halb so schlimm entstellt wie seine Frau, aber tot war er natürlich auch – und das wohl schon, bevor der Wagen sich noch überschlagen hatte, wie Patrick annahm.

Es kostete ihn einige Mühe, das eingeklemmte Bein aus der metallenen Klammer zu befreien und den schweren Körper des Winzers auf die andere Seite des Bachlaufes und ein Stück den Hang hinauf zu hieven. Als er ihn neben den Leichnam seiner Frau legte, näherte sich oben auf der Straße aus der Richtung von »Finnegan's Park« ein Wagen.

Patrick blickte auf und sah die vertraute burgunderrote Karosserie des Lanchester, den sein Bruder steuerte – und mit einem abrupten Bremsmanöver mitten in der Kurve zum Stehen brachte. Die Reifen radierten über Sand und Steine und wirbelten zu der Staubfahne, die der Wagen auch so schon wie eine rotbraune Schleppe hinter sich hergezogen hatte, eine zusätzliche Wolke auf.

Douglas sprang mit einer eleganten Grätsche aus dem Wagen, ohne den Wagenschlag zu öffnen.

»Die Seewalds sind mit ihrem Talbot verunglückt! Sie sind beide tot!« rief Patrick ihm mit zitternder Stimme zu, die seine Erschütterung nicht verbergen konnte. Aus seinem Gesicht war jegliche Farbe gewichen.

»Na, dann ist ja kein Grund zur Eile«, meinte Douglas trocken und kam ohne Hast den kleinen Abhang hinunter. Der Schock saß Patrick noch derart in den Gliedern, daß er diese gefühllose Bemerkung seines Bruders zuerst gar nicht richtig registrierte. »Ich glaube, Ludwig Seewald ist schon vorher verstorben«, sagte er und berichtete stockend, was er beobachtet hatte. »So verdreht, wie er im Sitz hing, war er zumindest bewußtlos. Oder er hat einen Herzinfarkt erlitten. Sicher bin ich mir natürlich nicht, aber das ändert jetzt auch nichts mehr an dieser Tragödie!«

Douglas blickte ohne großes Mitgefühl auf die beiden Toten hinunter und zuckte die Achseln. »Der alte Seewald ist selber schuld. Er hätte besser daran getan, Vaters blendende Offerte anzunehmen, anstatt sich so aufzuspielen. Lächerlich von ihm zu glauben, er könnte sein heruntergewirtschaftetes Weingut noch vor dem Ruin bewahren. Na ja, für diese Dummheit hat er jetzt einen viel höheren Preis bezahlt, als wenn er seinen unabwendbaren wirtschaftlichen Bankrott eingesehen und ›Maralinga‹ an uns verkauft hätte«, erwiderte er ungerührt. »Jetzt werden wir sein Weingut sogar noch um einiges billiger bekommen.«

Patrick sah ihn entrüstet an. »Wie kannst du nur so etwas Gefühlloses denken, geschweige denn aussprechen, wo die Seewalds hier vor deinen Augen liegen und ihre Körper noch nicht einmal kalt sind?« warf er ihm vor.

»Weil es nun mal die Wahrheit ist – und weil Geschäfte bekanntlich nichts mit Gefühlen, sondern mit Tatsachen und Zahlen zu tun haben«, antwortete Douglas völlig unbeeindruckt vom Vorwurf seines Bruders. »Ich habe die Seewalds mit ihrem frommen Getue nie gemocht, und ich denke nicht daran, jetzt etwas zu heucheln, was ich nicht empfinde.

Diesen sentimentalen Quatsch überlasse ich gerne dir. In solchen Sachen bist du ja unübertroffen. Wirklich schade, daß du kein Mädchen geworden bist, dann hätte dir dieses Getue noch besser zu Gesicht gestanden.«
»Sehr witzig!«
Douglas zog sein Zigarettenetui hervor und ließ es aufschnappen.
»Du steckst dir hier besser keine Zigarette an! Oder riechst du nicht das Benzin, das da ausläuft?« warnte Patrick ihn verdrossen und deutete auf die Pfütze, die sich unter dem Wrack rasch ausbreitete.
»Klar rieche ich es, sehr gut sogar«, erwiderte Douglas, steckte sich aber dennoch eine Zigarette zwischen die Lippen, riß ein Streichholz an und setzte die Zigarette in Brand. Dann zögerte er jedoch und zog die Stirn kraus. »Mhm, vielleicht sollte ich hier ja wirklich nicht rauchen.«
»Ja, das wäre wirklich …« Weiter kam Patrick allerdings nicht, denn in diesem Moment tat Douglas etwas ihm Unbegreifliches: Sein Bruder machte zwei schnelle Schritte nach vorn, beugte sich vor und schleuderte das brennende Streichholz in Richtung Benzinlache, um dann sofort einen Satz nach hinten zu machen. Flackernd flog das Zündholz durch die Luft und fiel in einen der armlangen Ausläufer der Gasolinpfütze.
Eine gewaltige Stichflamme, begleitet von einem dumpfen Knall und einer spürbaren Druckwelle, schoß aus dem Bachbett hoch und hüllte das Wrack augenblicklich in ein Meer von Flammen.
»Bist du verrückt geworden?« schrie Patrick entsetzt und taumelte vor der Flammenwand zurück, deren lodernde Hitze ihm wie der heiße Atem eines Raubtieres ansprang.
»Warum hast du das getan? Hast du vergessen, wie trocken hier alles ist? Damit kannst du einen Buschbrand auslösen!«

Douglas schnippte seine Zigarette ins Feuer. »Du bist und bleibst ein Hasenfuß, Halbbrüderchen«, spottete er. »Hier im Bachbett ist nicht viel, was brennen könnte. Aber ich werde gleich ein paar von unseren Leuten zum Löschen schicken, damit du dir nicht in die Hose machst.« Und nach einer kurzen Pause fügte er noch mit einem spitzbübischen Lächeln hinzu: »Damit wir nicht zwei unterschiedliche Versionen vom tragischen Hergang von uns geben: Das Wrack fing Feuer, kaum daß wir die beiden Toten in Sicherheit gebracht hatten. Alles andere würde ja auch sehr abenteuerlich klingen, findest du nicht auch?« Er klopfte ihm kurz auf die Schulter, wandte sich um und kehrte auf die Straße zu seinem Wagen zurück.

Fassungslos sah Patrick ihm nach. Manchmal haßte er Douglas mit einer derart blindwütigen Kraft, daß er glaubte, zu allem fähig zu sein. So wie in diesem Augenblick. Und dieses haßerfüllte Verlangen machte ihm mehr angst, als Douglas ihm je hätte einflößen können.

4

Nach der schweißtreibenden Arbeit im Klostergarten genoß Lena die Kühle im Arbeitszimmer von Schwester Dominika, die im Konvent der »Sisters of the Sacred Heart« schon seit vielen Jahren das verantwortungsvolle Amt der Novizenmeisterin ausübte. Sich im Sommer vor der brütenden Hitze in diesen kühlen Raum zurückziehen zu dürfen machte jedoch nur einen Teil der beglückenden Empfindung aus, die Lena erfüllte. Mehr noch als die belebende Kühle schätzte sie die regelmäßigen Lehrstunden mit Schwester Dominika, die sie seit ihrem Eintritt in den Konvent täglich eine Stunde in Bibelkunde, Spiritualität und der rechten klösterlichen Lebensweise unterwies.
Schwester Dominika, die schon auf die Fünfzig zuging, war von kleinem zartem Wuchs, überragte jedoch alle im Kloster, was ihre geistigen Fähigkeiten anging. Ihr theologisches Wissen erstreckte sich über viele Fachgebiete und reichte in geistige Tiefen, die Lena nur erahnen konnte. Und von welch hervorragender Qualität ihre Betrachtungen zum Alten Testament, zu Fragen der Psalmenauslegung und der Spiritualität im Karmel waren, bezeugte die Veröffentlichung mehrerer theologischer Bücher in angesehenen Fachverlagen. Zudem besaß sie im Gegensatz zur manchmal einschüchternden Strenge vieler Mitschwestern ein ungemein gewinnendes, sanftmütiges Wesen, das ebenso von geistiger Regheit wie von Verständnis, Geduld und feinsinnigem Humor geprägt wurde.

Lena bewunderte die Novizenmeisterin fast so sehr, wie sie die heilige Hildegard von Bingen verehrte, deren Vornamen sie am Tag ihres Gelübdes als Zeichen ihres neuen Lebens als geweihte Braut Christi annehmen wollte. Und sie hatte allergrößte Mühe, sich diese schwärmerische Bewunderung für Schwester Dominika nicht allzu deutlich anmerken zu lassen. Denn solch eine profane Verehrung ziemte sich nicht als Nonne und galt insbesondere bei einer Novizin, die nach drei Jahren der Prüfung kurz vor ihrer ersten Profeß stand, als Zeichen von Unreife und einer noch zu starken weltlichen Verbundenheit. Mutter Laurentia, die resolute Oberin, hatte schon aus weit geringerem Anlaß ein Noviziat kurz entschlossen um ein volles Jahr verlängert, wie Lena zu Ohren gekommen war.

Niemand konnte sie jedoch daran hindern, sich Schwester Dominika insgeheim zum leuchtenden Vorbild zu nehmen und ihr nach besten Kräften nachzueifern. Wenn es ihr eines fernen Tages mit Gottes Hilfe und großer eigener Anstrengung gelänge, sich der Novizenmeisterin in ihrer Selbstbescheidung, ihrem Gebetsleben und ihrer Hingabe auch nur anzunähern, könnte sie wohl dankbar sein und sagen, daß ihr Gott geweihtes Leben fruchtbar gewesen sei. Ja, so wie Schwester Dominika wollte sie sein, wenn sie mit fünfzig auf ihr Leben und ihre Entwicklung als Braut Christi zurückblickte. Und sie nahm nicht an, daß sie Father MacKinnon, dem Beichtvater ihres Konvents, von diesen schwärmerischen Gedanken erzählen mußte. Bei ihrer regelmäßigen Gewissenserforschung, der sie sich stets mit großer Ernsthaftigkeit und Aufrichtigkeit unterzog, war sie bislang immer noch zu dem Schluß gekommen, daß solche Gedanken in die Kategorie der läßlichen Sünden fiel. Ein zusätzliches Rosenkranzgebet reichte völlig aus, um für diese Schwäche angemessen Buße zu tun.

»Wir wollen uns heute weiter mit den Doppelgleichnissen beschäftigen, die uns Matthäus im Kapitel 13, Vers 44 bis 46 überliefert hat«, erklärte Schwester Dominika, nachdem Lena neben ihr auf einem der Holzstühle Platz genommen hatte. »Aber laß uns vorher noch einmal rekapitulieren, was wir gestern bei der Auslegung des Sämannsgleichnisses als Kern der Botschaft herauskristallisiert haben.«
Lena räusperte sich. »Nun, daß der Samen des Evangeliums ausgesät ist und Gottes Reich heranreift, mag auch die zerstörerische Kraft der Widersacher noch so groß sein. Und daß Gott sich in der Welt, wie verdorben und verkommen und unrettbar sie uns auch scheinen mag, doch durchsetzen und seine Verheißungen erfüllen wird.«
»Ja, aber er greift nicht mit Gewalt in die Geschichte der Welt ein und zerstört sie, um sein Reich zu errichten, wie es die Apokalyptiker lehren«, führte Schwester Dominika den Gedanken noch einmal zur Vertiefung aus. »Jesus bedient sich zwar manchmal apokalyptischer Bilder, ist aber kein Apokalyptiker, sondern weist die Lehren der jüdischen Apokalyptik sogar ausdrücklich zurück. Das beweisen ganz eindeutig seine Wachstumsgleichnisse. Er spricht dort nicht abstrakt vom Weltenbaum, sondern er verweist uns mit seinen Bildern vom winzigen Senfkorn auf den ganz alltäglichen Gemüsegarten und beim Gleichnis vom Sauerteig auf das, was jede Hausfrau jeden Tag tut – nämlich Mehl mahlen, Sauerteig kneten und Brot backen. Und er berichtet von den dürren, armseligen Äckern Palästinas, die voller Steine, Disteln und Dornen sind, wenn er die Geschichte mit dem Sämann erzählt. So, und nun wollen wir uns mit den glücklichen Findern einzigartiger Schätze befassen – und mit der Frage, wie sich die Macht Gottes und die Freiheit des Menschen vereinbaren lassen.«
Lena wußte, was sie zu tun hatte. Sie schlug ihre Bibel auf

und las die betreffende Stelle vor: »›Mit dem Himmelreich ist es wie mit einem Schatz, der in einem Acker vergraben war. Ein Mann entdeckte ihn, grub ihn aber wieder ein. Und in seiner Freude verkaufte er alles, was er besaß, und kaufte den Acker. Auch ist es mit dem Himmelreich wie mit einem Kaufmann, der schöne Perlen suchte. Als er eine besonders wertvolle Perle fand, verkaufte er alles, was er besaß, und kaufte sie.‹« Erwartungsvoll blickte sie von der Heiligen Schrift auf.

»Was, meinst du, verbirgt sich hinter der Offensichtlichkeit dieser beiden Geschichten?« fragte die Novizenmeisterin.

Lena überlegte kurz. »Die Finder sind von dem, was sie gefunden haben, dermaßen überwältigt, daß sie alles, was ihnen bisher wert und teuer gewesen ist, umgehend verkaufen, um diesen Schatz zu besitzen.«

Schwester Dominika nickte. »Und für was stehen der Schatz im Acker und die besonders wertvolle Perle in den beiden Gleichnissen?«

»Für das Evangelium, den Glauben an den Herrn, das Reich Gottes«, antwortete Lena, ohne zu zögern.

Schwester Dominika lächelte. »Richtig, aber dies ist eigentlich erst die vordergründige Bedeutung. Denn Jesus vergleicht die Gottesherrschaft nicht einfach nur mit diesem Schatz und der Perle, er vergleicht sie vielmehr mit dem ganzen *Vorgang*, nämlich wie die Männer auf ihre Schätze stoßen und dann auf den Fund reagieren.«

Lena zog leicht die Stirn kraus, weil sie nicht recht wußte, worauf die Novizenmeisterin hinauswollte.

»Sehen wir uns doch einmal den Mann an, der den Schatz im Acker gefunden hat«, begann Schwester Dominika ihre Auslegung der Gleichnisse. »Er ist vermutlich ein armer Tagelöhner gewesen, weil er all sein Hab und Gut verkaufen mußte, um diesen Acker überhaupt erwerben zu können. Und er hat, im Gegensatz zu dem Händler, gar nicht nach einem Schatz gesucht, das ist ganz wichtig bei diesem Gleichnis. Er war wohl mit vielen anderen Dingen beschäftigt, als er plötzlich zufällig auf den Schatz stieß – so wie es eben viele Menschen gibt, die – obwohl sie gar nicht nach Gott gesucht haben – durch irgendeinen Zufall unvermittelt auf Gott stoßen und von ihm überwältigt sind.«

Lenas Gesicht leuchtete auf. »Natürlich!« rief sie. »Und der Perlenhändler stellt die andere Sorte von Menschen dar, die schon lange auf der Suche sind und endlich das finden, wovon sie all die Jahre geträumt haben!«

Schwester Dominika lächelte anerkennend. »Ja, der arme Tagelöhner und der reiche Händler geraten aus absolut unterschiedlichen Ausgangssituationen an genau denselben Punkt, aber von da an unterscheidet sie nichts in ihrem Handeln. Beide Finder wissen sofort, was sie zu tun haben, und sie zögern nicht einen Augenblick in ihrer Entscheidung. Sie sind vom Glanz des Schatzes und der einzigartigen Schönheit der Perle dermaßen überwältigt, daß sie auf der Stelle all ihre Besitztümer verkaufen, um in den Besitz des Schatzes zu gelangen.«

»Weil alles andere vor dem Glanz des Gefundenen, vor Gottes Ruf verblaßt!« warf Lena mit echtem Novizeneifer und strahlenden Augen ein.

»Bedeutsam ist dabei, im Blick zu halten, daß das Gewicht bei dieser Parabel nicht auf dem Verkaufen all des Hab und Gutes liegt«, betonte die Novizenmeisterin, »sondern auf der Faszination, der übergroßen Freude und dem unstillbaren Verlangen, die von diesem einzigartigen Fund ausgehen. Es fällt diesen Menschen überhaupt nicht schwer, alles für ihren Schatz wegzugeben. Im Gegenteil: Sie wissen, daß sie im tieferen Sinne des Wortes das Geschäft ihres Lebens machen. Aber wir wollen nicht aus den Augen verlieren, daß jeder Mensch die Freiheit hat, ja oder nein zu Gott zu sagen, und daß die Kosten dieser Freiheit hoch sind, manchmal sogar erschreckend hoch.«

Lena setzte zu einer Frage an, wurde aber durch ein Klopfen an der Tür unterbrochen.

»Ja, bitte?« rief Schwester Dominika.

Die Tür öffnete sich, und Schwester Benedikta trat einen Schritt ins Zimmer. Die korpulente Nonne, die etwa im Alter der Novizenmeisterin sein mußte und mit recht herrischer Hand über das Küchenreich des Klosters regierte, entschuldigte sich für die Störung und sagte dann: »Die Mutter Oberin schickt mich. Ich soll ausrichten, daß sie mit ihr sprechen muß!« Dabei deutete sie mit dem Kopf in Richtung Lena, anstatt sie direkt anzusprechen. »Und sie soll unverzüglich kommen. Die Mutter Oberin erwartet sie in ihrem Arbeitszimmer!«

»Hat sie irgend etwas verlauten lassen, warum sie mich sprechen möchte?« entfuhr es Lena unwillkürlich in ihrer Verwunderung, daß Mutter Laurentia sie aus ihrem Novizinnenunterricht rufen ließ – und wünschte schon im nächsten Moment, sie hätte sich diese Frage verkniffen, besonders gegenüber Schwester Benedikta, die jungen Postulantinnen und Novizinnen bekanntlich sehr wenig Verständnis entgegenbrachte, wenn es um die rigide Einhaltung der Ordensregeln ging. Keine unnützen oder gar vorlauten Fragen zu stellen stand zwar nicht ausdrücklich in den Geboten des heiligen Benedikt, gehörte aber dennoch zu den Gepflogenheiten, an die sich junge Schwestern tunlichst zu halten hatten, wenn sie sich das Leben im Konvent nicht unnötig schwermachen wollten. Aber das war draußen, im weltlichen Leben, ja nicht viel anders.

Schwester Benedikta bedachte sie mit einem mißbilligenden Blick. »Nein, natürlich nicht!« erfolgte unverzüglich die schroffe Zurechtweisung. »Denn Geschwätzigkeit gehört nicht zu den Eigenheiten unserer Mutter Oberin, falls Ihnen das in den zwei Jahren bei uns noch nicht aufgefallen sein sollte, Schwester Lena!«

»Das habe ich so auch nicht gemeint«, murmelte Lena entschuldigend, während ihr das Blut heiß ins Gesicht schoß. Wenn sie doch bloß ihre Zunge manchmal besser im Zaum halten könnte!

»Spontaneität ist eine sehr menschliche Regung, besonders bei jungen Menschen. Aber auch vielen Älteren unter uns, die wir uns nun doch schon Jahrzehnte um ein gottgefälliges und heiligenmäßiges Leben bemühen, fehlt es immer noch an der nötigen Abgeklärtheit und Besonnenheit, das richtige Wort zur richtigen Zeit zu finden«, mischte sich die Novizenmeisterin mit ruhiger Stimme ein. »Ist es nicht so, Schwester Benedikta?«

»Jeder ringt auf seine Art mit seinen Schwächen, der eine mehr, der andere weniger erfolgreich«, antwortete Schwester Benedikta hintersinnig und mit verkniffener Miene.

Die Novizenmeisterin berührte Lena sanft am Arm. »Wir machen nachher weiter. Jetzt solltest du unsere Mutter Oberin besser nicht länger warten lassen«, sagte sie und schenkte ihr ein aufmunterndes Lächeln.

Lena nickte und trat mit Schwester Benedikta auf den Flur hinaus. Die korpulente Nonne sah sie nur mit einem indignierten Kopfschütteln an, das ihre Mißbilligung noch besser als Worte zum Ausdruck brachte, und entfernte sich dann mit wehendem Habit.

Lena unterdrückte einen Stoßseufzer, als sie schnellen Schrittes den dämmerigen Gang in Richtung Arbeitszimmer der Oberin hinuntereilte. Sosehr sie das Leben im Konvent auch erfüllte, so hatte es manchmal doch auch seine weniger erfreulichen Seiten. Dazu zählte zweifellos die verbissene

Strenge und Verschlossenheit von Schwester Benedikta. Sie konnte sich nicht erinnern, sie schon einmal lächeln gesehen zu haben. Und diese Freudlosigkeit, die sie auch an einigen anderen älteren Mitschwestern bereits beobachtet hatte, war etwas, was sie am allerwenigsten verstand. Die Liebe zu Gott und das übermächtige Verlangen, diese tiefe unstillbare Sehnsucht in einer klösterlichen Gemeinschaft zu einem fruchtbaren Leben der intensiven Gottesschau werden zu lassen, diese Hingabe mußte einen doch mit Glück erfüllen und einem aus dem Gesicht strahlen! Ob Schwester Benedikta und die anderen wohl noch nie etwas von der überschwenglichen Lebensfreude des Franz von Assisi oder der Hildegard von Bingen gehört hatten?

Unruhe erfaßte Lena, als sie gleich darauf um die Ecke bog, die Pforte passierte und dann vor der Tür zum Arbeitszimmer der Oberin stand. So außer der Reihe von Mutter Laurentia gerufen zu werden bedeutete für Postulantinnen und Novizinnen fast ausnahmslos, daß sie irgendeine Ordensregel nicht sorgfältig genug beachtete und deshalb eine jener scharfen Belehrungen zu erwarten hatten, für die die Mutter Oberin bei den jungen Schwestern gefürchtet war.

»Herr, gib mir die nötige Kraft und vor allem die Demut, auch strengen Tadel ob meiner Unzulänglichkeiten und Versäumnisse mit offenem Herzen und ohne Groll anzunehmen! Und verschließe mir den Mund, Herr, wenn ich mich, anstatt den gebotenen Gehorsam zu zeigen, wieder einmal von meiner Eitelkeit und Selbstgerechtigkeit in Versuchung führen lasse, Rechtfertigungen für meine Fehler zu finden«, betete sie leise. Dann bekreuzigte sie sich, holte tief Luft und klopfte an die Tür.

Lena war überrascht, als die Mutter Oberin ihr nicht wie erwartet ein schroffes »Herein« zurief, sondern ihr persönlich öffnete. »Sie haben nach mir geschickt, Mutter Oberin.«

Mutter Laurentia, eine kräftige Frau von sechzig Jahren mit einem bewundernswert klaren, fast faltenlosen Gesicht, forderte Lena nicht auf, in ihr Arbeitszimmer zu kommen; sie blieb in der Tür stehen und sah sie einen Moment schweigend an. In ihrem prüfenden Blick lag zu Lenas Erstaunen jedoch nicht die geringste Spur von Strenge oder gar Verärgerung, die auf eine bevorstehende Maßregelung hätte schließen lassen. Im Gegenteil, in den Augen der Mutter Oberin lag ein überraschend sanfter Ausdruck. »Ja, ich habe mit dir zu reden«, sagte die Oberin schließlich und zog die Tür hinter sich ins Schloß. »Doch nicht hier. Laß uns in die Gnadenkapelle gehen. Das ist der angemessenere Ort für unser Gespräch.«

Lena sah sie verwirrt an, wagte jedoch nicht, um eine Erklärung zu bitten. Doch dann kam ihr der Gedanke, daß die Mutter Oberin vielleicht über die bevorstehende Profeß mit ihr sprechen wollte. Ja, das machte Sinn!

In der Kapelle führte die Oberin sie nicht nach vorn zum Marienaltar, sondern bedeutete ihr, mit ihr in einer der hinteren Reihen Platz zu nehmen. Sie kniete sich neben sie auf die Fußbank und versank in ein stummes Gebet, und Lena beeilte sich, es ihr gleichzutun. Der Oberin entfuhr ein leiser Seufzer, nachdem sie ihr Gebet beendet hatte und sie sich wieder auf die harte Holzbank zurücksetzte. Sie wartete, bis Lena neben ihr Platz genommen hatte. »Wir gehen im Licht des Glaubens, den wir bekennen und durch unser Leben bezeugen«, begann Mutter Laurentia schließlich. »Der allmächtige ewige Gott hat durch seinen Sohn, unseren Herrn, den Tod besiegt und uns den Zugang zum ewigen Leben erschlossen. Darum begehen wir in wenigen Wochen das Fest seiner Auferstehung. Jesus Christus, den Gott zum Richter über Lebende und Tote bestellt hat, ist der Weg, die Wahrheit und das Leben.

Er ist der gute Hirte und das Licht, dem wir vertrauensvoll folgen.«
Lena nickte zurückhaltend und wartete geduldig, die Hände im Schoß gefaltet, worauf Mutter Laurentia hinauswollte. Diesmal wollte sie sich lieber die Zunge abbeißen, als sich noch einmal zu einer vorschnellen Bemerkung oder Frage hinreißen zu lassen!
»Der Tod ist nicht das Ende, sondern der Beginn des himmlischen Lebens«, fuhr die Oberin fort. »Denn Gott gibt einen gläubigen Menschen, der ihm treu ist, nicht dem Tod preis. Seit der Auferstehung Jesu haben auch wir die Hoffnung auf ewiges Leben in der Gemeinschaft mit Gott. Gebrochen ist die Macht des Todes. Aus dieser Gewißheit müssen der Trost und die Kraft kommen, wenn uns im Leben Tragödien treffen, ist es nicht so?«
Lena stutzte über diese seltsame Frage. »Ja, natürlich«, antwortete sie vorsichtig.
»Und dieser unerschütterliche Glaube muß sich im Feuer der Prüfung bewähren, und zwar immer wieder aufs neue«, fügte die Oberin mit Nachdruck hinzu. »Prüfungen, die uns manchmal mehr abverlangen, als wir meinen, tragen zu können.«
Tragödien? Prüfungen?
Lena befiel plötzlich ein flaues Gefühl, als sich ihre Verwirrung in die beklemmende Ahnung verwandelte, daß Mutter Laurentia ihr etwas sehr Unangenehmes mitzuteilen haben könnte. Schnell schickte sie in Gedanken ein inständiges Stoßgebet gen Himmel, daß die Oberin sie zur ersten Profeß zulassen solle und ihr Noviziat nicht noch um ein weiteres Jahr verlängerte.
Die Oberin atmete tief durch, und ihr Körper straffte sich. »Lena, du mußt jetzt stark sein«, sagte sie und ergriff Lenas Hände. »Denn es gibt nun mal keine sanfte und

schmerzlose Art, dir das zu sagen, was ich dir mitzuteilen habe.«
Lena wurde blaß. »Worum ... worum geht es denn?« stieß sie erschrocken hervor.
»Es ist ein schrecklicher Unfall passiert. Deine Eltern ...« Die Oberin stockte einen kurzen Moment. »Deine Eltern sind mit ihrem Automobil verunglückt. Sie waren auf der Stelle tot.«
»Nein!« stieß Lena mit ungläubigem Entsetzen hervor. »Nein! O Gott, nein!« Sie wollte der Oberin ihre Hände entziehen, doch es gelang ihr nicht. Mutter Laurentia gab ihre Hände nicht frei, sondern hielt sie fest und redete tröstend auf sie ein, ohne daß Lena allerdings aufnahm, was sie sagte. Der Schmerz, der sie überwältigte, ließ nichts anderem Raum. Ihrer Kehle entrang sich ein gequälter Schrei, der in ein verzweifeltes Schluchzen überging und von Tränen erstickt wurde.
Erst viel später, als sie sich einigermaßen gefaßt hatte, erfuhr sie, daß Wilhelm Luckenbach, der einzige ihrer Nachbarn in Marienthal, der ein Telefon besaß, im Konvent angerufen und die Nachricht vom tödlichen Unfall ihrer Eltern übermittelt hatte. Der Unfall war schon am Vormittag passiert, doch es hatte Stunden gedauert, bis jemand daran gedacht hatte, das Kloster von der Tragödie zu unterrichten.
»Dem Bericht eines Augenzeugen nach soll dein Vater die Kontrolle über den Wagen verloren haben. Man nimmt an, daß er am Steuer einen Herzinfarkt oder Gehirnschlag erlitten hat«, schloß die Oberin ihren traurigen Bericht. »Der Tod hat beide schnell ereilt.«
»Ich muß mich um die Beerdigung kümmern«, murmelte Lena. »Es gibt sonst niemanden, der das tun könnte.«
Die Oberin nickte. »Ja, es wird jetzt viel zu erledigen geben, was dich bestimmt eine Zeitlang in Atem halten wird.

Aber heute fährt kein Zug mehr ins Barossa-Tal. Du kannst morgen den Frühzug nach Gawler nehmen. Ich habe Mister Luckenbach versprochen, noch heute zurückzurufen, wenn wir wissen, wann genau du in Gawler ankommst, damit dich dort jemand abholen und nach Marienthal bringen kann.«
Lena hatte Mühe, einen klaren Gedanken zu fassen. »Gawler? Aber ich kann doch bis Tanunda durchfahren.«
»An der Strecke wird zur Zeit gearbeitet, wie mir Mister Luckenbach mitgeteilt hat. Es muß da irgendwo einen Gleisschaden gegeben haben. Wie dem auch sei, morgen kommst du jedenfalls nur bis nach Gawler. Man wird dich dort abholen.«
»Ich weiß nicht, wie lange ich wegbleiben werde. Es können wohl schon ein, zwei Wochen sein.«
Die Mutter Oberin schüttelte traurig den Kopf. »Nein, du wirst nicht in ein paar Wochen zu uns ins Kloster zurückkommen können. Auch nicht in ein paar Monaten.«
»Aber nein, so lange wird es bestimmt nicht dauern!« widersprach Lena. »Zu meiner Profeß ...«
Die Oberin unterbrach sie. »Es wird für dich keine Profeß geben, Lena. Jedenfalls viele Jahre lang nicht. Denn Gott hat offensichtlich andere Pläne mit dir.«
Mit verständnislosem Ausdruck sah Lena sie aus geröteten, tränenverhangenen Augen an. »Was für andere Pläne?« stieß sie verwirrt hervor.
»Hast du denn keine Geschwister?«
»Doch, ... ja ... natürlich. Einen Bruder und zwei Schwestern«, antwortete Lena verdutzt.
»Und wie alt sind sie?«
»Andreas muß jetzt zwölfeinhalb sein, Marianne ist letzten November zehn geworden, und Franziska ist gerade mal sechs.«

»Und wie sieht es mit Verwandten aus?« wollte die Oberin mit hochgezogenen Augenbrauen wissen.
»Verwandte haben wir keine, zumindest nicht in Australien. Mein Vater war ganz allein, als er vor fast dreißig Jahren seine Heimat Deutschland verlassen hat und hier eingewandert ist. Meine Mutter kam zwar einige Jahre später in Begleitung von zwei älteren Brüdern, aber die sind schon kurz nach ihrer Ankunft bei einem Minenunglück in Kapunda ums Leben gekommen«, sagte sie und begriff plötzlich mit Schrecken, was diese Fragen nach ihren Geschwistern zu bedeuten hatten.
Die Oberin nickte, als hätte ihr Lena nur noch einmal bestätigt, was sie schon längst gewußt hatte. »Da also niemand deine Geschwister bei sich aufnehmen und ihnen ein Zuhause geben kann, wirst nun du dich um sie kümmern müssen.«
Der Schock der Erkenntnis, was der Tod ihrer Eltern jenseits des persönlichen Schmerzes und Verlustes hinweg für ihr weiteres Leben bedeutete, traf sie wie ein Messerstich in die Seele. Fast wurde ihr übel. »Ja, aber ... aber ich kann doch nicht ... ich weiß doch überhaupt nicht ...«, stammelte sie und vermochte keinen vollständigen Satz zustande zu bringen.
»Doch, du kannst! Es wird fortan deine Aufgabe sein, dich deiner Geschwister in Liebe und Verantwortung anzunehmen – und Gott wird dir die Kraft dazu geben!« bekräftigte die Oberin energisch. »Du bist zwanzig Jahre alt. Andere Frauen haben in deinem Alter schon eigene Kinder. Du wirst die Last schon zu tragen wissen. Oder möchtest du etwa, daß deine Geschwister nun auch noch ihr Zuhause verlieren, in ein Waisenhaus eingewiesen und dabei womöglich sogar getrennt werden, obwohl du ihnen dieses bittere Schicksal ersparen kannst?«

Lena biß sich auf die Lippen.

»Du hast um Aufnahme in dieses Kloster gebeten, weil du Gott bedingungslos lieben und dienen willst«, fuhr die Oberin mit eindringlicher Stimme fort. »Nun, er ruft dich jetzt laut und deutlich, Lena. Doch er hält sich nicht an die Wünsche und Pläne, die wir uns zurechtgelegt haben. Er weiß viel besser, was uns zukommt und wie unser Leben verlaufen soll. Er beruft dich nicht zu einem Leben im Kloster, so wie du es dir erhofft hast, sondern zurück ins weltliche Leben. Er will, daß du ihm dort mit derselben Hingabe und Aufopferung dienst, wie du es nach unserer Ordensregel hier im Konvent tun würdest. Deine Berufung liegt unmißverständlich vor dir. Nun zeige, daß dein Glaube stark ist und sich auch in der Prüfung zu bewähren weiß!«

»O mein Gott!« schluchzte Lena erschüttert und schlug die Hände vors Gesicht. »O mein Gott!«

5

Ächzend und heftig schnaufend wie ein müder stählerner Riese, der seine schweren Gliedmaßen zu dieser frühen Morgenstunde nur mühsam in Bewegung zu setzen vermag, fuhr der Dampfzug an. Langsam, dann immer schneller nahm er an Geschwindigkeit auf. Mächtige Dampfwolken quollen aus dem Schornstein der Lokomotive, wurden vom Fahrtwind verwirbelt und trieben wie Nebelschwaden an den Waggons vorbei.
Lena saß am Fenster und biß sich auf die Lippen, um nicht vor den anderen Mitreisenden in Tränen auszubrechen. Unsägliche Verzweiflung stand in ihren Augen, als hoffe sie noch auf ein Wunder in allerletzter Sekunde. War denn bei Gott nicht alles möglich?
Herr, laß das alles nur ein schrecklicher Traum sein! beschwor sie den Allmächtigen in Gedanken. Doch der jähe Tod ihrer Eltern war grausame Wirklichkeit, und das herbeigesehnte Wunder blieb aus. Sie befand sich auf dem Weg zurück nach »Maralinga«, um ihre Eltern zu beerdigen und die Verantwortung für ihre Geschwister zu übernehmen.
Schwester Dominika, die sie persönlich in aller Frühe zur acht Meilen entfernten Bahnstation von Murray Bridge gebracht, bis zur Abfahrt gewartet und ihr seelischen Beistand geleistet hatte, hob zum Abschied die Hand und zeichnete ein Kreuzzeichen in die Luft. Ihre zierliche Gestalt wurde rasch kleiner und verschwand Augenblicke später mit dem Bahnsteig aus dem Blickfeld, als der Zug sich in die Kurve

legte, die Siedlung am Ufer des schlammigen Murray River hinter sich ließ und auf die Adelaide Hills zuhielt.

Die harten Holzbänke im Abteil der dritten Klasse teilte Lena mit zwei Männern mittleren Alters, die abgewetzte Anzüge und klobige Reisetaschen mit sich trugen und nach Landwirtschaftsvertretern aussahen, sowie zwei Frauen, einer jüngeren und einer grauhaarigen Matrone. Das Mädchen war in anderen Umständen, wie ihr gewölbter Leib verriet, während die Matrone neben ihr – wohl eine Tante – einfach nur korpulent war.

Lena fühlte sich ohne ihre Ordenstracht nackt und den Blicken der Menschen schutzlos ausgeliefert. Was hätte sie dafür gegeben, wenn sie wenigstens noch für ein paar Tage ihr Schwesterngewand hätte tragen dürfen. Aber die Mutter Oberin hatte es ihr nicht gestattet, daß sie die Reise im Ordenskleid antrat. »Zeichen und Symbole haben ihre eigene Kraft, so äußerlich sie auch sein mögen, und ich möchte nicht, daß du die falschen Zeichen setzt – und dir selbst etwas vormachst!« hatte sie gesagt und ihr ein schlichtes schwarzes Wollkleid aus der Kleiderkammer bringen lassen. Und so trug sie nun zum erstenmal seit drei Jahren wieder gewöhnliche weltliche Kleidung.

Sie hatte die Nacht kaum Schlaf gefunden. Stundenlang hatte sie im Gebet verbracht, den viel zu frühen Tod ihrer Eltern beweint, sie Gottes grenzenloser Barmherzigkeit anempfohlen, die Muttergottes um Fürsprache angerufen und immer wieder ihren Schöpfer um die Kraft angefleht, ohne Aufbegehren anzunehmen, daß nicht ihr, sondern Sein Wille geschehe.

O ja, sie hatte sich verzweifelt darum bemüht, sich nicht in Schmerz und Bitterkeit zu verlieren. Und nichts wünschte sie sich mehr, als sich Gottes Willen zu fügen und Seinem Wort voller Hingabe und Demut zu folgen. Schon als ganz

junges Mädchen hatte sie gewußt, daß sie eines Tages der Welt entsagen und den Schleier nehmen würde. Und daran hatte sich all die Jahre nichts geändert, auch wenn es anderthalb Jahre vor ihrem Klostereintritt eine kurze Zeit der Verwirrung und Selbstzweifel gegeben hatte.
Ihr Vater hatte bis zum Schluß nichts von ihrer göttlichen Berufung zum Ordensleben wissen wollen und nichts unversucht gelassen, sie von ihrem Entschluß abzubringen. Er hatte sein Einverständnis zu ihrem Eintritt ins Kloster erst dann erteilt, als sie zugestimmt hatte, sich vor der ersten Profeß nicht wie üblich ein Jahr als Postulantin und ein weiteres Jahr als Novizin auf die Ernsthaftigkeit ihrer Berufung zu prüfen, sondern ein zweijähriges Noviziat auf sich zu nehmen und somit insgesamt drei Jahre mit den ersten Gelübden zu warten. Ihre Mutter hingegen hatte die Zeichen schon in ihrer Jugend richtig gedeutet und sie in ihrer Berufung bestärkt.
»Der geweihte Schleier ist dir schon in die Wiege gelegt worden. Ich jedenfalls habe vom Tag deiner Geburt an gewußt, daß du dazu berufen sein würdest, eine Braut Christi zu sein«, hatte ihre Mutter ihr am Tag ihres Eintritts in den Konvent der »Sisters of the Sacred Heart« bewegt und voller Stolz anvertraut, als sie an der Klosterpforte voneinander Abschied genommen hatten.
Konnte es also wirklich Gottes Wille sein, daß sie das klösterliche Leben aufgab, zu dem Er sie doch gerufen hatte und das ganz Seinem Lobpreis und der Heiligung Seines Namens gewidmet war, um etwas zu tun, wofür sie mit Sicherheit nicht geeignet war? Sie konnte es sich einfach nicht vorstellen. Es machte auch überhaupt keinen Sinn. Denn wie sollte sie ihren Geschwistern die Eltern ersetzen?
So inständig Lenas Gebete auch gewesen waren, den ersehnten Seelenfrieden hatten sie ihr nicht gebracht. Sie kam

sich schuldlos bestraft und beraubt vor, beraubt einer großen Kostbarkeit und eines wunderbaren Schutzes vor den Übeln dieser Welt. Und ihr war, als würde ihr das jeder im Abteil ansehen.
Um nicht angesprochen und in eines dieser oberflächlichen Gespräche hineingezogen zu werden, die sich erst träge, dann aber mit großer Lebhaftigkeit zwischen ihren Mitreisenden entwickelten, vertiefte sie sich in die Texte ihres Stundenbuches. Zwischendurch nahm sie ihren Rosenkranz zur Hand und ließ die Perlen aus dunklem Rosenholz im stummen Gebet durch ihre Finger gleiten. Die teils erstaunten, teils spöttischen Blicke bemerkte sie nicht, weil sie sich zwang, einfach nicht von ihrer geistlichen Lektüre aufzuschauen; und den Rosenkranz betete sie mit geschlossenen Augen.
An diesem Morgen wollte Lena jedoch nicht gelingen, was ihr bisher stets so leichtgefallen war, nämlich sich derart in das Gebet zu versenken, daß alles andere um sie herum zu existieren aufhörte. Und je verzweifelter sie sich bemühte, sich in diese entrückte Andacht zu versetzen, desto weniger Erfolg war ihr beschieden. Es waren nicht allein die Stimmen ihrer schwatzhaften Mitreisenden, sondern immer wieder auch ihre verstört herumirrenden Gedanken, die unablässig ihre Gebete durchlöcherten und ihr jegliche Konzentration raubten. Die Tränen stiegen ihr ob ihres Unvermögens in die Augen. War es so leicht, die Fähigkeit zur inneren Sammlung zu verlieren und wieder den profanen Ablenkungen dieser Welt zu erliegen? Dieser Gedanke machte ihr mehr angst als alles andere.
Schließlich gab Lena es auf und starrte bedrückt aus dem Fenster, während sie sich den Kopf darüber zermarterte, was nun werden sollte – aus ihren Geschwistern Andreas, Marianne und Franziska, aus »Maralinga« und aus ihr.
Die Fahrt ging über Lobethal, das zu den ersten Siedlun-

gen gehörte, die deutsche Einwanderer Mitte des neunzehnten Jahrhunderts in Südaustralien gegründet hatten, und durch die nordöstlichen Ausläufer der Adelaide Hills. Das immergrüne Laubkleid der graustämmigen Eukalyptus-Bäume, von den Australiern *gum tree* genannt, stand in starkem Kontrast zur rotbraunen Erde und dem sonnenverbrannten strohfarbenen Wallaby-Gras.

Die Landschaft veränderte sich auffallend, je näher der Zug dem Barossa-Tal kam. Schon zehn, zwölf Meilen vor Gawler, einer reichen Kleinstadt am südwestlichen Ende des Talkessels, ging die herbe Schönheit des australischen Busches in eine fast parkähnliche Landschaft von ganz anderer Harmonie und Vollendung über. Im Gegensatz zur wilden Zufälligkeit der Natur prägten nun immer wiederkehrende geometrische Formen und Linien das kultivierte Land und die dazwischenliegenden Waldstücke. Die weiten Felder, Äcker und Obsthaine und besonders die Weinberge mit ihren tiefgestaffelten, langen und eindrucksvoll symmetrischen Reihen, die sich zudem häufig noch in sanften Schlangenlinien über die Hügel zogen, kündeten von der klaren Parzellierung und streng ordnenden Hand der ersten Siedler und ihrer Nachfahren; eine Strenge, die ihr ausgleichendes Gegengewicht in der ganz eigenen Schönheit des so fruchtbaren Landes fand sowie in den anmutig klaren Linien der Kirchen, Giebelhäuser, Bauernhöfe und Weingüter.

Lena blickte hinaus zu den mauvefarbenen Hügeln und Bergzügen, die den Horizont begrenzten, und eine Weile vergaß sie, was ihr so entsetzlich schwer auf der Seele lastete. Der Anblick dieser anheimelnden, vertrauten Landschaft weckte vielfältige Erinnerungen an ihre Kindheit und Jugend. Hier war sie aufgewachsen, unter diesem hohen, schier endlosen australischen Himmel, im Angesicht dieser an- und abschwellenden Hügelketten sowie der Zwillingsgipfel des majestätischen Kaiserstuhls. Mit dieser grünblauen Oase aus Farmen, Weingütern und vielen kleinen Siedlungen, in denen das Leben noch immer zu einem Großteil von deutschen Einwanderern und deren Nachkommen bestimmt wurde, verband sie alles, was für sie das Wort Heimat beinhalten konnte.

Der Zug lief um kurz nach zehn in den Bahnhof von Gawler ein. Anders als die Station in Murray Bridge, die nur aus einem primitiven Bahnsteig aus klobigen Bohlen und einer kurzen Überdachung aus rostigem Wellblech bestand und damit unzähligen anderen zum Verwechseln ähnlich war, hielt der Zug hier in einer ansehnlichen Halle, die einen wirklichen Schutz vor Wind und Wetter bot.

Anton Krautscheid, der altgediente Kellermeister von »Maralinga«, wartete schon auf dem Bahnsteig auf Lena, als sie aus dem Zug stieg und den Koffer nahm, den ihr ein hilfreicher Zugbegleiter vom Perron reichte. Nervös hielt er nach ihr Ausschau.

Solange Lena denken konnte, gehörte Anton Krautscheid zu »Maralinga« und zu ihrer Familie. Er war der erste Arbeiter gewesen, den ihr Vater wenige Jahre nach Anpflanzung der ersten Weinstöcke ganzjährig eingestellt hatte, was nun immerhin schon mehr als zwei Jahrzehnte zurücklag. Im Laufe der Jahre war er zur rechten Hand und zum Freund ihres Vaters geworden – und schließlich gar zum Kellermeister. Für ein kleines Weingut wie »Maralinga« klang solch eine Bezeichnung zwar reichlich hochtrabend, wo doch jeder, der in Lohn und Brot stand, bei allen anfallenden Arbeiten mit anpacken mußte und ein erfahrener Kellermeister, der nur seinem Beruf nachging, nicht genug zu tun gehabt hätte, einmal ganz davon abgesehen, daß ihr Vater einen solchen auch gar nicht hätte bezahlen kön-

nen. Aber da Anton Krautscheid der einzige war, der zusammen mit ihrem Vater den Gärungsprozeß und die Lagerung der Weine überwachte, hatte ihr Vater ihn vor sieben Jahren, als Anton Krautscheid seinen fünfzigsten Geburtstag gefeiert und seine Frau Martha noch gelebt hatte, kurzerhand dazu ernannt, und zwar mit den Worten: »Jedes Weingut, das etwas auf sich hält, hat einen Kellermeister. Und auf ›Maralinga‹ gebührt dir diese Ehre, Anton!« Und seitdem besaß das Weingut eben einen Kellermeister.
Anton Krautscheid blickte in Lenas Richtung und entdeckte sie schließlich unter den anderen Reisenden. Schnell steckte er das karierte Taschentuch weg, mit dem er sich den Schweiß von seinem fast kahlen, kürbisrunden Kopf gewischt hatte, den nur noch ein krauser Haarkranz zierte; dagegen sproß sein struppiger Walroßbart so dicht, daß er nicht nur die Oberlippe, sondern auch noch den halben Mund verbarg. Er eilte ihr so schnell entgegen, wie seine beachtliche Körperfülle es ihm erlaubte.
»O Schwester Lena, daß ich das noch erleben mußte!« begrüßte er sie bedrückt und nahm ihre Hände. Er sah um Jahre gealtert, ja gebrochen aus. »Mein tiefes Beileid! Es tut mir ja so leid. Worte können gar nicht ausdrücken, was ich fühle. Welch eine Tragödie, welch eine große Tragödie! Er hätte nie in ein Automobil steigen sollen. Diese Maschinen werden noch viel Unglück über die Menschen bringen! Aber was können wir schon mit Wenn und Aber gegen das Schicksal ausrichten? Nichts.«
»Ja«, sagte Lena nur und kämpfte mit den Tränen.
Anton Krautscheid drückte noch einmal ihre Hände in stummem Mitgefühl, seufzte schwer, nahm dann ihren Koffer und führte sie zu dem Buggy, mit dem er gekommen war und den er auf dem Bahnhofsplatz unter dem Sonnendach abgestellt hatte.

Ein flüchtiges Lächeln huschte über Lenas Gesicht, als der Apfelschimmel, der auf den Namen Prinz hörte, den Kopf nach ihr reckte und ihr mit einem leisen Wiehern zu verstehen gab, daß er sie nicht vergessen hatte. »Ja, mein Guter«, sagte Lena, tätschelte kurz seine samtweiche Schnauze und dachte unwillkürlich daran, wie sie damals vor acht Jahren in dieser eisigen Nacht bei seiner schweren Geburt im Stall mitgeholfen hatte, ihn auf die Beine zu bringen. Und wie oft sie ihn mit Stroh abgerieben hatte, um seinen schwachen Kreislauf anzuregen! Nein, es hatte damals gar nicht gut für ihn ausgesehen. Doch er hatte leben wollen und gekämpft. Und welch ein prächtiger, kraftvoller Apfelschimmel aus ihm geworden war!

Der Kellermeister zog einen breitkrempigen Strohhut unter der Sitzbank hervor und reichte ihn Lena. »Sie werden ihn brauchen. Es wird heiß werden.«

Lena dankte ihm mit einem gequälten Lächeln, setzte den Hut auf und nahm ihren Platz ein.

Anton Krautscheid zog sich ächzend zu ihr auf die Sitzbank hinauf, holte seinen löchrigen Hut von der Bremsstange und wickelte die Zügel vom Griff. Er lenkte Prinz durch das geschäftige Städtchen, in dem ihnen bereits mehrere Automobile begegneten, und ließ ihn dann in einen flotten Trab fallen, nachdem sie die letzten Häuser passiert hatten und sich auf der Landstraße nach Tanunda im Herzen des Barossa-Tals befanden.

Sie wechselten kaum ein Wort auf der Fahrt nach »Maralinga«. An einem Gespräch war auch keiner von ihnen interessiert. Und doch gab es wichtige Dinge, über die Lena unterrichtet werden mußte. »Father MacIntosh wird heute nachmittag nach ›Maralinga‹ kommen, um mit Ihnen wegen der morgigen Beerdigung zu sprechen«, brach Krautscheid einmal das bedrückte Schweigen. »Mit Paul Pohl-

brecht, unserem Bestatter in Marienthal, bin ich gestern schon die wichtigsten Punkte durchgegangen. Ich hoffe, Sie haben nichts an dem auszusetzen, was ich bezüglich der Beerdigung Ihrer Eltern arrangiert habe, Schwester Lena. Sie wissen ja, wegen der großen Hitze bleibt uns nicht viel Zeit.«
Lena nickte. »Danke, daß Sie sich schon um so vieles gekümmert haben. Ich bin sicher, daß ich es nicht besser hätte machen können. Ich habe nur eine Bitte ...« Sie zögerte.
»Ja?«
»Sagen Sie bitte nicht mehr *Schwester* Lena zu mir«, sagte sie mit belegter Stimme. Es fiel ihr schwer, darüber zu reden. »Ich ... ich werde wohl nicht mehr ins Kloster zurückkehren. Zumindest nicht, bis meine Geschwister groß genug sind, um für sich allein zu sorgen.«
»Und da Franziska gerade mal sechs ist, werden noch einige Jahre vergehen, bis sie unter der Haube ist«, seufzte Anton Krautscheid mitfühlend. »Dabei war Ihre Mutter doch so stolz auf Ihre Berufung. Und auch Sie hatten sich das stets erträumt und sich so auf Ihre erste Profeß gefreut. Und nun das! Ach, was für ein unsägliches Unglück dieser entsetzliche Unfall doch über Ihre Familie gebracht hat!«
Lena war noch nicht einmal zu einer frommen Antwort fähig. Zu groß waren Trauer und Bitterkeit. Stumm vergoß sie ein paar Tränen, während sie die Gabelung beim Steinbruch am Sandy Creek erreichten. Hier verließen sie die Landstraße nach Tanunda, bogen nach links ab und folgten nun der Straße, die über Rosenthal und Schönborn nach Marienthal führte.
Wenn das Barossa-Tal in den ersten Jahrzehnten seiner Besiedlung auch durch überwiegend deutsche Einwanderer altlutherischen Glaubens urbar gemacht und nachdrücklich von ihnen geprägt worden war, wovon die vielen eigenstän-

digen Gemeinden und Kirchen ein beredtes Zeugnis abgaben, so gab es doch hier und dort auch einige Siedlungen, die auf deutsche Einwanderer katholischen Glaubens zurückgingen. Ihr Anteil wuchs gegen Ende des Jahrhunderts durch den Zustrom irischer Einwanderer, die es zumeist erst in die Kupferminen von Kapunda zog. Als dort nach einem kurzen Boom die meisten Minen unrentabel wurden und aufgegeben werden mußten, ließen sich viele dieser Einwanderer als Tagelöhner, Handwerker, Farmer und Weinbauern nieder. Einige von ihnen suchten dabei die Nähe jener Ortschaften, in denen es bereits eine katholische Gemeinde gab. Marienthal gehörte zu diesen Siedlungen und konnte sogar schon 1885 eine eigene Kirche vorweisen, die den Namen Our Lady of the Valley trug. Die nächste römisch-katholische Kirche, St. Rose's, fand sich erst in Kapunda im Norden beziehungsweise im Süden mit St. Peter and St. Paul in Gawler.
Die Sonne stand hoch am Himmel und brannte unbarmherzig auf sie herab, als die kleine Ortschaft Marienthal endlich vor ihnen auftauchte. Nun war es nicht mehr weit bis »Maralinga«, das zwei Meilen weiter östlich in den Hügeln lag.
»Wie geht es meinen Geschwistern?« fragte Lena.
»Sie sind ... sie sind ...« Anton Krautscheid führte den Satz nicht zu Ende, weil er offensichtlich nicht das passende Wort fand, um die Fassungslosigkeit und Verzweiflung ihres Bruders und ihrer Schwestern zu beschreiben. »Agnes ist seit gestern bei ihnen. Sie ist sofort hinübergefahren, als sie von dem Unfall erfuhr. Sie ist auch über Nacht geblieben«, sagte er schließlich mit einem hilflosen Schulterzucken. »Ach, wäre doch meine selige Martha noch am Leben!«
Lena unterdrückte ein gequältes Stöhnen, denn sie verstand sehr wohl, was er damit sagen wollte. Agnes Wiebke, die ro-

buste Ehefrau ihres Nachbarn Konrad Wiebke, war eine herzensgute Person, eine wahre Seele von Mensch. Aber leider neigte sie bei Trauerfällen zu noch größerer Geschäftigkeit, als es schon sonst ihre Art war, so als wolle sie den Tod durch all ihr Tun und Gerede vergessen machen.
Eine knappe Meile vor Marienthal, am kleinen Gehöft der Sullivans, zweigte rechts ein Weg ab, der nach »Maralinga« führte. Prinz witterte wohl den heimischen Stall, denn er legte unaufgefordert an Tempo zu.
Der Buggy rollte eilig über die primitive Bohlenbrücke, die über den fast völlig ausgetrockneten Rowland Creek führte, erklomm einen kleinen buschbestandenen Hügel und passierte wenig später die Stelle, wo sich auf einer Strecke von fast hundertfünfzig Fuß zu beiden Seiten des Weges wilde Rosenhecken bis zu einem hohen schmiedeeisernen Tor entlangzogen. Und dahinter begann das Land von »Maralinga«.
Die vielen Reihen Rebstöcke, die einen Großteil der vierzehn hügeligen Hektar von »Maralinga« bedeckten, wirkten wie ein blaugrüner Teppich, den jemand über das wellige Land geworfen hatte – oder wie ein Meer aus Seetang bei schwerer Dünung. Und aus diesem dunkelgrünen Rebenmeer, das von Spalierdrähten gezähmt wurde, ragte zwischen mehreren Gruppen hoher Eukalyptus-Bäume das rostfleckige Wellblechdach des steinernen Wohnhauses hervor.
»Halten Sie bitte an, Krautscheid!« bat Lena, als sie am schmiedeeisernen Tor anlangten. »Ich möchte den Rest des Weges zu Fuß gehen.«
»Aber natürlich«, sagte Anton Krautscheid und brachte Prinz zum Stehen.
Lena stieg vom Wagen, nickte Krautscheid zu und wartete, bis der Buggy hinter der nächsten Biegung verschwunden

war. Dann folgte sie dem breiten sandigen Weg, der zu beiden Seiten von Weinbergen gesäumt wurde. Auch wenn ihre Gedanken sich mit ganz anderen Dingen beschäftigten, so fiel ihr doch auf, daß die Trauben, die in nicht sehr ansehnlichen Dolden von den Rebstöcken hingen, keine gute Ernte versprachen; sie waren recht klein geraten. Diese Feststellung löste in ihr jedoch keine weiteren Überlegungen aus. Dafür hielt die bedrückende Frage, wie sie die vor ihr liegenden Aufgaben bloß bewältigen sollte, sie viel zu gefangen. Und je näher sie ihrem Elternhaus kam, desto schwerer wurde ihr Schritt und desto mehr wuchs ihre Verzweiflung.

Das Wohnhaus, das über ein Obergeschoß verfügte und mit der großen Küche insgesamt sieben Zimmer unter seinem Dach vereinte, bestand aus blassem, wettergebleichtem Barossa-Sandstein. Architektonisch fehlte dem Gebäude jegliche Besonderheit und jeder Charme, allerdings wirkte es ausgesprochen solide. Eine breite, überdachte Veranda zog sich auf allen vier Seiten um das Haus. Rechts und links davon gruppierten sich mehrere Nebengebäude. Davon waren jedoch nur die klobige Zisterne neben den Stallungen und die Weinkellerei, die hinter dem Haus mit seinem Gewölbe tief in den Hang eines Hügels hineinreichte, auch aus Stein errichtet. Ein Stück hinter Hof und Haus, bereits außer Sicht, befand sich das kleine Häuschen, das Anton Krautscheid die letzten Jahre mit seiner Frau bewohnt hatte, seit ihre beiden Söhne Maximilian und Jakob das Elternhaus in Marienthal verlassen und sich außerhalb des Barossa-Tales eine eigene Existenz aufgebaut hatten. Mit dem Tod von Martha war ihm sogar diese kleine Behausung noch zu groß geworden.

Ausgestorben lag der Hof vor Lena, als sie auf ihr Elternhaus zuging. Attila, die schon ergraute Promenadenmischung,

hatte sich in den Schatten neben der Treppe zurückgezogen. Freudig richtete er sich nun auf und wedelte mit dem Schwanz, als er Lena wiedererkannte, denn sie war es gewesen, die ihn als Welpen bekommen und aufgezogen hatte.
Im selben Augenblick flog die Haustür auf, und Agnes Wiebke stürzte ihr mit wehender, mehlbestäubter Schürze entgegen. Sie klatschte die Hände über ihrem mächtigen Busen zusammen, hob sie in einer um göttlichen Beistand flehenden Geste gen Himmel und überschüttete Lena mit einer Flut von Beileidsbekundungen, die sie mit guten Ratschlägen verband: »Vor allen Dingen müssen Sie sich stärken, mein Kind«, betonte sie immer wieder und redete in einem fort. »Ich habe ein paar Sandwiches vorbereitet, und das Wasser für den Tee kocht schon. Sie brauchen jetzt viel Kraft für das, was Sie durchzustehen haben. Ach, was sehen Sie blaß und mager aus! Mit der Küche im Kloster ist es wohl nicht weit her, nicht wahr? Aber wie sollte es auch bei dem frommen Leben und der Entsagung, die sich die Nonnen zum Lobe Gottes auferlegen. Unsereins ist diese große Gabe ja nicht gegeben, aber dafür preise ich unseren Herrn auf meine Weise. Auch Kochen und Backen kann zum himmlischen Gebet werden, das sagt jedenfalls mein Mann, und mein Konrad versteht eine Menge von gutem Essen. Da wir gerade von Essen reden: Ich habe schon drei Kuchen gebacken, einen mit Nuß und Rahm, wie unser verehrter Father MacIntosh, der ja nachher kommt, ihn am liebsten hat. Und was die Verköstigung der Trauergäste morgen nach der Beerdigung betrifft, so habe ich mir gedacht ...«
»Frau Wiebke, bitte nicht jetzt!« rief Lena schließlich und gebot ihr mit verzweifelter Geste Einhalt. »Mir steht jetzt wirklich nicht der Sinn danach, über solche Sachen zu reden.«

»Diese Dinge müssen aber auch geregelt werden, und zwar beizeiten!« erwiderte Agnes Wiebke und verzog gekränkt das Gesicht. »Ich versuche ja nur zu helfen. Aber wenn Ihnen das nicht recht ist ...«
»Natürlich ist es mir recht!« beeilte sich Lena schnell zu versichern und stöhnte innerlich auf. »Ich bin Ihnen überaus dankbar für Ihre Hilfe, ich könnte mir gar keinen besseren Beistand wünschen als Sie.«
Das fleischige Gesicht von Agnes Wiebke hellte sich sofort wieder auf. Sie lächelte versöhnlich. »Nun, das ist doch das Geringste, was ich tun kann, um Ihnen in dieser schrecklichen Stunde die Last ein wenig leichter zu machen, besonders was die Vorbereitungen für morgen betrifft. Sie wissen ja, wie die Bräuche hier sind.«
Lena nickte. Der Leichenschmaus nach einer Beerdigung hatte für die Leute fast noch größere Bedeutung als Messe und Grablegung. Da mußte so üppig wie möglich aufgetischt werden, so verlangte es der Brauch. Wer sich nicht daran hielt, brauchte sich über eine schlechte Nachrede nicht zu wundern. »Ich lasse Ihnen da völlig freie Hand, Frau Wiebke. Sie werden schon das Richtige tun. Und nachher können wir ja auch darüber noch reden. Aber zuerst will ich mit meinen Geschwistern sprechen. Wo sind sie überhaupt?«
Ein Schatten der Verdrossenheit legte sich über Agnes Wiebkes Gesicht. »Fräulein Ziegler ist vorhin gekommen und hat darauf bestanden, sich Ihrer Geschwister anzunehmen.«
»Cornelia?« fragte Lena überrascht.
»Ja, sie meint wohl, besser mit den Kindern umgehen zu können, obwohl sie selbst noch nicht einmal verheiratet ist, geschweige denn Kinder hat, während ich doch sechs eigene großgezogen habe«, erklärte Agnes Wiebke spitz. »Aber da

ich wußte, daß Sie und Fräulein Ziegler einmal recht gut befreundet gewesen sind, habe ich ihr den Willen gelassen.«
Cornelia ist noch immer meine beste Freundin, auch wenn wir uns drei Jahre lang nicht gesehen haben! Und sie wird auch stets meine beste Freundin bleiben, egal, was geschieht, hätte Lena am liebsten geantwortet, hielt diese Worte jedoch gerade noch rechtzeitig zurück. Statt dessen fragte sie, wo sie Cornelia und ihre drei Geschwister denn finden könne.
»Ich glaube, sie liest ihnen Geschichten vor«, antwortete Agnes Wiebke und fügte mit unverhohlener Mißbilligung hinzu: »In der guten Stube! Ich hoffe, das Zimmer ist nicht zu sehr in Unordnung, wenn nachher unser Herr Pastor kommt!«
Lena ersparte sich eine Erwiderung, zwang sich zu einem dankbaren Lächeln und begab sich ins Haus. Durch die offene Wohnzimmertür hörte sie die Stimme ihrer Freundin, die aus einem Buch mit römischen Sagen vorlas. Als sie in die Tür trat, blieb sie einen Augenblick unbemerkt stehen. Cornelia Ziegler hockte mit ihren Geschwistern mitten im Zimmer auf dem Teppich. Das rotbraune Haar fiel ihrer Freundin in einem dicken Zopf vorn über die Schulter. Franziska, mit gerade sechs die jüngste ihrer Schwestern und von überaus zierlicher Gestalt und anfälliger Gesundheit, kauerte in ihrem Schoß, als suche sie Schutz, wobei sie mit der Schleife am Zopfende spielte. Um die viereinhalb Jahre ältere Marianne, die an ihrer linken Seite lehnte, hatte Cornelia ihren Arm gelegt. Allein ihr zwölfjähriger Bruder Andreas, der seiner Mutter so frappierend ähnlich sah, hielt Abstand. Er saß mit zusammengepreßten Lippen und mit vor der Brust verschränkten Armen gegen die Vorderseite von Vaters Ledersessel gelehnt. Stur starrte er an Cornelia und seinen Schwestern vorbei.

Franziska bemerkte Lena zuerst. »Lena!« rief sie. »Lena ist wieder da! Jetzt wird alles gut!«

»Nichts wird je wieder gut!« stieß Andreas bitter hervor. »Mom und Dad sind tot, tot, tot! Du bist bloß zu dumm, um das zu begreifen!«

»Du bist gemein!« Weinend sprang Franziska auf, stieß Cornelia dabei das Buch aus der Hand, rannte auf Lena zu und warf sich ihr mit einem erstickten Schluchzen in die Arme. »Sag, daß alles wieder gut wird!«

Lena drückte den zarten Körper ihrer kleinen Schwester an sich, die ihre Arme mit aller Kraft um sie schlang. Im nächsten Moment stürzte auch Marianne auf sie zu und klammerte sich ebenfalls weinend an sie.

Nur Andreas kam nicht zu ihr. Zwar war auch er aufgesprungen, doch blieb er mit abwehrender Haltung und Miene neben dem Sessel stehen. Fast feindselig, als hätte sie einen unverzeihlichen Verrat begangen, sah er sie an. Aber dann wurde sein Gesicht auf einmal weich. Seine Unterlippe begann zu zittern, und er ballte die Fäuste, als wolle er die Tränen, die in ihm aufstiegen, mit aller Macht unterdrükken; ohne Erfolg. Seine Brust hob und senkte sich ruckhaft, und im nächsten Augenblick strömten ihm dicke Tränen über die Wangen. Die Hände sanken herab und öffneten sich. »Warum hat Gott das zugelassen!« stieß er schluchzend hervor. Blind vor Tränen stolperte er auf seine große Schwester zu und verbarg sein Gesicht an ihrer Schulter. »Warum hat Gott uns Mom und Dad genommen? ... Warum, Lena? ... Warum?«

»Es war ein tragischer Unfall und nicht Gottes Tun«, antwortete Lena, und das beklemmende Gefühl, dieser Verantwortung und den Erwartungen, die nun von allen an sie gerichtet wurden, nie und nimmer gewachsen zu sein, schlug plötzlich wie eine Welle über ihr zusammen, als wolle es sie

ersticken. Sie mußte an sich halten, ihre Geschwister nicht von sich zu stoßen. Und diese heftige Regung, die sie nur mit größter Mühe unterdrücken konnte, entsetzte sie zutiefst.
Verzweifelt und hilfesuchend blickte sie Cornelia an.
Diese schien zu spüren, welcher Aufruhr der Gefühle in ihr tobte und welche Ängste ihr zusetzten. »Ich bleibe, solange du mich brauchst, Lena«, sagte ihre Freundin leise, trat an ihre Seite und ergriff ihre Hand. »Ich lasse dich nicht im Stich, hörst du?«
Das sonnengebräunte, von Sommersprossen gesprenkelte Gesicht ihrer Freundin begann vor Lenas Augen zu verschwimmen. Sie nickte nur, denn zu einer Antwort war sie nicht fähig.

6

Die Uhr an der Wand unten im Wohnzimmer schlug und schickte ihren dunklen Klang wie einen Klage zwölfmal durch die nächtliche Stille des Hauses.
Hellwach zählte Lena die Schläge mit. Schon Mitternacht, und sie vermochte noch immer keinen Schlaf zu finden! So erschöpft ihr Körper nach den Anstrengungen des Tages auch war, ihr Geist wollte einfach nicht zur Ruhe kommen. Die Dunkelheit lastete schwer auf ihrer Brust, und sie hatte das Gefühl, keine Luft zu bekommen. Trocken klebte ihr die Zunge im Mund. Wenn doch nur eine frische Brise durch das Fenster wehen und ein wenig Abkühlung bringen würde!
Schließlich hielt sie es nicht länger im Bett aus. Es machte keinen Sinn, sich ruhelos und schwitzend von einer Seite auf die andere zu wälzen, wenn sich der Schlaf doch nicht einstellen wollte. Zudem hatte sie Durst, und dieser Durst wurde mit jedem Moment schlimmer.
Lena stand auf und verließ das elterliche Schlafzimmer. Im Flur blieb sie kurz stehen und lauschte in die drückend warme Dunkelheit. Ihre Geschwister schliefen offenbar tief und fest, denn sie hörte nichts als ihren eigenen heftigen Herzschlag. Beruhigt wandte sie sich um und tastete sich die Treppe hinunter.
In der Küche leerte Lena in fast einem Zug ein Glas Wasser, obwohl es entsetzlich lau war; ihr Durst obsiegte über ihren anfänglichen Widerwillen. Einen Augenblick dachte sie

daran, in den Weinkeller hinüberzugehen, in dessen unterirdischem Gewölbe zu jeder Jahreszeit gleichbleibend kühle Temperaturen herrschten, wie es die sachgerechte Lagerung von Wein erforderlich machte. Dort hatte früher in einer Mauernische stets ein großer Tonbehälter mit herrlich kühlem Wasser gestanden, und sie zweifelte nicht daran, daß es noch immer so war. Aber dann überlegte sie es sich doch wieder anders, schließlich lag es schon über drei Jahre zurück, daß sie das letztemal dort unten gewesen war; und sich im Dunkel zwischen all den Arbeitstischen, Pressen, Kisten, Fässern und Gerätschaften zurechtzufinden, traute sie sich nicht zu.

Also füllte sie ihr Glas noch einmal mit dem lauwarmen Wasser aus der Kanne und trat hinaus auf die vordere Veranda, wo sie sich auf die Bank setzte. Attila, der seinen angestammten Schlafplatz neben der Haustür hatte, richtete sich gähnend auf, streckte sich und ließ sich zu ihren Füßen nieder, was etwas Tröstliches hatte.

Augenblicke später hörte Lena zu ihrer Überraschung die Stimme ihrer Freundin von der Tür her leise fragen: »Möchtest du lieber allein sein, oder darf ich mich zu dir setzen?«

»Um Gottes willen, geh bloß nicht weg! Ich bin froh, daß du da bist!« raunte Lena und rückte etwas zur Seite, um ihrer Freundin Platz zu machen. »Habe ich dich geweckt?«

Cornelia schüttelte den Kopf. »Ich kann auch keinen Schlaf finden«, meinte sie, setzte sich neben sie und zupfte ihr knöchellanges Nachthemd zurecht. »Gottlob haben deine Geschwister damit keine Probleme, sosehr der Tod ihrer Eltern sie auch erschüttert und mitgenommen hat. Kinder haben eben ihre ganz eigenen Schutzengel.«

»Ja, dich zum Beispiel«, sagte Lena dankbar. »Ich wüßte nicht, was ich heute abend ohne dich getan hätte, als es Zeit

war, sie ins Bett zu schicken. Ich habe mich so entsetzlich hilflos gefühlt, als auf einmal wieder alle zu weinen anfingen. Du hast es so wunderbar verstanden, sie zu beruhigen und auf andere Gedanken zu bringen. Ich hätte das nicht gekonnt.«
»Nun übertreib mal nicht«, wehrte Cornelia bescheiden ab. »Deine Geschwister waren doch schon so erschöpft, daß ihnen auch so ganz schnell die Augen zugefallen wären. Außerdem: Was erwartest du denn von dir, Lena? Du stehst doch selbst noch unter dem Schock, den der plötzliche Tod deiner Eltern in dir ausgelöst hat.«
»Ja, ich kann es immer noch nicht richtig fassen«, gestand Lena bedrückt, während die Wolkendecke am Nachthimmel aufriß und sich helles Mondlicht über das Barossa-Tal ergoß. »Es kommt mir wie ein schrecklicher Alptraum vor. Und manchmal habe ich das Gefühl, gar nicht ich selbst zu sein, sondern ... nun ja, irgendwie neben mir zu stehen. Und wenn du mich jetzt fragst, was Father MacIntosh in der Stunde, die er bei uns gewesen ist, zu mir gesagt und was ich hinterher noch mit Paul Pohlbrecht, dem Bestatter, und Anton Krautscheid besprochen habe, also ich könnte es dir beim besten Willen nicht sagen.«
»Kein Wunder, es war auch wirklich zuviel, was in den wenigen Stunden seit deiner Ankunft alles auf dich eingestürzt ist – von Agnes Wiebke einmal ganz abgesehen, die einem allein schon den Nerv töten kann. So gut sie es auch meint, aber die mußt du dir so schnell wie möglich vom Halse schaffen, sonst hast du keinen Augenblick deine Ruhe!«
Lena seufzte schwer. »Einen Tag werde ich sie wohl noch ertragen müssen. Es würde sonst so undankbar wirken, und du weißt, wie schnell die Leute reden.«
»Ja, und zwar meist über das, worüber sie besser schweigen

sollten, weil es sie nichts angeht oder weil sie nichts davon verstehen«, pflichtete Cornelia ihr bissig bei.

Die beiden schwiegen eine Weile, während jeder seinen Gedanken nachhing und der Himmel langsam aufklarte. Attila gähnte erneut, kratzte sich das Fell und rollte sich zwischen Lenas nackten Füßen wieder ein. Aus den Weinbergen kam das laute Zirpen der Zikaden.

»Ich weiß nicht, ob ich es kann!« brach Lena plötzlich das Schweigen.

»Was kannst du nicht?« fragte Cornelia verwirrt.

Lena fuhr mit der Hand vage durch die Luft und rang nach Worten. »Die Verantwortung übernehmen. Für meine Geschwister und für ›Maralinga‹. Wie soll das denn funktionieren, Cornelia? Ich bin doch noch nicht einmal volljährig.«

»Aber bis zu deinem einundzwanzigsten Geburtstag sind doch bloß noch ein paar Monate hin. Außerdem wird dich das Gericht in solch einem Fall sofort für volljährig erklären und dir die Vormundschaft über deine Geschwister übertragen«, versicherte Cornelia.

»Ja, das hat unsere Mutter Oberin auch gesagt«, räumte Lena widerwillig ein. »Aber ein paar Stempel und ein Stück Papier machen mich doch nicht von heute auf morgen zu jemandem, der dieser großen Verantwortung auch gewachsen ist. Ich meine, es sind gleich drei Kinder, für die ich zu sorgen habe, und ich verstehe doch überhaupt nichts von Kindererziehung und all dem – von der Bewirtschaftung eines Weingutes wie ›Maralinga‹ mal ganz abgesehen.«

»Das kommt ganz von selbst, glaub mir. Das liegt einfach in der Natur von uns Frauen.«

»Aber was ist mit meiner Berufung zum Klosterleben?« wandte Lena verzweifelt ein. »Das ist das Leben, zu dem ich bestimmt bin. Aber Gott ruft wohl jeden anders, nicht wahr?«

»Ja, so heißt es«, sagte Cornelia leise.
»Nun, mich hat er dazu bestimmt, ihm als Nonne zu dienen«, fuhr Lena mit fast beschwörender Stimme fort und griff nach der Hand ihrer Freundin. »Wären meine Eltern noch am Leben, würde ich zu Ostern mein erstes Gelübde ablegen und den Ordensnamen Hildegard annehmen. Drei Jahre habe ich mich durch Gebet und Gewissenserforschung geprüft, ob ich Gottes Ruf auch richtig vernommen habe. Und die Antwort hat immer Ja gelautet. Ja aus der tiefsten Tiefe meines Herzens und meiner Seele. Nie haben mich Zweifel an der Richtigkeit meines Entschlusses befallen. Und so habe ich denn diesem Tag der Weihe all die Jahre geduldig und zugleich doch auch mit brennendem Herzen entgegengelebt, Cornelia. Nein, das stimmt gar nicht. Ich habe schon viele Jahre vor meinem Eintritt ins Kloster, nämlich als ich noch ein junges Mädchen von zehn, zwölf Jahren war, davon geträumt und den Tag der Profeß heiß herbeigesehnt. Und nun soll ich Gottes Ruf verleugnen und meine Berufung verraten?«
Cornelia sah sie mitfühlend an. »Ich kann verstehen, daß du verzweifelt bist. Aber wenn du wirklich auf ›Maralinga‹ bleibst, verleugnest du damit doch nicht Gottes Ruf und verrätst deine Berufung. Wenn dein Glaube und deine Berufung so stark sind, dann wirst du auch einen Aufschub von einigen Jahren ertragen, meinst du nicht?«
Das war nicht die Antwort, die Lena von ihrer Freundin zu hören erhofft hatte. »Sicher, schon …«, murmelte sie widerstrebend. »Nur …« Sie führte den Satz nicht zu Ende, weil sie nicht wußte, wie sie ihren Einwand vernünftig begründen sollte, ohne gleichzeitig in krassen Widerspruch zu ihrem Glauben zu geraten. Wer es ernst mit der Nachfolge Jesu meinte, mußte zu Opfern bereit und willens sein, auch schmerzhaften, dornigen Wegen nicht auszuweichen. Daß

sie diese Opfer und dornigen Wege lieber hinter Klostermauern auf sich genommen hätte, brachte sie jedoch nicht über die Lippen.

»Und was soll denn aus deinen Geschwistern werden, wenn du dich ihrer nicht annimmst? Du bist ihre große erwachsene Schwester und somit in diesem entsetzlichen seelischen Tumult, den sie erleiden, ihr einziger Halt«, fuhr Cornelia fort. »Ja, wenn die Frau vom Krautscheid noch leben würde, hätte man den beiden vielleicht die Vormundschaft übertragen können. Aber jetzt, da er Witwer ist, kannst du das nicht verantworten.«

»Nein, natürlich nicht«, stimmte Lena hastig zu, denn plötzlich schämte sie sich, daß sie sich darüber beklagt, das Kloster verlassen und für ihre Geschwister sorgen zu müssen. Warum nur fiel es ihr so schwer zu akzeptieren, daß Gott ihr von einem Tag auf den anderen einen neuen Platz in seinem Schöpfungsplan zugewiesen hatte, der ihr so gar nicht gefiel und ein derart wildes Aufbegehren in ihr weckte? Ob das schon eine der großen Prüfungen war, denen sie sich in ihrem Leben stellen mußte?

»Ich weiß, daß es bitter für dich ist, aber du wirst schon damit zurechtkommen und dich schnell in alles dreinfinden«, machte Cornelia ihr Mut.

»Ja, was bleibt mir auch anderes übrig, nicht wahr?« erwiderte Lena niedergeschlagen, gab sich dann aber einen Ruck. »So, nun haben wir aber genug über mich geredet. Jetzt bist du an der Reihe! Du mußt viel zu erzählen haben, denn es ist schon drei Jahre her, seit wir uns zuletzt gesehen haben. Sag mal, hast du überhaupt meine Briefe bekommen, die ich dir aus dem Kloster geschrieben habe?«

»Aber ja doch! Und du hast mir damit eine große Freude bereitet. Du kannst alles so wunderbar bildhaft beschreiben, daß man meint, alles vor seinem inneren Auge sehen zu kön-

nen«, schwärmte ihre Freundin. »Du bist wirklich talentiert.«
»Danke für die späten Blumen, aber du hättest mir auch mal zurückschreiben können«, sagte Lena vorwurfsvoll.
»Es tut mir leid, daß ich dir nie geantwortet habe. Aber du weißt doch, welche Schwierigkeiten ich mit dem Schreiben habe«, sagte Cornelia schuldbewußt und fuhr verlegen fort: »Ich habe es nie richtig gelernt – nicht unter dem Rohrstock unserer Lehrerin und auch nachher nicht. Weiß der Himmel, warum, aber ich vertausche noch immer die Buchstaben, ohne daß es mir überhaupt auffällt. Ich schäme mich dafür, und deshalb schreibe ich lieber nicht, als mich mit meinem Gekrakel bis auf die Knochen zu blamieren.«
»Du brauchst dich doch vor mir nicht zu schämen! Du bist doch meine beste Freundin!«
Cornelia zuckte die Achseln. »Außerdem weiß ich irgendwie nie, was ich schreiben soll, wenn ich vor einem leeren weißen Papier sitze; dann bin ich wie gelähmt. Ich bin nun mal nicht dafür geschaffen, Lena. Aber zu deiner Weihe wäre ich bestimmt gekommen! Das hatte ich mir fest vorgenommen. Und ich hätte auch meinen Burkhardt mitgebracht.«
Lena stutzte. »Burkhardt?« wiederholte sie verwundert. »Wer ist denn ›mein Burkhardt‹?«
Ihre Freundin lachte leise auf und antwortete stolz: »Burkhardt Helmsdorf ist mein Verlobter. Im April, wenn die Ernte eingefahren ist, heiraten wir und bauen ›Cawarra‹ auf.«
»Wie bitte, du heiratest im April?« stieß Lena überrascht hervor und stemmte die Fäuste in gespielter Entrüstung in die Hüften. »Und das erfahre ich erst jetzt? Na, du bist mir ja eine schöne Freundin!«
»Ich hätte es dir doch spätestens bei unserem Besuch im

Kloster erzählt, Ehrenwort! Ich schwöre es bei der Muttergottes!« beteuerte Cornelia, die sich den Vorwurf sichtlich zu Herzen nahm. »Sag mal, bist du mir deshalb jetzt ernstlich böse?«

»Ach was, das war doch nur Spaß«, beruhigte Lena sie und puffte sie freundschaftlich in die Seite. »Wie könnte ich dir denn jemals ernstlich böse sein? Natürlich freue ich mich für dich, und ich wünsche dir mit deinem Burkhardt alles Glück auf Erden. Aber jetzt erzähl schon: Wer ist dein Schatz? Aus Marienthal und der näheren Umgebung stammt er ja wohl nicht, denn sonst wäre mir der Name Helmsdorf bestimmt schon zu Ohren gekommen.«

»Das stimmt. Burkhardt ist nicht hier geboren, ich meine in Australien. Er kommt aus dem Hunsrück. Sein Vater ist vor fünfzehn Jahren mit ihm ausgewandert und auf der Überfahrt verstorben. Burkhardt war gerade zwölf, als er hier in Australien ankam. Er hat wirklich schwere Jahre hinter sich, doch er hat sich nie unterkriegen lassen«, berichtete Cornelia mit weicher Stimme und unüberhörbarem Stolz. »Burkhardt hat jahrelang in Norfolk an der Ostküste im Kohlebergwerk, in den Hafendocks und später bei der Eisenbahn gearbeitet. Vor acht Jahren dann hat es ihn zu uns ins Barossa-Tal verschlagen, wo es ihm auf Anhieb so gut gefallen hat, daß er beschloß, zu bleiben und sich niederzulassen. Er hat im Tal auf einigen der ganz großen Weingüter unserer Weinbarone wie ›Kalimna‹, ›Yalumba‹, ›Orlando‹ und ›Seppeltsfield‹ gearbeitet und sich jeden Penny vom Mund abgespart. Letztes Jahr hat er dann die sieben Hektar Land gekauft, die Viktor Kowald im Westen von ›Maralinga‹ all die Jahre hat verwildern lassen, und es ›Cawarra‹ genannt, was in der Sprache der Aborigines ›fließendes Wasser‹ bedeutet.«

»Dein Zukünftiger hat dem alten Kowald das Land abgekauft, das an unser Weingut grenzt?« stieß Lena ungläubig hervor.

Cornelia nickte mit einem strahlenden, glücklichen Lächeln. »Ja, ist das nicht eine himmlische Fügung?«

»Mein Gott, dann sind wir ja bald Nachbarn!« freute sich Lena und umarmte ihre Freundin. Cornelia bald jenseits der Hügel im Westen in ihrer Nähe zu wissen war der erste hoffnungsvolle Lichtblick im Dunkel ihres Kummers.

»Manchmal kann ich es immer noch nicht glauben, daß Burkhardt mich ... nun, daß seine Wahl auf mich gefallen ist. Dabei hätte er doch jede andere haben können.«

»Ja, was soll denn das heißen? Warum sollte er denn eine andere haben wollen, wenn er eine so wunderbare Frau wie dich bekommen kann?«

»Na ja, wo ich doch ...« Cornelia stockte kurz, wandte das Gesicht ab und fuhr dann verlegen fort: »... nicht mal halbwegs hübsch, sondern eher schlichter Durchschnitt bin, was mein Äußeres angeht.«

Lena setzte sofort zum Widerspruch an, doch ihre Freundin kam ihr zuvor. »Doch, es ist so, Lena. Ich mache mir nichts vor. Ich habe für meine kräftigen Hüften nicht genug Busen, deshalb stimmen meine Proportionen nicht. Zudem ist mein Mund zu breit und meine Nase nicht zierlich genug, um als hübsch zu gelten«, zählte sie ihre Beanstandungen mit nüchterner Selbstkritik auf. »Von meinen tausend Sommersprossen und meinem Karottenhaar, das auch noch so dick wie Suppengrün ist, mal ganz abgesehen.«

Lena konnte sich ein belustigtes Auflachen nicht verkneifen. »Schönheit liegt stets im Auge des Betrachters, und dein Burkhardt weiß schon, warum er dich allen anderen, die er deiner Meinung nach hätte haben können, vorgezogen hat. Und er kann sich freuen, so einen wunderbaren, warmherzigen Menschen wie dich zur Ehefrau zu bekommen!«

Cornelia strahlte sie dankbar und glücklich an. »Wie lieb von dir, Lena, das zu sagen.«
»Ich will dir nicht schmeicheln; ich meine jedes Wort so, wie ich es gesagt habe!« betonte Lena ernst.
»Ich weiß, und du kannst dir gar nicht vorstellen, wie glücklich ich bin, daß wir uns gefunden haben und daß ich bald seine Ehefrau sein werde«, fuhr ihre Freundin fort, streckte mit einem wohlig sehnsüchtigen Seufzer die Beine von sich und breitete die Arme aus, als wolle sie die Welt umarmen.
»Und wie habt ihr euch gefunden?« wollte Lena wissen.
»In der Eisenwarenhandlung von Gottfried Gödecke, wo ich doch seit ein paar Jahren arbeite«, antwortete ihre Freundin mit einem leisen, vergnügten Auflachen in Erinnerung ihrer ersten Begegnung. »Eigentlich wollte er nur eine neue Spitzhacke und einige Rollen Draht kaufen, aber ich habe ihn davon überzeugen können, daß er auch noch ein Paar neue Stiefel und eines dieser buntkarierten Hemden brauchte, die wir gerade aus Adelaide bekommen hatten. Das hat ihn wohl beeindruckt, aber auch ein wenig verdrossen, wie er mir später gestanden hat. Und als er eine Woche später wieder ins Geschäft kam, antwortete er auf meine Frage, was wir denn diesmal für ihn tun könnten, regelrecht herausfordernd: ›Warum sagen Sie es mir nicht? Denn was ich brauche und was nicht, scheinen Sie doch viel besser zu wissen als ich selbst.‹ Ich sah ihn erst verblüfft an, doch als mein Blick dann auf sein übel zugerichtetes Haar fiel, das er sich offenbar selbst vor dem Spiegel und ohne viel Geduld geschnitten hatte, da platzte ich, ohne groß zu überlegen, mit der Antwort heraus: ›Ein Haarschnitt, ausgeführt von jemandem, der auch was davon versteht und nicht tausend Scharten reinsäbelt.‹«
»Ja, das sieht dir ähnlich!« meinte Lena heiter. »Du hast dein Mundwerk noch nie im Zaum halten können!«

»Er war im ersten Moment sichtlich verdattert«, fuhr Cornelia vergnügt fort. »Ich dachte schon, jetzt bekomme ich gleich was zu hören. Doch statt entrüstet zu sein und mich bei Gödecke anzuschwärzen, der sich zu der Zeit gottlob hinten im Lager aufhielt, fuhr er sich mit der Hand über sein völlig verschnittenes Haar und brach in schallendes Gelächter aus. Er sagte: ›Ich glaube, ich sollte mir ganz schnell Ihren Namen merken, damit ich wenigstens weiß, wer mich hier jedesmal so aus der Fassung bringt! Ich heiße übrigens Helmsdorf, Burkhardt Helmsdorf.‹ Tja, und so fing es an. Ein halbes Jahr später, kurz nachdem er Kowald die sieben Hektar am Rowland Creek abgekauft hatte, hielt er schließlich bei meinem Onkel um meine Hand an.«

»Und? Verstehen sich dein Onkel und deine Tante mit ihm?«

Cornelia sah sie mit hochgezogenen Augenbrauen an. »Hast du vielleicht vergessen, wer mein ehrenwerter Onkel ist, der mich vor zehn Jahren gnädigerweise vor dem Waisenhaus gerettet und deshalb all die Jahre gedacht hat, ganz nach seinem tyrannischen Belieben über mich verfügen zu können?« Unversöhnliche Bitterkeit sprach aus ihrem beißenden Spott. »Ich muß noch heute jeden Penny bei ihm abliefern, den ich bei Gödecke verdiene. Und glaube mal ja nicht, daß er und Tante Emma mir erlauben, etwas für meine Aussteuer zurückzulegen!«

Lena schüttelte den Kopf, war jedoch nicht wirklich überrascht. Sie war nur zu gut mit dem schweren Los ihrer Freundin vertraut. Cornelia hatte ihre Eltern vor zehn Jahren verloren, als im November 1899 ein Seemann der aus New York kommenden Barke ›Formosa‹ die Beulenpest ins Land gebracht hatte. Allein in den Städten von Adelaide und Sydney, die von dieser schrecklichen Epidemie am stärksten betroffen gewesen waren, hatte die Seuche mehr als hundert

Menschen den Tod gebracht; zu ihnen hatten auch Cornelias Eltern gehört. Gustav Ziegler, der ältere Bruder ihres verstorbenen Vaters, hatte sie nach langem Hin und Her zu sich nach Marienthal auf seinen heruntergekommenen Hof geholt und sie nach Strich und Faden ausgenutzt und tyrannisiert. Und Emma, Cornelias kratzbürstige und mißmutige Tante, hatte das Ihre getan, um dem Mädchen das Leben schwerzumachen und es nie vergessen zu lassen, daß sie als Waise dankbar für alles zu sein hatte.
»Onkel Gustav hat ihn vom ersten Moment an wie einen dahergelaufenen Bittsteller behandelt und kein gutes Haar an ihm beziehungsweise dem gelassen, was Burkhardt schon geleistet hat. Und mich hat er doch wahrhaftig als liederlich und schamlos und damit als völlig untauglich für die Ehe bezeichnet. Stell dir das mal vor! Das habe ich mir ausgerechnet von diesem scheinheiligen Mistkerl anhören müssen, der mich als junges Mädchen jahrelang betatscht, mich beim Waschen heimlich beobachtet und mir nachgestellt hat«, fuhr ihre Freundin grimmig fort. »Daß Burkhardt trotz dieser beleidigenden Behandlung nicht die Ruhe verloren hat und es deshalb auch nicht zu handgreiflichen Auseinandersetzungen gekommen ist, war wirklich das reinste Wunder. Als es ihm dann aber eines Tages doch zu bunt wurde, hat er Gustav kühl unterbrochen und etwas ganz Wunderbares gesagt.«
»So? Und was?«
»Er hat gesagt: ›Sie können sich Ihre weiteren Bösartigkeiten und Unterstellungen sparen, Herr Ziegler. Was ich von Ihrer Nichte zu halten habe und welcher Art ihr Charakter ist, wußte ich schon, bevor ich zu Ihnen kam. Nun kann ich mir auch ein gutes Bild von Ihnen machen. Und wenn Sie als Cornelias Vormund Ihre Erlaubnis zur Heirat im Frühling nicht erteilen wollen, warten wir eben, bis Cornelia volljährig ist. Das halbe Jahr ändert nichts an dem, was wir

füreinander empfinden. Verhindern werden Sie diese Ehe jedenfalls nicht. Daß Ihre Gegenwart bei unserer Hochzeitsfeier nicht erwünscht ist, dürfte Ihren eigenen Wünschen entgegenkommen. Einen guten Tag noch!‹ Und ohne eine Antwort abzuwarten, hat er dann seinen Hut genommen und ist gegangen. Und dabei ist Burkhardt jemand, der eigentlich nicht viele Worte macht – es sei denn, er hält sie für unbedingt nötig. Und diese kleine Rede hielt er in diesem Moment für überfällig, das kannst du mir glauben!« Sie lachte voller Genugtuung auf. »Mein Gott, was hat Onkel Gustav getobt, als ihm bewußt wurde, welche Verachtung aus Burkhardts Worten sprach und daß er mich wirklich nicht länger halten konnte!«

»Dein Burkhardt muß wirklich eine ganz schöne Portion Schneid, aber gleichzeitig auch Selbstbeherrschung besitzen«, meinte Lena anerkennend.

»O ja, allerdings! Burkhardt ist überhaupt so viel mehr, als ich mir je als Ehemann zu erträumen gewagt hätte«, versicherte Cornelia schwärmerisch.

»Und was würdest du fühlen, wenn du deinen Burkhardt, deine große Liebe, aufgeben müßtest?«

Ihre Freundin Cornelia wußte sofort, worauf diese Frage abzielte. »Ich würde entsetzlich leiden und vor Verzweiflung wohl nicht ein noch aus wissen«, antwortete sie ehrlich.

»Siehst du«, sagte Lena. »Und würdest du nicht alles tun, um zu verhindern, daß du von ihm getrennt wirst?«

»Ja, mit allen Mitteln würde ich darum kämpfen«, sagte Cornelia. »Aber kannst du Gott denn nur hinter Klostermauern lieben und dienen? Kannst du es denn nicht auch hier auf ›Maralinga‹, indem du dich um deine Geschwister und euer Weingut kümmerst, bis Andreas alt genug ist, um die Nachfolge seines Vaters anzutreten?«

Lena blickte eine Weile schweigend hinaus auf die Weinberge, die im silbrigen Licht des Mondes lagen. »Ich habe Angst, Cornelia«, sagte sie schließlich. »Angst, daß ich zu schwach für das bin, was ich nun tun muß ... und was Gott mir an Prüfungen auferlegt hat.«
»Aber das ist doch Unsinn!« widersprach Cornelia energisch. »So etwas darfst du nicht einmal denken. Natürlich schaffst du es! Gott legt uns nicht mehr Last auf, als wir tragen können. Und hast du vergessen, daß ich auch noch da bin und wir in zwei Monaten Nachbarn sein werden?«
Lena lächelte zaghaft. »Ach, Cornelia, was würde ich nur ohne dich tun«, murmelte sie und hoffte, daß dieser Funke Hoffnung, den das Wissen um die Nähe ihrer Freundin in ihr entzündet hatte, zu einem kräftigen Feuer würde und nicht schon beim ersten Windstoß wieder erlosch.
»Ich denke, wir sollten jetzt versuchen, noch ein paar Stunden Schlaf zu finden«, schlug Cornelia vor. »Die Nacht ist schnell vorbei, und vor der Beerdigung gilt noch einiges im Haus vorzubereiten. Es wird überhaupt ein langer und anstrengender Tag werden.«
»Ja, du hast recht«, sagte Lena und erhob sich mit einem schweren Seufzer nun ebenfalls von der Bank. Sie standen schon im Flur, als sie Cornelia am Arm berührte und flüsternd fragte: »Sag, würde es dir etwas ausmachen, bei mir im Bett zu schlafen? Nur diese eine Nacht?«
Cornelia zog sie in ihren Arm. »Habe ich dir nicht gesagt, daß ich immer für dich da bin, wenn du mich brauchst?« gab sie leise zurück.
Wie ein Kind, das sich von Alpträumen gequält schutzsuchend an den Körper der Mutter schmiegt, weinte sich Lena wenig später in den Armen ihrer Freundin in den Schlaf.

7

Patrick hatte das Foto im Laufe der Jahre so oft zur Hand genommen und stundenlang in dem Bild nach Antworten gesucht, daß er jede kleinste Einzelheit hätte beschreiben können, die sich in dieser Aufnahme fand.

Das Foto zeigte einen pausbäckigen Jungen von viereinhalb Jahren in einem Matrosenanzug, der unter einem blühenden Magnolien-Baum auf einem Schaukelpferd saß. Neben ihm stand eine bildhübsche junge Frau in einem rüschenbesetzten Sommerkleid, das Oberkörper und Taille eng umschloß und so ihre reizvollen Konturen wunderbar zur Geltung brachte. In der linken Hand hielt sie einen Strohhut, von dem zwei gestreifte Bänder herabhingen. Ihre rechte Hand ruhte auf der Schulter des Jungen. Den Kopf leicht geneigt, blickte sie in die Kamera. Ein zurückhaltendes Lächeln, das Verlegenheit vor dem kalten Auge der Kamera, aber auch jede andere Gefühlsregung von Wehmut bis Spott bedeuten konnte, spielte um ihren Mund. Das Kind auf dem bemalten Schaukelpferd war er, Patrick Finnegan, und die Frau an seiner Seite war seine Mutter Eleanor.

Das Papier war am unteren Rand abgegriffen. Er hätte das Foto längst rahmen müssen, um weitere Beschädigungen zu vermeiden. Aber dann könnte er es nicht mehr bei sich tragen. Und was nutzte ein Rahmen, wenn er das Foto, das ihn mit seiner Mutter zeigte, nicht offen hinstellen durfte, nicht einmal in seinen eigenen Zimmern. Allein ihren Namen auszusprechen, hatte sein Vater ihm verboten. Nirgendwo auf »Finnegan's Park« gab es irgend etwas, das an sie erinnerte, schon gar nicht ein Bild. Sein Vater hatte damals alle Fotos verbrannt, sogar jene, auf denen seine zweite Frau nur undeutlich im Hintergrund zu sehen war. Dagegen fanden sich überall im Haus prächtige, silbergerahmte Aufnahmen von Catherine, der ersten Frau seines Vaters, die Douglas zur Welt gebracht hatte und sechs Jahre später nach kurzer, aber schwerer Krankheit verstorben war. Ein Porträt von ihr, von einem versierten Melbourner Künstler in Öl gemalt, hing sogar im Salon über dem Kamin. Zudem gab es eine Rötelzeichnung und ein Aquarell von ihr, die in anderen Zimmern an ausgewählter Stelle in edlen Rahmen die Wände schmückten.

Dagegen waren alle Spuren, die seine Mutter Eleanor hinterlassen hatte, sorgfältig getilgt worden. Es war, als hätte sie nie existiert. Und wenn er nicht dank eines glücklichen Zufalls dieses Foto in dem Buch »Das Bildnis des Dorian Gray« von Oscar Wilde gefunden hätte, wären ihm von seiner Mutter nichts weiter als einige verschwommene Kindheitserinnerungen geblieben. Erinnerungen, von denen er nach mehr als fünfzehn Jahren zudem nicht einmal wußte, ob sie wirklich das bewahrten, was er einst erlebt hatte, oder ob es sich nur um die Wunschvorstellungen eines verstörten Kindes handelte, das gegen die plötzliche Leere und Verlassenheit mit Bildern aus einer eingebildeten Vergangenheit kämpfte.

Nein, den Bildern seiner kindlichen Erinnerung durfte er nicht trauen. Das einzige, was ihm von seiner Mutter geblieben war, dessen er sich wirklich sicher sein konnte, war diese Fotografie, die als einzige das große Feuer überlebt hatte. Er wußte mit Bestimmtheit, wie sie ausgesehen hatte. Alles andere jedoch, wer seine Mutter gewesen war,

ihr Charakter und was sie ihm bedeutet hatte, all das lag hinter einem undurchdringbaren Schleier quälender Ungewißheit.
Patrick schreckte aus seinen Gedanken auf, als sich auf dem Flur jemand seiner Zimmertür näherte. Am forschen Schritt erkannte er seinen Bruder. Schnell schob er das Foto seiner Mutter unter die Schreibunterlage seines Sekretärs.
Keinen Augenblick zu früh, denn kaum hatte er das Bild aus der Hand gelegt, da riß Douglas auch schon, ohne anzuklopfen, die Tür zu seinem Zimmer auf. »Das sieht dir mal wieder ähnlich, hier herumzutrödeln! Hast du vergessen, daß wir zur Beerdigung der Seewalds müssen? Na los, komm in die Gänge, du Traumtänzer! Es wird Zeit!« rief er ihm ungehalten zu.
»Reg dich ab, ich bin ja fertig«, antwortete Patrick verdrossen, nahm sein schwarzes Jackett vom Stuhl und folgte seinem Bruder nach unten in die Halle.
Albert hatte den Daimler schon vorgefahren und wartete mit laufendem Motor vor dem Portal, doch ihr Vater war noch am Telefonieren. Patrick entnahm den Wortfetzen, die aus der offenstehenden Tür des Arbeitszimmers zu ihnen drangen, daß er mit Edward Pearson sprach, dem Direktor der South Australia Bank in Tanunda. »Ja, das sollten wir nachher besser nicht tun ... dazu ist solch eine Beerdigung nicht der rechte Ort ... Ja, da bin ich ganz Ihrer Meinung ... Mit Fingerspitzengefühl, aber doch unbeirrbar in der Sache, Mister Pearson«, hörte er ihn sagen. »Wann? ... Nun, geben wir ihr drei Tage ... Ja, das wäre mir sehr recht ... Aber warum treffen wir uns morgen nicht zum Lunch? Ich bin sowieso im Ort. Da können wir diese Dinge in aller Ruhe besprechen und unsere gemeinsame Marschroute festlegen ... Sagen Sie mir, wann es Ihnen paßt ... Ein Uhr? ... Ist mir recht ... Ja, gut, abgemacht, Mister Pearson ... Dann also

bis morgen mittag.« Damit legte er auf und kam Augenblicke später gut gelaunt aus dem Zimmer.
Auf der kurzen Fahrt zur Kirche nach Marienthal unterhielten sich Douglas und sein Vater über geschäftliche Belange, ohne Patrick in das Gespräch mit einzubeziehen. Aber er war diese Zurücksetzung ja gewohnt. Und so bitter es ihn auch jedesmal wieder ankam, so unternahm er doch längst keinen Versuch mehr, sich ungefragt mit seinen Vorschlägen in ihre Unterhaltung einzumischen, zumal wenn es um die Firma ging. Die gedankenlose Mißachtung seiner Person schmerzte ihn immer noch weniger als die ausdrückliche Zurückweisung, wenn sein Vater ihm kalt das Wort abschnitt und ihm unmißverständlich zu verstehen gab, daß ihn seine Meinung nicht interessierte. Er mußte sich nun mal damit abfinden, daß Douglas als Erstgeborener der designierte Nachfolger war und eines Tages die Leitung der Firma übernehmen würde. Deshalb hatte ihr Vater ihm schon heute wichtige Aufgaben übertragen, während seine Position zwar auf dem Papier ganz gut aussah, er in Wirklichkeit jedoch kaum mehr als ein besserer Laufbursche und Prügelknabe für seinen Bruder war. Manchmal wünschte er sich, er hätte den Mut, »Finnegan's Park« ungeachtet aller Konsequenzen hinter sich zu lassen und irgendwo ein neues Leben anzufangen. Aber er vermochte es einfach nicht, sich zu einem derart radikalen Schritt durchzuringen.
Als er auf dem Kirchplatz aus dem Automobil stieg und er einen Blick auf Lena Seewald erhaschte, die mit ihren drei Geschwistern in Begleitung des alten Krautscheid und der sommersprossigen Cornelia Ziegler gerade in die Kirche ging, schämte er sich fast seines Selbstmitleids. Wie lächerlich geringfügig seine Kümmernisse doch im Vergleich mit den Sorgen und dem Schmerz waren, unter denen Lena jetzt nach dem plötzlichen Tod ihrer Eltern leiden mußte!

Sie nicht in Schwesterntracht zu sehen überraschte ihn. Lebte sie denn nicht schon seit mehr als drei Jahren als Nonne in einem Kloster bei Adelaide? Oder war sie womöglich noch gar nicht geweiht?
»Wir gehen besser auch schon hinein. Es wird sicherlich voll werden«, sagte sein Vater und schritt mit dem energischen Schritt eines Mannes, der es gewohnt ist, daß man ihm respektvoll Platz macht, durch die Menge der Trauergäste, die auf das Kirchenportal zustrebte. Hier und da nickte er Leuten zu, so auch Edward Pearson und Vernon Cavendish, dem schwergewichtigen Weinhändler aus Adelaide, dem schon jetzt der Schweiß in Strömen über das Gesicht floß.
Sie fanden in einer der vordersten Reihen auf der linken Seite Platz, so daß Patrick den Kopf nur ein wenig nach rechts zu wenden brauchte, um Lena im Blick zu haben. Sie war immer ein recht hübsches Mädchen gewesen, wenn auch etwas linkisch und mit Babyspeck auf den Hüften, wie er sich erinnerte. Aber diese Lena Seewald, die dort außen in der Bank kniete und für die Seelen ihrer verstorbenen Eltern betete, diese junge Frau mit dem leicht gelockten dunkelblonden Haar hatte nichts Linkisches mehr an sich, und auch das schlichte schwarze Wollkleid vermochte ihren schlanken Körper mit ansprechend weiblichen Formen nicht zu verbergen.
Patrick beobachtete, wie eine Träne über ihre Wange lief. Und auf einmal wurden Erinnerungen an gemeinsame Kindheits- und Jugenderlebnisse in ihm wach. Es fiel ihm schwer, während der Trauerfeier in der Kirche und auch später auf dem Friedhof nicht ständig in ihre Richtung zu schauen.
Die Särge wurden zu Grabe gelassen, Father MacIntosh sprach den letzten Segen über die Toten, und dann nahm

Lena am offenen Grab die Kondolenzwünsche der Trauergäste entgegen. Cornelia Ziegler und Anton Krautscheid hatten Lenas Geschwister ein Stück vom Grab weggeführt, um ihnen das lange Defilee und die vielen Beileidsbezeugungen zu ersparen, und die Kinder suchten verstört und verheult Schutz bei ihnen.

Langsam rückte Patrick hinter seinem Vater und seinem Bruder in der langen Reihe der Trauergäste vor, die nun am Grab vorbeizogen, eine Schaufel voll Erde auf die Särge warfen und den Hinterbliebenen ihr Mitgefühl aussprachen.

»Wir sind über den Tod Ihrer Eltern zutiefst erschüttert, Miss Seewald, zumal dieser entsetzliche Unfall auf unserem Grund und Boden passiert ist«, sagte sein Vater mit bekümmerter Miene. »Was würden wir nicht alles tun, wenn wir dieses Unglück ungeschehen machen könnten!«

Verdammter Heuchler! dachte Patrick; er wußte zu gut, daß sein Vater in Wirklichkeit den Seewalds keine Träne nachweinte. Im Gegenteil, ihr Tod kam ihm sehr gelegen!

»Aber niemand kann seinem Schicksal entgehen«, fuhr sein Vater fort. »Wenn unsere Zeit auf Erden abgelaufen ist, vermag keine irdische Macht daran etwas zu ändern. Wir können dann nur noch auf Gottes Barmherzigkeit vertrauen.«

Lena nickte stumm.

Sein Vater hielt noch immer Lenas Hand. »Wir teilen Ihren Kummer, aber ich möchte es nicht dabei belassen«, sagte er und beugte sich ein wenig vor, als wolle er die Vertraulichkeit seiner Worte unterstreichen. »Ich weiß, daß der Allmächtige Sie mit der Berufung zum Klosterleben gesegnet hat und Sie in der nächsten Zeit nicht nur mit großen Schwierigkeiten zu kämpfen, sondern auch überaus folgenschwere Entscheidungen zu treffen haben werden. Entscheidungen, die Ihnen nach all den Jahren Ihrer Abwesenheit und ob Ihrer Jugend womöglich mehr abverlangen, als Sie im Augenblick zu überschauen vermögen. Mit Ihrem Vater verband mich eine langjährige, vertrauensvolle Geschäftsbeziehung ...«

Patrick hätte am liebsten auf dem Absatz kehrtgemacht, um dieses verlogene, gemeine Gerede nicht länger mit anhören zu müssen, das seinem Vater so aalglatt und ohne jedes Anzeichen von Skrupel über die Lippen kam – und das sein Bruder, ganz im dreckigen Fahrwasser des Vaters, noch mit vertrauenerheischendem Lächeln und Nicken begleitete. Doch das wäre hier vor allen Leuten ein unverzeihlicher Affront gewesen, dessen Konsequenzen er mehr fürchtete, als er die Lügen seines Vaters verabscheute. Und so preßte er den Mund in ohnmächtigem Abscheu zusammen, um nicht mit einer sarkastischen Bemerkung herauszuplatzen.

»... Zudem sind wir so gut wie Nachbarn«, schloß sein Vater seine heuchlerische Rede. »Gestatten Sie mir also, daß ich Ihnen in dieser schweren Zeit meinen Beistand anbiete.«

»Das ist sehr freundlich von Ihnen. Ich werde bestimmt jede Hilfe gebrauchen können, Mister Finnegan«, murmelte Lena.

»Dann werde ich so frei sein, Sie in den nächsten Tagen auf ›Maralinga‹ aufzusuchen, um zu sehen, wie ich Ihnen am besten zur Seite stehen kann«, versprach sein Vater und gab endlich Lenas Hand frei, um seinen Söhnen Platz zu machen.

»Ihr Vater wird uns allen sehr fehlen«, log Douglas mit derselben Leichtigkeit und versicherte Lena seinerseits noch einmal, daß sie jederzeit auch auf seine Hilfe bauen könne.

Und dann stand Patrick vor ihr. Ihm schlug plötzlich das Herz bis zum Halse, als er in ihr wachsbleiches Gesicht blickte und ihre geröteten Augen auf sich gerichtet sah. Wie hatte er nur dieses helle Blau vergessen können, das er einmal mit der zarten Tönung des Himmels an einem klaren Septembermorgen verglichen hatte? Ob sie sich wohl noch daran erinnerte – und an das, was anschließend hinter den Geißblattbüschen geschehen war?

»Es tut mir ja so leid, Lena«, brachte er mit belegter Stimme gerade noch heraus. »Worte ... Worte können gar nicht ...« Er brach ab und zuckte hilflos die Achseln.

»Danke, daß du gekommen bist«, antwortete Lena fast mechanisch.

Jemand stieß ihn leicht von hinten an, um ihm dezent, aber unmißverständlich zu verstehen zu geben, daß er und seine Familie die lange Reihe der Trauergäste, die in der brütenden Hitze darauf warteten, ans Grab zu treten und zu kondolieren, nun schon lange genug aufgehalten hatten.

Patrick wünschte, er hätte Lena anstelle dieser banalen, abgegriffenen Beileidsfloskeln etwas wirklich Tröstliches sagen können. Es fiel ihm jedoch nichts ein. So beließ er es bei einer weiteren verlegen hilflosen Geste und entfernte sich dann rasch.

Und während er zu seinem Wagen zurückkehrte, ertappte er sich bei der Frage, ob sie sich bei seinem Anblick wohl auch an das erinnert hatte, was damals vor vier Jahren hinter Leo Blumbergs Obsthain im Schutz der blühenden Geißblattbüsche am Teich geschehen war.

Schon im nächsten Moment schalt er sich einen ausgemachten Tropf. Wie konnte ihm bloß ein derart dämlicher Gedanke kommen? Lena hatte gerade ihre Eltern zu Grabe getragen! Wie pietätlos und einfältig von ihm anzunehmen, sie würde sich in dieser schmerzlichen Situation ausgerechnet an einen Septembermorgen mit ihm an Blumbergs Teich erinnern! Und dennoch: diese Frage ließ ihn nicht mehr los.

8

Der Tag der Beerdigung schien für Lena kein Ende nehmen zu wollen. Bis zum späten Nachmittag zog sich die Verköstigung der vielen Trauergäste hin, die zum Leichenschmaus nach »Maralinga« gekommen waren und sich über das ganze Haus verteilten. Jeder ihrer Nachbarn hatte eine schwerbeladene Kuchenplatte oder eine Schüssel mit einer besonderen Köstlichkeit gebracht, und Agnes Wiebke war ganz in ihrem Element. Sie kommandierte mehrere unverheiratete Frauen dazu ab, ihr bei der Versorgung der Gäste zur Hand zu gehen.
Qualvoll langsam vergingen die Stunden, in denen Lena sich unter so vielen Menschen aufhalten und die Fassung bewahren mußte. Der Tag kam ihr wie ein einziger endloser Spießrutenlauf vor. Am liebsten hätte sie sich irgendwo verkrochen und sich hemmungslos ihrem Kummer ergeben. Denn als wäre der Schmerz über den Tod ihrer Eltern noch nicht genug, quälte sie zudem das Gefühl, irgendwie versagt zu haben, was sie auch in den Blicken der Trauergäste zu lesen glaubte. So unsinnig es auch sein mochte, sie fühlte sich aus einem unerfindlichen Grund zutiefst schuldig, empfand sich irgendwie als beschämend gescheitert, weil sie nach drei Jahren Klosterleben und so kurz vor der Profeß keine Schwesterntracht mehr trug. Ihr Verstand konnte auch noch so heftigen Widerspruch einlegen und sie zur Vernunft rufen, ihr war dennoch, als habe sie die großen Erwartungen, die so viele aus ihrer Gemeinde in sie und ihr

gottgeweihtes Leben als künftige Braut Christi gesetzt hatten, bitter enttäuscht. Und das Mitleid, das ihr an diesem Tag im Übermaß zuteil wurde, bezog sie deshalb fast mehr auf den Abbruch ihres Klosterlebens als auf den Tod ihrer Eltern.

Zwei Tage nach der Beerdigung machten ihr plötzlich ganz andere, existentiellere Sorgen zu schaffen. Am Nachmittag war es ihr endlich gelungen, Agnes Wiebke davon zu überzeugen, daß sie ihrer wertvollen und hochgeschätzten Hilfe nicht länger bedurfte, und sie zum Gehen zu bewegen. Und nachdem Agnes Wiebke in ihrem Buggy davongefahren war, hatte Lena ihre Freundin Cornelia zu ihrem Verlobten nach »Cawarra« gebracht.

Cornelias Verlobter, ein braungebrannter muskulöser Mann von recht attraktivem Aussehen, arbeitete bei ihrem Eintreffen gerade an der kleinen Veranda des schlichten Wohnhauses, das er eigenhändig errichtet hatte. Es bestand aus einer ebenso einfachen wie soliden Konstruktion aus schweren Pfostenwänden, deren Zwischenräume mit einem dichten Geflecht aus Zweigen gefüllt und anschließend mit einer dicken Lehmschicht überzogen worden waren.

Lena war dem Verlobten ihrer Freundin schon nach der Totenmesse auf dem Friedhof begegnet, als er ihr sein Beileid ausgesprochen hatte. Das heißt, gesagt hatte er kein einziges Wort. Er hatte sie nur stumm angesehen, ihr kurz und knapp die Hand gedrückt, eine steife Verbeugung angedeutet und war dann auch schon für den nächsten zur Seite getreten.

»Burkhardt macht nicht viele Worte – es sei denn, er hält sie für unbedingt nötig«, hatte Cornelia ihn ihr bei ihrem nächtlichen Gespräch auf der Terrasse von »Maralinga« beschrieben. »Es dauert einfach, bevor er Fremden gegenüber auftaut.«

Er zeigte auch jetzt keinen Hang zu Gesprächigkeit. Mit nackter, schweißüberströmter Brust nagelte er Bretter auf die Bohlen. Nur widerstrebend unterbrach er seine Arbeit, legte den Hammer aus der Hand und kam zu ihnen. »Miss Seewald«, grüßte er mit einem höflichen Nicken und nahm dabei den verbeulten Filzhut ab. Sein rabenschwarzes Haar klebte ihm feucht am Kopf.
»Mister Helmsdorf«, grüßte Lena ebenso förmlich vom Kutschbock des Pferdewagens zurück.
Cornelia verdrehte die Augen. »Ich hoffe doch sehr, daß ihr diese schrecklichen Förmlichkeiten bald seinlaßt. Mein Gott, Lena ist meine beste Freundin, solange ich denken kann!« sagte sie zu Burkhardt, um dann zu Lena gewandt fortzufahren: »Und Burkhardt ist bald mein Mann!«
»Alles zu seiner Zeit«, meinte Burkhardt trocken, und so gut seine englische Aussprache auch war, so hörte man doch deutlich den deutschen Akzent heraus. Er streckte Cornelia seine Hand hin, um ihr beim Absteigen behilflich zu sein. »Du kommst gerade richtig. Ich kann ein zweites Paar Hände gut gebrauchen.«
Cornelia lächelte ihn verliebt an und sprang vom Wagen. Bevor Lena wieder nach »Maralinga« zurückkehrte, versprach Cornelia ihr noch, sie so oft besuchen zu kommen, wie es ihr nur möglich war. Und sie nahm ihr das Versprechen ab, unverzüglich nach ihr zu schicken, wenn sie Hilfe benötigte.
Lena nickte und zwang sich zu einem tapferen Lächeln. »Wir kommen schon zurecht«, sagte sie trotz ihrer tausend Bedenken und Zweifel.
»Miss Seewald«, sagte Burkhardt zum Abschied mit derselben steifen Höflichkeit wie bei der Begrüßung.
»Mister Helmsdorf«, antwortete Lena ebenso förmlich, nahm die Zügel auf und ließ Prinz antraben.

Nach »Maralinga« zurückgekehrt, überreichte ihr Anton Krautscheid einen Brief. »Ein Bote hat ihn vor einer halben Stunde gebracht.«
»Und von wem ist er?«
»Von Mister Cavendish, unserem Weinhändler in Adelaide«, antwortete Krautscheid mit sorgenvoller Miene.
»Das ist kein gutes Zeichen, nicht wahr?« fragte Lena ahnungsvoll.
»Nun ja, bisher ist Mister Cavendish immer persönlich zur Abrechnung nach ›Maralinga‹ gekommen«, gab Krautscheid zu bedenken. »Aber vielleicht ist er ja diesmal aus gesundheitlichen oder anderen gewichtigen Gründen verhindert.«
Lena öffnete den Brief, der einen Scheck über elf Pfund, sieben Shilling und sechs Pence enthielt, und las mit wachsender Verstörung, was der Weinhändler ihr wortreich und unter vielen Bekundungen seines persönlichen Bedauerns mitteilte.
»Er ist auf fast all seinen ›Maralinga‹-Weinen sitzengeblieben und will sie nicht länger in seinem Großhandel anbieten. Wir erhalten zwei Fuhrwerke unverkäuflicher Ware zurück. Und das hier ist der letzte Verkaufserlös«, sagte Lena und reichte Krautscheid das Schreiben und den Scheck.
Krautscheid wurde weiß wie die Wand, als er sah, auf welchen Betrag der Scheck ausgestellt war. »Heiliger Himmel!« stieß er bestürzt hervor.
»Sind denn die Weine wirklich so fürchterlich?«
»Wir hatten ein paar schlechte Jahre. Und die Trauben der letzten Ernte haben nur einen minderwertigen Tischwein abgegeben, das stimmt schon«, gab Krautscheid widerstrebend zu. »Deshalb haben wir ja auch ein anderes Etikett verwendet. Aber daß der Verkauf so katastrophal ausfallen

würde, das hätte ich nicht gedacht – und Ihr Vater auch nicht.«

»Und was machen wir jetzt?« fragte Lena, die sich in diesem Moment zum erstenmal bewußt wurde, daß sie kaum über ihre finanzielle Situation und die wirtschaftliche Lage des Weingutes informiert war.

»Ich werde morgen früh sofort nach Tanunda fahren und mit Mister Pearson von der Bank sprechen!« erklärte Krautscheid.

Lena runzelte verständnislos die Stirn. »Wieso mit Mister Pearson und nicht mit Mister Cavendish?«

Krautscheid wich ihrem Blick aus. »Um zu retten, was noch zu retten ist. In spätestens zwei Wochen müssen wir mit der Ernte beginnen, und unsere Saisonarbeiter, die wir üblicherweise dafür einstellen, erwarten ihren Lohn umgehend. Wenn sich erst herumspricht, daß ›Maralinga‹ nicht zahlen kann, kriegen wir nicht einen Pflücker, und die Trauben verfaulen uns an den Rebstöcken!«

»Und was hat die Bank damit zu tun?«

»Sie gewährt gewöhnlich einen Kredit auf die Ernte. Wir hatten damit noch nie Schwierigkeiten. ›Maralinga‹ war immer für einen Kredit gut«, sagte er zuversichtlich.

Am folgenden Morgen holte Krautscheid zum zweitenmal in dieser Woche seinen besten schwarzen Anzug aus dem Schrank, knöpfte einen frischen, steifgestärkten Kragen an sein Hemd und fuhr nach Tanunda.

Erschüttert kehrte er zweieinhalb Stunden später wieder zurück. »Ich weiß gar nicht, wie ich es Ihnen beibringen soll«, seufzte er sichtlich aufgelöst und sank kraftlos auf die Bank auf der Veranda. Dunkle Schwitzflecken zeichneten sich auf seinem Anzug ab.

»Nur keine Hemmungen, ich bin derzeit bestens in Übung, was schlechte Nachrichten angeht«, sagte Lena bitter und trocknete sich die Hände an der Schürze ab. Sie war genauso durchgeschwitzt wie er, hatte sie in der Waschküche doch gerade die Wäsche ihrer Geschwister eingeweicht und dabei versucht, die Sext wie im Kloster zu beten. Aber ein von Dampfschwaden erfülltes Waschhaus wirkte sich nun eben bedeutend weniger förderlich auf die innere Sammlung und Andacht aus als das Chorgestühl einer Nonnenempore oder die Stille eines Kreuzgangs. Die Welt sei ein einziger Tempel, und man könne Gottes Lob überall und bei jeder Tätigkeit singen – diesen Trost hatte ihr die Mutter Oberin noch mit auf ihren schweren Weg zurück nach »Maralinga« gegeben. Aber in diesem Teil des Tempels außerhalb der Klostermauern ging es doch viel zu lärmend und hektisch zu, als daß Lena die nötige innere Stimmung für die Lobgesänge hätte finden können. Ob die Mutter Oberin das wohl vergessen hatte?

»Wir kriegen diesmal nicht einen lausigen Penny von der Bank«, berichtete Krautscheid niedergeschlagen. »Mister Pearson hat es rundweg abgelehnt, uns wie sonst Kredit auf die Ernte zu geben. Offenbar hat er schon davon erfahren, daß Cavendish uns die Geschäftsbeziehung aufgekündigt hat, weil unsere Weine vom letzten Jahr im Lager liegengeblieben sind.«

»Er weiß davon?«

»Ich bin mir ganz sicher, daß er schon davon gewußt hat«, sagte Krautscheid grimmig. »Aber dieser Pearson ist natürlich zu clever, um sich zu verraten. Er hat es ganz geschickt angestellt, indem er mich scheinheilig nach der letzten Abrechnung von Mister Cavendish und dem Gang unserer Geschäfte mit ihm gefragt hat. Da konnte ich natürlich nicht lügen!« Er verzog das Gesicht, hob die Arme und ließ sie resigniert wieder herabfallen. »Tja, und das war es dann. Er war höflich, aber unmißverständlich. Er teilte mir mit, unter

diesen veränderten Umständen und in Anbetracht der Tatsache, daß nach dem Tod Ihres Vaters die Zukunft des Weingutes doch sehr im ungewissen liege, könne er es nicht verantworten, ›Maralinga‹ weiterhin Kredit einzuräumen.«
»Wahre Freunde in der Not!« murmelte Lena sarkastisch. »Wie sieht unsere Lage also aus, Krautscheid?«
Er atmete tief durch und schüttelte dann den Kopf. »Alles andere als rosig. Denn wie ich erfahren habe, hat Ihr Vater noch Schulden bei der Bank. Hundertfünfzig Pfund. Er hat wohl damit gerechnet, das Geld mit dem Erlös aus dem Geschäft mit Cavendish zurückzahlen zu können.«
Lena schluckte schwer. »Wollen Sie damit sagen, daß ›Maralinga‹ sozusagen bankrott ist und ich überhaupt kein Geld zur Verfügung habe, um für meinen Lebensunterhalt und für den meiner Geschwister aufzukommen, geschweige denn Ihnen und unseren festangestellten Arbeitern den ausgemachten Lohn auszahlen zu können?«
Krautscheid verzog gequält das Gesicht. »Ich wünschte, ich könnte Ihnen darauf eine verbindliche Antwort geben, Lena. Aber ich kann es nicht. Denn um die finanziellen Belange von ›Maralinga‹ habe ich mich nie gekümmert, das war ausschließlich Sache Ihres Vaters. Wir werden uns schon seine Rechnungsbücher vornehmen und nachprüfen müssen, wie schlimm es wirklich um das Gut und damit um Ihre finanzielle Situation bestellt ist«, antwortete er bedrückt und bereitete sie auf das Schlimmste vor, indem er noch hinzufügte: »Ich fürchte jedoch, daß wir in den Büchern keine guten Nachrichten finden werden.«
Lenas stille Hoffnung, in den Geschäftspapieren auf Außenstände zu stoßen, die sie hätten eintreiben können, erfüllte sich nicht. Zwar fand sie in der kleinen Metallkassette im Schreibtisch ihres Vaters noch Bargeld in Höhe von achteinhalb Pfund, doch nach Stunden eingehender Prüfung be-

stand kein Zweifel mehr, daß sich Krautscheids Befürchtung bewahrheitet hatte.

»Den knapp zwanzig Pfund, über die ich verfügen kann, stehen also hundertfünfzig Pfund Bankschulden gegenüber – sowie die dreieinhalb Pfund Wochenlohn für Sie und die jeweils achtzehn Shilling für die drei Arbeiter, die fest auf ›Maralinga‹ angestellt sind«, zog Lena Bilanz.

»Wenigstens werden die hundertfünfzig Pfund bei der Bank erst Ende nächsten Monats fällig«, sagte Krautscheid. »Und was meinen Lohn betrifft, so wollen wir erst gar nicht weiter darüber reden.«

Lena lachte mit bitterem Spott auf. »Ich weiß, daß Sie es gut meinen. Aber ändert das etwas an der Tatsache, daß ›Maralinga‹ zahlungsunfähig ist?«

Er schüttelte den Kopf und senkte den Blick.

Einen Augenblick saßen die beiden in bedrücktem Schweigen am Tisch, während von draußen das Gezänk der Geschwister drang. Andreas hatte sich offenbar mal wieder mit Marianne in den Haaren; sie stritten sich um einen Ball.

Das schrille Gezeter auf dem Hof zerrte an Lenas auch so schon angespannten Nerven. Schließlich ertrug sie es nicht länger. Sie sprang vom Stuhl auf, stürzte hinaus auf den Hof und verpaßte jedem ihrer beiden Geschwister eine schallende Ohrfeige.

»Schluß jetzt mit dem Gezanke und Geschreie!« herrschte sie Andreas und Marianne an. »Wie soll denn einer bei diesem Lärm, den ihr veranstaltet, auch nur einen einzigen klaren Gedanken fassen können? Es wird hier nicht gestritten, habt ihr mich verstanden?«

Die beiden Kinder sahen sie verstört an. Sie wagten noch nicht einmal zu weinen, obwohl ihnen sicherlich die Wange von der Ohrfeige brannte.

Lena funkelte sie aufgebracht an, nahm ihrem Bruder den

Ball ab und kehrte mit grimmiger, verbissener Miene zu Krautscheid ins Haus zurück.

»Sie sind doch noch Kinder«, meinte er begütigend. »Was wissen sie von den Sorgen, die Sie sich jetzt machen.«

»Auch sie haben ihren Teil zu lernen!« antwortete Lena ungehalten wegen seines Tadels. »Sagen Sie mir lieber, was nun werden soll!«

Krautscheid machte eine ratlose Geste. »Ich weiß es nicht, Lena. Vielleicht gibt Ihnen ja eine andere Bank Kredit.«

»Glauben Sie das wirklich?«

Krautscheid zögerte mit seiner Antwort.

Sein Zögern sagte Lena genug. »Nein, Sie glauben nicht daran. Selbst wenn ›Maralinga‹ besser dastünde, würde mir keine Bank Kredit einräumen, nicht wahr? Einer jungen unbedarften Frau wie mir, die sozusagen frisch aus der Weltabgeschiedenheit des Klosters kommt, würden sie nicht mal fünf Pfund geben, geschweige denn fünfzig oder gar zweihundert, die wohl nötig sind, um das Weingut über das Jahr zu bringen!«

Krautscheid machte ihr keine falschen Hoffnungen. »Ich fürchte, daß Sie damit richtig liegen.«

»Dann sind wir also wieder da, wo wir schon einmal waren – nämlich bei der Frage: Was soll ... oder besser gesagt: was *kann* ich unter diesen Umständen tun?«

Krautscheid kaute einen Augenblick auf seinem Pfeifenstiel herum. Dann zuckte er die Achseln und meinte: »Ich sehe nur vier Möglichkeiten.«

»Oh, da ist Ihnen ja offenbar mehr eingefallen als mir«, spottete Lena bitter.

»Die erste Möglichkeit wäre, ›Maralinga‹ zu verkaufen.«

Sie nickte. »Dieser Gedanke hat sich mir auch schon aufgedrängt, aber darüber hinaus ist mir nichts in den Sinn gekommen, wie ich mich mit meinen Geschwistern die näch-

sten Jahre durchschlagen kann. Jetzt bin ich wirklich auf Möglichkeit zwei, drei und vier gespannt.«
»Nun, Sie können das Weingut verpachten oder sich einen finanzstarken Partner suchen.«
»Und wie stehen die Chancen, daß mir das gelingt?« wollte sie voller Skepsis wissen. »Besser als zehn zu eins oder schlechter?«
»Eher schlechter«, räumte Krautscheid ein. »Nicht nur wegen der sinkenden Erträge und der schlechten Qualität der Reben, sondern weil wohl kaum ein gestandener Mann, der einen bedeutenden Geldbetrag investieren kann, daran interessiert ist, eine junge Frau wie Sie zur Geschäftspartnerin zu bekommen und Ihnen jederzeit Rechenschaft ablegen zu müssen.«
Lena konnte sich eines schwachen Lächelns nicht erwehren. »Sie reden wirklich nicht um den heißen Brei herum, Herr Krautscheid. Kommen wir also nun zur vierten und letzten Alternative, wie ich aus dem Schlamassel herauskomme, den mir meine Eltern hinterlassen haben.«
Krautscheid zog die Unterlippe zwischen die Zähne und wiegte den Kopf leicht hin und her, als wäre er plötzlich unentschlossen, ob er auch wirklich aussprechen sollte, was ihm da als vierte Möglichkeit in den Sinn gekommen war.
»Nun rücken Sie schon mit der Sprache heraus!« drängte Lena. »Was kann ich noch tun?«
»Heiraten!« platzte Krautscheid heraus.
Verblüfft starrte sie ihn an. »Wie bitte?« entfuhr es ihr.
»Sie könnten eine Ehe mit einem Mann eingehen, der über die nötigen finanziellen Mittel verfügt, um das Weingut zu retten, damit Andreas es eines Tages übernehmen kann, so wie es der Wunsch Ihres Vaters gewesen ist. Ehen, die aus Vernunftgründen und gegenseitigem Respekt geschlossen werden, sind sogar oft genug die beständigsten.«

Lena spürte, wie ihr das Blut heiß ins Gesicht schoß. »Ja, haben Sie denn vergessen, daß ich mich zum Klosterleben berufen fühle?« hielt sie ihm empört vor.
Krautscheid bedachte sie mit einem müden Lächeln. »Sie müssen meine Offenheit schon entschuldigen, Lena, aber viele fühlen sich zu diesem oder jenem berufen, müssen sich aber in etwas anderes schicken, weil es die Umstände nun mal so wollen. So ist es eben im Leben.«
»Das ist doch wohl etwas anderes!« grollte Lena. »Mir vorzuschlagen, eine Ehe einzugehen ...«
»Auch die Ehe ist ein göttliches Sakrament, Lena! Und ich möchte es dahingestellt sein lassen, auf welche Weise der Mensch Gott besser und hingebungsvoller dienen kann!« fiel er ihr ernst und nachdrücklich ins Wort. »Und was die Berufung angeht, so hatte auch ich als junger Mann das Gefühl, für anderes geschaffen zu sein. Ja, ich hatte große Träume, die Träume geblieben sind, ohne daß ich jetzt jedoch das Gefühl habe, mein Leben sei nicht sinnvoll und erfüllt gewesen. Letztlich kommt es nicht so sehr darauf an, was wir im Leben tun, sondern daß wir es *mit Liebe* tun. Denken Sie an das Hohelied der Liebe im 1. Korinther, Kapitel 13. Steht da nicht am Ende geschrieben: ›Für jetzt bleiben Glaube, Hoffnung, Liebe, diese drei; doch am größten unter ihnen ist die Liebe.‹ Ist es nicht so?«
Lenas Gesicht brannte wie Feuer unter der Zurechtweisung. »Es tut mir leid, aber so ... so hatte ich es nicht gemeint«, entschuldigte sie sich verlegen für ihre unangemessene Entrüstung. »Ich war nur ...« Sie führte den Satz nicht zu Ende, sondern zuckte nur mit den Achseln.
»Schockiert, ich weiß«, sagte Krautscheid nachsichtig. »Aber gelegentlich hilft ein Schock, manches klarer zu sehen, was man sich bis dahin nicht vorzustellen vermochte oder gar völlig übersehen hat.«

Lena ging nicht darauf ein, sondern hielt es für ratsamer, das Thema zu wechseln. »Um nicht noch mehr Schulden anzuhäufen, werde ich noch heute unseren Arbeitern kündigen und ihnen ihren restlichen Lohn ausbezahlen«, sagte sie, seufzte schwer und zählte das entsprechende Geld von den Scheinen und Münzen ab, die vor ihr auf dem Tisch lagen. »Mir bleibt leider keine andere Wahl.«

Krautscheid nickte. »Ja, es muß sein. Aber lassen Sie mich das machen, ich kenne die Männer. Es ist besser, wenn ich mit ihnen rede«, sagte er, nahm das Geld an sich und ging hinaus.

Was soll bloß werden? fragte sich Lena beklommen, als sie allein mit ihren Gedanken und Ängsten war. Wo sollen wir nur hin, wenn ich ›Maralinga‹ verkaufen muß? Und was geschieht, wenn ich nicht schnell genug einen Käufer finde und die Bank das Weingut zwangsversteigern läßt?

Am nächsten Vormittag überraschte James Finnegan sie mit seinem Besuch.

9

»Sie ... Sie wollen ›Maralinga‹ kaufen?« stieß Lena ungläubig hervor und stellte die Teetasse schnell wieder auf den Korbtisch zurück, denn ihr begann die Hand zu zittern. Sollten ihre Gebete erhört worden sein?
James Finnegan, der ihre Einladung zu einer Tasse Tee bereitwillig angenommen und es sich mit ihr im Schatten der rückwärtigen Veranda bequem gemacht hatte, nahm in aller Ruhe einen Schluck aus seiner Tasse. »Ja, ich habe mich nach reiflicher Überlegung zu diesem Entschluß durchgerungen und möchte Ihnen ein Angebot machen, von dem ich hoffe, daß Sie es annehmen werden«, sagte er ernst. »Zwar gehen meine geschäftlichen Interessen eigentlich in eine ganz andere Richtung; aber ich kann die Vorstellung nicht ertragen, daß ›Maralinga‹ unter den Hammer und in Gott weiß wessen Hände kommt – und daß Sie nach einer Zwangsversteigerung mit so gut wie nichts dastehen. Ich glaube, ich würde mir ewig Vorwürfe machen, wenn ich es zuließe, daß irgend jemand skrupellos Vorteile aus Ihrem Unglück und Ihrer Unerfahrenheit in geschäftlichen Dingen zieht.«
Lena brannte plötzlich das Gesicht vor Scham, als hätte sie die katastrophale finanzielle Lage des Weingutes mit zu verantworten. »Wie kommen Sie darauf, daß ›Maralinga‹ eine Zwangsversteigerung droht? Davon kann überhaupt keine Rede sein!« behauptete sie wider besseres Wissen.
»Verzeihen Sie mir meine Offenheit, aber mir ist bekannt,

wie es um das Weingut steht, Miss Seewald«, sagte James Finnegan nachsichtig. »Ich habe letzte Woche mit Mister Cavendish im ›Adelaide Club‹ gespeist, und gestern habe ich Mister Pearson im Theater getroffen. Und bei beiden Treffen ist das Gespräch früher oder später auf ›Maralinga‹ gekommen, was bei dem tragischen Tod Ihrer Eltern nun wirklich nicht verwunderlich ist. Ich bin also bestens darüber im Bilde, was für einen entsetzlichen Mühlstein Ihnen der tragische Tod Ihrer Eltern um den Hals gehängt hat.«

Lena senkte verlegen den Blick. Wie dumm von ihr zu glauben, einem so einflußreichen Mann wie ihm etwas vormachen zu können! Vermutlich wußte er noch besser über die wirtschaftliche Lage von ›Maralinga‹ Bescheid als Krautscheid und sie selbst.

»Wie ich gerade schon gesagt habe, möchte ich einer Zwangsversteigerung des Weingutes zuvorkommen. Denn eine derartige Bankrotterklärung würde den guten Ruf Ihres Vaters schwer beschädigen und womöglich auch noch für lange Zeit an ihren Geschwistern hängenbleiben. Sie wissen ja, wie die Leute bei uns im Tal sind und wie lange sie alles nachhalten«, fuhr James Finnegan fort.

Lena nickte stumm.

»Das zu verhindern, bin ich dem Andenken Ihrer Eltern einfach schuldig, mit denen mich doch viele Jahre lang beste, ja sogar herzliche Geschäftsbeziehungen verbunden haben.«

Lena sah ihn dankbar an. »Das ist wirklich sehr großherzig von Ihnen, Mister Finnegan.«

Er winkte ab. »Na, ich komme dabei schon nicht zu kurz, Miss Seewald. Irgendwann wird ›Maralinga‹ auch wieder Profit abwerfen, und selbst wenn mich das bis dahin zweifellos eine Menge Geld kosten wird, werde ich vielleicht

doch eines Tages ganz froh sein, das Weingut gekauft zu haben. Sie sehen, ich habe auch meinen eigenen Vorteil im Auge.«
»Es ist ein wunderschönes Stück Land«, sagte Lena mit gemischten Gefühlen, als sie über den ausgestorbenen Hof zu den dunklen Reihen der Rebstöcke hinüberschaute und daran dachte, wie viele Jahre ihre Eltern sich auf dem Gut abgemüht hatten, um es zu dem zu machen, was es jetzt war ... oder zumindest vor ein paar Jahren noch gewesen war. Und jetzt lag »Maralinga« verlassen unter der heißen Sonne. Nicht ein einziger Arbeiter hielt sich mehr auf dem Weingut auf. Sie hatten ihren restlichen Lohn genommen, ihre Sachen gepackt und »Maralinga« den Rücken gekehrt; der eine oder andere womöglich mit Bedauern, doch alle ohne jegliches Zögern. Es war wie bei einem sinkenden Schiff, dessen Mannschaft im Angesicht des Unabwendbaren von Bord geht. Zurück blieb nur der Eigner des Schiffes, seinen eigenen Untergang mit dem des Schiffes erwartend.
»Deshalb biete ich Ihnen ja auch tausendzweihundert Pfund, bei Übernahme aller noch ausstehenden Schulden«, rückte James Finnegan nun mit einem konkreten Angebot heraus.
Tausendzweihundert Pfund! Lena kam diese Summe wie ein Vermögen vor, hatte sie doch noch nie in ihrem Leben einen größeren Geldschein als eine Fünfpfundnote in der Hand gehalten. Als Kind hatte sie gelegentlich einige wenige Pennies ihr eigen genannt, und in den drei Jahren im Kloster hatte sie nie mehr als sechs, sieben Shilling besessen. Sie wußte, daß man auf eigenem Land mit hundert Pfund im Jahr ein gutes Auskommen hatte. Bei einem Kaufpreis von tausendzweihundert Pfund bedeutete das, daß ihr Lebensunterhalt und der ihrer Geschwister für mindestens ein Dutzend Jahre gesichert sein würde und daß auch genug

Geld für eine gute Ausbildung ihres Bruders zur Verfügung stünde.

»Sind Sie damit nicht einverstanden?« fragte James Finnegan, der ihr Schweigen falsch deutete, mit gerunzelter Stirn. »Ich kann Ihnen versichern, daß Ihnen bei einer Zwangsversteigerung nicht einmal tausend Pfund bleiben. Da geht keiner der Bieter an den wahren Preis heran, den ein Anwesen wert ist!«

»Nein, nein, tausendzweihundert Pfund sind sicherlich ein sehr faires Angebot«, versicherte Lena hastig. »Ich verstehe nur nichts von solchen Geschäften, und eigentlich sollte Krautscheid das mit Ihnen aushandeln. Leider ist er im Augenblick unten im Dorf und erledigt einige Besorgungen. Zudem kommt das alles ein bißchen überraschend für mich. Ich weiß ja noch nicht einmal, wohin ich mit meinen Geschwistern soll, wenn wir ›Maralinga‹ verlassen müssen.«

»Sie brauchen nirgendwo hin, Miss Seewald«, entgegnete James Finnegan. »Zu den tausendzweihundert Pfund biete ich Ihnen nämlich noch das mietfreie Wohnrecht auf ›Maralinga‹ für … nun, sagen wir einmal sechs Jahre an.«

Lenas Augen leuchteten auf. »Sie meinen, wir können hier im Haus bleiben?«

Er nickte ihr lächelnd zu. »Ja, Sie können mit Ihren Geschwistern auf ›Maralinga‹ wohnen bleiben, so lautet mein Angebot. Ich werde wohl meinem ältesten Sohn die Verwaltung des Weingutes übertragen, aber wie ich ihn kenne, wird es ihm nicht im Traum einfallen, hier einziehen zu wollen. Sein Zuhause ist und bleibt ›Finnegan's Park‹, auch nach seiner Heirat, die hoffentlich nicht mehr lange auf sich warten läßt, denn ich möchte noch bei guter Gesundheit die Geburt meiner Enkelkinder erleben«, sagte er. Und einen Augenblick lang schlich sich ein herrisch verdrossener Ton-

fall in seine Stimme. Auch sein Gesicht nahm einen verkniffenen Ausdruck an.
Doch schon im nächsten Moment breitete sich wieder das vertraueneinflößende Lächeln auf seinem Gesicht aus. »In sechs Jahren sind Ihre Geschwister aus dem Gröbsten heraus, und ich denke, daß dann Ihr Bruder die Last von Ihren zarten Schultern nehmen und seinerseits die Verantwortung für seine jüngeren Schwestern übernehmen kann, damit Sie Ihrer wunderbaren Berufung folgen und wieder ins Kloster zurückkehren können. Denn das dürfte doch Ihre Absicht sein, nicht wahr, Miss Seewald?«
Lena nickte. »O ja, ganz sicher!« bekräftigte sie mit glänzenden Augen.
Er nickte verständnisvoll und klatschte in die Hände. »Dann sind wir uns also handelseinig, nicht wahr?« fragte er. »Zwölfhundert Pfund und sechs Jahre mietfreies Wohnrecht. Und wenn Sie und Ihre Geschwister sich noch etwas Geld dazuverdienen möchten, so ist das auch kein Problem. Tüchtige Hände sind auf einem Weingut stets willkommen, wie Sie ja selber wissen. Also, schlagen Sie ein?« Er streckte ihr seine Hand hin.
Lena zögerte. »Im Prinzip sind wir uns schon handelseinig, Mister Finnegan. Aber dennoch sollte ich erst noch mit Krautscheid reden.«
»Der wird Ihnen nur zuraten, das können Sie mir glauben. Krautscheid weiß, was Ihnen bei einer Zwangsversteigerung blüht. Und falls Sie Sorge um ihn haben, so kann ich Sie beruhigen: Wir werden auch ihn auf ›Maralinga‹ weiterhin in Brot und Arbeit halten!«
»Ja, das ist eine Beruhigung«, gab Lena zu. »Aber bevor wir irgend etwas vertraglich festlegen können, muß ich erst vom Gericht für volljährig und zum Vormund meiner Geschwister erklärt werden.«

»Das ist ein Kinderspiel. Ich besorge Ihnen einen guten Anwalt, der das schon nächste Woche beim Bezirksgericht von Gawler über die Bühne bringt«, bot sich James Finnegan an.
Lena bedankte sich für sein freundliches Angebot, lehnte jedoch dankend mit dem Hinweis ab, daß ihre Oberin diese Angelegenheit schon für sie in die Hand genommen und einen Adelaider Anwalt, der dem Kloster beruflich wie privat sehr nahe stand, damit betraut hatte. »Ich werde gewiß bald von ihm hören; dann können wir alles weitere bereden.«
»Gut, aber versprechen Sie mir wenigstens, daß Sie sich auf keinen anderen Handel einlassen und an mich verkaufen«, forderte er sie auf. »Kommen Sie, schlagen Sie ein!«
Nun ergriff Lena doch noch die ausgestreckte Hand. »Also gut, ich verspreche Ihnen, daß Sie der erste sein werden, an den ich mich wenden werde, sobald ich mich zum Verkauf entschließe«, sagte sie, denn an wen sonst hätte sie schon verkaufen und dabei solch günstige Bedingungen herausholen können?
James Finnegan erhob sich mit zufriedener Miene, nahm seinen Hut, verabschiedete sich und ließ sich von Albert in seinem herrschaftlichen Daimler nach »Finnegan's Park« zurückchauffieren.
Als Krautscheid wenig später aus Marienthal zurückkehrte und Lena ihm von Finnegans Kaufofferte berichtete, reagierte er mit einer Mischung aus Erleichterung und Niedergeschlagenheit. Einerseits beruhigte es ihn zu wissen, daß »Maralinga« nicht zwangsversteigert und Lena gut versorgt sein würde, auch daß sie mit ihren Geschwistern nicht vom Weingut mußte. Andererseits schmerzte es ihn zu sehen, wie sie das Weingut verlor – und Andreas um sein Erbe kam, für das sein Vater all die Jahre so hart gearbeitet hatte, immer in dem unerschütterlichen Glauben, daß sein Sohn ei-

nes Tages in seine Fußstapfen treten und Herr auf »Maralinga« werden würde.

»Das läßt sich jetzt auch nicht mehr ändern«, bereitete Lena seinen Klagen ein Ende. »Sagen Sie mir also lieber, ob die tausendzweihundert Pfund ein gutes Angebot sind oder nicht.«

Krautscheid verzog das Gesicht und zuckte die Achseln. »Mein Gott, noch vor zwei, drei Jahren wäre solch ein Angebot ein Witz gewesen – eine glatte Unverschämtheit. Aber wenn man in der Not verkaufen muß, kriegt man nun mal nie das, was die Sache in guten Zeiten wert ist. Und da hat der alte Fuchs Finnegan schon recht: Bei einer Zwangsversteigerung wird das höchste Gebot ein gutes Stück unter den zwölfhundert Pfund liegen, die er Ihnen angeboten hat; dafür wird er schon sorgen. Zudem wird Ihnen kein anderer Käufer das Haus hier für sechs Jahre mietfrei überlassen. Finnegan dagegen kann es sich leisten, zumal sein Sohn Douglas wirklich nicht daran denken wird, das prächtige Anwesen ›Finnegan's Park‹ zu verlassen und hier einzuziehen.«

»Dann sind Sie also dafür, daß ich das Angebot annehme?«
»Das ist wohl das Beste, was Sie unter den gegebenen Umständen aus dieser schrecklichen Situation machen können«, antwortete Krautscheid bedrückt.

Lena nickte. »Ja, ich habe keine andere Wahl«, pflichtete sie ihm nüchtern bei. »Ich hoffe nur, Andreas macht mir später einmal keine Vorwürfe, daß ich sein Erbe verschleudert habe.«

»Reden Sie mit ihm und sagen Sie ihm ohne jede Beschönigung, wie die Dinge liegen«, riet er ihr. »Sie tun so das Beste, was in Ihrer Macht steht.«

Lena hätte dieses Gespräch gerne aufgeschoben, zwang sich jedoch, es hinter sich zu bringen. Sie ging hinaus zu ihren

Geschwistern, die hinter dem Stall im Schatten der Eukalyptus-Bäume mit Murmeln spielten. Das friedliche Bild kindlicher Unschuld, das Andreas, Marianne und Franziska abgaben, wie sie da so im Sand saßen und eifrig den Lauf der Murmeln verfolgten, schnitt ihr tief ins Herz und veranlaßte sie beinahe, wieder unbemerkt ins Haus zu schleichen und ihren Geschwistern die traurigen Wahrheiten der Wirklichkeit noch eine Weile zu ersparen. Aber dann entschied sie sich doch dafür, nicht aufzuschieben, was sich nun einmal nicht ändern ließ.

Die Augen ihres Bruders füllten sich augenblicklich mit Tränen, als er begriff, was Lena ihnen da so schonend wie möglich beizubringen versuchte. »Du verkaufst das Weingut, wo Dad doch immer wollte, daß ich es eines Tages weiterführe?« fragte er vorwurfsvoll und unter lautem Schluchzen.

Lena nahm ihn in die Arme. Erst wehrte er sich dagegen, doch dann ließ er es geschehen. »Ich verkaufe unser Weingut nicht, weil es mein freier Wille ist und ich dich, Marianne oder Franziska um etwas betrügen möchte, sondern weil mir keine andere Wahl bleibt«, stellte sie ruhig, aber mit fester Stimme klar. »Weißt du noch, wie sich unsere Stute Jessy bei dem Unfall damals mit dem umgestürzten Fuhrwerk schwere Verletzungen zugezogen hat?«

Andreas nickte. »Vater hat sie erschossen, um sie von ihrem Leiden zu erlösen. Und ... und er hat dabei geweint.«

»Ja, weil es ihm schrecklich schwergefallen ist. Aber er hat es tun müssen, weil es das einzige war, was er für die arme Jessy überhaupt noch tun konnte. Niemand vermochte sie mehr zu retten, aber sie sollte auch nicht länger leiden«, sagte Lena. »Und genau so ergeht es mir jetzt. Ich habe, wie damals Vater, keine andere Wahl. ›Maralinga‹ steht vor dem Ruin, Kinder. Es ist nicht mehr zu retten. Zumindest kön-

nen wir es nicht, weil uns dafür das Geld fehlt und mir niemand einen Kredit gewährt. Es sind schlimme Dinge passiert, die ihr heute noch nicht begreift, die mir aber keine andere Möglichkeit lassen als zu verkaufen. Sonst vertreibt uns die Bank vom Weingut, und uns bleibt noch viel weniger Geld, als wenn wir das großherzige Angebot von Mister Finnegan annehmen.«
»Aber wir können hier wohnen bleiben, hast du gesagt?« fragte Marianne nach.
Lena zwang sich zu einem hoffnungsvollen, mutmachenden Lächeln. »Ja, und zwar mindestens sechs volle Jahre. Es wird sich also eigentlich nicht viel an unserem Leben hier ändern. Ist das nicht wunderbar? Und mit dem Geld, das wir für den Verkauf bekommen, werden wir sparsam umgehen, damit genug übrigbleibt und du eine gute Ausbildung bekommst, Andreas.«
»Was denn für eine Ausbildung?« fragte ihr Bruder skeptisch, aber zugleich auch interessiert.
»Nun, wozu du dich eben berufen fühlst, Andreas. Und wenn du in der Schule fleißig bist, kannst du vielleicht sogar studieren und eines Tages Anwalt oder gar Arzt wie Doktor Kroll werden«, versprach Lena.
Diese Vorstellung schien Andreas sehr zu gefallen, denn seine Tränen versiegten sofort. »Dann werde ich Anwalt!« verkündete er. »Dann kann ich einen Talar und eine Perücke tragen!«
»Und ich heirate in sechs Jahren, denn dann bin ich schon richtig alt!« erklärte Marianne.
»Und ich gehe mit Lena ins Kloster und werde Nonne!« verkündete Franziska, die bei der Planung der Zukunft nicht zurückstehen wollte. »Sag, darf ich heute abend den Rosenkranz vorbeten?«
Andreas verdrehte die Augen. »Bloß nicht! Du vergißt doch

immer die Hälfte. Und zur Nonne bringst du es nie! Du darfst höchstens in der Pforte sitzen und an die Armen Brot austeilen!«

»Bringe ich es doch!« rief Franziska erbost. »Sogar zur Mutter Oberin bringe ich es, wenn ich nur will!«

»Ja, im Hühnerstall und mit Heiligenschein!« spottete Andreas.

»Und du wirst Anwalt im Land der Misthaufen!« gab Franziska schlagfertig zurück.

Marianne lachte schallend.

»Was lachst du so dämlich?« fuhr Andreas sie an. »Du wirst doch noch in sechzig Jahren als alte Jungfer auf deinen ersten Freier warten!«

»Das nimmst du sofort zurück, du ... du Misthaufen-Anwalt!«

Und ehe Lena sich versah, hatte sie einen ausgewachsenen Streit zwischen ihren Geschwistern zu schlichten.

Am selben Tag sollte es dann noch einen Streit ganz anderer Art zu schlichten geben. Es handelte sich dabei jedoch nicht um eine der üblichen Auseinandersetzungen unter den Kindern, sondern um etwas erheblich Ernsteres.

Lena war am späten Nachmittag mit dem Buggy nach »Cawarra« hinübergefahren, weil sie wußte, daß sie ihre Freundin um diese Zeit dort antreffen konnte. Cornelia hatte mit ihrem Arbeitgeber nämlich vereinbart, daß sie bei etwas gekürztem Lohn schon nachmittags um vier die Eisenwarenhandlung verlassen durfte, um ihrem künftigen Mann bei der Arbeit auf »Cawarra« zur Hand zu gehen. Denn bis zu ihrer Hochzeit gab es dort noch viel zu erledigen.

Cornelia freute sich mit ihr, als sie hörte, daß James Finnegan das Weingut kaufen wollte, Lena aber dennoch weiterhin mit ihren Geschwistern auf »Maralinga« wohnen durfte. »Wie schön! Dann bleiben wir also erst einmal

Nachbarn!« rief sie überglücklich. »Und wer weiß, was in sechs Jahren ist! Das ist eine lange Zeit, in der kann soviel passieren.«

Lenas Freude und Erleichterung, sich der Zustimmung ihrer besten Freundin gewiß zu sein, erhielt jedoch einen herben Dämpfer, als Burkhardt vom halbfertigen Windrad kletterte, sich kurz zu ihnen gesellte, die Neuigkeit hörte – und ausgesprochen unfreundlich auf Lenas Verkaufsabsicht reagierte. »Sie wollen ›Maralinga‹ für tausendzweihundert Pfund verkaufen? Allein der Weinkeller mit seinen Traubenpressen, Gärtanks und Eichenfässern ist schon gut und gern seine tausend Pfund wert, von dem Wohnhaus und den Weinbergen einmal ganz zu schweigen!« stieß er grimmig hervor. »Tausendzweihundert Pfund! Mein Gott, warum verschenken Sie das Weingut denn nicht gleich?«

»Burkhardt!« rief Cornelia peinlich berührt ob des groben Tons ihres Verlobten.

Lena war nicht weniger verblüfft und sah ihn verdutzt an. »Was heißt denn hier verschenken?« erwiderte sie entrüstet, nachdem sie sich gefaßt hatte. »Das ist das Beste, was ich für ›Maralinga‹ bekommen kann. Und ich muß Mister Finnegan noch auf Knien dankbar sein, daß er es nicht zu einer Zwangsversteigerung kommen läßt!«

»Reden Sie sich doch nichts ein, Miss Seewald!« erwiderte er kühl. »James Finnegan weiß sehr wohl, warum er Ihnen das Angebot unterbreitet hat. Er ist ein ganz gerissener Bursche, der nichts ohne Eigennutz tut. Nicht von ungefähr residiert er in seinem feudalen Herrenhaus wie so ein vornehmer Pommy, der auf eine lange Ahnenreihe zurückblicken kann. Dabei ist er nicht besser als jeder andere arme Schlukker auch, der nach Australien ausgewandert ist. Er hat es nur zu Reichtum gebracht, und zwar auf genau die skrupellose Art und Weise, wie er Ihnen jetzt ›Maralinga‹ abnimmt. Er

nutzt Ihre Situation schamlos aus, was schon schlimm genug ist, aber Sie halten ihn auch noch für einen Samariter!«
»Und wenn dem so wäre, wie Sie sagen, was soll ich dann Ihrer Meinung nach tun, Mister Helmsdorf?« entgegnete Lena verärgert. »Vielleicht darauf warten, daß ›Maralinga‹ unter den Hammer kommt, für vielleicht sieben- oder achthundert Pfund versteigert wird und daß man mich und meine Geschwister von heute auf morgen vom Weingut jagt?«
»Ich bin mit Ihrer Situation nicht vertraut genug, um Ihnen sagen zu können, was ich an Ihrer Stelle tun würde«, antwortete Burkhardt schroff. »Aber wegen Schulden von hundertfünfzig Pfund würde ich niemals ein Anwesen wie ›Maralinga‹ hergeben; es ist ein Vielfaches von dem wert, was Finnegan Ihnen zahlen will. Man gibt Land niemals kampflos auf, für das die eigene Familie ihr Blut und ihren Schweiß gelassen hat! Mein Gott, Ihr Vater würde sich im Grab umdrehen, wenn er wüßte, daß Sie das Erbe Ihres Bruders für solch ein lächerliches Handgeld verschleudern! Dabei ist das einzige, was wirklich bleibt und es wert ist, daß man dafür bis zum Letzten kämpft, das eigene Land!«
Lena wurde blaß und starrte ihn an, sprachlos vor Zorn und Betroffenheit.
Cornelia sog scharf die Luft ein. »Das nimmst du sofort zurück, Burkhardt! Ich lasse nicht zu, daß du meine beste Freundin beleidigst. Du wirst dich bei ihr dafür entschuldigen – oder wir sind geschiedene Leute!« drohte sie ihm und funkelte ihn aufgebracht an.
Burkhardt stand einen Moment stumm und mit zusammengekniffenen Lippen da. Man konnte ihm förmlich ansehen, wie er mit seinem Stolz rang. Dann holte er tief Atem, zuckte kurz die Achseln und sagte mit merklich veränderter Stimme, aus der ernsthaftes Bedauern sprach: »Okay, ich

habe den Bogen wohl um einiges überspannt. Es tut mir leid, wenn ich Sie mit meinen Worten verletzt habe; es lag nicht in meiner Absicht. ›Maralinga‹ gehört Ihnen und geht mich nichts an. Sie müssen natürlich tun, was Sie für richtig halten.«

Lena nahm seine Entschuldigung mit einem kühlen Nicken an, dachte jedoch nicht daran, ihn so billig davonkommen zu lassen. »Was ich für richtig oder wünschenswert halte, ist leider völlig ohne Belang, Mister Helmsdorf«, entgegnete sie mit kontrolliertem Zorn. »Ich tue das einzige, was mir übrigbleibt, um eine ruinöse Zwangsversteigerung zu vermeiden und meinen Geschwistern die nächsten sechs Jahre das vertraute Zuhause zu sichern. Und ich habe mich ganz sicher nicht danach gedrängt, die Verantwortung für all das zu übernehmen. Ich wünschte vielmehr, meine Eltern wären noch am Leben und mein Vater müßte selbst sehen, wie er mit dieser Situation zurechtkommt, in die er ›Maralinga‹ mit seinen Versäumnissen gebracht hat. Aber bedauerlicherweise gibt niemand etwas auf das, was ich mir wünsche, falls Sie das noch nicht bemerkt haben sollten!«

Burkhardt wich ihrem erbosten Blick aus. »Ich mache mich dann mal besser wieder an die Arbeit. Nichts für ungut, Miss Seewald«, murmelte er, tippte an die Krempe seines verbeulten Hutes, griff nach seinem Werkzeugkasten und entfernte sich rasch in Richtung Windrad.

»Das mit Burkhardt tut mir wirklich schrecklich leid, Lena«, entschuldigte sich Cornelia für das Verhalten ihres Verlobten, kaum daß er sich außer Hörweite befand. »Du darfst ihm das bitte nicht nachtragen. Er hat es bestimmt nicht böse gemeint.«

»Na, allzu freundlich hat es aber auch nicht geklungen«, meinte Lena, noch immer recht verstimmt. »Als ob ich etwas dafür kann, daß der Wein von ›Maralinga‹ unverkäuf-

lich ist und mein Vater obendrein noch Schulden gemacht hat, um sich ein sündhaft teures Automobil zuzulegen, von dem jetzt nur noch ein ausgebranntes Wrack übrig ist!«
Cornelia machte eine halb hilflose, halb entschuldigende Geste. »Ich weiß auch nicht, was in ihn gefahren ist«, sagte sie, stutzte dann jedoch, um sich im nächsten Augenblick zu verbessern. »Nein, das stimmt nicht; ich glaube, ich weiß sehr wohl, warum er so schroff und verständnislos reagiert hat.«
»Na, auf die Erklärung bin ich aber gespannt«, meinte Lena sarkastisch.
»Er hat es vorhin selbst gesagt. Es ist das Land, Lena. Ja, das ist es. Für ihn ist die eigene Scholle fast etwas Heiliges. Burkhardt hat mir einmal erzählt, daß er sich am Tag, als er in Sydney zum erstenmal australischen Boden betrat, geschworen hat, eines Tages Herr auf eigenem Land zu sein. Das war sein Ziel, das er nie aus den Augen verloren hat«, erklärte Cornelia. »Er hat mehr als ein Dutzend Jahre lang in den Hafendocks, im Kohlebergwerk und auf den großen Weingütern schwer gearbeitet und große Entbehrungen auf sich genommen, um diesen Traum vom eigenen Weingut zu verwirklichen. Diese sieben Hektar von ›Cawarra‹ bedeuten ihm mehr, als er selbst je in Worte fassen könnte. Deshalb ist es ihm wohl auch nicht vorstellbar, wie man so ein wunderbares Landgut wie ›Maralinga‹ einfach kampflos aufgeben kann.«
»Mein Gott, ja womit soll ich denn kämpfen, Cornelia?« fragte Lena voller Bitterkeit. »Vielleicht mit meinen nackten Händen? Das wird die Bank nicht davon abhalten, das Weingut zwangsversteigern zu lassen und uns auf die Straße zu setzen.«
»Ich weiß, daß du gar nicht anders kannst. Es ist schon richtig, daß du an Finnegan verkaufst und damit deinen Ge-

schwistern das vertraute Zuhause für die nächsten Jahre erhältst. Und jetzt wollen wir nicht länger darüber reden«, sagte Cornelia auf ihre besänftigende Art und wechselte geschickt das Thema. »Hör mal, habe ich dir schon erzählt, daß Johanna Linke mit ihrem Mann wieder nach Marienthal zurückkommt, weil ihre Schwiegereltern den Hof allein nicht mehr bewirtschaften können? Nein? Mein Gott, dann wird es aber Zeit. Du hast dich damals doch so gut mit ihr verstanden. Gerhard, ihr Mann, soll übrigens einen schweren Unfall gehabt haben, was auch ein Grund ist, wie ich erfahren habe, daß sie nun wieder zu den Schwiegereltern ziehen.« Und munter plauderte sie drauflos, als hätte es diese unerfreuliche Auseinandersetzung zwischen Lena und ihrem Verlobten nie gegeben.
Lena zürnte Burkhardt jedoch im stillen noch geraume Zeit ob seiner ungerechten Vorwürfe. Oder waren seine Vorhaltungen womöglich doch gerechtfertigt?
Diese Frage ging ihr nicht aus dem Sinn. Sie verfolgte sie den restlichen Tag bis weit in die Nacht. Und als sie nach kurzem Schlaf wie üblich kurz vor vier Uhr erwachte und im ersten Moment fest damit rechnete, sogleich den hellen Klang der Klosterglocke zu hören, die zum Chorgebet rief, stellte sich die Frage sofort wieder ein, sowie ihr zu Bewußtsein kam, wo sie sich befand.
Warum nur hörten diese Selbstzweifel nicht auf, sie so zu quälen?

10

Am Tag des Gerichtstermins stand Lena wie gewohnt kurz vor vier Uhr auf, zog sich im Dunkeln an und entzündete die Kerze vor dem Bild der Muttergottes. Die feingeschnitzte Heiligenfigur stand auf einem kleinen Tisch in der Ecke des Schlafzimmers, wo auch das Kruzifix hing, und davor wartete auf sie der Betstuhl ihrer verstorbenen Mutter mit seiner harten ungepolsterten Kniebank, die vom jahrzehntelangen Gebrauch schon blank gescheuert war.
Als Lena sich auf der Kniebank niederließ, die Augen schloß und die vertrauten Psalme der Vigil zu beten begann, so wie sie es drei Jahre lang im Kloster getan hatte, glaubte sie im Geist den Chor ihrer ehemaligen Mitschwestern zu hören. Es gab Augenblicke, da vergaß sie völlig, daß sie sich nicht mehr in ihrer Mitte auf der Nonnenempore der Klosterkirche befand, sondern in ihrer Schlafkammer auf »Maralinga«.
Die Dunkelheit lag noch immer über dem Barossa-Tal, als Lena ihr langes Morgengebet beendete, das Kerzenlicht ausblies und nach unten in die Küche ging, um einen Schluck kalten Tee zu trinken. Es war noch keine fünf Uhr, und ihr Zug verließ die Bahnstation von Tanunda erst um zwanzig nach acht; ihr blieb also noch viel Zeit.
Lena hatte es sich seit ihrer Rückkehr nach »Maralinga« zur Gewohnheit gemacht, nach ihrem frühmorgendlichen Gebet hinaus in die Weinberge zu gehen und einen langen Spaziergang zu unternehmen, der sie gewöhnlich bis über die

Hügelketten führte, die sich zwischen »Cawarra« und »Finnegan's Park« erstreckten. Und dieser tägliche Weg ganz allein in den Sonnenaufgang hinein hatte für sie etwas ungemein Tröstliches, ja er erfüllte sie zeitweilig sogar mit einem Gefühl von innerem Frieden. Und das war etwas, was sich bei ihr zu sonst keiner anderen Stunde des Tages einstellte, von ihren Gebetszeiten einmal abgesehen. Aber selbst die brachten ihr nicht immer diese innere Ruhe, wie sie sie einst im Kloster erfahren hatte.

Es tat gut, sich zu bewegen und die frische Morgenluft einzuatmen, während das erste Licht des neuen Herbsttages langsam ins Barossa-Tal drang. Attila trottete auch heute treu neben ihr her, als sie den schmalen Pfaden durch die Weinberge folgte, die nun bald James Finnegan gehören würden.

Der Anblick der Trauben, die erntereif von den Rebstöcken hingen und in diesem Jahr wohl auch dort verfaulen würden, stimmte Lena traurig. Er erinnerte sie daran, daß sich zu dieser frühen Stunde überall im Tal die Weinbauern mit ihren Familien und ihren Pflückern bereit machten, wieder zu einem neuen langen Tag in die Weinberge auszurücken, um die Traubenernte einzubringen. Nur auf »Maralinga« würde auch dieser Erntetag still verstreichen. Niemand würde die Körbe und Holzkiepen, die im Schuppen standen, schultern und im Schweiße seines Angesichts mit Dolden füllen; und ebenso unbenutzt würden auch die schweren Bottiche und Pressen im Weinkeller bleiben.

Der Gedanke deprimierte sie; deshalb ließ Lena ihre eigenen Weinberge an diesem Morgen schneller hinter sich als sonst. Sie nahm eine Abkürzung, die sie über Hügel mit wilden Rosenbüschen führte. Dahinter erstreckte sich freies Gelände, und als sie mit Attila schließlich zum Hügelkamm von Friedlanders's Hill westlich vom Rowland Creek gelangte, warf die Sonne gerade ihren ersten rotgoldenen Schein auf den verhangenen Himmel.

Sie blieb stehen und blickte kurz nach Norden, wo Leo Blumbergs großer Obsthain lag und wo sie soeben die Silhouette eines Reiters erspäht hatte. Es überraschte sie nicht; sie hatte auf ihren Spaziergängen schon mehrfach einen Reiter dort drüben entlangtrotten sehen. Manchmal hatte er einige Minuten lang eine Rast eingelegt, zu ihr herübergeschaut und sich wohl dieselbe Frage gestellt wie sie – nämlich wer da wohl bloß stets zu so früher Morgenstunde ganz allein unterwegs war.

Lena hob an diesem Morgen einer spontanen Eingebung folgend kurz die Hand zum Gruß. Denn auch wenn sie auf die Entfernung hin nicht erkennen konnte, um wen es sich bei dem Reiter handelte, so nahm sie doch an, daß sie einander zumindest vom Sehen her kannten.

Die Gestalt auf dem Pferd erwiderte den Gruß.

Lena wandte sich um und setzte sich auf einen runden Felsbuckel, der fast kniehoch aus dem Boden herausragte. Attila folgte ihr. Doch statt sich vor ihren Füßen ins verdörrte Gras zu legen, wie er es gewöhnlich tat, blieb er mit aufgestelltem Schwanz und gespitzten Ohren stehen und blickte aufmerksam in die andere Richtung. Plötzlich begann er zu knurren.

Im selben Moment nahm Lena den gedämpften Hufschlag wahr. Er entfernte sich nicht, sondern kam immer näher. Überrascht drehte sie sich um – und sah den Reiter im leichten Trab auf sich zukommen. Er mußte ihr kurzes Winken als Einladung mißverstanden haben.

Lenas Überraschung nahm zu, als sie Augenblicke später erkannte, wer da im morgendlichen Zwielicht im Sattel eines prächtigen Rotfuchses saß: Es war Patrick Finnegan!

»Ist schon gut, Attila«, beruhigte Lena ihren knurrenden

Hund und tätschelte ihn. »Leg dich hin, Attila; es ist alles in Ordnung. Das ist kein Fremder.«
Attila hörte auf zu knurren, blieb jedoch wachsam an ihrer Seite.
Patrick brachte den Rotfuchs mehr als ein Dutzend Schritte von Lena entfernt zum Stehen, glitt mit der Geschmeidigkeit des routinierten Reiters aus dem Sattel und überließ das Pferd sich selbst, das sich sofort zum taunassen Boden hinunterbeugte und anfing zu grasen.
Mit einem schüchternen Lächeln kam Patrick auf sie zu. »Morgen, Lena.«
»Morgen, Patrick.«
»Bist du immer so früh auf den Beinen?« fragte er.
Lena wußte, daß er die Antwort längst kannte. »Das ist doch nicht früh. Es geht ja schon die Sonne auf. Im Kloster ist die Nacht schon um kurz vor vier zu Ende, denn dann wird die Vigil gebetet«, antwortete sie ein wenig spöttisch.
Er nickte und machte eine verlegene Geste. »Ich kann in letzter Zeit einfach nicht länger schlafen. Spätestens um fünf bin ich wach. Dann kriege ich kein Auge mehr zu. Außerdem reite ich in diesen Monaten gern am frühen Morgen aus, wenn es noch kühl ist und kaum jemand unterwegs ist«, sagte er, um dann hastig hinzuzufügen: »Obwohl ich mich natürlich ungemein freue, dir heute begegnet zu sein.«
»Ich denke, wir haben uns schon öfter zu dieser Zeit gesehen«, erwiderte sie.
»Ja, aber ich habe nicht gewagt, dich zu stören«, gestand er. »Irgendwie hatte ich stets den Eindruck, du wolltest allein mit dir und deinen Gedanken sein.«
Sein Einfühlungsvermögen verblüffte sie, und plötzlich erinnerte sie sich wieder, daß Patrick schon immer eine sehr feinfühlige Ader gehabt hatte. Deshalb hatte sie ihn schon früher so sympathisch gefunden, als sie noch Jugendliche

gewesen waren und sie in ihrer Jungmädchenzeit ... nun ja, schwärmerische Gefühle für ihn gehegt hatte.

»Du kannst dich noch immer gut in andere Menschen einfühlen«, antwortete Lena mit einem Anflug von Verlegenheit, den die Erinnerung in ihr ausgelöst hatte.

»Nicht in alle, nur in ganz besondere Menschen«, erwiderte er mit einem spöttischen Auflachen, das Lena vor einer Antwort bewahrte. »Hast du was dagegen, wenn ich mich eine Weile zu dir setze?«

Lena schüttelte den Kopf. »Du solltest dein Pferd besser anbinden. Es wandert immer weiter von uns weg.«

Er lachte. »Keine Sorge, Minerva kommt auf Zuruf und ist damit das einzige Wesen, das auf mich hört.«

Sie schwiegen eine ganze Weile, ohne daß Lena es als unangenehm empfunden hätte.

Schließlich brach Patrick das Schweigen. »Vermißt du das Kloster sehr?«

»Ja«, antwortete Lena einsilbig.

Er seufzte. »Es ist schlimm, sich etwas sehnsüchtig zu wünschen und gleichzeitig zu wissen, daß diese Sehnsucht sich niemals erfüllen wird.«

»So schlimm ist es nun auch wieder nicht«, sagte Lena, um keinen Zweifel an ihrer Rückkehr zu den Schwestern aufkommen zu lassen. »Sobald meine Geschwister alt genug sind, um für sich selbst zu sorgen, will ich ins Kloster zurückkehren.«

»Bis dahin werden aber noch viele Jahre vergehen, denn Franziska ist doch gerade erst in die Schule gekommen, nicht wahr? Und wer weiß, wie du dann über ein Leben hinter Klostermauern denkst.«

»Auch nicht anders als jetzt!« versicherte sie mit Nachdruck. »Denn ich weiß, daß Gott mich zu diesem Leben berufen hat!«

Patrick warf ihr einen skeptischen Blick zu. »Bist du dir dessen wirklich so sicher?«
»Was soll diese Frage?« erwiderte Lena abwehrend.
Er zuckte die Achseln. »Ich will dir wahrlich nicht zu nahe treten, aber wer weiß denn schon wirklich mit absoluter Sicherheit, was Gott von uns will und was nicht? Ich meine, ist solch ein Anspruch nicht vermessen?« Patrick gab ihr keine Gelegenheit, etwas zu entgegnen, sondern redete schnell weiter. »Natürlich wissen wir ganz allgemein, was wir als gläubige Christen zu tun und zu lassen haben. Dafür gibt es die Zehn Gebote, den Katechismus und all das, was uns die Kirche zu tun und zu lassen vorschreibt, obwohl mir so manches davon mehr nach Menschenwille als nach Gottes weisem Ratschluß aussieht. Aber lassen wir das mal beiseite. Was Gott allgemein von und mit uns will, läßt sich also recht gut benennen. Aber was er mit jedem *einzelnen* von uns *im genauen* vorhat ...« Er betonte die Worte und legte dann eine kurze Pause ein, ehe er fortfuhr: »... also ob wir das jeweils mit solcher Bestimmtheit wissen können, halte ich doch für reichlich fraglich.«
Lena wußte nicht so recht, was sie seinem Einwand entgegenhalten sollte – außer ihrer festen Überzeugung, nun mal zum Klosterleben berufen zu sein.
Aber das ließ Patrick nicht gelten. »Gut, du fühlst dich dazu berufen; und das glaube ich dir auch. Aber warum bist du dann hier? Kann das denn nicht vielleicht ein neues göttliches Zeichen sein, daß Gott nämlich die Art deiner Berufung geändert hat und nun möchte, daß du etwas ganz anderes mit deinem Leben anstellst, als du bislang gedacht hast? Und daß du dich nur dagegen sträubst, weil es dir nicht paßt und dir das andere Leben besser gefällt?«
Daß ausgerechnet Patrick ihr mit denselben Argumenten kam, die sie schon aus dem Mund der Mutter Oberin und in

anderer, aber doch sehr ähnlicher Form auch von Schwester Dominika zu hören bekommen hatte, gefiel Lena gar nicht. Dem konnte sie nun nichts mehr entgegensetzen, was nicht töricht oder gar vermessen gewesen wäre. Denn wer war sie, daß sie wahrhaftig von sich hätte behaupten können, Gottes Willen zu erkennen?

»Wenn ich das eine nicht mit absoluter Sicherheit wissen kann, wie du behauptest, werde ich wohl auch über die andere Möglichkeit im Zweifel sein dürfen«, zog sie sich aus der Patsche. »Außerdem bringt es nichts, sich den Kopf über etwas zu zerbrechen, das sich ja doch nicht mehr ändern läßt. Das Gericht wird mich heute für volljährig und zum Vormund meiner Geschwister erklären, und das ist es dann für die nächsten Jahre. So, und jetzt darfst du zur Abwechslung mal von dir erzählen. Wie ist es dir denn in den letzten Jahren ergangen?«

»Mir?« wiederholte Patrick, sichtlich überrascht und auch etwas verlegen über die plötzliche Wendung ihrer Unterhaltung.

»Ja, dir!«

Er lachte spöttisch auf. »Mein Gott, wie soll es mir schon ergangen sein! Ich schlage mich so durch, ohne recht zu wissen, was ich tun soll, und ohne es zu etwas zu bringen, auf das man irgendwie stolz sein könnte. Ich habe das College abgebrochen, weil es mich zu Tode gelangweilt hat, und tue seitdem täglich ein paar Stunden in der Firma meines Vaters so, als würde ich dort gebraucht. Dabei weiß natürlich jeder, daß ich im großen Getriebe von ›Finnegan's Winery‹ nicht einmal ein kleines Rädchen in Gang halte. Ich kann kommen und gehen, wann ich will. Das Gute ist nur, daß sich niemand daran stört, am allerwenigsten mein Vater«, sagte er mit beißender Selbstironie. »Dafür beschäftige ich mich um so intensiver mit meinen Pferden, spiele viel zu häufig mit denselben Langweilern Tennis, deren Väter zuviel Geld und keine Zeit haben, und versuche, wenigstens beim Polo etwas darzustellen; und auf dem Polo-Platz in Kapunda gelingt es mir dann und wann ja auch tatsächlich, mich zu bescheidener Größe aufzuschwingen.«

»Du warst schon immer sehr sportlich.«

»Ja, aber für einen Platz im Landesteam von Südaustralien reicht es dennoch nicht.« Er warf die Arme in einer theatralischen Geste der Ratlosigkeit hoch. »Du siehst, im Gegensatz zu dir warte ich noch immer auf meine Berufung. Mir hat sich der tiefe Sinn des Lebens jedenfalls noch nicht offenbart.«

Lena wußte noch von früher, daß Patrick bei seinem Vater keinen leichten Stand hatte und sich gegenüber seinem älteren Halbbruder zurückgesetzt fühlte. Und sie spürte auch jetzt den tiefen Schmerz, der sich hinter seiner spöttischen Selbstkritik verbarg. »Das kommt bestimmt noch«, tröstete sie ihn. »In dir steckt mehr, als du glaubst.«

»Meinst du wirklich?« fragte er leise.

Lena nickte. »Ja, sicher. Eines Tages wirst du selbst draufkommen, Patrick!« versicherte sie ernst, während eine Flut von Sonnenstrahlen über den Himmel strömte. »So, und jetzt muß ich nach ›Maralinga‹ zurück. Das Frühstück macht sich leider nicht von allein, und ich habe immerhin vier Mäuler zu stopfen!«

»Wenn du nichts dagegen hast, komme ich bei Gelegenheit mal bei euch vorbei«, sagte Patrick zum Abschied.

»Ich wüßte nicht, was ich dagegen haben sollte« antwortete Lena freundlich, aber dennoch mit zwiespältigen Gefühlen, und machte sich mit Attila auf den Rückweg.

Als sie kurz vor der Wegbiegung noch einmal einen Blick zum Hügelkamm zurückwarf, überraschte sie Patrick dabei, wie er noch immer neben seinem Pferd stand, ihr nach-

schaute – und dabei einen sehr einsamen und verlorenen Eindruck machte. Und plötzlich ging ihr mit bitterer Ironie durch den Kopf, daß Patrick bald nicht sie, sondern vielmehr seinen Bruder Douglas fragen mußte, ob er nach »Maralinga« kommen dürfe, gehörte das Gut doch in ein paar Tagen schon zu den Finnegan-Besitzungen im Tal, und schließlich sollte der älteste Sohn ja mit der Verwaltung betraut werden.
Armer Patrick! Du hast wirklich deine ganz eigene Last zu tragen, dachte Lena mitfühlend, winkte ihm noch einmal flüchtig zu und verschwand dann hinter einigen Büschen an der Biegung des schmalen Pfades, der von Friedlander's Hill zu den Weinbergen von »Maralinga« hinunterführte.

11

Patrick fühlte sich regelrecht beschwingt, als er gut anderthalb Stunden später durch die Palmen-Allee von »Finnegan's Park« trabte. Das Gespräch mit Lena und der lange Ausritt unter der milden Morgensonne hatten eine stärkere Wirkung auf ihn ausgeübt, als wenn er auf nüchternen Magen zwei, drei Gläser Champagner getrunken hätte.

Aufgekratzt wie schon lange nicht mehr, sprang er vor den Stallungen aus dem Sattel, tätschelte Minerva liebevoll am Hals – und wunderte sich, wo Orville nur wieder steckte; in letzter Zeit neigte er zu ungewohnter Nachlässigkeit. Er mußte erst zweimal laut nach ihm rufen, bevor der hagere Stallknecht sich endlich zu ihm ans Tor bequemte, um den Rotfuchs zu übernehmen. Und er hatte doch wahrhaftig eine Zigarette zwischen den Lippen stecken! »Sind Sie von allen guten Geistern verlassen, Orville? Sie wissen doch, daß Rauchen in den Stallungen verboten ist!« wies Patrick ihn freundlich zurecht. Der herrische Kommandoton, den sein Bruder nur allzu gern gegenüber den Bediensteten anschlug, war seine Sache nicht. »Mann, wollen Sie Ihre Arbeit verlieren? Sie wissen doch, daß Sie auf der Stelle Ihre Sache packen können, wenn mein Bruder oder mein Vater Sie erwischt!«

»Ach, das geht schon in Ordnung«, antwortete Orville mit einem frechen Grinsen und in keinster Weise schuldbewußt. »Ich war ja die ganze Zeit in der Sattelkammer.«

Nun regte sich wirklich Ärger in Patrick. »Das geht über-

haupt nicht in Ordnung, Orville! Das Rauchverbot gilt auch für die Sattelkammer, wie Sie sehr wohl wissen!« herrschte er ihn an. »Also machen Sie gefälligst die Zigarette aus, wenn Ihnen was an Ihrer Anstellung liegt!«
»Wie der Herr wünschen; stets zu Diensten«, sagte Orville spöttisch, schnippte die Zigarette in den Sand und trat sie mit dem Stiefelabsatz aus.
Patrick glaubte plötzlich, in Orvilles Atem den Geruch von Alkohol zu bemerken. Hatte der Stallknecht etwa getrunken? Daß sich Orville gern einen zur Brust nahm, war ihm schon zu Ohren gekommen. Aber bislang hatte er das wohl nur getan, wenn er sich nicht im Dienst befand.
Sollte er Orville zur Rede stellen? Patrick zögerte und entschloß sich dann dagegen. Er war sich seiner Sache einfach nicht sicher genug. Außerdem wollte er sich seine gute Laune an diesem Morgen nicht verderben. Sollte sich doch sein Bruder darum kümmern! Douglas war ja sowieso so bedacht darauf, daß er sich nicht in Personalfragen einmischte. »Reiben Sie Minerva gut ab!« trug er Orville auf und setzte dann noch die vielsagende Warnung hinzu: »Und wenn Ihnen Ihre Stellung lieb ist, lassen Sie sich nicht noch einmal beim Rauchen erwischen – oder bei anderen Dingen, die verboten sind!«
»Ich werde mir alle Mühe geben, Master Patrick«, versicherte Orville mit einem unverschämt breiten Grinsen und führte Minerva in den Stall.
Patrick schüttelte den Kopf und ging zum Herrenhaus hinüber. Der Lanchester, den sein Bruder gewöhnlich fuhr, stand vor dem Portal. Offensichtlich hatte Douglas an diesem Morgen schon früh etwas vor. Und richtig, schon im nächsten Moment trat sein Bruder, in einen eleganten Sommeranzug gekleidet, aus der Tür und kam die Stufen herunter. »Was treibt denn dich heute schon so früh

aus dem Haus?« fragte Patrick mit freundlicher Verwunderung.
»Geschäfte, von denen du nichts verstehst, Kleiner«, antwortete Douglas wie üblich von oben herab, fügte dann aber noch die huldvolle Erklärung hinzu: »Ich treffe mich in Adelaide mit den Frachtagenten der Eisenbahn zum Lunch im ›Merchant's Club‹. Aber vorher habe ich noch eine Verabredung mit Cavendish.«
»Na, denn gutes Gelingen«, sagte Patrick. »Aber wenn du mal wieder Zeit für häusliche Belange hast, solltest du mal ein ernstes Wort mit Orville sprechen.«
Douglas furchte die Stirn. »Weshalb? Was ist mit Orville?« fragte er scharf.
»Er nimmt sich in letzter Zeit eine Menge Frechheiten heraus, falls du das noch nicht bemerkt haben solltest.«
»Nein, habe ich nicht«, erwiderte Douglas.
»Er hat mir wiederholt respektlose Antworten gegeben!«
Douglas bedachte seinen Halbbruder mit einem spöttischen Blick. »Vielleicht hat ja der gebührende Respekt, den du bei ihm so plötzlich vermißt, mehr etwas mit dir als mit ihm zu tun.«
»Deine dummen Sprüche waren auch schon mal besser!« erwiderte Patrick ärgerlich. »Was aber nichts daran ändert, daß Orville ein zunehmend freches Benehmen an den Tag legt. Aber wenn du meinst, daß das in Ordnung ist, dann ...«
Douglas hob die Hand. »Schon gut, ich werde mich darum kümmern und ihn gehörig zusammenstauchen, falls dir das vorschwebt.«
»Ja, allerdings«, bestätigte Patrick. »Übrigens: Stimmt es, was ich gestern abend von Edwina gehört habe?«
»Das weiß ich nicht, ich bin über deine intimen Gespräche mit unserer Hauswirtschafterin leider nicht so gut unterrichtet«, machte Douglas sich über ihn lustig.

»Du weißt schon, was ich meine! Ist es wahr, daß du Jessica Cameron mit ihrer Familie übers Wochenende zu uns eingeladen hast?«

Douglas lächelte selbstbewußt. »So ist es, Bruderherz. Die Camerons werden uns über das Wochenende die Ehre geben. Und wenn alles nach Plan verläuft, werden Jessica und ich am Samstag abend unsere Verlobung bekannt geben.«

Patrick verzog ungläubig das Gesicht. »Du hast tatsächlich vor, dieses blasse, nichtssagende Geschöpf zu heiraten? Das kann doch nicht dein Ernst sein, Douglas. Auch wenn ihr Vater noch so reich ist und keine anderen Kinder hat, gegen Jessica Cameron wirkt doch sogar noch eine Flasche Laudanum wie spritziger Champagner! Mein Gott, du kannst sie doch gar nicht lieben!«

Das Lächeln seines Bruders wurde frostig. »Was hat die Liebe mit einer Vernunftehe zu tun, du Dummkopf? Außerdem himmelt Jessica mich an, falls dir das in deiner Beschränktheit noch nicht aufgefallen sein sollte. Und da wir schon mal beim Thema sind: Jessica und ihre Familie kennen dich bisher nur flüchtig, und es wäre wünschenswert, wenn es vorerst auch bei diesem flüchtigen Eindruck bliebe«, sagte er gehässig. »Wenn du uns also einen Gefallen erweisen willst, dann nimmst du dir für diese Tage möglichst viel vor. Wie wäre es mit einem verlängerten Wochenende in Melbourne? Da ist die Auswahl an einschlägigen Etablissements der mehr deftigen Art, wie du sie bevorzugst, erheblich größer als in Adelaide. Ich komme auch für die Kosten auf. Und dazu überlasse ich dir auch noch meinen alten Lanchester, sowie der neue Daimler eintrifft, was in zwei, drei Monaten der Fall sein dürfte.«

Bei der Erwähnung der Etablissements schoß Patrick das Blut ins Gesicht. Auch wenn er nur selten dem Verlangen nachgab, sich in solchen Häusern durch käufliche Liebe se-

xuelle Erleichterung zu verschaffen, so schämte er sich doch dieser Schwäche. Ganz im Gegensatz zu seinem Bruder, der diese Skrupel nicht kannte – und den er deswegen manchmal so bitterlich darum beneidete, daß es schon schmerzte.
»Und was ist mit deiner blutjungen Mätresse und ihrer älteren Schwester, die du seit letztem Jahr in Adelaide aushältst?« konterte Patrick.
Douglas war mit einem Satz bei ihm, packte ihn am Kragen der Reitjacke und riß ihn so nahe zu sich heran, daß sie fast Gesicht an Gesicht standen. »Ich warne dich, Patrick!« stieß er drohend und mit eisiger Kälte in der Stimme hervor. »Halte dich aus meinen Privatangelegenheiten heraus, hast du verstanden? Wehe, dir kommt auch nur ein falsches Wort über die Lippen, insbesondere was mein kleines Arrangement in Adelaide angeht! Ich breche dir die Knochen, das schwöre ich dir!« Und bevor Patrick noch etwas zu erwidern vermochte, stieß er ihn grob von sich und ging zu seinem Wagen.
Mehr bedrückt als wütend sah Patrick ihm nach, wie er mit aufheulendem Motor vom Hof fuhr und die Allee hinunterraste. Warum nur mußten sie sich immer wieder wie Kain und Abel in die Haare geraten? Warum nur ließ sich nicht einmal so etwas wie ein Waffenstillstand zwischen ihnen erzielen?
Erst als seine Gedanken zur Begegnung mit Lena zurückkehrten, hellte sich sein Gemüt wieder auf. Er freute sich schon jetzt auf das nächste Wiedersehen mit ihr.
Er lächelte gedankenversunken, als er ins Haus ging, um sich den Staub und Schweiß vom Körper zu waschen und frische Sachen anzuziehen, bevor er sich hinunter in den kleinen Eßsalon zum Frühstück begab.
Irgendwie mußte es eine tiefere Bedeutung haben, daß Lena zu ihnen ins Barossa-Tal zurückgekehrt war. Und je länger

er darüber nachdachte, desto mehr fühlte er sich in seiner Überzeugung bestärkt. Er hatte in den vergangenen Jahren oft an sie denken müssen. Ja, hatte er sie denn nicht schmerzlich vermißt, selbst wenn er sich dessen nicht so bewußt gewesen war? Ja, bestimmt. Er hatte eigentlich nie recht vergessen können, wie sich damals im Schutz der Abenddämmerung und der Geißblattsträucher ihr warmer Mund auf seinen Lippen und ihr leicht zitternder Körper in seinen Armen angefühlt hatten; auch sie konnte das nicht vergessen haben. Und wenn doch, vielleicht mußte sie ja nur sanft daran erinnert werden, was sie einst an Zärtlichkeiten miteinander gekostet hatten. Ob sie dann noch den Wunsch verspüren würde, je wieder hinter Klostermauern zurückzukehren?

12

Der Chor der Nonnen erfüllte das Gotteshaus bis in seine entferntesten Winkel. Während die Sonne an diesem späten Freitag nachmittag auf der Westseite die bunten Glasfenster zum Leuchten brachte und seinen warmen Schein über die dunklen Kirchenbänke warf, flutete der vielstimmige Gesang in scheinbar schwereloser Erhabenheit von der Nonnenempore.

Lena saß in einer der hintersten Kirchenbänke im Schatten einer Säule und lauschte mit feuchten Augen dem schmerzlich vertrauten Vespergesang der Nonnen, mit denen sie noch vor wenigen Wochen das Leben im Kloster geteilt hatte. Nun, nachdem das Bezirksgericht in Gawler sie in einer ernüchternd kurzen und emotionslosen Prozedur für volljährig erklärt und als Vormund ihrer Geschwister eingesetzt hatte, gehörte sie endgültig nicht mehr hierher. Nun hatte die Wirklichkeit in ihr auch noch den letzten Funken irrationaler Hoffnung ausgetreten.

Vielleicht war es ja nicht richtig gewesen, den Anwalt zu bitten, sie auf dem Weg zurück nach Adelaide mitzunehmen und am Kloster abzusetzen. Sie hatte geahnt, daß sie sich mit diesem Besuch keinen Gefallen tun, sondern den tiefen Schmerz des Verlustes nur noch intensiver spüren würde. Aber ihre Sehnsucht nach diesem Ort, der ihr mehr bedeutete, als sie je in Worte zu fassen vermochte, hatte mit Leichtigkeit die warnende Stimme der Vernunft in ihr zum Schweigen gebracht.

Und die Mutter Oberin hatte aus ihrer Mißbilligung über ihr unangekündigtes Erscheinen auch nicht den geringsten Hehl gemacht und wenig Verständnis für ihren Kummer gezeigt. »Jesus ist nicht gekommen, um all unsere Probleme zu lösen, sondern um in dieser Welt Gott sichtbar zu machen. Sein Name soll geheiligt werden, und er selbst ist der Weg Gottes zu den Menschen und der Weg, auf dem die Menschen zu Gott gelangen. Aber Gott ist in seiner Schöpfung nicht so einfallslos gewesen, nur Einbahnstraßen zu schaffen!« hatte Mutter Laurentia sie gehörig zusammengestaucht, als Lena sich dazu hatte hinreißen lassen, ihre mißliche Lage zu beklagen. »Nicht nur in Kirchen und Klöstern kann man Gott nahe sein und sein Werk tun! Die ganze Welt ist ein einziger Tempel, und man kann Gottes Lob überall und bei jeder Tätigkeit singen! Habe ich dir das nicht schon einmal klarzumachen versucht?«

Sogar Schwester Dominika hatte ihr einen Tadel erteilt, wenn auch sanft und mit menschlicher Wärme und Verständnis verbunden. »Du darfst dich nicht länger an das Vergangene hängen und dem nachtrauern, was hätte sein können; du mußt dich jetzt mit aller Kraft deiner neuen Verantwortung stellen. Du hast eine große Aufgabe vor dir, und du kannst sie nur erfüllen, wenn du dich ihr mit Herz und Seele hingibst. Andernfalls vergiftest du nicht nur dein eigenes Leben, sondern auch das der Menschen, die Gott dir anvertraut hat.«

Gern hätte Lena noch eine Weile mit Schwester Dominika gesprochen, doch die Mutter Oberin hatte das zu verhindern gewußt. Immerhin hatte sie nichts dagegen einzuwenden gehabt, daß sie bis zur Vesper blieb. Denn Mister Vernon Winfield, der tüchtige Anwalt aus Adelaide, hatte sich bereit erklärt, sie anschließend nach Murray Bridge zur Bahnstation zu bringen. Er hatte dem Abstecher zum Kloster nur zu bereitwillig zugestimmt und die Zeit genutzt, um seine Tante wiederzusehen, die schon vor mehr als dreißig Jahren den Schleier genommen hatte, sowie um mit der Mutter Oberin einige geschäftliche Belange zu besprechen, die in Verbindung mit dem klösterlichen Immobilienbesitz standen, wie er angedeutet hatte.

Während Lena nun also den klaren Stimmen ihrer einstigen Mitschwestern lauschte, war ihr, als hätte der Gesang nie reiner und weihevoller geklungen als an diesem Nachmittag. Die Tränen strömten ihr übers Gesicht, und überwältigt von ihren Gefühlen sank sie auf die harte Kniebank. »O Herr Jesus Christus, Sohn des Vaters, Ziel und Weg für uns Menschen alle, siehe die Geister, die uns bedrängen, und verleihe uns die Gabe ihrer Unterscheidung!« flehte sie inständig und betete damit ein Gebet, mit dem Schwester Dominika sie schon in ihrem ersten Jahr als Postulantin vertraut gemacht hatte. Doch noch nie zuvor waren ihr die Worte mit solch einer Inbrunst über die Lippen gekommen wie zu dieser Stunde. »Gib mir die Erkenntnis, die sich im Alltag meines Verlangens nach Dir bewährt. Gib mir den Geist deines Trostes. Herr, ich weiß, daß ich Dir auch in Trostlosigkeit, Dürre und seelischer Ohnmacht treu sein soll. Aber dennoch darf ich Dich bitten um den Geist des Trostes und der Kraft, um den Geist der Freude und der Zuversicht, des Wachstums in Glaube, Hoffnung und Liebe, des Dienstes zum Lobe Deines Vaters und um den Geist der Ruhe und des Friedens. Banne aus meinem Herzen alle Trostlosigkeit, Finsternis und Verwirrung, banne Mißtrauen ohne Hoffnung, das Gefühl der Verlassenheit und das zersetzende Gefühl, Dir fern zu sein. Herr, Du hast mir den ernsten Willen gegeben, Dir zu dienen. So laß mich denn dabei bleiben! Segne, o Herr, mein Bemühen, gut zu sein, gib ihm Gedeihen und laß Gutes wirken. Führe mich nach Deinem Ratschluß. Ich will mich ganz in Deine Hände legen, denn Du bist der Gott meines Herzens und mein Anteil auf ewig. So sei es! Amen.«

Als der letzte Ton verklungen und auf der Nonnenempore nach dem Geraschel der Gewänder und Knarren der Bohlen wieder Ruhe eingekehrt war, verharrte Lena noch einen kostbaren Augenblick in der Kirche. Die Stille erschien ihr auf wundersame Weise gesättigt, erfüllt von einem Nachhall des feierlichen Lobgesangs, der zwar nicht mit dem gewöhnlichen Hörvermögen wahrgenommen werden konnte, sich aber demjenigen offenbarte, der sich dem Mysterium Gottes geöffnet hatte.

Als Lena draußen einen Motor anspringen hörte, wußte sie, daß es Zeit war. Mit Tränen in den Augen verließ sie die Klosterkirche und stieg zu Vernon Winfield in den Wagen, der sie nach Murray Bridge bringen sollte. Der Anwalt, dessen Haar sich schon grau zu färben begann, zeigte genug Einfühlungsvermögen, um sie nicht mit oberflächlichem Geplauder zu traktieren. Er fühlte, daß sie mit ihren Gedanken ganz woanders war und nicht das geringste Verlangen nach einer Unterhaltung verspürte.

Lena dankte ihm, als sie keine zwanzig Minuten später die kleine Bahnstation am Murray River erreichten. »Sie haben mir damit einen Herzenswunsch erfüllt, Mister Winfield. Ich kann Ihnen gar nicht sagen, wie dankbar ich Ihnen bin, daß Sie Ihre kostbare Zeit für mich geopfert haben.«

»Von Opfer kann überhaupt keine Rede sein. Es war mir ein ausgesprochenes Vergnügen, Miss Seewald«, versicherte er. »Und wenn Sie irgendwann noch einmal anwaltlicher Hilfe bedürfen, zögern Sie nicht, sich an mich zu wenden. Sie haben ja meine Visitenkarte und wissen, wo ich zu erreichen bin. Alles Gute für Ihr weiteres Leben, seien Sie tapfer und Gottes Segen!«

»Ja, danke ebenfalls«, gab Lena gerührt zurück.
Die Bahnfahrt nach Tanunda verlief ereignislos. Lena konnte sich ungestört ihren schwermütigen Gedanken überlassen. Sie hatte nun die Verantwortung für ihre Geschwister übernommen, nicht mehr nur moralisch, sondern nun auch vor dem Gesetz; die Dokumente, die man ihr nach der kurzen Gerichtsverhandlung ausgehändigt hatte, bestätigten es schwarz auf weiß. Und damit stand sie fortan in der Pflicht, Tag für Tag. Aber würde sie dieser schweren Aufgabe auch gerecht werden können, wo sie doch überhaupt keine Erfahrung besaß? Und wie lange mochte sie wohl gezwungen sein, ihre eigenen Wünsche und Sehnsüchte zurückzustellen, um für ihren Bruder und ihre Schwestern zu sorgen und ihnen einen Rest von Familie zu erhalten? Den einzigen Trost zog sie aus dem Wissen, durch den Verkauf des Weingutes an Mister Finnegan ihrer Familie wenigstens die Schande einer Zwangsversteigerung erspart zu haben, finanzieller Not entronnen zu sein und noch Jahre auf »Maralinga« wohnen bleiben zu dürfen. Am Montag, so war es vereinbart, würde sie auf »Finnegan's Park« den Kaufvertrag unterschreiben. Zumindest was das betraf, lag die Zukunft klar und geordnet und beruhigend frei von jeglichen Ungewißheiten vor ihr.
Die Dämmerung sank schon von den Bergen im Westen herab, als Lena in Tanunda aus dem Zug stieg. Krautscheid wartete diesmal nicht an der Bahnstation auf sie. Lena hatte am Morgen schon geplant, nach dem Gerichtstermin noch das Kloster aufzusuchen. Deshalb hatte sie Krautscheid mitgeteilt, daß sie nicht wisse, wann sie genau zurück sein würde, und er sie besser nicht in Tanunda abholen solle. Sie würde zu Fuß nach Hause kommen, was ja kein Problem sei, da sie ja kein Gepäck zu tragen habe.
Wenn sie einen flotten Schritt anschlug, konnte sie in an-

derthalb Stunden auf »Maralinga« sein, wobei sie etwa das letzte Drittel der Strecke bei Dunkelheit zurücklegen mußte. Aber das war kein Problem, kannte sie doch die Wege rund um Marienthal und Tanunda wie im Schlaf. Und lange Fußmärsche gehörten für die Mehrzahl der Bewohner des Barossa-Tals von Kindesbeinen an zum Alltag.

Als Lenas Blick jedoch auf die Mietdroschke fiel, die auf dem Vorplatz auf einen Fahrgast zu warten schien, wurde sie sich plötzlich ihrer bleiernen Müdigkeit bewußt, und der bloße Gedanke an den Fußweg ließ sie innerlich aufstöhnen. Der lange Tag hatte nicht nur ihre Seele, sondern auch ihren Körper erschöpft. Sie rang kurz mit sich selbst, ob sie sich den Luxus einer Fahrt mit der Mietdroschke leisten sollte oder nicht. Schließlich entschied sie sich schweren Herzens dagegen. Sie konnte ihre Aufgabe als verantwortungsbewußter Vormund doch nicht damit beginnen, daß sie gutes Geld für eine solche Bequemlichkeit vergeudete! Und sie erinnerte sich an das, was Schwester Dominika einmal zu ihr gesagt hatte: »Die ständige Müdigkeit gehört so unvermeidlich zum Leben einer Nonne wie die Nacht zum Tag gehört. Aber darin liegt ja gerade eine der Herausforderungen. Gut ausgeruht läßt es sich leicht beten und arbeiten. Doch den müden Geist und Körper zu bezwingen und Gottes Dienst zu verrichten – dazu bedarf es jener glühenden Leidenschaft, die auch vor der Selbstaufgabe nicht zurückschreckt.« Nein, die Mietdroschke kam nicht in Frage!

Und so machte sich Lena auf den langen Marsch nach Hause. Die Füße wurden ihr schwer, und als das letzte Tageslicht erlosch, schien der Weg erst recht kein Ende nehmen zu wollen. Wie froh war sie, als sie auf der Landstraße endlich die Abzweigung zum Weingut erreichte, den sandigen Weg zwischen den Weinfeldern einschlug und wenig

später in der Dunkelheit die hell erleuchteten Fenster von »Maralinga« erblickte.
»Dem Himmel sei Dank, da sind Sie ja endlich!« rief Krautscheid erleichtert. »Die Kinder und ich haben uns schon ernstlich Sorgen um Sie gemacht. Ich wollte gerade zum Stall hinüber und Prinz einspannen, weil ich das Warten nicht länger ertragen konnte. Ist denn etwas passiert, das Sie so über Gebühr aufgehalten hat?«
»Nein, es ist alles bestens, Krautscheid. Es ist nur etwas später geworden als gedacht«, beruhigte sie ihn und ihre Geschwister, die sie erwartungsvoll umringten. Sie erzählte ihnen von der Gerichtsverhandlung und ihrem Besuch im Kloster, den sie der Freundlichkeit des Anwaltes verdankte.
»Sind wir dann ab jetzt deine Kinder?« fragte Franziska mit kindlicher Naivität und blickte sie erwartungsvoll lächelnd an. »Bist du jetzt Mutter und Vater für uns?«
Andreas verdrehte gequält die Augen. »Natürlich nicht, du Hohlkopf! Lena bleibt unsere große Schwester; bloß daß sie jetzt das Sagen hat!«
»Das hatte sie aber doch auch schon, bevor sie heute vor diesem Richter in Gawler erscheinen mußte«, wandte Marianne ein.
»Aber jetzt hat sie das Recht auf ihrer Seite, wenn sie dir eine Ohrfeige verpaßt!« erklärte Andreas altklug.
Lena bereitete dem Wortwechsel schnell ein Ende, bevor er in einen handfesten Streit ausarten konnte, indem sie den Kindern die Geschenke gab, die sie in Gawler in der Stunde vor dem Gerichtstermin gekauft hatte. Andreas bekam zu seiner großen Freude eine kleine Mundharmonika, während Marianne und Franziska von den Buntstiften und Malbüchern begeistert waren, die Lena für sie erstanden hatte. Dann aßen sie zu Abend, beteten gemeinsam den Rosenkranz, und zum Schluß las Lena wie immer auch noch einen

Abschnitt aus der Heiligen Schrift vor, bevor sich alle vom Tisch erhoben und abdeckten. Die Kinder durften danach noch eine Weile spielen. Die Mädchen saßen mit glühendem Eifer am langen Küchentisch über ihre Zeichnungen gebeugt, während Andreas ihnen vorführte, wie viele falsche Töne man einer Mundharmonika entlocken konnte. Indessen erledigte Lena den Abwasch, und als sie damit fertig war, holte sie ihre Nähsachen und den Wäschekorb hervor, denn es galt mehrere Socken zu stopfen und an einer Vielzahl von Hemden, Hosen, Blusen und Unterwäsche etwas zu flicken.

Nachdem Lena ihre Geschwister zu Bett gebracht und ihnen eine Geschichte vorgelesen hatte, ging sie zu Krautscheid hinaus, der auf der Veranda saß und seine Pfeife rauchte.

Er brachte das Gespräch schon bald auf die Zukunft von »Maralinga«. »Am Montag ist es dann also soweit. Sie werden den Kaufvertrag unterschreiben, und dann wird es einen neuen Herrn im Haus geben. Und neue Herren bringen neue Besen mit sich, die bekanntlich besser fegen als die alten. Also wird hier vieles anders werden.«

»Ja, das mag wohl so sein«, stimmte Lena ihm zu.

»Und in Anbetracht der betrüblichen Lage, in der sich das Weingut befindet, ist das vermutlich auch gut so, es ist einfach notwendig«, gab Krautscheid ehrlich zu. »Es wird mit ›Maralinga‹ gewiß bald wieder bergauf gehen, denn James Finnegan verfügt über die dafür notwendigen finanziellen Mittel.«

»Auf eine Weise ist es ja ganz gut, daß Vater diesen Tag nicht mehr erlebt hat«, sinnierte Lena. »Ich fürchte, er hätte es nicht verwunden, verkaufen zu müssen.«

Krautscheid nickte bedrückt und hüllte sich in würzige Rauchwolken. »Es sind in den vergangenen Jahren viele

Fehler gemacht worden, und nicht wenige davon dürften auf mein Konto gehen«, sagte er. Und als Lena gegen diese Selbstbezichtigung Einspruch erheben wollte, ließ er sie erst gar nicht zu Wort kommen. »Doch, es ist so, Lena. Mich trifft nicht weniger Schuld an der Misere, die nun zum Verkauf geführt hat, als Ihren Vater, möge er in Frieden ruhen. Auch ich habe so manches schleifen lassen in der Hoffnung, daß Ihr Vater schon wüßte, was er tat – beziehungsweise vor allem was er zu tun unterließ – und daß ›Maralinga‹ schon noch genug Profit abwerfen würde. Wir beide haben die Augen vor den unerfreulichen Tatsachen verschlossen und uns gegenseitig in der Illusion gewiegt, daß sich mit der nächsten Ernte schon alles zum Besseren wenden würde. Doch das Gegenteil war der Fall, es wurde von Jahr zu Jahr schlechter. Und so ist ›Maralinga‹ langsam, aber unaufhaltsam in den Ruin geschlittert; ein Ruin, den ich in gewisser Weise mit zu verantworten habe.«
»Ach, ich glaube, jetzt gehen Sie zu hart mit sich ins Gericht«, erwiderte Lena, obwohl sie ihm im stillen recht geben mußte. Wenn auch ihr Vater die Hauptlast der Verantwortung für den Niedergang des Weinguts trug, so waren sicher auch seinem Kellermeister schwerwiegende Versäumnisse vorzuwerfen. Aber was brachte es, jetzt noch davon zu sprechen, wo alles verloren war? Krautscheid stand ihr zu nahe, als daß sie ihm mit Vorwürfen das Leben vergällen wollte. Sie wußte auch so, daß sein Gewissen ihn plagte. Deshalb fügte sie noch hinzu: »Mein Vater hat Sie sehr geschätzt, und das aus gutem Grund. Nach den Jahren, die Sie hier miteinander verbracht haben, hat er in Ihnen eher so eine Art guten brüderlichen Freund gesehen als einen angestellten Kellermeister. Zudem: Können Sie mir jemanden nennen, der ohne Fehler ist?«
Krautscheid war von ihren Worten sichtlich gerührt. »Dan-

ke, daß Sie das so sehen, Lena. Wir standen uns in der Tat sehr nahe«, bestätigte er mit bewegter Stimme, hatte sich aber schon im nächsten Moment wieder im Griff. »Aber das ändert nichts an den Dingen, wie sie nun einmal liegen. Und dazu gehört, daß Mister Finnegan auf ›Maralinga‹ viele Veränderungen vornehmen wird und in diesem Zusammenhang sicherlich nicht daran interessiert sein dürfte, mich in meiner bisherigen Position zu bestätigen.«
»Doch, er hat mir versichert, Sie auf ›Maralinga‹ weiterhin in Brot und Arbeit zu halten«, widersprach Lena.
Krautscheid lachte kurz auf. »Das ist ein sehr dehnbarer Begriff. Natürlich wird er irgendeine Arbeit für mich finden, aber es wird mit Sicherheit nicht die eines Kellermeisters sein. Aber auch wenn dieser völlig unwahrscheinliche Fall einträte, würde ich das Angebot ablehnen. Denn offen gesagt kann ich mich nicht mit der Vorstellung anfreunden, künftig für James Finnegan zu arbeiten und seinem Sohn als Verwalter des Weingutes Rechenschaft ablegen zu müssen. Nein, ich werde nach dem Verkauf an James Finnegan weder gebraucht, noch ist hier Platz für mich. Und deshalb habe ich mich entschlossen, ›Maralinga‹ zu verlassen, zumal ich nun weiß, daß ich mir um Ihr Auskommen keine Sorgen mehr zu machen brauche, da Sie doch die nächsten Jahre hier wohnen bleiben dürfen.«
Lena war von dieser Eröffnung nicht sonderlich überrascht. Irgendwie hatte sie schon geahnt, daß Krautscheid nicht bleiben würde, schon aus Stolz nicht. »Meine Geschwister und ich werden Sie sehr vermissen, aber natürlich müssen Sie tun, was Sie für richtig halten. Wissen Sie denn schon, wohin Sie gehen wollen?«
Er nickte. »Nach Port Augusta zu meinem Ältesten und seiner Familie. Jakob hat dort einen kleinen Betrieb am Hafen übernommen, und dort braucht man mich mehr als hier. Ich

habe erst heute morgen wieder einen Brief von ihm erhalten, in dem er mich drängt, so schnell wie möglich zu kommen. Nun, jetzt kann ich es beruhigt tun, da ich Sie und Ihre Geschwister wohl versorgt weiß.«
»Und wann wollen Sie zu Ihrem Sohn reisen?«
»Schon morgen.«
»Oh!« entfuhr es Lena. »So plötzlich?«
»Nennen Sie mich töricht, aber ich möchte noch das Gefühl haben, Abschied vom Weingut der Seewalds zu nehmen und nicht den Staub von Finnegan-Land an meinen Schuhen kleben zu haben, wenn ich von hier scheide.«
Lena nickte. »Ja, das verstehe ich nur zu gut«, sagte sie, und ihre Stimme war tränenerstickt, als sie leise hinzufügte: »Mein Gott, wie werden Sie mir fehlen, Krautscheid!«
»Ja, Sie und ›Maralinga‹ mir auch«, erwiderte er nicht weniger bewegt. Dann nahm er Lenas Hand und hielt sie in der Dunkelheit fest. Eine ganze Weile saßen sie so da, ohne daß einer ein Wort verlauten ließ. Es gab auch nichts mehr zu sagen. Der Rest war Erinnerung.

13

Lena spürte am nächsten Morgen sehr deutlich, daß dem langjährigen Mitarbeiter und Kellermeister ihres Vaters der Abschied von »Maralinga« mehr zusetzte, als er sich eingestehen wollte. Selbst seine Geschäftigkeit vermochte das nicht vor ihr zu verbergen. Und Lena ahnte auch, warum er vor seiner Abreise noch so lange mit völlig unwichtigen Aufräumarbeiten herumtrödelte: Er wollte den Abschied an der Bahnstation so kurz wie möglich halten.

Ihr reichlich später Aufbruch nach Tanunda zwang die beiden dann auch zu einer hastigen Fahrt, die sie eines Gespräches enthob, und auf dem Bahnsteig blieb ihnen wirklich nur noch Zeit für ein paar Worte. »Machen Sie es gut, Lena«, sagte Krautscheid mit einem verlegenen Lächeln, nachdem er einem Bediensteten sein gesamtes Gepäck bis auf eine bauchige Reisetasche in die Hand gedrückt hatte.

»Ja, Sie auch, Krautscheid.«

»Vor Ihnen liegt eine schwere Zeit, aber ich hege nicht den geringsten Zweifel, daß Sie alle Schwierigkeiten meistern werden. Sie sind eine Seewald, und eine Seewald läßt sich nicht unterkriegen. Vielleicht schreiben Sie mir ja mal, wie es Ihnen und Ihren Geschwistern so geht. Meine Adresse in Port Augusta haben Sie ja.«

Lena nickte. »Ich schreibe ganz bestimmt«, versprach sie mit einem Kloß im Hals. Der Gedanke, ihn nicht länger in ihrer Nähe zu wissen, stimmte sie traurig. Nicht nur, weil er ihr ein gewisses Gefühl der Sicherheit gegeben hatte, sondern auch, weil sie sich durch ihn mit der Welt ihrer verstorbenen Eltern verbunden gefühlt hatte. Nun stand sie wirklich ganz auf sich allein gestellt.

Krautscheid beugte sich schnell vor und gab ihr einen väterlichen Kuß auf die Stirn. »Gottes reichen Segen, Lena«, flüsterte er mit belegter Stimme und feuchten Augen. Und dann wandte er sich hastig ab, als schäme er sich seiner Gefühlsaufwallung, packte seine Reisetasche und stieg in den Zug, ohne sich noch einmal umzublicken.

Lena winkte, als der Zug dampfend und zischend aus dem Bahnhof fuhr, auch wenn ihr niemand zurückwinkte. Aber hinter einem der rußverschmierten Abteilfenster saß Krautscheid, und sie war sicher, daß er sie sah, und allein das zählte. Sie wartete, bis sich der Zug aus ihrer Sicht entfernte.

In bedrückter Stimmung fuhr sie mit ihrem Einspänner nach Marienthal zurück, wo sie noch einiges erledigen mußte. Sie brachte die durchgelaufenen Schuhe ihres Bruders zum Schuster und verbrachte fast eine halbe Stunde in Gottfried Gödeckes Eisenwarenhandlung. Sie tat, als wolle sie sich mit dem Angebot an Waren vertraut machen, doch in Wahrheit ging es ihr allein darum, ein wenig mit Cornelia zu reden.

Gottfried Gödecke, ein rundlicher kräftiger Mann in den Fünfzigern, dessen größter Stolz sein Kaiser-Wilhelm-Schnurrbart mit den hochgezwirbelten Enden war, hatte nichts dagegen einzuwenden. Er stand hinter dem Ladentisch und unterhielt sich selbst gerade angeregt mit Kurt Semmler, einem spargeldürren Bauern, über einen Artikel in der neusten Ausgabe der deutschsprachigen Wochenzeitung »Der Südaustralische Freund«, die neben den lokalen Nachrichten auch viele Berichte aus der alten Heimat brachte.

Lena und Cornelia bekamen einen Teil des Gespräches der Männer mit, die beide schon seit Jahrzehnten in Australien lebten und längst australische Staatsbürger waren, aber auf ihre deutsche Herkunft so stolz waren, daß sie sich gelegentlich wie deutsche Patrioten gebärdeten.

»Ich weiß nicht, ob diese Kolonien in Südwest-Afrika und an der Ostküste Deutschland so großen Nutzen bringen«, meinte Kurt Semmler skeptisch. »Was haben wir Deutsche denn dort verloren?«

»Und ich sage dir, daß diese Kolonien wichtig sind, nicht nur für unser Ansehen in der Welt und um die Engländer in die Schranken zu weisen, sondern auch für die deutsche Wirtschaft!« erwiderte Gottfried Gödecke, der sich recht gern reden hörte. »Hast du denn vor ein paar Wochen nicht diesen Artikel gelesen, wie viele Millionen Reichsmark uns allein die Nutzung der Diamantenfelder in Deutsch-Südwest, der Kupfererzabbau und die Bleiförderung gebracht haben? Dazu kommen noch das Palmenöl und der kostbare Kautschuk aus Kamerun! Die Kolonien zahlen sich in klingender Münze aus, das kannst du mir glauben!«

»Na, das Geld wird ja wohl auch dringend gebraucht, wie es den Anschein hat, da sich doch Kaiser Wilhelm in letzter Zeit diesen ungemein kostspieligen Ausbau der Marine auf die Fahnen geschrieben hat.«

Der Eisenwarenhändler lachte. »Ja, dem Himmel sei Dank, daß er sich gegenüber dem Reichstag, dem mal wieder der nötige Weitblick fehlt, durchsetzen konnte und jetzt und für eine Kriegsflotte sorgt, auf die Deutschland stolz sein kann! ›Unsere Zukunft liegt auf dem Wasser.‹ Das hat der Kaiser schon richtig erkannt. Und jetzt kriegen wir endlich auch mehr schwere Schlachtschiffe, die mit den britischen Panzerkreuzern der Dreadnought-Klasse mithalten können.«

»Ja, aber genau das sorgt bei den Briten für Unruhe«, gab Semmler zu bedenken, der stets ein Mann des Ausgleichs war.

Der Eisenwarenhändler winkte ab. »Laß dir doch keinen Sand in die Augen streuen, Kurt! Ein Land wie Deutschland braucht eine mächtige Flotte, damit wir uns vor keiner anderen Seemacht verstecken müssen. Und die britische Admiralität ist doch froh, einen guten Vorwand zu haben, um ihrerseits mehr Gelder für die Aufrüstung ihrer Flotte bewilligt zu bekommen.«

»Aber wo soll das denn hinführen, wenn jeder den anderen zu übertreffen versucht und immer mehr Gelder in Flotte und Heer fließen?« fragte Semmler, um seine Frage gleich selbst zu beantworten: »Doch nur zu einem Krieg!«

»Ach was, die Pommies sind doch nicht so einfältig, sich mit uns anzulegen«, wehrte Gödecke belustigt ab. »Außerdem sind die Königshäuser doch miteinander verwandt.«

Lena wandte den Männern am Ende des Ladentisches den Rücken zu und verdrehte die Augen. »Deren Sorgen möchte ich haben«, flüsterte sie. »Als ob es keine wichtigeren Probleme auf der Welt gäbe!«

»Ja, mit der Politik hat es der alte Gödecke. Und auf den Kaiser und die alte Heimat läßt er nichts kommen, dabei ist er doch schon als Siebenjähriger nach Australien gekommen und nie wieder nach Deutschland zurückgekehrt«, antwortete Cornelia mit gedämpfter Stimme. »Dieser Patriotismus ist schon ein richtiger Tick bei ihm; darin übertrifft ihn bloß noch Pohlbrecht. Aber er hat das Herz schon auf dem rechten Fleck.«

Cornelia ging mit Lena in eine entfernte Ecke des Geschäftes, wo Ständer mit derben Arbeitshemden und Drillichhosen standen; dort bekommen sie die lebhafte politische Diskussion der beiden nicht so unmittelbar mit.

Die beiden jungen Frauen unterhielten sich noch eine Weile, bis eine Kundin die Eisenwarenhandlung betrat und Cornelia wieder zurück zu ihrer Arbeit mußte. »Wir sehen uns ja morgen in der Kirche!« verabschiedete sie sich von Lena und begab sich zu der Kundin, um sich nach ihren Wünschen zu erkundigen.
Lena verließ die Eisenwarenhandlung, überquerte den von alten, schattenspendenden Bäumen gesäumten Marktplatz von Marienthal und betrat wenig später den Kolonialwarenladen von Ernst Steinert, um zwei Rollen Nähgarn und einige andere Kleinigkeiten zu kaufen.
Beim Hinausgehen traf sie auf Johanna Linke, die im selben Moment mit einem Paket unter dem Arm aus der Nebenstraße herbeigeeilt kam. Fast hätte sie ihre einstige Schulkameradin nicht wiedererkannt. Johanna war erheblich schlanker, als Lena sie in Erinnerung hatte. Zudem trug sie eine andere Frisur. Das Haar – früher fast knabenhaft kurz – fiel ihr nun in dunkelbraunen Locken bis auf die Schulter.
Johanna blieb stehen und stutzte. »Lena?«
Nun war sich Lena auch sicher. »Johanna!« rief sie.
Lachend fielen sich die beiden in die Arme.
»Ich habe schon gehört, daß du mit deinem Mann wieder nach Marienthal gekommen bist«, sagte Lena. »Cornelia hat mir davon erzählt.« Sie deutete mit dem Kopf auf die Eisenwarenhandlung hinter sich.
»Und ich habe von dir gehört, daß ... daß du aus dem Kloster zurück bist und nun wieder auf ›Maralinga‹ wohnst«, antwortete Johanna. »Das mit deinen Eltern tut mir sehr leid. Mein Beileid, Lena. Ich habe erst lange nach der Beerdigung davon erfahren. Wir sind ja erst eine knappe Woche wieder hier. Ich wollte dich schon besuchen kommen, aber ich bin einfach nicht dazu gekommen. Es gibt noch soviel zu tun. Aber ich habe oft an dich gedacht.«

Lena bedankte sich für ihre Anteilnahme, berichtete Johanna kurz, wie es nach dem Tod ihrer Eltern nun um sie und ihre Geschwister stand, und fragte dann: »Sag mal, wie geht es denn dir und vor allem deinem Mann? Hat er nicht einen schweren Unfall gehabt?«

Johanna nickte, und ein Schatten fiel über ihr Gesicht. »Ja, Gerhard ist vor einem halben Jahr vom Scheunendach gestürzt. Er hat sich dabei schwere Verletzungen zugezogen und wird wohl nie wieder richtig gehen können«, erzählte sie traurig, doch schon im nächsten Moment kehrte das Lächeln auf ihr Gesicht zurück. »Aber ich bin ja so dankbar, daß er lebt und bei mir ist! Er hätte ja auch tot sein können. Es ist überhaupt ein Wunder, daß er den Sturz überlebt hat. Deshalb will ich auch nicht klagen, Lena. Wir haben einen prächtigen Sohn, Jonas, der schon zwei Jahre alt ist. Und wenn Gott will, bekommt er in einem halben Jahr eine kleine Schwester oder einen kleinen Bruder.« Dabei legte sie ihre Hand unter leichtem Erröten auf ihren Bauch, doch ihre Augen leuchteten.

Lena beglückwünschte sie zu ihrer erneuten Schwangerschaft und sprach noch einige Minuten mit ihr. Dann entschuldigte sich Johanna. »Mein Mann wartet bestimmt schon, ich muß los.«

Nachdem sie vereinbart hatten, sich bald zu treffen, eilte Johanna davon.

Als Lena wenig später auf dem Kutschbock ihres Einspänners saß, auf die andere Seite des Marktplatzes hinüberfuhr, um dann der Hauptstraße ortsauswärts zu folgen, fiel ihr Blick zufällig in eine Nebenstraße zu ihrer Rechten – und da sah sie Johanna wieder. Ein gewöhnliches Fuhrwerk, das mehrere schwere Säcke und Gerätschaften geladen hatte, stand vor dem Laden von Ernst Steinert, der mit Viehfutter, Saatgut, Dünger und anderen landwirtschaftlichen Produkten handelte, und Johanna half gerade einem stattlichen dunkelhaarigen Mann – es konnte nur ihr Ehemann Gerhard sein – aus einem Rollstuhl. Seine Beine schienen ihn kaum tragen zu wollen. Unter großen Mühen zog er sich auf den Kutschbock hoch, während Johanna ihn von hinten stützte und verhinderte, daß sein Fuß vom Tritteisen glitt. Lena machte sich nicht bemerkbar, sondern fuhr schnell weiter. Der Anblick, wie sehr sich Johannas Mann abquälte, um auf den Sitz des Fuhrwerks zu gelangen, war ihr unter die Haut gegangen und hatte große Betroffenheit in ihr ausgelöst. Ihre Schulfreundin hatte zwar von bleibenden Behinderungen gesprochen, aber dabei doch einen so zuversichtlichen und dankbaren Eindruck gemacht, daß ihr nicht einen Augenblick lang der Gedanke gekommen war, ihr Mann könnte mehr oder weniger an den Rollstuhl gefesselt sein.

Wie bitter es für Johanna sein mußte, nach so kurzer Ehe mit der Gewißheit leben zu müssen, daß ihr Mann immer auf ihre Hilfe – und die anderer Menschen – angewiesen sein würde. Zerstört die vielen Träume, die sie und ihr Mann sicherlich gehabt hatten, ausgelöscht von einem schicksalhaften Moment auf den anderen! Welch ein Segen nur, daß Johanna trotz dieses schweren Schicksalsschlags ihre Lebensfreude und Zuversicht nicht verloren hatte. Sie mußte ihren Gerhard wirklich sehr lieben. Ja, das war in ihren Worten und in ihren Augen deutlich zum Ausdruck gekommen.

Ein unangenehmer Gedanke beschlich Lena, als sie über das Leben nachsann, das ihrer einstigen Schulkameradin nun mit ihrem behinderten Mann bevorstand. Es war die beschämende Erkenntnis, wie lächerlich, ja fast schon sündhaft ihre geheimen Klagen über den Abbruch ihres Klosterlebens eigentlich doch waren. Wie konnte sie angesichts dessen, was Johanna und andere zu tragen hatten, so mit ihrem Schicksal hadern? Das Leben hielt Prüfungen ganz anderer Art, hielt bittere Härte für den Menschen bereit. Sie mußte nur die Augen öffnen und jenseits ihres kleinen Kreises blicken, in dem sie sich Tag für Tag drehte – und den sie wohl nur zu gern für die Mitte der Welt hielt.

Als Lena die wild wuchernden Rosenhecken vor dem schmiedeeisernen Tor von »Maralinga« passierte, nahm sie sich fest vor, sich künftig nicht mehr so leicht dem Selbstmitleid zu vergeben. Sie wollte, ja sie *durfte* nicht länger dem nachtrauern, was hätte sein können, sondern sie mußte sich auf das mit voller Kraft und Bereitschaft einlassen, was nun mal ihre Aufgabe war und für die nächsten Jahre ihr Leben bestimmen würde. Und wie Krautscheid ihr versichert hatte: Irgendwie würde sie es schon schaffen, aller Angst und Unerfahrenheit zum Trotz!

Lena kehrte mit einem Gefühl neuer Zuversicht nach »Maralinga« zurück – und erblickte zu ihrer Verwunderung ein staubgraues Automobil, das vor dem Haus parkte. Zum Fuhrpark der Finnegans konnte es auf keinen Fall gehören, das sah man gleich. Denn das schmalbrüstige Auto machte einen wenig vertrauenerweckenden Eindruck. Es hatte seine besten Zeiten schon lange gesehen und war so ramponiert wie ein löchriger alter Blechkübel.

Als Lena näher kam, sah sie einen Mann im Schatten der Veranda auf der Bank sitzen. Er erhob sich nun, als sie den Einspänner vor dem Wohnhaus zum Stehen brachte. Der Fremde war von kleiner, dünner Gestalt und trug trotz der Wärme einen Anzug, der dieselbe stumpfe grauschwarze Farbe aufwies wie sein Automobil.

Andreas kam im nächsten Moment aus dem Haus gestürmt und lief Lena entgegen, gefolgt von Marianne und Franziska. »Da ist ein Mann aus der Stadt!« rief er ihr aufgeregt

zu. »Er trägt einen steifen Stehkragen, und er will dich sprechen. Er hat eine Aktentasche dabei und wartet schon über eine halbe Stunde.«
»Aber wir haben ihn nicht ins Haus gelassen, wie du es uns aufgetragen hast!« fügte Marianne mit gewichtiger Miene hinzu.
Franziska nickte. »Weil er doch ein Fremder ist! Und Andreas hat ihn nicht aus den Augen gelassen!«
»Das habt ihr gut gemacht!« lobte Lena die Kinder, raffte ihr Kleid und stieg vom Sitz. »Wißt ihr denn auch, wie er heißt und warum er hier ist?«
Marianne und Franziska schüttelten den Kopf. Das hatten sie sich nicht zu fragen getraut. Und ihr Bruder konnte sich nur daran erinnern, daß der Name des Fremden irgend etwas mit Gott zu tun hatte.
»Ist auch nicht wichtig, ich werde es ja gleich erfahren«, meinte Lena und gab sich ruhiger, als sie in Wirklichkeit war. Sie nahm an, daß es sich bei dem Fremden um jemanden von der Bank handelte. Gottlob war sie diese Sorge am Montag los und konnte endlich alle Schulden begleichen, sobald sie den Kaufvertrag unterschrieben hatte.
Lena überließ es ihren Geschwistern, den Einspänner in die Remise zu fahren sowie Prinz auszuspannen und zu versorgen; sie begab sich zu dem Fremden auf der Veranda.
»Habe ich die Ehre, mit Miss Seewald zu sprechen?« vergewisserte sich dieser und machte eine höfliche Verbeugung.
»Ja, ich bin Lena Seewald«, antwortete Lena zurückhaltend.
»Traugott ist mein Name, Theodor Traugott. *Nomen est omen* sage ich immer mit den alten Römern!« Der kleine mausgesichtige Mann lächelte und ließ dabei sein kräftiges Gebiß sehen.
»Und was führt Sie zu mir, Mister Traugott?«
»Die traurige Pflicht, den Hinterbliebenen unserer ge-

schätzten Kunden zu gegebener Zeit den Beweis unserer Rechtschaffenheit zu erbringen, Miss Seewald«, sprudelte Theodor Traugott hervor, während er ein Taschentuch hervorzog und sich den Schweiß vom Gesicht tupfte. »Gestatten Sie mir, daß ich Ihnen mein aufrichtiges Beileid zum tragischen Tod Ihrer Eltern ausspreche.«

Lena nahm die Bekundung mit einem wortlosen Nicken entgegen und wartete, daß er ihr endlich mitteilte, was ihn nach »Maralinga« führte.

»Ich bedauere zutiefst, daß Sie erst jetzt von uns aufgesucht werden, und ich bitte Sie, meine Entschuldigung für diese ungebührlich lange Verzögerung anzunehmen, Miss Seewald«, fuhr Theodor Traugott beredsam und mit um Nachsicht heischender Miene fort. »Aber leider war ich einige Wochen nicht in meinem Büro, weil ich mich einer Operation in Adelaide unterziehen mußte. Nichts Dramatisches, dem Himmel sei Dank, aber immerhin hat mich die Sache doch länger vom Schreibtisch ferngehalten, als ich anfangs angenommen hatte. Und meinem jungen Mitarbeiter, der mich in der Zeit vertreten hat, ist bedauerlicherweise das Mißgeschick widerfahren, die Police Ihres Vaters zu verlegen. Natürlich wäre auch ihm das früher oder später aufgefallen, zumal ich ja schon den Totenschein von Mister ...«

Lena hatte seinen Wortschwall mit wachsender Verwirrung angehört. Nun hob sie die Hand und fiel ihm ungeduldig ins Wort. »Halt! Einen Augenblick, Mister Traugott! Wovon reden Sie denn überhaupt? Ich verstehe kein Wort von dem, was Sie da sagen. Wer sind Sie, und was wollen Sie von uns?«

Ihre Frage rief einen verdutzten Ausdruck auf das Gesicht von Theodor Traugott. »Oh, Sie wissen gar nicht, wen ich vertrete?« fragte er verblüfft zurück.

»Nein, ich habe nicht den Schimmer einer Ahnung, wer Sie zu mir geschickt hat«, antwortete Lena ungehalten.

»Entschuldigen Sie! Wie töricht von mir, das vorauszusetzen!« Hastig zog er aus der Innentasche seiner Anzugjacke eine Visitenkarte und reichte sie ihr mit einer weiteren Verbeugung, als müßte er sich erneut vorstellen, was er dann auch tat. »Theodor Traugott, Versicherungsagent für die South Australian Home & Life Insurance im Barossa-Tal. Stets zu Ihren Diensten, Miss Seewald!«

Zögernd nahm Lena die Visitenkarte entgegen. »Tut mir leid, aber für Versicherungsprämien fehlt mir das nötige Geld. Wir müssen jetzt jeden Penny zusammenhalten.«

Theodor Traugott lächelte verhalten. »Das will ich Ihnen gerne glauben. Aber ich bin auch nicht gekommen, um Ihnen eine Versicherung zu verkaufen oder um überfällige Prämien anzumahnen«, sagte er, wobei er seine abgewetzte Aktentasche aufklappte und einen Briefumschlag herauszog, »sondern um Ihnen die Lebensversicherung Ihres seligen Vaters auszuzahlen.«

Lena blieb vor Überraschung der Mund offenstehen, und einen Augenblick sah sie ihn ungläubig an. »Sie wollen *was*?« stieß sie dann hervor.

»Ihr Vater hat bei mir vor fünf Jahren eine Lebensversicherung über zweihundert Pfund abgeschlossen, und die ist nun fällig. Hier ist der Scheck, Miss Seewald. Wenn ich Sie bitten dürfte, hier zu unterzeichnen?«

14

»Was soll ich jetzt bloß machen?« fragte Lena verstört und schob den Scheck auf der Tischplatte von sich weg. Sie fürchtete sich vor der Verantwortung, die mit dem unverhofften Geld verbunden war.
Noch vor einer halben Stunde hatte sie gewußt, was sie zu tun hatte und was ihr die nächsten Jahre bevorstand. Die Unumgänglichkeit, »Maralinga« zu verkaufen, und der Handel mit James Finnegan hatten ihr bei allem Schmerz über ihr persönliches Opfer zumindest die Gewißheit des Unabwendbaren und ein Gefühl der Sicherheit vermittelt. Doch seit der Versicherungsagent ihr diesen Scheck über zweihundert Pfund ausgehändigt hatte, spürte sie wieder die drückende Last der Verantwortung – und die Angst, ihr nicht gewachsen zu sein.
»Ich denke, das versteht sich von selbst«, antwortete Burkhardt sofort aus der hinterste Ecke des Hauses, wo er gerade die Bretter einer Zwischenwand auf die Stützbalken nagelte. In wenigen Wochen sollte die Hochzeit stattfinden, und bis dahin wartete noch viel Arbeit auf ihn und Cornelia.
»Ja, wirklich?« Lena wünschte plötzlich, sie wäre nicht so Hals über Kopf nach »Cawarra« gefahren, kaum daß der Versicherungsagent in sein verbeultes Automobil gestiegen war. Aber mit wem hätte sie sonst darüber reden können?
»Mit dem Geld aus der Lebensversicherung können Sie ›Maralinga‹ retten«, sagte Burkhardt. »Auch wenn Sie selbst nicht an der Zukunft des Weingutes interessiert sind,

bleibt es doch Ihre Pflicht gegenüber Ihrem Bruder, nichts unversucht zu lassen, um sein Erbe zu bewahren!«
»Danke für die Ermahnung!« sagte Lena bissig.
Cornelia stellte die Kanne mit dem frisch aufgebrühten Tee auf den Tisch und holte eine Blechdose mit Keksen, die sie gebacken hatte. »Jedenfalls bist du jetzt nicht mehr gezwungen, das Weingut zu verkaufen.«
Lena lachte bitter auf. »Du vergißt, daß mein Vater Schulden bei der Bank hatte und ich deshalb von den zweihundert Pfund nur fünfzig übrigbehalte. Alles zusammengenommen habe ich fünfundsechzig Pfund und ein paar Shilling, um mich, meine Geschwister und das Gut über die Runden zu bringen. Das ist zum Sterben zuviel und zum Leben zuwenig.«
»Nein, das stimmt nicht«, widersprach Burkhardt, legte den Hammer aus der Hand und setzte sich zu ihnen an den Küchentisch. »Es reicht aus, um ›Maralinga‹ zu halten.«
Mit mühsam unterdrücktem Ärger sah Lena ihn an. Wäre er nicht der künftige Mann ihrer besten Freundin gewesen, hätte sie ihm jetzt deutlich ihre Meinung gesagt. So aber beherrschte sie sich, um des lieben Friedens willen.
»Und wie soll ich das bitte anstellen, Mister Helmsdorf? Das Geld mag ja reichen, um uns ein Jahr und bei sehr sparsamer Haushaltsführung vielleicht sogar noch länger über Wasser zu halten. Aber wie soll ich alleine mit drei Kindern ein Gut wie ›Maralinga‹ bewirtschaften, einmal ganz davon abgesehen, daß ich so gut wie nichts davon verstehe. Wovon soll ich die notwendigen Arbeiter bezahlen? Sogar Krautscheid hat letztlich eingeräumt, daß die Erträge der nächsten Jahre wohl nicht einmal die Lohnkosten decken werden.«
»Dann werden Sie eben niemanden einstellen«, antwortete Burkhardt trocken. »Und Sie werden mit Ihren Geschwi-

stern alles selbst anbauen, was Sie zum Überleben brauchen. Sie werden vom Land leben, so wie es die meisten im Tal tun, die nur einen kleinen Acker ihr eigen nennen. Und was die Weinberge betrifft, so werden Sie mit der Zeit schon lernen, was Sie wissen müssen.«
»Ach nein, und wer soll mir denn das alles beibringen? Wollen Sie vielleicht den Lehrmeister spielen, Mister Helmsdorf« fragte Lena sarkastisch.
»Ja, wenn Sie mir Gelegenheit dazu geben und ernstlich den Willen haben, sich auch unterweisen zu lassen, werde ich Ihnen beibringen, was Sie wissen müssen, um gute Trauben zu erzeugen«, antwortete Burkhardt mit ruhigem Ernst, tunkte sein Gebäck in den Tee und schob es sich in den Mund.
Lena war sprachlos vor Verblüffung.
»Natürlich helfen wir dir!« versprach nun auch Cornelia mit einem aufmunternden Lächeln. »Du kannst immer auf uns zählen, das darfst du nie vergessen.«
»Zudem ist es auch gar nicht so wichtig, was mit den Weinbergen geschieht«, fuhr Burkhardt fort, »solange Sie nur dafür sorgen, daß ›Maralinga‹ Sie und Ihre Geschwister ernährt und sie nicht Gefahr laufen, aus Not verkaufen zu müssen. Und wenn Sie dazu entschlossen sind, werden Cornelia und ich alles tun, um Sie dabei zu unterstützen.«
Cornelia nickte bekräftigend. »Burkhardt hat recht. Du kannst … nein, du *darfst* ›Maralinga‹ nicht verkaufen, Lena!« sagte sie beschwörend. »Das Weingut ist das Lebenswerk deiner Eltern und soll doch eines Tages in Andreas' Hände übergehen. Du mußt es ihm erhalten, und wir werden dir dabei helfen!«
Lena wußte erst nicht recht, was sie sagen sollte; sie fühlte sich zwischen Verärgerung und Beschämung hin- und hergerissen, und letztere gewann schließlich nach einem kur-

zen inneren Kampf die Oberhand. So schwierig es für sie persönlich auch war, so konnte sie sich doch nicht der Einsicht verschließen, daß sie »Maralinga« unter den gegebenen Umständen wirklich nicht verkaufen konnte, ohne eine schwere moralische Schuld auf sich zu laden. Wenn sie jetzt auf Finnegans Angebot einging, würde sie sich auf Kosten ihres Bruders ein leichteres Leben erkaufen. Mit fünfundsechzig Pfund Barschaft käme das einem unverzeihlichen Verrat an ihrem Bruder, ja auch an ihren verstorbenen Eltern gleich. »Danke, das ist sehr ... sehr großzügig von euch«, murmelte Lena verlegen und mit brennenden Wangen. Sie zwang sich, den Kopf nicht gesenkt zu halten, sondern Burkhardt ins Gesicht zu sehen. »Und entschuldigen Sie, daß ich ... so ärgerlich und unleidlich zu Ihnen gewesen bin, Mister Helmsdorf.«
»Keine Ursache, Miss Seewald«, erwiderte er, blieb jedoch reserviert. »Ich kann gut verstehen, daß Sie anfangs so verärgert reagiert haben. Wer hört schon gern unangenehme Wahrheiten, nicht wahr?«
Sichtlich genervt schlug Cornelia mit den flachen Händen auf den Tisch und rief: »Himmelherrgott, wie lange wollt ihr dieses kindische Spiel denn eigentlich noch treiben? Könnt ihr nicht endlich mit eurem verbissenen Trotz aufhören und euch wie normale Menschen ansprechen?«
Lena und Burkhardt vermieden es, einander anzusehen. Es war ihnen beiden peinlich, daß Cornelia ihre gegenseitige Reserviertheit so offen aufs Tapet brachte.
»Alles zu seiner Zeit, Frau«, brummte er.
»O ja, und diese Zeit ist jetzt gekommen, Burkhardt!« erklärte Cornelia energisch. »Ich höre mir dieses Getue nicht länger mit an! Reicht euch endlich die Hände und nennt euch zumindest beim Vornamen. Vielleicht hilft das ja, daß ihr euch nicht länger wie Katz und Maus aufführt!«

»Ich weiß wirklich nicht, wovon du redest, Cornelia!« protestierte Burkhardt.
Auch Lena setzte zu einem Widerspruch an, doch ihre Freundin ließ sie erst gar nicht zu Wort kommen, sondern bestand darauf, daß sie einander die Hand reichten. »Nun macht schon!« drängte sie. »Ich möchte, daß ihr eines Tages Freunde werdet. Beginnen wir also erst einmal mit einem ehrenvollen Waffenstillstand!«
Burkhardt schüttelte den Kopf. »Ich weiß wirklich nicht, was das mit dem Waffenstillstand soll, Cornelia. Miss Seewald und ich haben bei manchen Dingen einfach nur unterschiedliche Ansichten, weiter nichts. Aber wenn dir das mit der Anrede so wichtig ist und Miss Seewald nichts dagegen hat, will ich dir den Gefallen gern tun«, sagte er verdrossen.
Lena zuckte verlegen die Achseln. »Tun Sie, was Sie für richtig halten, Mister Helmsdorf«, antwortete sie ausweichend, obwohl es ihr in Wirklichkeit gar nicht so recht war. Die Distanz, die in der förmlichen Anrede zum Ausdruck kam, entsprach nun eben ihrem emotionalen Verhältnis zu ihm.
Burkhardt atmete tief durch. »Nun denn!« Er streckte ihr seine Hand hin. »Von nun also Burkhardt für Sie.«
»Und Lena für Sie«, erwiderte Lena und ergriff die dargebotene Hand.
Ihr Händedruck fiel sehr knapp aus. Dann leerte Burkhardt hastig seine Tasse, schob sich noch einen Keks in den Mund und entschuldigte sich mit dringenden Arbeiten. Doch anstatt sich wieder an die halbfertige Zwischenwand zu machen, ging er nach draußen.
»Ich weiß nicht, ob das eben so klug war«, sagte Lena zu ihrer Freundin, als sie allein in der Hütte waren. »Du hättest ihn nicht drängen sollen.«
»Ach was, Burkhardt ist nicht nachtragend, sondern her-

zensgut«, wehrte Cornelia vergnügt ab. »Aber leider kann er gelegentlich auch störrisch wie ein Esel sein und blind wie ein Strauß, der den Kopf in den Sand steckt. Und dann muß man eben etwas nachhelfen und ihm die Augen öffnen. Keine Sorge, Lena, ihr werdet schon gut miteinander auskommen«, versicherte sie, um augenzwinkernd hinzuzufügen: »Ihr braucht vielleicht beide nur noch etwas Zeit, um zu begreifen, daß der andere keine Konkurrenz ist und nichts von mir wegnimmt. Ihr seid für mich beide nicht zu ersetzen. Du bist und bleibst meine beste Freundin, die mir so teuer ist wie sonst niemand, so wie Burkhardt der einzige Mensch ist, den ich mit Leib und Seele liebe.« Sie errötete und griff schnell nach der Teekanne. »So, aber jetzt genug davon, Lena! Nun wollen wir von etwas anderem reden. Du mußt Finnegan Bescheid geben, daß du nicht verkaufst. Es wird ihm nicht passen, aber das soll dich nicht weiter interessieren.«
Nachdenklich kehrte Lena eine gute Stunde später nach »Maralinga« zurück. Bestanden die unterschwelligen Spannungen zwischen Burkhardt und ihr wirklich nur aus unbewußter Eifersucht? Nun, ganz von der Hand weisen wollte sie es nicht, daß Burkhardt ihr den besonderen Platz, den sie im Herzen von Cornelia einnahm, nicht gönnte. Aber daß auch sie auf ihn eifersüchtig sein sollte, erschien ihr weit weniger wahrscheinlich. Oder wollte sie es womöglich nicht wahrhaben?
Nein, das war ausgesprochen lachhaft, gönnte sie ihrer Freundin doch alles Glück auf Erden – auch wenn ihr ein etwas umgänglicherer und warmherziger Mann an Cornelias Seite lieber gewesen wäre. Schließlich mußte ihre Freundin mit ihm leben, und wenn sie mit ihm ihr Glück fand, sollte es ihr nur recht sein.
Lena beschloß, nicht länger über ihr reserviertes Verhältnis

zu Burkhardt und die möglichen Gründe dafür nachzudenken. Nun, da der Verkauf des Weingutes nicht mehr zur Debatte stand, gab es viel wichtigere Dinge, über die sie sich den Kopf zerbrechen mußte. Zuerst einmal hatte sie die unangenehme Aufgabe vor sich, James Finnegan davon in Kenntnis zu setzen, daß sie am Montag nicht wie verabredet nach »Finnegan's Park« kommen würde, um den Kaufvertrag zu unterschreiben, den seine Anwälte in der Zwischenzeit aufgesetzt hatten.
Cornelia hatte ihr geraten, am besten gleich zu ihm zu fahren und die Sache hinter sich zu bringen. Aber sie verwarf diesen Vorschlag, weil ihr der Mut dazu fehlte; so wie sie auch recht schnell von der Überlegung Abstand nahm, ihm ihren Entschluß per Brief mitzuteilen. Das wäre ihr eigentlich am liebsten gewesen, doch sie hätte das Schreiben dann persönlich überbringen müssen, um den für Montag vormittag anberaumten Termin noch frühzeitig genug absagen zu können. Und ihr persönliches Erscheinen auf »Finnegan's Park« barg nun eben die große Gefahr in sich, daß sie ihm dabei persönlich begegnen könnte und dann genau das passierte, was sie eigentlich vermeiden wollte – nämlich eine zweifellos überaus unerfreuliche Auseinandersetzung mit ihm.
Schließlich kam ihr die rettende Idee. »Ich werde es ihm morgen nach der Kirche sagen!« rief sie Prinz zu, der in munterem Trab auf das schmiedeeiserne Tor von »Maralinga« zutrabte. »Mister Finnegan wird sich nach der heiligen Messe bestimmt nicht die Blöße geben, mir in aller Öffentlichkeit eine Szene zu machen!«
Lena täuschte sich gewaltig. Als sie James Finnegan am nächsten Morgen nach dem Gottesdienst in Begleitung seiner beiden Söhne auf dem schattigen Kirchplatz abpaßte, um ihm mitzuteilen, daß sie das Weingut nun doch

nicht verkaufen wolle, ließ er alle Höflichkeit fahren und herrschte sie zornig an, ohne sich auch nur einen Deut um die anderen Kirchgänger zu kümmern, die sich in ihrer Nähe aufhielten. »Das kann ja wohl nicht Ihr Ernst sein, Miss Seewald! Sie haben mir Ihr Wort gegeben!« erinnerte er sie erbost.

Lena erblaßte unter seiner lautstarken Entrüstung und wäre am liebsten im Erdboden versunken. Hilfesuchend hielt sie Ausschau nach Cornelia und Burkhardt, doch ihr über den Platz schweifender Blick fand sie nirgendwo. Vermutlich redeten sie noch im Vorraum der Kirche mit dem Pastor über ihre anstehende Trauung.

»Wie können Sie jetzt Ihr Wort zurücknehmen, wo wir unsere Abmachung doch längst per Handschlag besiegelt haben?« fuhr James Finnegan entrüstet fort. »Haben Sie vergessen, daß bei uns im Barossa-Tal ein solcher Handschlag unter ehrenwerten Geschäftspartnern soviel wie ein schriftlicher Vertrag gilt?«

Lenas Gesicht glühte, und ihr war ganz flau im Magen, doch nun reckte sie trotzig das Kinn vor. Den Vorwurf der Unehrenhaftigkeit wollte sie nicht unwidersprochen hinnehmen. »Was Sie da behaupten, entspricht nicht der Wahrheit, Mister Finnegan! Ich habe keinen Handel mit Ihnen besiegelt – auch nicht per Handschlag, wie Sie behaupten!« verteidigte sie sich mit zitternder Stimme. »Ich habe Ihnen nur mein Wort gegeben, daß ich an Sie verkaufen werde, *falls* ich mich gezwungen sehe, ›Maralinga‹ zu veräußern.«

»So, und auf einmal haben sich die Schulden Ihres Vaters also in Luft aufgelöst, ja?« warf Douglas höhnisch ein.

»Nein, aber ich habe gestern von der Lebensversicherung, bei der mein Vater eine Police abgeschlossen hatte, zweihundert Pfund ausbezahlt bekommen, Mister Finnegan!« erwiderte Lena erregt. »Und dieser unerwartete Geldbetrag versetzt mich in die Lage, die Schulden zu begleichen, ohne ›Maralinga‹ verkaufen zu müssen!«

James Finnegan machte eine wegwerfende Handbewegung. »Und wenn schon, das Weingut können Sie nie und nimmer halten! Was verstehen Sie denn schon vom Weinbau? Nicht das Dreckige unter den Nägeln«, sagte er grob. »Also nehmen Sie gefälligst Vernunft an und lassen Sie uns über den Preis reden.«

Lena geriet allmählich in Zorn. James Finnegan mochte noch so reich und einflußreich sein, so ließ sie nicht mit sich umspringen. »Ich glaube, Sie haben mich nicht recht verstanden, Mister Finnegan!« erwiderte sie scharf. »Ich denke nicht daran, ›Maralinga‹ zu verkaufen. Das Gut ist das Lebenswerk meiner Eltern, und eines Tages wird mein Bruder es übernehmen. Bis dahin werde ich tun, was in meiner Macht steht, um ›Maralinga‹ über die Runden zu bringen.«

»Lächerlich!« knurrte James Finnegan abfällig.

Nun mischte sich Patrick in den erregten Wortwechsel ein. »Ich glaube nicht, daß Miss Seewald irgendeinem von uns Rechenschaft schuldig ist, was sie mit ihrem rechtmäßigen Besitz zu tun oder zu lassen gedenkt«, sagte er laut, daß alle Umstehenden ihn hören konnten.

Lena warf ihm einen dankbaren Blick zu.

Sein Vater fuhr mit wütender Miene zu ihm herum. »Halte du dich da gefälligst heraus!« blaffte er ihn an. »Was verstehst denn du schon von Geschäften?«

Patrick hielt dem stechenden Blick seines Vaters stand und verbarg seine verletzten Gefühle hinter einem erzwungenen Lächeln. »Offensichtlich nicht sehr viel, wenn ich mich mit dir und Douglas vergleiche«, antwortete er beherrscht, doch seiner gepreßten Stimme war sein verletzter Stolz deutlich anzuhören. »Aber ich nehme dafür auch nicht das Wort Ehrenhaftigkeit in den Mund, wenn ich eine alleinste-

hende junge Frau zu übertölpeln und um ihren Familienbesitz zu bringen gedenke, so wie du es mit Miss Seewald vorhast. Das hat nichts mit ehrenhaften Geschäftspraktiken zu tun, Vater!«
»Wie kannst du es wagen ...« James Finnegan hob abrupt die Hand zum Schlag, ließ sie aber sofort wieder sinken. »Geh mir bloß aus den Augen!« fauchte er wutentbrannt. »Du taugst sowenig wie deine ehrlose Mutter, die mit diesem schmierigen Wanderfotografen durchgebrannt ist und sich in all den Jahren nicht einmal um ihr Kind gekümmert hat! Du hast dasselbe Blut wie sie!«
Lena sah, wie Patrick blaß wurde. Und bestürzt über diese Wendung machte sie sich Vorwürfe. Schließlich war es ihre Schuld, daß es zu dieser häßlichen Auseinandersetzung zwischen Vater und Sohn gekommen war. Sie hätte doch besser einen anderen, diskreteren Ort für dieses Gespräch mit James Finnegan wählen sollen. Aber nun kam alle Reue zu spät. Das einzige, was ihr jetzt noch zu tun blieb, war, dieser schrecklichen Szene so schnell wie möglich ein Ende zu bereiten. Deshalb stieß sie hastig hervor: »Es tut mir leid, daß ich Sie enttäuschen muß, Mister Finnegan, aber es bleibt dabei: Ich verkaufe nicht. Und mehr gibt es dazu nicht zu sagen. Einen guten Tag noch!« Ohne eine Antwort abzuwarten, wandte sie sich um und eilte mit brennendem Gesicht zu ihrem Wagen.
»Uns stellt man nicht ungestraft bloß, Fräulein Seewald!« zischte Douglas ihr im Vorbeigehen auf Barossa-Deutsch zu. »Ihren ehrlosen Wortbruch werden Sie noch bitter bereuen, darauf können Sie sich verlassen!«
Lena gab vor, ihn nicht gehört zu haben, und beeilte sich, zu ihrem Einspänner zu kommen, wo ihre Geschwister schon ungeduldig auf sie warteten. Nur weg von hier und den teils spöttischen, teils mitleidsvollen Blicken, die ihr folgten!

Lena kämpfte mit den Tränen ohnmächtigen Zorns, machte sich gleichzeitig aber auch bittere Vorwürfe, daß sie Patrick in ihre Auseinandersetzung mit seinem Vater hineingezogen hatte, wenn auch ungewollt. Aber irgendwie hätte sie wissen müssen, daß er nicht still bleiben, sondern für sie Partei ergreifen würde; er hatte sie auch früher stets beschützt. Wie konnte sie nur jemals wiedergutmachen, was sie da verursacht hatte, nur weil sie zu feige gewesen war, sich dem alten Finnegan in einem persönlichen Gespräch zu stellen?

15

Lena befand sich beim abendlichen Abwasch, als sie Hufschlag hörte. Verwundert, wer zu dieser späten Zeit noch zu ihr wollte, trocknete sie sich die Hände an der Schürze ab und trat auf die Veranda hinaus. Auch die Kinder kamen neugierig aus dem Haus gerannt.
Lena erkannte die Gestalt im Sattel schon von weitem. Es war Patrick, der da im Zwielicht des scheidenden Tages den Weg nach »Maralinga« heraufgeritten kam.
»Das ist ja Mister Finnegan!« rief Andreas beunruhigt. »Vielleicht hat sein Vater ihn geschickt, damit er dich überredet, daß du ›Maralinga‹ doch noch an ihn verkaufst.«
»Nein, sein Vater hat ihn bestimmt nicht geschickt: Patrick würde sich nicht dafür hergeben. Er hat bestimmt einen persönlichen Grund für seinen späten Besuch.«
»Es bleibt also wirklich dabei, daß du unser Weingut nicht verkaufst?« vergewisserte sich Andreas und sah fast beschwörend zu Lena auf.
»Ja, es bleibt dabei, Andreas. Es wird zwar nicht leicht sein, die nächsten Jahre über die Runden zu kommen, aber irgendwie werden wir es schon schaffen«, versicherte sie und strich ihm über das Haar. Dann schickte sie ihre Geschwister ins Haus und versprach ihnen, sie länger aufbleiben zu lassen, wenn sie auf ihren Zimmern blieben und miteinander spielten, ohne sich in die Haare zu kriegen.
Mit gemischten Gefühlen sah Lena nun Patrick entgegen, der gemächlich über den Vorplatz geritten kam und

wenig später seinen Rotfuchs vor dem Veranda-Aufgang zügelte.
»Komme ich ungelegen?« fragte er unsicher und lächelte verlegen. »Du kannst es ruhig offen sagen, wenn dir nicht nach Gesellschaft zumute ist. Ich nehme es dir bestimmt nicht übel.«
Lena schüttelte den Kopf. »Ich war gerade beim Abwasch, das ist alles. Und bis ich die Kinder ins Bett bringen muß, ist noch etwas Zeit. Möchtest du eine Tasse Tee?«
»Danke, aber mir steht der Sinn nach was Stärkerem«, antwortete er, schwang sich vom Pferd und zog eine Flasche Wein aus der Satteltasche. »Wie wäre es zur Feier des Tages mit einem kräftigen Cabernet Sauvignon?«
Lena zog die Stirn kraus. »Zur Feier des Tages? Ich wüßte nicht, was es heute zu feiern gäbe, Patrick.«
»Ich schon«, erwiderte er mit betonter Fröhlichkeit und schickte seinen Rotfuchs Minerva mit einem leichten Klaps zur Tränke hinüber. »Daß du meinem Vater die Stirn geboten und dadurch seinen Plan vereitelt hast, dir das Weingut für einen Spottpreis abzunehmen, ist allein schon Grund genug zum Feiern. Aber daß dich die Lebensversicherung gottlob aus der ärgsten finanziellen Klemme befreit hat und du nun nicht mehr gezwungen bist, an irgend jemanden zu verkaufen, ist natürlich der noch gewichtigere Anlaß. Darauf würde ich gerne mit dir anstoßen.«
Lena zögerte.
»Du kannst mir unmöglich einen Korb geben, Lena!« beschwor er sie mit breitem Grinsen. »Das hier ist die teuerste Flasche, die ich in Vaters Weinkeller habe finden können!«
»Aber so ein guter Tropfen darf vor dem Öffnen doch auf keinen Fall geschüttelt werden, das weiß doch jedes Kind; so etwas ist unverzeihlich. Und du hast die Flasche einige Meilen lang in der Satteltasche gehabt«, gab sie zu bedenken.

»Um so besser, dann ist das Sakrileg, das wir begehen, doch geradezu perfekt!« erwiderte er fröhlich, hob die Flasche hoch und blickte sie dabei fragend-bittend an.
Lena gab mit einem Auflachen nach. »Also gut, begehen wir das Sakrileg gemeinsam.«
Sie ging kurz ins Haus, um aus der Küche zwei Gläser und einen Korkenzieher zu holen, und kehrte damit zu Patrick auf die Veranda zurück. Dann setzte sie sich zu ihm.
Schweigend öffnete er die Flasche und füllte die Gläser. Er reichte ihr eines, und als sie anstießen, sagte er: »Auf ›Maralinga‹, Lena! Und mögest du den Versuchungen, die mein Vater für dich noch bereithält, tapfer widerstehen und dich auch nicht von den versteckten Drohungen einschüchtern lassen, mit denen er dir kommen wird, wenn sein Zuckerbrot keinen Erfolg zeigt!«
»Er wird mich weder mit dem einen noch mit dem anderen dazu bringen, ›Maralinga‹ zu verkaufen!« erwiderte sie. »Jetzt erst recht nicht!«
Patrick nickte und leerte das Glas auf einen Zug. »Nicht schlecht. Läßt sich sogar als Schüttelwein noch trinken«, spottete er und füllte sein Glas wieder auf.
Lena nippte vorsichtig an ihrem Getränk. Der Wein besaß ein reiches Bukett, war schwer und erdig. »Mhm«, machte sie anerkennend. »Das ist ein Tropfen, vor dem man auf der Hut sein muß.«
»Ja, wie vor meinem Vater.«
Lena warf ihm einen forschenden Blick zu. »Es tut mir leid, was heute vormittag nach der Kirche passiert ist. Es war ausgesprochen dumm und gedankenlos von mir, was ich da gemacht habe. Ich hätte deinem Vater niemals in aller Öffentlichkeit mitteilen dürfen, daß ich nicht mehr verkaufe«, erklärte sie. »Es ist meine Schuld, daß es zu dieser häßlichen Szene gekommen ist. Und daß ich dich unge-

wollt mit hineingezogen habe, das tut mir schrecklich leid, Patrick.«

»Es braucht dir aber nicht leid tun«, erwiderte er scheinbar unbekümmert, leerte dafür jedoch viel zu schnell sein Weinglas. »Es hat mich ja niemand gezwungen, meinen Mund aufzureißen und meinem Vater zu widersprechen; meine Schuld, wenn mich der Hafer sticht.«

»Aber du hast es getan, weil dein Vater so grob und verständnislos reagiert hat und weil du mir beistehen wolltest.«

Er zuckte die Achseln und erwiderte mit beißendem Sarkasmus: »Ich habe nur gesagt, was ich denke; was, wie ich gestehen muß, nicht allzuoft der Fakt ist, denn das, was ich gewöhnlich so von mir gebe, kommt bei meinem Herrn Vater zumeist nicht gut an. Aber das steht auf einem anderen Blatt.«

»Ich kann nicht verstehen, wie dein Vater etwas so Häßliches zu dir sagen kann, auch nicht im Zorn«, sagte Lena bedrückt.

Patrick lachte spöttisch auf. »Du meinst, das mit meiner Mutter und daß ich in seinen Augen ein elender Versager bin? Nun, dergleichen kommt ihm nicht nur bei einem Wutanfall über die Lippen, sondern auch, wenn er ganz ruhig ist.«

»Aber deshalb wird noch längst keine Wahrheit daraus!« rief Lena empört.

»Vielleicht hat er ja recht mit dem, was er über mich und meine Mutter sagt«, sinnierte er und stierte in sein Glas, während die Dunkelheit das Tal füllte.

»Red dir das doch jetzt nicht auch noch selber ein!«

»Na ja, daß ich nicht viel auf die Beine stelle, ist ja wohl für jeden ziemlich offensichtlich«, meinte er selbstkritisch. »Und daß meine Mutter mit irgendeinem reisenden Fotografen durchgebrannt ist und mich wie ein überzähliges

Möbelstück zurückgelassen hat, steht auch außer Frage. Also, worüber sollte ich mich beschweren?«
»Hat dir dein Vater denn in seiner Firma eine Chance gegeben, unter Beweis zu stellen, was in dir steckt?«
»Nein, eine Chance würde ich diesen Abschiebeposten nicht gerade nennen«, räumte er ein.
»Na also! Und was deine Mutter betrifft, so kannst du doch gar nicht wissen, was vor so vielen Jahren passiert ist und was sie bewogen hat, deinen Vater zu verlassen.«
»Egal, was ihre Gründe gewesen sein mögen, es ändert nichts an der Tatsache, daß sie mich im Stich gelassen und in all den Jahren nicht ein einziges Mal Kontakt mit mir aufgenommen hat«, erwiderte er ergriffen vom Schmerz, von ihr verstoßen worden zu sein. Vorbei war es mit der Unbekümmertheit, die er bislang vorgetäuscht hatte. »Sie hat mich einfach aus ihrem Leben gestrichen! Eine stolze Leistung für eine Mutter, findest du nicht auch?«
Lena schwieg einen Moment betreten. »Hast du denn nie versucht, sie ausfindig zu machen?« fragte sie dann.
Er schüttelte stumm den Kopf.
»Und warum nicht?«
Patrick ließ sich mit seiner Antwort viel Zeit. »Die schmerzlichsten Wunden fügen uns die Menschen zu, die von unserem eigenen Fleisch und Blut sind. Und manche Wunden scheinen nie zu verheilen, Lena«, sagte er leise und mit leicht stockender Stimme. »Da macht es wenig Sinn, loszuziehen und nach dem Dolch zu suchen, der einem diese Wunde geschlagen hat. Da könnte es einem nämlich passieren, daß zu den alten, mühsam verschorften noch neue Wunden hinzukommen.«
Lena empfand starkes Mitgefühl und wünschte, sie könnte Patrick etwas Tröstliches sagen.
Eine Weile saßen sie schweigend im Dunkeln auf der Ter-

rasse, und jeder hing seinen eigenen Gedanken nach, während aus den Weinbergen das laute Zirpen der Zikaden drang.
Als sie ihr Gespräch schließlich wieder aufnahmen, führten sie das Thema nicht weiter, sondern kamen auf die Vergangenheit, auf einstige Nachbarn und gemeinsame Bekannte aus ihrer Schulzeit zu sprechen. Lebhaft tauschten sie Erinnerungen aus, und Patrick unterhielt Lena mit einer ganzen Reihe von Anekdoten.
»Ja, auf den Kopf gefallen war Linse wirklich nicht. Er wußte sich nicht nur Respekt zu verschaffen, sondern heckte wirklich die witzigsten Streiche aus«, pflichtete Lena ihm lachend bei, als Patrick sie an den pummeligen Sohn des Bahnwärters Tremel erinnerte, der Walter hieß, wegen seiner dicken Brillengläser jedoch von allen nur Linse genannt wurde. »Was macht er überhaupt? Arbeitet er noch bei der Bahn wie sein Vater?«
Patrick verneinte und berichtete ihr, daß Walter Tremel zum völligen Unverständnis seines Vaters die sichere Anstellung bei der Eisenbahn aufgegeben und sich ins Northern Territory aufgemacht hatte. »Ihm ist es hier im Tal zu eng geworden. Hier sei nicht genug Luft zum Atmen, hat er einmal zu mir gesagt, und so wenig Platz, daß man nur mit angelegten Ellenbogen durchs Leben gehen könne.«
»Warum machst du das nicht auch?« fragte Lena spontan.
»Was?«
»Na, einfach von hier weggehen, so wie Linse; weg von deinem Vater und deinem Bruder, mit denen du dich doch nicht verstehst. Nimm dein Leben in die eigenen Hände und bau dir irgendwo, wo du nicht im Schatten deines Vaters stehst, etwas Eigenes auf!«
Patrick lachte spöttisch. »Meinst du, daran hätte ich nicht

auch schon gedacht? Aber daraus wird nichts. Wohin sollte ich denn gehen, Lena? Und ich wüßte auch nicht, was ich tun sollte. Ich bin nun mal nicht wie Linse mit einem unerschütterlichen Selbstvertrauen gesegnet. Und womit sollte ich mir eine eigene Existenz aufbauen? Mit der Arbeit meiner Hände, die sich bislang allein darauf verstehen, einen Tennisschläger, die Zügel teurer Reitpferde sowie Silberbesteck und Weingläser problemlos zu halten?« machte er sich über sich selbst lustig. »Nein, dazu fehlen mir alle Voraussetzungen. Ich bin nicht der praktisch veranlagte Abenteurertyp, der darauf vertraut, daß er sich schon irgendwie durchschlagen wird. Und über das Geld, das mein Vater bei meiner Geburt unvorsichtigerweise auf meinen Namen angelegt hat und das er mir deshalb gottlob nicht wieder nehmen kann, darf ich erst mit fünfundzwanzig verfügen.« Er machte eine kurze Pause, um dann wieder in jenen scheinbar unbekümmert fröhlichen Tonfall zu verfallen: »Außerdem: Wie könnte ich ausgerechnet jetzt weggehen, wo doch endlich meine Gebete erhört worden sind und du zu uns zurückgekehrt bist?«

Lena war froh, daß die Dunkelheit sie vor seinem Blick schützte, vermochte sie bei seinen Worten doch nicht zu verhindern, daß in ihr Erinnerungen an einen Abend mit ihm am Teich von Leo Blumbergs Obsthain wach wurden und ihr das Blut in die Wangen schoß. »Welch einen Unsinn redest du denn da? Dir ist wohl der viele Wein zu Kopf gestiegen, Patrick!« ging sie hastig darüber hinweg.

»Wir sind Blinde, die vom Sehen träumen«, erwiderte Patrick vieldeutig. »Der Spruch ist nicht auf meinem Mist gewachsen, dafür ist er zu gut. Ein kluger Dichter und Denker namens Friedrich Hebbel hat das mal geschrieben, und ich finde, er trifft damit die Sache ziemlich auf den Punkt. Wir sollten nicht glauben, wir könnten schon wirklich sehen.

Meist bleiben wir doch nur an der Oberfläche hängen, findest du nicht auch?«
Lena überging seine Frage und stand auf. »Danke für deine Gesellschaft und deinen Zuspruch, aber jetzt wird es Zeit, daß ich die Kinder ins Bett bringe.«
Er seufzte, stellte sein Glas neben die leere Flasche und stemmte sich träge hoch. »Schon gut, der Wink mit dem Zaunpfahl ist angekommen, Lena«, sagte er spöttisch und verbeugte sich mit einem theatralischen Kratzfuß sowie einer schwungvollen Armbewegung, als halte er einen Federhut in der Hand. »Ich empfehle mich und bitte um gute Nachrede!«
Sie schmunzelte. »Sieh lieber zu, daß du gut nach Hause kommst.«
»Keine Sorge, Minerva kennt den Weg im Schlaf. Zudem wirft mich eine Flasche Wein noch nicht aus dem Sattel. Ich habe nämlich nicht nur schwache, sondern auch ein paar starke Seiten«, versicherte Patrick und rief den Rotfuchs heran.
»Gute Nacht, Patrick.«
»Ja, dir auch eine gute Nacht, Lena«, sagte er und hievte sich in den Sattel. Dann verharrte er noch einen Moment vor der Veranda. »Sag, unternimmst du morgen früh wieder deinen Spaziergang über die Hügel?«
Lena sah zu ihm auf und zögerte kurz. »Ja, wohl schon.«
Sie konnte sein Lächeln nicht sehen. Seine Gestalt zeichnete sich vor ihr nur als schwarze Silhouette ab, und sein Gesicht lag im Nachtschatten, doch sie hörte es seiner Stimme an, als er antwortete: »Gut, dann bis morgen früh auf Friedlander's Hill. Träume schön, Lena!«
Sie hob nur die Hand zum Gruß, nahm Flasche und Gläser an sich und begab sich schnell ins Haus. In der Küche deckte sie noch rasch den Tisch für das Frühstück, und dann ging

sie nach oben zu ihren Geschwistern, die im Zimmer der Mädchen auf dem Boden um ein Brettspiel hockten.
»Was hat Mister Finnegan denn von uns gewollt?« fragte Andreas sofort.
»Ach, nichts Besonderes. Wir haben von alten Zeiten geredet, als wir so alt waren wie du. Und er freut sich für uns, daß wir das Weingut nun doch nicht verkaufen müssen«, antwortete Lena und lächelte ihm beruhigend zu. »Ihm war nach ein wenig Gesellschaft zumute, und er wollte einfach nur plaudern.«
»Weil er sich einsam gefühlt hat?« fragte Franziska voller Mitgefühl.
Lena verzog verblüfft das Gesicht. Ihre jüngste Schwester überraschte sie häufig mit solch einfühlsamen Gedanken. Sie besaß eine sehr feine Antenne für die Gemütslage der Menschen in ihrer Gesellschaft; ganz im Gegensatz zu Andreas, der sich gewöhnlich keine Gedanken über das machte, was über seine klar umrissene Jungenwelt hinausging. Und Marianne, die einen starken Hang zum Weinerlichen und zur Selbstgefälligkeit aufwies, war meist zu sehr mit ihren eigenen Launen beschäftigt, um sich in die Lage anderer zu versetzen.
»Meinst du, er hat sich einsam in dem großen Haus von ›Finnegan's Park‹ gefühlt?« fragte Franziska noch einmal.
Lena nickte. »Ja, ich glaube, er fühlt sich auch sehr einsam?« Und viel später, als sie in ihrem Bett lag und noch einmal über alles nachdachte, fragte sie sich, was an diesem Tag bloß geschehen war, warum ihr in diesem Zusammenhang das Wort »auch« über die Lippen gekommen war.

16

James Finnegan ließ nicht lange auf sich warten. Schon am nächsten Morgen suchte er Lena auf. Mit einem jovialen Lächeln stieg er aus dem Wagen; er war die Freundlichkeit in Person. »Ich denke, wir sollten die kleine unerfreuliche Auseinandersetzung, die wir gestern hatten, schnellstens vergessen und vernünftig miteinander reden, Miss Seewald.« Er gab sich versöhnlich und tat den häßlichen Vorfall vom Vortag als Mißverständnis ab.
Lena begegnete ihm mit abweisender Miene. »Das Weingut steht nicht zum Verkauf, Mister Finnegan. Das habe ich Ihnen schon gestern gesagt, und daran wird sich auch nichts ändern. Ich wüßte also nicht, was wir noch zu bereden hätten!«
Er bewahrte sein konziliantes Lächeln. »Ich weiß, Sie sind nicht gut auf mich zu sprechen, nachdem ich mich gestern nicht gerade von meiner besten Seite gezeigt habe. Und das ist auch Ihr gutes Recht«, räumte er schuldbewußt ein. »Aber Sie dürfen die dummen Worte, die mir in der Hitze des Gefechtes herausgerutscht sind, nicht auf die Goldwaage legen; üben Sie ein wenig christliche Nachsicht. Wir alle haben doch einmal einen schlechten Tag, und dann geht das Temperament mit uns durch, nicht wahr?«
»Soll das vielleicht eine Entschuldigung für Ihre gestrigen Beleidigungen sein?« fragte Lena bissig.
Finnegan lächelte gewinnend. »Ich bitte darum, Miss Seewald. Eine junge angehende Ordensschwester wie Sie wird

mir doch diesen kleinen Ausrutscher nicht ewig nachtragen, oder?«

»Nein«, antwortete Lena knapp. Verzeihen konnte sie ihm seine üble Beschimpfung, aber das bedeutete nicht, daß sie die Beleidigungen auch vergessen würde.

»Ich wußte doch, daß Sie das Herz auf dem rechten Fleck haben!« sagte James Finnegan mit der Genugtuung eines Mannes, der nur zu gut weiß, wie er seine Mitmenschen zu manipulieren hat, um seinen Willen durchzusetzen. »Gut, daß wir diese kleine Mißstimmung zwischen uns aus der Welt geschafft haben. Und jetzt lassen Sie uns in aller Ruhe über den Preis reden.«

»›Maralinga‹ steht nicht mehr zum Verkauf! Wie oft soll ich Ihnen das noch sagen, Mister Finnegan?«

Er ging überhaupt nicht darauf ein. »Als Wiedergutmachung biete ich Ihnen tausendfünfhundert Pfund sowie ...«

Ärgerlich fiel Lena ihm ins Wort: »Da Sie offensichtlich überhaupt nichts darauf geben, was ich sage, betrachte ich dieses Gespräch hiermit als beendet. Einen guten Tag, Mister Finnegan!« Sie ging ins Haus und schlug die Tür hinter sich zu.

James Finnegan fuhr davon, gab jedoch noch längst nicht auf. Er schickte wenige Stunden später seinen Fahrer Albert mit einem Brief zu ihr, in dem er sich noch einmal wortreich für seine unbeherrschte Reaktion am Sonntag nach der Kirche entschuldigte und ihr ein Angebot machte, das Lena sogar in ihrer Verärgerung verlockend fand.

Aber sie hatte beschlossen, daß sie »Maralinga« nicht verkaufen würde, ganz egal, wie hoch James Finnegan sein Gebot noch schrauben mochte; und zwar nicht aus freier Entscheidung und Liebe zu »Maralinga«, sondern weil das Gewissen ihr keine andere Wahl ließ. Burkhardt hatte ihr mit schonungsloser Deutlichkeit vor Augen geführt, was sie ih-

ren verstorbenen Eltern und ihrem Bruder schuldig war. So bitter es sie auch ankam, sie mußte durchhalten, bis Andreas sie von ihrer Pflicht erlöste und selbst die Verantwortung für das Weingut übernehmen konnte. Und so warf Lena den Brief mit dem verführerischen Angebot ins Herdfeuer. James Finnegan suchte sie noch zweimal auf und bot ihr zum Schluß zweitausend Pfund. Doch Lena zeigte ihm jedesmal die kalte Schulter. Seine zuckersüßen Reden verfingen bei ihr nicht. Und als Patrick ihr eines Morgens auf Friedlander's Hill berichtete, welch häßliche Bemerkungen sein Vater zu Hause über sie machte, bestätigte das nur, was sie längst geahnt hatte.
Am Samstag morgen bekam sie es dann mit Douglas zu tun. Sie hatte Krautscheid einen Brief geschrieben, in dem sie ihm von dem überraschenden und rettenden Geldsegen durch die Lebensversicherung berichtet hatte, und war nach Tanunda gefahren, um den Brief im Postamt aufzugeben und sich noch etwas auf dem Markt umzusehen.
Als sie aus dem Postamt trat, sah sie Douglas mit vor der Brust verschränkten Armen gegen die Beifahrertür seines neuen Daimlers gelehnt. Er schien auf sie gewartet zu haben, denn so wie sie aus der Tür kam, stellte er sich ihr in den Weg. »Es ist Zeit, daß wir mal ein Wörtchen miteinander reden«, sprach er sie an, und vom ersten Moment an lag ein drohender Unterton in seiner Stimme.
»Ich habe Ihnen nichts zu sagen, Mister Finnegan!«
»Von wegen, Sie haben mir nichts zu sagen!« blaffte er sie auf Barossa-Deutsch an. »Sie müssen entweder strohdumm sein, um Ihre Situation so wenig einschätzen zu können, oder sich für besonders gerissen halten. Aber keines von beidem wird Ihnen bekommen, Fräulein Seewald! Mein Vater hat Ihnen ein überaus großzügiges Angebot für ›Maralinga‹ unterbreitet. Aber zweitausend Pfund sind das Äußerste,

was sie aus dem heruntergewirtschafteten Gut herausholen können. Wenn Sie also glauben, den Preis noch höher treiben zu können, begehen Sie einen Fehler, der Sie teuer zu stehen kommen wird!«

»Ich bin weder strohdumm noch gerissen, Mister Finnegan!« erwiderte Lena grimmig. »Ich verkaufe nicht; aber das scheinen Sie so wenig wie Ihr Vater begreifen zu wollen!«

»Sie, eine Betschwester im Wartestand, wollen ›Maralinga‹ bewirtschaften? Wie wollen Sie dieses Wunder denn vollbringen? Vielleicht mit der Lauretanischen Litanei und frommem Rosenkranzgebimmel?« höhnte er. »Mein Gott, machen Sie sich doch nicht lächerlich!«

»Ihre Sorge rührt mich zutiefst«, antwortete Lena sarkastisch. »Aber wie wir auf ›Maralinga‹ über die Runden kommen, braucht Ihnen keine schlaflosen Nächte zu bereiten. Das überlassen Sie mir!«

»Mit den lausigen fünfzig Pfund, die Ihnen nach Begleichung der Schulden noch blieben, werden Sie sich mit Ihren Geschwistern nicht lange über Wasser halten. Das Geld reicht keine anderthalb Jahre, und dann sind Sie am Ende!« prophezeite er ihr. »Aber wenn Sie dann angekrochen kommen, werden wir Ihnen bestimmt keine zweitausend Pfund anbieten, darauf können Sie Gift nehmen!«

»Und Sie können Gift darauf nehmen, daß ich weder angekrochen komme noch ›Maralinga‹ verkaufen werde!« erwiderte Lena aufgebracht. Sie trat einen Schritt zurück und wollte ihn einfach stehenlassen.

Douglas packte jedoch mit festem Griff ihren Arm, hielt sie zurück und ließ nun auch noch den letzten Rest von Höflichkeit fahren. »Du hast wohl noch immer nicht begriffen, mit wem du es hier zu tun hast!« zischte er drohend. »Wir Finnegans lassen uns nicht ungestraft zum Narren halten!«

»Lassen Sie mich los und belästigen Sie mich nicht länger!« herrschte Lena ihn an.
Er ignorierte ihre Aufforderung. »Unser Angebot war fair, und du hast meinem Vater dein Wort gegeben. Du tust dir und deinen Geschwistern einen großen Gefallen, wenn du zu deinem Wort stehst, die zweitausend Pfund einstreichst und keine weiteren Schwierigkeiten mehr machst. Andernfalls wirst du hier keinen Fuß mehr auf den Boden bekommen. Da wird dir auch deine Beterei nichts helfen, das schwöre ich dir!«
Lena funkelte ihn zornig an. »Wenn Sie mich nicht auf der Stelle loslassen, schlage ich um mich und schreie ganz Tanunda zusammen!«
Er sah ihr wohl an, daß sie es mit ihrer Drohung ernst meinte, denn augenblicklich gab er sie frei. »Überleg dir gut, was du tust. Wir kriegen ›Maralinga‹, wenn nicht heute, dann eben morgen oder übermorgen. Denn daß du scheitern wirst, ist so sicher wie das Amen in der Kirche. Du wirst im Barossa-Tal nicht einen einzigen lausigen Korb Trauben verkaufen, wenn wir Finnegans unseren Einfluß spielen lassen. Es liegt jetzt also ganz bei dir, ob du heute zu einem fairen Preis verkaufst oder das Weingut demnächst für ein Spottgeld hergeben mußt. Wir haben einen langen Atem und können warten, bis du am Boden liegst!«
»Dann könnt ihr Finnegans warten, bis ihr schwarz werdet!« erwiderte Lena und stürzte davon. Sie vergaß den Markt und kehrte zu ihrem Einspänner zurück. Als sie auf den Kutschbock stieg und nach den Zügeln griff, fielen sie ihr gleich wieder aus der Hand. Erst jetzt wurde ihr bewußt, wie heftig sie am ganzen Leib zitterte; nicht nur aus Wut, sondern auch aus Furcht, auf was sie sich da bloß eingelassen hatte. Denn mit der Zuversicht und dem Selbstbewußtsein,

das sie Douglas gegenüber an den Tag gelegt hatte, war es nicht weit her; es handelte sich dabei eher um eine Trotzreaktion! Und was war, wenn sie sich überschätzte und mit ihrer Weigerung, das Weingut zu verkaufen, einen verhängnisvollen Fehler beging, der sie alle über kurz oder lang in den völligen Ruin führte? Vielleicht sollte sie die zweitausend Pfund doch noch akzeptieren ...
Bevor Lena nach »Maralinga« zurückkehrte, suchte sie in Marienthal die Kirche auf, die sie zu dieser Stunde ganz für sich allein hatte. Nach dem Zusammenstoß mit Douglas Finnegan, der sie mehr erschreckt hatte, als sie sich eingestehen wollte, mußte sie Ordnung in ihre widersprüchlichen Gedanken bringen und ihre innere Ruhe wiederfinden.
Als die Stille des Gotteshauses sie umfing und sie eine Kerze für ihre verstorbenen Eltern anzündete, brach sich ihre Sehnsucht nach dem Klosterleben wieder mit ganzer Macht Bahn. Im Konvent hatte sie gewußt, wer sie war, welchen Platz sie einnahm und worin ihre Aufgabe bestand. Nie hatten sie Zweifel gequält, und nie hatte sie schwerwiegende Entscheidungen treffen müssen. Jeder Tag war in seinem Ablauf klar geordnet gewesen. Das heilige Offizium hatte nicht nur ihr Leben Tag für Tag vom Moment des Erwachens bis zum Einschlafen bestimmt, sondern sie auch mit wunschlosem Glück erfüllt.
Wie bedrückend anders sich dagegen doch jetzt ihr Leben gestaltete! Anstelle der alltäglichen Sicherheit war die Ungewißheit getreten. Und das wunderbare Gefühl seelischer Ausgeglichenheit war einem wahren Tumult von erschreckenden und miteinander im Widerstreit liegenden Emotionen gewichen, die sie im einzelnen noch nicht einmal richtig zu benennen vermochte. Zudem trug sie nicht nur die Verantwortung für ihre drei Geschwister, sondern

mußte sich auch noch mit den für sie völlig unüberschaubaren, ja geradezu beängstigenden Problemen herumschlagen, die ein dermaßen heruntergewirtschaftetes Weingut wie »Maralinga« mit sich brachte.

Lena ertappte sich plötzlich dabei, daß sie wünschte, ihr Vater hätte die Lebensversicherung nicht abgeschlossen. Denn dann wäre ihr jetzt gar nichts anderes übriggeblieben, als das Weingut zu verkaufen. Und dann hätte sie sich auch James und Douglas Finnegan nicht zu Feinden gemacht.

Oder war es selbstsüchtig, dergleichen zu denken? Mußte sie sich deshalb schämen? Versündigte sie sich mit solchen Gedanken womöglich gegen das, was Gott ihr als Prüfung auferlegt hatte? Ach, wie sehr sehnte sie sich doch nach dem friedvollen Gleichmaß und den überschaubaren Regeln des Klosterlebens zurück, die ihr mit einemmal gar nicht mehr so streng vorkamen. Dort hatte sie zu jeder Zeit gewußt, was richtig und was falsch war und was sie zu tun hatte! Nun war ihr dieser sichere Boden unter den Füßen weggezogen worden, und an Tagen wie diesen kam ihr das Leben wie ein beängstigendes Irren durch eine unbekannte Moorlandschaft vor, wo jeder falsche Schritt sie ins Verderben führen konnte.

In ihrer Not sank Lena auf die Knie und bat den Allmächtigen um Vergebung und Beistand. »Zu Dir, Herr, erhebe ich meine Seele. Mein Gott, auf Dich vertraue ich. Laß mich nicht scheitern, laß meine Feinde nicht triumphieren. Zeige mir, Herr, Deine Wege, lehre mich Deine Pfade«, betete sie den fünfundzwanzigsten Psalm, so gut sie ihn in Erinnerung hatte. »Wende Dich mir zu und sei mir gnädig, denn ich bin einsam und gebeugt. Befreie mein Herz von der Angst, führe mich hinaus aus der Bedrängnis! Sieh meine Not und Plage an, und vergib mir all meine Sünden, und laß mich nicht scheitern. Unschuld und Redlichkeit mögen mich schützen, denn ich hoffe auf Dich, o Herr ...«

Als Cornelia und Burkhardt tags darauf nach dem sonntäglichen Gottesdienst mit nach »Maralinga« kamen, berichtete Lena den beiden zwar von ihrer Auseinandersetzung mit Douglas Finnegan vor dem Postamt, wagte jedoch nicht, ihre Zweifel an der Richtigkeit ihres Entschlusses, das Weingut nicht an James Finnegan zu verkaufen, anzusprechen. Aber ihre bedrückte Stimmung beim gemeinsamen Mittagessen, zu dem sie Cornelia und damit notgedrungen auch den Verlobten ihrer Freundin schon Tage zuvor eingeladen hatte, blieb nicht unbemerkt.

»Überall im Barossa-Tal wird die Weinernte eingebracht, während auf ›Maralinga‹ die unverkäuflichen Trauben an den Rebstöcken faulen«, bemerkte sie deprimiert, nachdem ihre Geschwister auf ihre Erlaubnis hin vom Tisch gestürzt waren, um in den Stall zu laufen, wo Cassandra, eine ihrer Katzen, am Morgen sechs Junge geworfen hatte.

»Gut, daß Sie darauf zu sprechen kommen«, griff Burkhardt das Stichwort auf, wobei er einen Rest Bratensoße mit einem Stück Brot von seinem Teller tunkte. »Darüber wollte ich nämlich heute auch noch mit Ihnen reden.«

»Worüber?« fragte Lena verständnislos.

»Wie wir möglichst viel von Ihrer Ernte retten können«, erklärte er auf seine nüchterne Art.

»Da gibt es nichts mehr zu retten.«

»Ich bin da anderer Meinung«, widersprach er zu ihrer Überraschung. »Nach meinem ausgiebigen Spaziergang, der mich vorhin noch einmal durch Ihre Weinberge geführt hat, bin ich nämlich zu der Überzeugung gelangt, daß Sie zumindest einen Teil der Trauben der Riesling- und der Frontignac-Reben sehr wohl an den Mann bringen können,

wenngleich auch nur zu einem sehr bescheidenen Preis. Aber ich denke, daß Ihnen jedes Pfund, das mit den Trauben noch zu erzielen ist, willkommen sein wird.«
Lena lachte sarkastisch auf. »Sicher, mir wäre sogar jeder zusätzliche Shilling schon willkommen. Aber selbst wenn dem so ist, wie Sie sagen, so wird mir jetzt doch niemand auch nur ein Fuhrwerk voll Trauben abnehmen«, wandte Lena ein. »Dafür haben James Finnegan und sein Sohn Douglas bestimmt schon gesorgt.«
»Das ist leider zu befürchten«, pflichtete Cornelia ihr niedergeschlagen bei.
Auch Burkhardt machte sich darüber keine Illusionen. »Auf dem Markt hier werden Sie wohl keinen Käufer finden; da ist der Einfluß von James Finnegan in der Tat zu groß«, räumte er ein. »Aber soviel ich weiß, können er und die Gramps von der Weinkellerei ›Orlando‹ sich nicht riechen. Bei den Treffen der südaustralischen Weinbauern sind die Gebrüder Erhard und Gustav Gramp schon mehrmals heftig mit James Finnegan aneinandergeraten, wie ich gehört habe. Für die alteingesessenen Gramps ist Finnegan ein neureicher Emporkömmling, der sich überall in den Vordergrund zu spielen versucht. Der alte Johann Gramp hat seinen ersten Rebstock nämlich schon im Jahre 1847 im Lyndoch Valley gepflanzt, und seine Nachkommen haben aus diesen bescheidenen Anfängen dann ein kleines Weinimperium gemacht. Und da ich mehrere Jahre auf ›Orlando‹ gearbeitet habe und mich gut mit dem Kellermeister Jakob Steinbach verstehe, sehe ich gute Chancen, daß er mir aus alter Freundschaft einige Wagenladungen mit ›Maralinga‹-Trauben abnimmt.«
»Das ... das ist wirklich sehr liebenswürdig von Ihnen«, erwiderte Lena, von diesem großzügigen Angebot völlig überrascht. »Aber bis zur Weinkellerei ›Orlando‹ bei Rawland

Flat im Lyndoch Valley sind es mit einem schweren Fuhrwerk mehrere Stunden Weg.«
Burkhardt zuckte gleichmütig die Achseln. »Ja, das läßt sich leider nicht ändern; alles hat nun mal seine Schattenseite.«
»Aber das ist es nicht allein«, fuhr Lena hastig fort, der das Angebot irgendwie unangenehm, ja eigentlich ausgesprochen unwillkommen war. Sie wollte einfach nicht in der Schuld dieses Mannes stehen, dessen unverblümte Art sie mehr als einmal verletzt hatte. »Sie wissen, daß ich kein Geld für Erntearbeiter habe, und wenn ich selbst mit dem Rebmesser in die Weinberge gehe, werden die restlichen Trauben schon verfault sein, bevor ich auch nur ein Fuhrwerk voll habe.«
»Ihre Geschwister sind alt genug, um zu helfen. Außerdem sind wir ja auch noch da«, meinte Burkhardt und zeigte dabei auf Cornelia und sich.
»Natürlich helfen wir dir!« versicherte Cornelia sofort. »Das haben wir dir doch versprochen.«
Verwirrt blickte Lena von einem zum andern. »Aber du mußt doch zu Gödecke in die Eisenwarenhandlung«, wandte sie ein. »Und ihr habt auf ›Cawarra‹ selbst noch soviel zu tun, da eure Hochzeit doch schon in wenigen Wochen stattfindet.«
»Das macht nichts. Cornelia wird bei Gödecke keine Stunde versäumen«, erklärte Burkhardt, »denn zum Glück haben wir morgen Vollmond.«
Lena brauchte einen Moment, bevor ihr dämmerte, was er damit sagen wollte. »Sie meinen, wir sollen bei Nacht zur Ernte in die Weinberge gehen?« stieß sie ungläubig hervor.
Er nickte ungerührt. »Die Trauben müssen am Erntetag angeliefert werden. Uns bleibt keine andere Wahl, wenn wir vor Einbruch der Dunkelheit von ›Orlando‹ wieder zurück

sein wollen und Cornelia nicht ihre Anstellung bei Gödecke verlieren will.«

Lena schüttelte heftig den Kopf. »Nein, das kann ich unmöglich annehmen! Das kann ich Ihnen und auch Cornelia wirklich nicht zumuten!«

»Du mutest uns überhaupt nichts zu«, widersprach ihre Freundin sofort. »Das ist unser freier Wille; die Idee ist ja nicht von dir gekommen.«

»Trotzdem, ich kann nicht zulassen ...«

Burkhardt fiel ihr ungehalten ins Wort. »Sie werden es sehr wohl zulassen, weil Sie verdammt noch mal darauf angewiesen sind! Schließlich geht es hier nicht nur um Sie und Ihren Stolz, sondern auch um das Wohlergehen Ihrer Geschwister!« hielt er ihr mit jener Schroffheit vor, die Lena so störend an ihm fand und die sie schon mehr als einmal verärgert hatte. »Und wozu hat man denn Freunde, wenn sie einem in der Not nicht zur Seite stehen dürfen? Also machen Sie gefälligst nicht soviel Wind um etwas, was unter Freunden und guten Nachbarn eine Selbstverständlichkeit ist!«

Lena schwieg vor Verlegenheit, aber auch vor stillem Groll, weil Burkhardt wieder einmal über ihren Kopf hinweg bestimmte, was sie zu tun und zu lassen hatte. Aber sie sah ein, daß sie seine Hilfe nicht ablehnen konnte, ohne ihre Freundschaft mit Cornelia aufs Spiel zu setzen; denn wenn sie sich mit Burkhardt in die Haare geriet, würde das zweifellos auch Auswirkungen auf ihre Beziehung zu Cornelia haben. Das war es ihr jedoch nicht wert, und deshalb schluckte sie ihren Ärger über seine Bevormundung hinunter.

Andreas, Marianne und Franziska waren sofort Feuer und Flamme, als Lena ihnen mitteilte, daß sie bei Nacht alle zusammen in die Weinberge steigen und die Ernte einbringen wollten. Sie hatte Mühe, die Begeisterung ihrer Geschwister für dieses Abenteuer zu dämpfen. »Macht euch bloß keine falschen Vorstellungen! Uns erwartet kein Vergnügen, sondern harte Arbeit!« warnte sie ihre Geschwister vor. »Mir wäre es lieber, wenn ich euch das nicht zumuten müßte, aber wir können wirklich jede Hand gebrauchen!«

17

Alle gingen an diesem Abend früh zu Bett. Um Mitternacht riß der Wecker Lena aus dem Schlaf. Kaum hatte sie ihre Geschwister geweckt und ihnen zur Stärkung einen heißen Kakao angerührt, als auch schon Burkhardt und Cornelia mit ihrem Fuhrwerk auf »Maralinga« eintrafen.

Drei Holzkiepen mit breiten Ledergurten und fünf Erntemesser, deren sichelförmige Schneiden Burkhardt am Nachmittag noch geschärft hatte, lagen bereit. Auf die Kinder warteten flache Bastkörbe, da die Last einer Kiepe zu schwer für sie war. Auch der deutsche Wagen, wie das robuste, massive und äußerst zuverlässige Fuhrwerk im Barossa-Tal genannt wurde, der zur Erntezeit und bei anderen Transporten zum Einsatz kam, stand schon auf dem Hof. Da sie zuerst Burkhardts Gefährt beladen wollten, blieben Prinz und Zeus vorerst noch im Stall.

Der Vollmond hing wie ein Lampion am nahezu wolkenlosen Nachthimmel und warf sein silbrig-milchiges Licht über die Weinberge.

Burkhardt führte sie alle hinauf zu den langen Reihen, wo die Frontignac-Reben standen, und zeigte ihnen, wie sie die Dolden abzuschneiden hatten.

Andreas und Marianne strahlten stolz, daß auch sie ein Erntemesser erhielten. Franziska wollte anfangs nicht einsehen, daß sie noch zu klein war, um mit solch einem gefährlichen Gerät zu hantieren. Lena vermochte sie dann jedoch damit zu trösten, daß ihr doch die eigentlich wichtige Aufgabe zu-

geteilt sei, Mariannes Korb zu dem ihren zu tragen und in ihre Kiepe zu leeren, wenn ihrer Schwester die Arme lahm wurden.
Die Kinder merkten sehr schnell, daß ihr nächtlicher Ausflug weit von einem vergnüglichen Abenteuer entfernt war. Marianne verlor zuerst die Lust und begann schon nach einer Stunde über Schmerzen im Rücken und in den Armen zu klagen. Ihr Pech war, daß Burkhardt in dem Moment mit einer vollen Kiepe an ihr vorbeikam. »Hör mit dem Gejammer auf, Marianne!« wies er sie sofort zurecht. »Als ich so alt war wie du, habe ich zur Erntezeit täglich von Sonnenaufgang bis Sonnenuntergang auf den Feldern gearbeitet! Und auch sonst habe ich auf dem Hof meines Vaters eine ganze Reihe von Pflichten gehabt, die mich den ganzen Tag über in Trab gehalten haben.«
»Als Vater noch lebte, haben wir nie in den Weinbergen arbeiten müssen!« hielt Marianne ihm vorwurfsvoll entgegen.
»Dafür hatten wir unsere Leute.«
»Diese Zeiten sind aber vorbei, und du bist hier nicht die Prinzessin von ›Maralinga‹, sondern du wirst gefälligst deinen bescheidenen Beitrag leisten, damit eure große Schwester nicht gezwungen ist, das Gut zu verkaufen!«
»Soll sie doch verkaufen«, murmelte Marianne verdrossen.
»Das kommt gar nicht in Frage!« rief Andreas ärgerlich. »Du bist bloß zu faul!«
Lena schritt schnell ein, bevor es zu einem Streit kam. Sie beruhigte Andreas und redete Marianne gut zu, die schließlich auch weiterarbeitete, wenn auch überaus lustlos und so aufreizend langsam, daß Franziska es vorzog, lieber ihrem Bruder zur Hand zu gehen, der sich verbissen bemühte, mit den Erwachsenen Schritt zu halten.
Kurz vor halb vier quoll die schwere Fracht der Trauben auf Burkhardts Wagen schon über die Seitenwände. »Mehr

geht nicht!« rief er, als er Lenas Kiepe nahm und deren Inhalt vorsichtig ausschüttete. »Wir müssen jetzt Ihr Fuhrwerk holen.«

Lena nahm diese kurze Unterbrechung zum Anlaß, um ihre Geschwister von ihren Pflichten zu erlösen und sie wieder zurück ins Bett zu schicken. Marianne ließ sich das nicht zweimal sagen, während Franziska sichtlich zögerte und mit Gewissensbissen kämpfte, um schließlich aber doch dankbar der Müdigkeit nachzugeben.

Andreas wollte hingegen nichts davon wissen. »Ich mache mit euch weiter, bis auch das zweite Fuhrwerk voll ist!« erklärte er und leugnete tapfer jeden Anflug von Schläfrigkeit. Burkhardt lobte ihn.

»Spiel du nur den Helden!« meinte Marianne bissig.

Als Lena mit Burkhardt wenig später die beiden Pferde aus dem Stall holte und vor das Fuhrwerk spannte, sagte er mißbilligend: »Ich an Ihrer Stelle hätte Marianne das nicht durchgehen lassen. Sie hat sich schlichtweg vor der Arbeit gedrückt!«

»Mein Gott, Marianne ist doch noch ein Kind und gerade erst zehn!« wandte Lena ein. »Wie können Sie da so hart mit ihr ins Gericht gehen?«

»Sie ist alt genug zu begreifen, daß die sorglosen Zeiten auf ›Maralinga‹ vorbei sind und daß nun alle an einem Strang ziehen müssen, um über die Runden zu kommen«, erwiderte er. »Und wenn sie es noch nicht begriffen hat, wird es allerhöchste Zeit, daß Sie ihr die Augen öffnen.«

»Marianne ist nun mal nicht die Ausdauerndste«, entschuldigte Lena ihre Schwester.

»Es geht hier nicht darum, daß sie unermüdlich die ganze Nacht hindurch arbeitet wie ein Erwachsener. So etwas würde wohl nur ein Dummkopf oder Sklaventreiber erwarten«, erklärte Burkhardt. »Es geht hier vielmehr um die

Grundeinstellung, Lena. Was soll denn werden, wenn die Not Sie zu wirklichen Entbehrungen und Knochenarbeit zwingt? Die wirklich schweren Zeiten liegen doch erst noch vor Ihnen!«
Lena verzog das Gesicht. »Das habe ich zwar auch schon befürchtet, aber es ist immer wieder gut, so aufmunternde Worte zu hören«, sagte sie sarkastisch.
Burkhardt zuckte die Achseln. »Ich sage die Dinge so, wie ich sie sehe, Lena«, erwiderte er ungerührt und schwang sich auf den Kutschbock. »Kommen Sie, die Arbeit wartet!«
Lena unterdrückte eine ärgerliche Bemerkung, kletterte zu ihm auf den Wagen und fragte sich erneut, wie Cornelia sich nur in so einen rauhen Klotz von Mann hatte verlieben können. Er mochte ja zuverlässig, ehrlich und arbeitsam sein, aber das allein konnte doch unmöglich genügen, um darauf eine glückliche Ehe zu gründen. Mußte der Mann, mit dem eine Frau für den Rest ihres Lebens Tisch und Bett zu teilen gedachte, nicht noch andere Eigenschaften aufweisen? Eigenschaften, die das Herz in Flammen stehen ließen und den Körper in leidenschaftliche …
Erschrocken fuhr Lena innerlich zusammen, als sie sich ihrer unschicklichen Gedanken bewußt wurde. Was war bloß in sie gefahren, daß ihr solch unzüchtige Überlegungen durch den Sinn gingen? Unwillkürlich schlug sie die Hand vor den Mund, als fürchtete sie, ihre Lippen könnten der Versuchung nicht widerstehen, sie auch noch auszusprechen.
»Was ist?« fragte Burkhardt verwundert.
»Ach, mir ist bloß gerade eingefallen, daß ich noch immer nicht an Schwester Dominika, unsere Novizenmeisterin, geschrieben und ihr die gute Nachricht mitgeteilt habe, daß ich ›Maralinga‹ nun doch nicht verkaufen muß«, sagte sie schnell.

»Ich denke, die Zeit hat im Kloster eine andere Bedeutung als hier bei uns«, meinte er.
»Ja, das stimmt.«
»Dann wird sich Ihre einstige Novizenmeisterin wohl auch noch in einer Woche, oder wann immer Sie Muße für einen Brief finden, über Ihre gute Nachricht freuen«, folgerte er trocken und lenkte das Gespann durch die Weinberge zu den höher gelegenen Frontignac-Rebstöcken, wo Andreas und Cornelia schon mit zwei vollen Kiepen ihre Rückkehr erwarteten.
Sie nahmen die Arbeit wieder auf, und Lena grübelte noch eine ganze Weile mit einer Mischung aus Schuldbewußtsein und Neugier darüber nach, wie sich derartige Gedanken, die ihr vorhin durch den Kopf gegangen waren, bloß in ihr hatten formen können.
Die ermüdende Monotonie der Arbeit und ihre schmerzenden Schultern bereiteten diesem Sinnieren jedoch bald ein Ende. Solange die Holzkiepe auf ihrem Rücken leer oder nur zu einem Drittel voll war, ließ sich die ungewohnte Last ja ertragen. Aber sowie sich die Kiepe weiter zu füllen begann, machten sich die Lederriemen schmerzhaft bemerkbar – und der Gedankenstrom versiegte. Es kostete schon Kraft genug, sich auf das Abschneiden der Dolden zu konzentrieren und gegen das zunehmende Stechen und in den Gliedern zu kämpfen. Das zweite Fuhrwerk schien im Gegensatz zum ersten einfach nicht voll werden zu wollen!
Als im Osten die Morgendämmerung den Nachthimmel aufriß und das erste graublaue Licht über die Bergketten sickerte, dachte Lena spontan an Patrick. Er würde an diesem Morgen vergeblich auf Friedlander's Hill auf sie warten.
Kurz vor sieben Uhr brachen sie die Traubenernte für diesen Tag ab. Todmüde, aber auch stolz, daß er mit den Erwachsenen mitgehalten hatte, stieg Andreas zu ihnen auf

den Kutschbock. Lena legte ihren Arm um ihn. Er ließ es bereitwillig geschehen, lehnte sich an sie und war im nächsten Moment eingeschlafen. Sie mußte ihn regelrecht wach rütteln, als der Wagen wenige Minuten später vor dem Wohnhaus hielt.

»Du hast dich heute nacht tapfer gehalten! Dein Vater wäre stolz auf dich gewesen«, lobte Burkhardt den Jungen zu Lenas Überraschung. »Und jetzt mach, daß du ins Bett kommst!«

Andreas strahlte über das ganze Gesicht, während er gleichzeitig kaum die Augen offenhalten konnte, und wankte in sein Zimmer. Angezogen warf er sich aufs Bett und fiel augenblicklich in tiefen Schlaf.

Für Lena, Burkhardt und Cornelia blieb gerade noch ausreichend Zeit, um sich den klebrigen Traubensaft abzuwaschen und sich dann zu einem kurzen, aber deftigen Frühstück an den Küchentisch zu setzen. Anschließend schmierte Lena noch schnell ein paar Brote, denn zur Mittagszeit würden sie sicherlich wieder hungrig sein. Und wer weiß, wie spät es mit ihrer Heimkehr würde!

»Wir müssen los, sonst kommst du zu spät in den Laden!« drängte Burkhardt nach einem Blick auf seine Taschenuhr und mit vollem Mund.

Cornelia gähnte herzhaft. »Der alte Gödecke weiß schon, was er an mir hat.«

Lena fühlte sich ganz schuldbewußt, als sie sah, wie müde ihre Freundin war. »Du hättest dir nicht die ganze Nacht um die Ohren schlagen dürfen, wo du doch jetzt noch einen langen Tag im Geschäft vor dir hast. Ich kann das nie wiedergutmachen.«

»Nun fang bloß nicht wieder davon an!« wehrte Cornelia ab. »Das überstehe ich schon. Außerdem habt ihr den viel anstrengenderen Teil erwischt. Immerhin habt ihr noch den

langen Weg bis nach Rowland Flat und auch wieder zurück vor euch. Also darum beneide ich euch wahrlich nicht!«
Nachdem sie die Trauben noch mit Planen abgedeckt hatten, um sie vor dem Staub der Landstraße zu schützen, ging es los. In Marienthal setzten sie Cornelia vor der Eisenwarenhandlung ab. Dann begann für Lena und Burkhardt die lange Fahrt nach Süden, hinunter ins Lyndoch Valley zur Weinkellerei »Orlando«. Zwar war die lähmende Hitze des Sommers längst gewichen, aber die Temperaturen kletterten in diesen Tagen noch immer hoch genug, um Mensch und Tier unter einem wolkenlosen Himmel schnell zum Schwitzen zu bringen. Außerdem waren die beiden Fuhrwerke schwer beladen, so daß sie den Pferden nur ein gemäßigtes Tempo zumuten konnten. Burkhardt fuhr vorweg. Wanderarbeiter und Tagelöhner bevölkerten die Weinberge, an denen sie vorbeikamen. Unter ihnen fanden sich viele junge Mädchen und Frauen, die Kleider aus einfachem blauem Stoff trugen und sich vor der Sonne mit großen Bonnets schützten, deren Bänder sie unter dem Kinn zu Schleifen gebunden hatten.
Die Sonne stand schon hoch am Himmel, als sie verschwitzt und verstaubt in Rowland Flat eintrafen. Lena machte große Augen, als sie die weiten Weinfelder sah, die zur Weinkellerei der Gebrüder Gramp gehörten. Die Weinkellerei selbst bestand aus einer Vielzahl von langgestreckten Gebäuden, in denen die Pressen, die Gärbehälter, die Reifefässer aus französischem Eichenholz sowie die Abfüllanlage untergebracht waren. Ein Teil der Gebäude zog sich terrassenartig einen Hang hinunter, um sich während des Verarbeitungs- und Gärungsprozesses auf natürliche Weise den Falldruck der Trauben, des Mostes und des gekelterten Weins zunutze zu machen.
Auf dem großen Vorplatz herrschte ein geschäftiges Trei-

ben, denn auch auf »Orlando« hielt die Traubenernte alle in Trab.

Um den Fuhrwerken der Gramps nicht in die Quere zu kommen, stellten sie ihre Fuhrwerke etwas abseits im Schatten der hohen Eukalyptus-Bäume ab, wo sich noch eine alte Tränke befand, damit ihre Pferde ihren Durst löschen konnten.

Nachdem die Tiere versorgt waren, begab sich Burkhardt ins terrassenförmige Hauptgebäude, um mit dem Kellermeister Steinbach zu reden. Er kam nach nur fünf Minuten allein zurück.

»Kein Interesse?« wollte Lena wissen. »Wir haben uns all die Mühe umsonst gemacht?«

»Wo bleibt Ihr Vertrauen, Lena?« fragte Burkhardt. »Ich habe noch gar nicht mit Steinbach gesprochen. Er ist heute vormittag zum Zahnarzt nach Lyndoch gefahren, weil er plötzlich heftige Schmerzen hatte; er muß aber bald wieder zurückkommen. Üben wir uns also in Geduld.«

Lena atmete erleichtert auf. Sie konnten also noch Hoffnung haben, ihre beiden Fuhrwerke mit »Maralinga«-Trauben loszuwerden.

Lena und Burkhardt setzten sich unter einen der Bäume, verzehrten ihre Brote und tranken dazu frisches, wunderbar kühles Brunnenwasser.

Dann zog Burkhardt zu ihrem Erstaunen ein kleines Buch, dessen Einband schon sehr abgegriffen war, aus der Hosentasche schlug es gut jenseits der Hälfte auf und begann zu lesen.

»Sie lesen?« stieß sie in ihrer Verwunderung hervor.

»Ja, und ich kann sogar meinen Namen schreiben und bis zehn zählen, auch wenn ich nicht diesen Eindruck erwecke«, antwortete er bissig, ohne von seiner Lektüre aufzublicken.

Lena schoß das Blut ins Gesicht. »Entschuldigen Sie, so habe ich es nicht gemeint.«
Er hob den Kopf. »Nein? Wie dann?«
Ihr Gesicht glühte unter seinem spöttisch-reservierten Blick. »Ich weiß nicht ... ich habe nur nicht gedacht ... ich meine ...«, stammelte sie verlegen und gab es dann auf, eine intelligente Erklärung für ihre dumme Frage zu finden. »Ich war einfach nur überrascht, Sie mit einem Buch in der Hand zu sehen. Cornelia hat mir nie erzählt, daß Sie sich etwas aus Büchern machen.«
»Ich bin mir sicher, daß sie Ihnen auch einiges andere nicht gebeichtet hat«, erwiderte er sarkastisch. »Hoffentlich denken Sie jetzt nicht allzu schlecht von ihr.«
Lena wäre am liebsten im Erdboden versunken, so peinlich war ihr das Ganze. »Es tut mir leid, bitte glauben Sie mir«, murmelte sie, den Tränen nahe. Daß Cornelia über die Leseleidenschaft ihres Zukünftigen kein Wort verloren hatte, war nur zu verständlich. Denn noch immer hielt sich auf dem Land das Vorurteil, demnach ein aufrechter Mann seine Nase nicht in Bücher steckte und seine Zeit nicht mit derlei Dummheiten vertrödelte – wobei die Heilige Schrift natürlich ausgenommen war. »Ich wollte Ihnen wirklich nicht zu nahe treten, geschweige denn Sie verletzen. Ich habe einfach nicht vermutet, daß Bücher Ihnen etwas bedeuten, das ist alles. Mein Vater hat nichts für Bücher übrig gehabt und meine Mutter und mich wegen unserer Leseleidenschaft immer verspottet. Aber dennoch war er ein wunderbarer Mann, den ich sehr geliebt habe. Und was Cornelia angeht, so ist sie bestimmt keine Schwätzerin, die mir Dinge erzählt, die mich eigentlich nichts angehen.«
»Schon gut«, sagte er versöhnlich, und der Anflug eines Lächelns huschte über sein Gesicht. »Ich habe es auch

nicht so böse gemeint, wie es wohl bei Ihnen angekommen ist.«

Lena fiel ein Stein vom Herzen. »Dem Himmel sei Dank!« entfuhr es ihr. »In welchem Laden gehen Sie denn Ihre Bücher kaufen? Fahren Sie dafür extra nach Kapunda oder Gawler?«

»Ich habe noch nie in meinem Leben einen Buchladen betreten. Vermutlich bekäme ich da Beklemmungen«, gestand er. »Nein, ich kaufe beim alten Isaak Rosenberg.«

»Ist das nicht der fahrende Händler, der einmal im Monat mit seinem klobigen Kastenwagen, in dem er wohl auch haust, auf den Markt nach Tanunda kommt?«

Burkhardt nickte. »Er zieht von Ortschaft zu Ortschaft und handelt mit gebrauchten Büchern. Manche sind schon recht zerlesen oder auch beschädigt, so daß er sie preiswert abgibt. Mir ist das nur recht, denn wichtig ist ja, was in den Büchern steht, nicht wie fein sie aussehen. Jedenfalls habe ich schon gut zweieinhalb Dutzend Bücher von ihm erstanden und so viele treue Freunde gewonnen.«

Lena zog mit einem verwunderten Lächeln die Augenbrauen in die Höhe und fragte: »Bücher sind für Sie wie Freunde?«

Er nickte ernst. »Nicht *wie*, sondern sie sind es, und zwar die verläßlichsten, die ich kenne. Diese Freundschaften halten nämlich ein Leben lang, wenn es gute Bücher sind.«

Lena lächelte, innerlich merkwürdig berührt, und wußte nicht, was sie auf diese unerwartete Offenbarung höchst persönlicher Ansichten erwidern sollte.

Burkhardt erwartete aber offensichtlich keine Antwort, denn er wandte sich wieder seiner Lektüre zu, während Lena sich gegen den Baum lehnte, über den rätselhaften Mann an ihrer Seite nachdachte, dem Treiben auf dem Hof zuschaute und von jeder Minute mehr mit der Müdigkeit kämpfte. Schließlich gab sie sich dem Schlaf hin; Burkhardt würde sie schon wecken, sobald der Kellermeister zurückkehrte.

Das Bellen von zwei Hunden ließ Lena erschrocken auffahren. Sie sah sich nach Burkhardt um. Er saß ihr noch immer gegenüber unter dem anderen Eukalyptus-Baum. Daß es relativ spät war, verrieten ihr nicht nur die Schatten der Bäume, sondern auch ein Blick auf die wenigen Seiten, die er noch zu lesen hatte.

»Ich habe wohl recht lange geschlafen, nicht wahr?« fragte sie verlegen.

Burkhardt zog seine Taschenuhr hervor. »Gute anderthalb Stunden«, antwortete er. »Aber ich kann Sie beruhigen, Sie haben nichts verpaßt.«

»Sie hätten sich auch ein wenig ausruhen sollen. Sind Sie denn gar nicht müde?«

»Es geht so. Außerdem möchte ich das hier gerne hinter mich bringen.« Er hob kurz sein Buch an.

»Darf ich fragen, was Sie da lesen?«

»Shakespeare. ›König Lear‹.«

»Sie mögen Shakespeare?«

Er machte eine unentschlossene Miene und dazu eine vage Handbewegung. »Es geht so. Manches gefällt mir ganz gut, anderes weniger. Den ›König Lear‹ hier finde ich nicht halb so interessant wie ›Der Kaufmann von Venedig‹, aber er ist immer noch zehnmal besser als dieser ›Coriolan‹ und die anderen Stücke, die ich davor von ihm gelesen habe. Aber noch habe ich ja nicht alles von Shakespeare durch. Vielleicht kommt ja noch etwas Gutes«, antwortete er. »Und vermutlich machen die Stücke auf einer Bühne mit wirklich guten Schauspielern eine Menge mehr her, als wenn man sie nur liest. Ich schätze, das ist ein genauso großer Unterschied wie zwischen Traubensaft und Wein. Aber wann kommt einer wie ich schon mal ins Theater? Ich wüßte auch gar nicht, ob ich mich da wohl fühlen würde.«

»Ja, aber warum lesen Sie dann alle Theaterstücke von Shakespeare?« wunderte sich Lena.

Er zuckte die Achseln. »Wie soll ich mir denn ein Urteil über einen Schriftsteller bilden, wenn ich nicht zumindest einen Großteil seines Werkes gelesen habe?« fragte er zurück. »Wenn man etwas anfängt, sollte man es auch richtig machen. Jedenfalls ist das *meine* Devise. Und was Shakespeare betrifft, der mir nicht so ganz liegt, so habe ich mir das selbst zuzuschreiben. Der alte Rosenberg hat mich bislang jedenfalls immer bestens beraten. Er hätte mir lieber die Romane von Charles Dickens verkauft, aber ich habe halt auf dem Stückeschreiber bestanden. Na ja, geschadet hat es ja nicht; es waren ja doch ein paar ganz gute Sachen darunter.«

Bevor Lena noch fragen konnte, warum ihm denn ein Urteil über Shakespeares Werk überhaupt so wichtig war, tauchte ein Wagen auf dem Hof auf und hielt seitlich von der Weinkellerei an. Ein Mann mit der Statur eines Preisboxers und fast feuerrotem wild gelocktem Haar, stieg aus.

»Jakob Steinbach ist zurück!« rief Burkhardt, legte das Buch aus der Hand und sprang auf. »Drücken Sie die Daumen, daß ihn der Zahnarzt von seinen Schmerzen befreit hat und er gut aufgelegt ist!«

Angespannt beobachtete Lena, wie Burkhardt den Hof überquerte, dem Kellermeister etwas zurief, der sich daraufhin überrascht umdrehte und ihn mit ausgestreckter Hand begrüßte, was schon mal ein gutes Zeichen war, wie sie fand. Die beiden Männer redeten kurz miteinander, dann kam Burkhardt mit Jakob Steinbach zu ihr zurück. Der Kellermeister von »Orlando« wechselte nur einen höflichen Gruß mit ihr, griff sich von jedem Fuhrwerk eine Dolde, zerrieb einige Trauben prüfend zwischen den Fingern und ging, begleitet von Burkhardt, mit dem Rest der Dolden in Richtung Weinkellerei.

Lena wußte, daß der Kellermeister jetzt mit der Mostwaage das spezifische Gewicht des Saftes prüfte und den Zuckergehalt feststellte. Gespannt, ob sich ihr nächtlicher Ernteeinsatz und die Fahrt nach Rowland Flat wenigstens ein bißchen gelohnt hatten, wartete sie auf die Entscheidung des Kellermeisters. Stumm betete sie den Rosenkranz.

Sie war gerade beim vierten Gesätz angelangt, als Burkhardt wieder aus dem Tor der Weinkellerei auf den Hof hinaustrat. Mit herabhängenden Armen, die Handflächen bedauernd nach außen gekehrt, kam er auf sie zu.

Lena stieß einen schweren Seufzer aus. »Meine Trauben taugen wohl nichts, nicht wahr?«

Burkhardt grinste plötzlich. »Nein, beeindruckt war er wirklich nicht. Aber er bietet Ihnen für die Frontignac-Trauben ein Pfund und zwei Shilling pro Tonne; und für die Fuhre Riesling immerhin noch ein Pfund!«

»Er nimmt uns also beide Wagenladungen ab?« stieß Lena überglücklich hervor.

»Ja, und er ist sogar bereit, noch zwei, vielleicht sogar drei weitere Doppelfuhren ›Maralinga‹-Trauben zu kaufen, denn die Gebrüder Gramps haben sich entschlossen, die Produktion ihrer Kellerei gewaltig zu vergrößern. Sie haben wirklich Glück.«

»Nein, das verdanke ich allein Ihnen, Burkhardt!« Lena strahlte und wäre ihm vor Erleichterung und Dankbarkeit am liebsten um den Hals gefallen.

Sein verhaltenes Lächeln nahm wieder eine kühle, reservierte Note an. »Nun übertreiben Sie mal nicht, Lena!« wehrte er ihren Dank ab, als fürchte er, andernfalls irgendwie eine Verpflichtung einzugehen. »Außerdem ist und bleibt der Preis, den Sie für die Trauben bekommen, eigentlich völlig indiskutabel; er deckt doch noch nicht einmal die Kosten, die Ihr Vater gehabt hat. Der normale Preis für Riesling-Trauben liegt bei fast vier Pfund, und für Frontignac-Trauben werden zur Zeit drei Pfund und fünfzehn Shilling gezahlt. Sie machen also ein miserables Geschäft.«

»Für das ich dennoch überaus dankbar bin!« beharrte Lena und bedachte ihn mit einem entwaffnenden Lächeln.

»Nun denn, sehen wir zu, daß wir unsere Ladung loswerden und uns auf den Rückweg machen«, erwiderte er und schwang sich auf den Kutschbock seines Fuhrwerks. Die breiten Trichter der Rutschen, in die die erntefrischen Trauben gekippt wurden, befanden sich auf dem obersten Terrassenteil der Weinkellerei.

Lena freute sich über alle Maßen, als sie schließlich von Jakob Steinbach das Geld für die Ernte in Empfang nahm. Jedes Pfund mehr, das sie erzielen konnte, bedeutete ein wenig mehr Sicherheit. Und das sagte sie so auch zu Burkhardt, als sie zu ihren Fuhrwerken gingen, um sich auf den langen Rückweg zu machen.

»Ja, Sicherheit ist ein kostbares Gut«, pflichtete er ihr bei. »Und nicht in nur materieller Hinsicht.«

»Wie meinen Sie das?«

»Sie haben sich vorhin sicherlich gefragt, warum es mir bloß so wichtig ist, Shakespeares Stücke und all die anderen Bücher zu lesen, die ich mir ausleihe oder irgendwo preisgünstig erstehe, nicht wahr?«

»Ja«, gab sie zu.

Er zögerte einen Moment und klopfte den Staub von seinem breitkrempigen Hut. »Ich bin ohne große Bildung aufgewachsen, Lena. Mein Vater hat mich schon früh von der Schule genommen, damit ich ihm auf dem Hof helfen

konnte. Das war ihm wichtiger als alles, was ich im Unterricht lernen konnte, und Bücher waren ihm stets suspekt.«
Er machte eine Pause, und Lena wartete. Sie spürte instinktiv, daß sie jetzt besser keine Fragen stellte.
»Als ich vor bald dreizehn Jahren nach Australien kam, konnte ich deshalb nur mehr schlecht als recht lesen und schreiben«, fuhr Burkhardt nach einer Weile fort. »Aber ich habe sehr schnell gemerkt, daß man mehr als Muskelkraft und praktischen Sinn braucht, wenn man wirklich vorankommen ... und wenn man die Welt verstehen will. Ohne Bildung aufzuwachsen ist keine Schande, aber das bedeutet nicht, daß man deshalb sein Leben lang ungebildet *bleiben* muß.«
Lena war von seiner Äußerung verblüfft und regelrecht sprachlos.
Burkhardt sah ihren überraschten Gesichtsausdruck, gab ihr aber keine Gelegenheit, etwas zu erwidern. Als sei ihm plötzlich peinlich, was er ihr gerade anvertraut hatte, stülpte er sich seinen Hut auf den Kopf und stieg rasch auf sein Fuhrwerk. »Kommen Sie schon, Lena! Wir haben genug Zeit vertrödelt! Der Weg nach Hause wird vom Herumstehen und Schwatzen nicht kürzer!« rief er ihr auf seine schroffe Art fast ungehalten zu, als hätte sie den Aufbruch verzögert. »Sehen wir zu, daß wir auf die Landstraße kommen!«
Auf dem Heimweg nach Marienthal hatte Lena Zeit genug, darüber nachzudenken, was für ein seltsamer und schwer zu durchschauender Mensch Burkhardt doch war. Ein leichtes Leben würde Cornelia mit ihm nicht haben, das stand fest!

18

Lena unternahm mit Burkhardt in dieser Woche noch zwei weitere Fahrten nach Rowland Flat, die beiden Fuhrwerke jeweils hoch beladen mit frisch gepflückten »Maralinga«-Trauben.
Nach jedem nächtlichen Ernteeinsatz legten sie einen Ruhetag ein; darauf bestand Burkhardt. Er selbst hätte den kräfteraubenden Marathon in den Weinbergen und die anschließende Fahrt zur Weinkellerei ins Lyndoch Valley und wieder zurück nach Marienthal ja sicherlich am besten von ihnen allen überstanden; doch den beiden Frauen wollte er diese Strapaze nicht drei Nächte hintereinander zumuten, insbesondere nicht Cornelia, die nach der Ernte ja stets noch einen anstrengenden Arbeitstag in der Eisenwarenhandlung vor sich hatte.
Auf die Hilfe von Lenas Schwestern wollten sie in den beiden folgenden Nächten allerdings lieber verzichten. Franziska machte ein schuldbewußtes Gesicht und kämpfte mit den Tränen, weil sie glaubte, Montag nacht versagt zu haben. Lena mußte ihr deshalb zuerst versichern, daß niemand ihr böse war und daß sie keinen Grund hatte, sich irgend etwas vorzuwerfen, bevor Franziska ihr Lächeln wiederfand.
Marianne reagierte auf die Entscheidung der Erwachsenen ganz anders, nämlich mit einer Mischung aus unverhohlener Erleichterung und überheblicher Genugtuung. »Vater hätte eine Tagelöhnerarbeit gar nicht von uns verlangt«, er-

klärte sie mit verstecktem Vorwurf. »Und Mutter hätte das auch nie zugelassen.«
Lena ließ ihr die hochnäsige Bemerkung durchgehen, weil sie so müde und es auch leid war, ihrer Schwester erneut eine Standpauke darüber zu halten, daß sich die Zeiten drastisch geändert und sie die nächsten Jahren um ihr Überleben auf »Maralinga« zu kämpfen hatten.
Andreas dagegen wollte von einer Sonderbehandlung nichts wissen. »Wenn du wieder mitten in der Nacht mit Mister Helmsdorf und Miss Ziegler in die Weinberge gehst, dann komme ich auch mit!« Er war so beharrlich daß Lena schließlich nachgab und ihm hoch und heilig versprach, ihn auch wirklich zu wecken.
Diese Erntewoche zehrte sehr an Lenas Kräften, war sie doch an derart harte körperliche Arbeit nicht gewöhnt. Als sie am Samstag morgen erwachte, fühlte sie sich so zerschlagen wie noch nie. Aber es erfüllten sie auch Stolz und Dankbarkeit, daß sie durchgehalten und ihre Barschaft um einen beachtlichen Batzen aufgestockt hatte; das erste Geld, das sie selbst verdient hatte, wenn auch mit Hilfe von Burkhardt und Cornelia! Es war ein erhebendes Gefühl, das ihr Selbstbewußtsein und ihre Zuversicht in die Zukunft stärkte. Am liebsten hätte sie Douglas und seinem Vater die Geldscheine, die ihr die drei Fahrten zur »Orlando«-Weinkellerei eingebracht hatten, triumphierend unter die Nase gehalten. Von wegen, niemand würde ihr auch nur einen lausigen Korb voll Trauben abnehmen! So mächtig James Finnegan auch sein mochte, hatte seine Macht doch Grenzen und erstreckte sich nicht einmal über das ganze Barossa-Tal; und das war ein überaus beruhigender Gedanke.
Patrick sah sie erst am Ende der folgenden Woche wieder, als sie mit ihren Geschwistern nach Tanunda fuhr, um auf

das große Volksfest zu gehen, das jeden Herbst nach Einbringung der Traubenernte stattfand und nicht nur bei Kindern als der Höhepunkt des Jahres galt.
Fast alle Straßen und Häuser sowie Verkaufsstände, Schaubuden und das Bretterpodium waren mit kunstvoll geflochtenen Girlanden aus Weinlaub geschmückt. Und viele Bauern hatten ihre Pferdewagen mit bunten Bändern, Weinranken und Blumen festlich herausgeputzt. In den schon herbstlich verfärbten Bäumen der Hauptstraße, die zum Billygoat Square, dem Ziegenmarkt im Zentrum des Ortes, führte, hingen farbige Lampions, deren Lichter bei Einbruch der Dunkelheit entzündet wurden und Tanunda dann mit ihrem sanften Schein verzauberten.
Das Erntedankfest von Tanunda, das schon am Freitag nachmittag begonnen hatte und am späten Sonntag abend endete, war nicht nur im ganzen Barossa-Tal bekannt, sondern lockte auch Besucher aus entfernten Dörfern an. Denn neben den vielen Verkaufs- und Spielbuden und anderen Attraktionen, die dem reinen Vergnügen und der Unterhaltung von jung und alt dienten, gab es auch eine stets gut besuchte kleine Landwirtschaftsausstellung, wo sich die Bauern über neue Gerätschaften, Pestizide, Düngersorten und vieles andere informieren konnten.
Den größten Zulauf hatten jedoch alljährlich die sportlichen wie auch musikalischen Wettkämpfe. Der Deutsche Turnverein von Tanunda, deren Mitglieder Ehrgeiz mit Disziplin und regelmäßigem Training verbanden, brachte seine Sportler jedes Jahr mit schöner Regelmäßigkeit bis in die Endausscheidungen; sie belegten oft sogar den ersten Platz. Gleiches Lob galt den Darbietungen des örtlichen Gesangvereins, der unter dem Namen »Die Liedertafel« im ganzen Barossa-Tal und darüber hinaus für seinen wunderbaren Wohlklang berühmt war. Größter Beliebtheit erfreute sich

auch der musikalische Wettstreit der vielen *Marching Bands*, die aus Kapunda, Angaston, Greenock, Nuriootpa, Lyndoch, Gawler und anderen Ortschaften anreisten, um in Tanunda gegeneinander anzutreten.

Heitere Erinnerungen an ihre eigene unbeschwerte Jugendzeit wurden in Lena wach, als sie nun mit ihren Geschwistern am Samstag nachmittag nach Tanunda fuhr und sich unter die fröhliche Menschenmenge mischte, die über Straßen und Plätze wogte. Nur vier Jahre war es her, seit sie zuletzt hier am Volksfest teilgenommen hatte. Doch diese Zeitspanne kam ihr nun wie ein Jahrzehnt oder gar länger vor. Fast hatte sie vergessen, wieviel Frohsinn solch ein Fest doch brachte und welch ansteckende Wirkung Lebensfreude und Lachen ausübten.

Marianne, Franziska und Andreas hatten es kaum erwarten können, nach Tanunda zu kommen und zu bestaunen, was es dort auf den Straßen und Plätzen alles zu sehen und zu hören gab. Und als Lena ihnen nicht nur Zuckerwatte und eine Limonade kaufte, sondern mit ihnen auch noch zwei Schaubuden aufsuchte und jedem von ihnen einen Sixpence spendierte, den sie nach eigenem Gutdünken an den Spielbuden für Kinder oder für köstliche Süßigkeiten wie Lakritzecken, Sahnebonbons oder gebrannte Mandeln ausgeben durften, schwebten sie im siebten Himmel.

»Keiner von euch macht sich selbständig, habt ihr gehört? Andreas, du paßt mir auf, daß ihr zusammenbleibt!« schärfte sie ihrem Bruder ein. »Und wenn die Kirchturmuhr sechs schlägt, will ich euch wieder hier am Marktbrunnen sehen, haben wir uns verstanden?«

»Ja, Lena!« antworteten ihre Geschwister wie aus einem Mund und flitzten in Richtung Karussell davon.

Lena schlenderte an den Ständen entlang, hörte sich eine Weile die Darbietungen einer Musikkapelle aus Kapunda an

und ging dann zur Landwirtschaftsausstellung hinüber. Dabei stieß sie auf Patrick.
Mit strahlendem Lächeln kam er auf sie zu. »Endlich bekomme ich dich mal wieder zu Gesicht!« begrüßte er sie. »Eine ganze Woche habe ich dich nicht gesehen!«
»Ich hatte keine Zeit für einen Morgenspaziergang. Cornelia und Burkhardt haben mir bei der Traubenernte geholfen; wir haben nachts gepflückt«, erklärte Lena.
»Ich weiß. Ich hatte mir schon Sorgen gemacht und bin deshalb gestern nach ›Maralinga‹ geritten, aber da warst du noch mit dem Fuhrwerk unterwegs. Andreas hat mir ganz stolz erzählt, daß auch er die drei Erntenächte durchgehalten hat.«
»Ja, er hat sich wirklich tapfer geschlagen.«
»Ich hätte dir auch geholfen, wenn du es mir gesagt hättest.«
Lena warf ihm einen freundschaftlich spöttischen Blick zu und taxierte demonstrativ seine Kleidung: Die graue Hose aus edlem Flanell und die curryfarbene Jacke saßen wie angegossen und unterstrichen seine attraktive Erscheinung. »Ehrlich gesagt fällt es mir schwer, mir dich mit einer Holzkiepe auf dem Rücken und einem Erntemesser in der Hand zwischen den Rebstöcken vorzustellen. Nein, ich glaube nicht, daß das eine so gute Idee gewesen wäre.«
Patrick lachte belustigt, und anstatt zu beteuern, daß er sehr wohl in der Lage sei, bei solch einer Arbeit ordentlich mit anzupacken und seinen Mann zu stehen, wechselte er das Thema und machte ihr ein Kompliment zu ihrem lindgrünen Kleid, das sie sich selbst genäht hatte, wie Lena ihm erklärte. »Wirklich? Es steht dir ganz wunderbar. Aber du könntest auch Sackleinen tragen und würdest immer noch hübsch aussehen!«
Lena errötete. »Alter Schmeichler!«

»Ich sehe, was ich sehe«, antwortete er lächelnd, richtete seinen Blick auf ihre Frisur und fragte: »Läßt du dein Haar wieder bis auf die Schulter wachsen, so wie früher?«
»Ja, vermutlich«, antwortete sie verlegen.
Er nickte. »Sehr vernünftig. Es steht dir auch viel besser als dieser kurze Ordenshaarschnitt, obwohl der auch seinen Reiz hatte, wie ich zugeben muß.« Er zwinkerte ihr zu.
Das heiße Brennen in ihrem Gesicht nahm noch zu. »Du bist mal wieder total unmöglich, Patrick!« protestierte Lena leise und blickte sich besorgt um, ob jemand ihren Wortwechsel mithören konnte. Aber niemand stand in ihrer Nähe oder schenkte ihnen Beachtung.
»So, bin ich das?« Er faßte sich scheinbar betroffen ans Kinn und verzog übertrieben schuldbewußt das Gesicht. »Das macht mich ganz untröstlich. Wie soll ich das bloß je wiedergutmachen? Ah, da kommt mir eine Idee! Da drüben gibt es hervorragenden Pfirsichpunsch. Ich lade dich auf ein Glas ein, vielleicht bist du mir dann ja wieder gut. Nein, bitte keinen Widerspruch, Lena! Ich habe eine ganze Woche auf deine Gesellschaft verzichten müssen, da wirst du doch jetzt nicht so herzlos sein, mir einen Korb zu geben, oder?«
Lena vermochte sich eines amüsierten Lächelns nicht zu erwehren und zuckte die Achseln. »Also gut, ein Glas Pfirsichpunsch – weil du so ein talentierter Schauspieler bist und wie auf Kommando diesen herzerweichenden Hundeblick hervorzaubern kannst, dem man dummerweise nichts abschlagen kann.«
»Wie bitte? Herzerweichender Hundeblick?« Patrick gab sich fassungslos. »Man spricht in dem Zusammenhang von entwaffnendem Charme, Lena!«
Ja, den besaß Patrick in der Tat, und diesem Charme zu widerstehen war fast unmöglich, wie Lena sich eingestehen

mußte. Doch sie hütete sich, das auszusprechen. Statt dessen erwiderte sie scherzhaft: »Ja ja, jeder hat das Recht auf seine kleinen wie großen Irrtümer und Selbsttäuschungen.«
»Du machst es einem wahrlich schwer«, sagte er mit einem Aufseufzen, ohne daß jedoch der vergnügte Ausdruck aus seinen Augen verschwand.
Lena verbrachte die verbleibende Zeit bis um sechs Uhr mit ihm, die wie immer in seiner Gesellschaft wie im Flug verging, weil es ihnen nie an Gesprächsstoff fehlte. Sie unterhielten sich über alles mögliche. Und als sie zum Marktbrunnen zurückkehrten, berichtete ihr Patrick von der Verlobung seines Bruders mit der Fabrikantentochter Jessica Cameron, deren affektierte Art zu reden und sich zu geben er mit so viel komödiantischem Talent nachmachte, daß Lena vor Lachen die Tränen kamen.
Lenas Geschwister trafen wie abgemacht pünktlich um sechs am Brunnen ein, mit vor Aufregung gerötetem Gesicht, leuchtenden Augen und schokoladeverschmiertem Mund. Als ihnen Patrick großzügig noch eine Fahrt auf dem Karussell spendierte, war ihre Freude groß.
Lena ließ es geschehen, daß aus der einen Fahrt letztlich drei wurden, weil sie ihren Geschwistern das Vergnügen von Herzen gönnte. Doch als er mit ihnen dann auch noch zu einer Bude wollte, wo man seine Geschicklichkeit beim Werfen von Holzringen über Flaschenhälse unter Beweis stellen konnte, lehnte sie ab. Sie konnte nicht zulassen, daß Patrick noch mehr Geld für ihre Geschwister ausgab. Das gehörte sich einfach nicht, und das gab sie ihm auch deutlich genug zu verstehen, allerdings so, daß Andreas, Marianne und Franziska es nicht mitbekamen. Und sie ließ sich von dem Gebettel ihrer Geschwister auch nicht erweichen. »Irgendwann muß auch mal Schluß sein!« erklärte sie energisch, als Marianne ihr vorwarf, ihnen den Spaß zu verderben. »Und

ihr könnt euch ja wohl nicht beklagen, daß ihr zu kurz gekommen seid. Außerdem ist es Zeit, daß wir nach Hause kommen, denn es wird bald dunkel! Und jetzt will ich nichts mehr davon hören! Bedankt euch bei Mister Patrick, und dann fahren wir!«

Patrick begleitete sie noch zum Platz, wo all die Pferdewagen angebunden standen. Beim Abschied fragte er: »Sehen wir uns wieder?«

»Natürlich, morgen in der Kirche«, antwortete Lena.

»Du weißt schon, was ich meine. Montag morgen zum Sonnenaufgang auf Friedlander's Hill?«

»Ja, wohl schon ... wenn es nicht regnet.«

»Es wird nicht regnen, glaube mir! Denn so unbarmherzig kann der Wettergott doch gar nicht sein, mir eine der wenigen Freuden, die ich in meinem Leben habe, durch einen Regenschauer zu vermasseln!« verkündete er theatralisch.

Lena verdrehte die Augen. »Ach, Patrick! Es wird wirklich höchste Zeit, daß ich mich mit den Kindern auf den Heimweg mache«, antwortete sie. »Danke für den Punsch und daß du meinen Geschwistern so viele Karussellfahrten spendiert hast!« Sie wünschte ihm noch einen schönen Abend und kletterte dann zu den anderen auf den Wagen.

»Wie kommt es, daß Mister Patrick Finnegan so ganz anders zu uns ist als sein reicher Vater und sein Bruder, die uns nur Böses wollen?« fragte Andreas, als sie im Dämmerlicht des hereinbrechenden Abends die Murray Street hinunterfuhren, in deren Bäumen schon die Lampions brannten.

»Ja, wieso eigentlich, wo sie doch eine Familie sind?« fügte Franziska verwundert hinzu.

»Na und? Was hat denn das zu sagen? Wir sind doch auch nicht alle gleich, nur weil wir denselben Namen tragen«, meldete sich Marianne belehrend zu Wort.

»Patrick hat nun mal einen ganz anderen Charakter als sein

Vater oder sein Bruder. Außerdem kennen wir uns schon seit unserem zehnten Lebensjahr. Wir sind viele Jahre auf dieselbe Schule gegangen, bevor sein Vater bei irgendwelchen Geschäften zu wirklichem Reichtum gekommen ist und sich das Herrenhaus auf ›Finnegan's Park‹ hat bauen lassen«, erklärte Lena. »Erst dann hat er Patrick auf das ›St. Peter's College‹ geschickt.«

»Mister Patrick ist in Ordnung«, sagte Andreas, und Franziska und Marianne stimmten ihm zu.

Ja, dachte Lena, Patrick ist wirklich ein lieber Freund. Mit ihm konnte man Pferde stehlen, und er hatte so eine besondere Art, sie alles vergessen zu machen und ihr das Gefühl zu geben, etwas Besonderes zu sein. Nur manchmal brachte er sie mit seinen Bemerkungen doch arg in Verlegenheit.

Eigentlich sollte sie ja darüberstehen und in der Lage sein, seine Komplimente und Anspielungen mit einem Lächeln und der Gewißheit abtun, daß diese … diese sehr irdischen Betörungen sie nicht wirklich anfechten konnten. Doch bisweilen war sie sich dessen nicht mehr so sicher. Seit die Mauern des Klosters und die Gemeinschaft der Schwestern sie nicht mehr schützten und in ihrer Berufung bestärkten, kamen Zweifel in ihr auf – und mit ihnen regten sich Wünsche und sinnliche Gefühle, die sie noch nicht richtig benennen konnte und über die sie aber auch lieber nicht nachdenken wollte, denn sie wußte auch so, daß sie sich nicht mit den Gelöbnissen von Reinheit und Keuschheit einer Ordensschwester vereinbaren ließen.

19

Gute sechs Wochen später, am Mittwoch nach Cornelias Hochzeit, einem naßkalten, nebelverhangenen Morgen, eröffnete Patrick Lena auf Friedlander's Hill, daß er auf Reisen gehen und sie für einige Zeit nicht sehen würde.
»Und wohin reist du? Zu irgendeinem Poloturnier an der Ostküste?« erkundigte sich Lena. »Oder hat sich dein Vater jetzt doch dazu durchgerungen, dir die Leitung über das Weinkontor in Melbourne zu übertragen, das er dort aufbauen will?«
Patrick lachte bitter auf. »Ach was, mein Vater würde sich eher eine Hand abschlagen, als mir das Kontor in Melbourne anzuvertrauen. Mein ehrenwerter Bruder wird sich des Geschäftes annehmen, denn auf seine besonderen Bedürfnisse ist es ja auch zugeschneidert. Jessica hat ihm nämlich klar zu verstehen gegeben, daß sie nicht im Barossa-Tal unter primitivem Bauernvolk zu versauern gedenkt, sondern in einer Stadt leben will, wo sie eine ihr gebührende Rolle in der Gesellschaft spielen kann. Und nur unter der Bedingung, daß er ihr diesen Wunsch auch erfüllt, hat sie seinen Heiratsantrag angenommen.«
»Also wohin wirst du dann reisen?«
»Nach England, genauer gesagt nach London und dann nach Dorset.«
»Oh, so weit?« rief sie spontan aus, und augenblicklich schoß ihr der Gedanke durch den Kopf, daß sie Patrick dann wohl längere Zeit nicht sehen würde.

»Täusche ich mich, oder höre ich Bedauern in deiner Stimme?«
»Ich bin überrascht, das ist alles.«
»Und du wirst mich nicht vermissen?« bohrte er nach. »Nicht mal ein kleines bißchen?«
Lena zuckte verlegen die Achseln. »Das wird sich zeigen. Aber genug davon. Erzähl mir lieber, warum du nach England reist«, lenkte sie das Gespräch von sich ab.
»Rory, ein guter Freund aus unserem Polo-Team, hat mich eingeladen, den Sommer mit ihm auf dem Landsitz seines Onkels in den Dorset Heights zu verbringen.« Er zögerte kurz und fügte dann hinzu: »Aber die Einladung kam erst, als ich mich sowieso schon zu der Reise nach England entschlossen hatte, weil ich dort meine Mutter zu finden hoffte.«
»Du hast Nachricht von ihr erhalten?« hakte Lena nach.
»Nein, aber als mein Vater letzte Woche einmal außergewöhnlich guter Stimmung war, weil er an der Börse bei irgendeiner Spekulation eine Menge Geld verdient hatte, habe ich gewagt, ihn nach dem Verbleib meiner Mutter zu fragen.«
»Und er hat dir diesmal eine vernünftige Antwort gegeben?«
Patrick verzog das Gesicht. »Ja, zwar barsch und verärgert, aber er hat mir dennoch mitgeteilt, daß meine Mutter wohl auch dem Fotografen, mit dem sie damals durchgebrannt ist, den Laufpaß gegeben hat und nach England zurückgekehrt ist, vermutlich nach Devon zu ihrer ›erbärmlichen Sippschaft von degenerierten Provinzlern, Bankrotteuren und Blendern‹, wie er sich verächtlich ausgedrückt hat. Ich habe daraufhin im Kirchenregister nachgeschaut und festgestellt, daß meine Mutter in Tiverton geboren und aufgewachsen ist. Das ist keine große Stadt, und da Crowthorne –

das ist der Mädchenname meiner Mutter – nicht so häufig ist, dürfte es nicht allzu schwierig sein, ihre Verwandtschaft in Tiverton und Umgebung ausfindig zu machen.«
»Das freut mich für dich.«
Sein Gesicht nahm einen gequälten Ausdruck an. »Aber vielleicht ist es ja gar nicht so klug, daß ich nach ihr suche«, meinte er voller Selbstzweifel. »Vielleicht sollte ich die Vergangenheit ja ruhen lassen und mich damit abfinden, daß sie kein Interesse an mir hat und mit mir gar nichts zu tun haben will.«
»Aber es läßt dir doch keine Ruhe!«
»Nein«, gestand er bedrückt. »Und ich werde wohl auch keine Ruhe finden, bis ich nicht endlich mit Gewißheit weiß, warum meine Mutter meinem Vater davongelaufen ist ... und warum sie mich im Stich gelassen hat.«
»Dann ist es auch richtig, was du tust«, versicherte sie.
»Übrigens habe ich ausnahmsweise den ausdrücklichen Segen meines Vaters und meines Bruders«, sagte er mit bitterem Spott. »Mein Vater hat sich mit seiner finanziellen Zuwendung sogar überaus großzügig gezeigt, so daß ich nicht mit abgezähltem Geld in England dastehe. Na ja, immerhin tue ich ihnen mit meiner Reise ja auch den unbezahlbaren Gefallen, die Festivitäten nicht mit meiner Anwesenheit zu stören, wenn Douglas und Jessica im September heiraten. Ich bin nämlich so rücksichtsvoll, erst drei Wochen später zurückzukommen.«
»Und wann reist du ab?«
»Ich schiffe mich am Freitag in Adelaide mit meinem Freund auf der ›Wellington‹ ein«, erwiderte er und blickte sie an. »Mit einem weinenden und einem lachenden Auge. Das weinende Auge hast du zu verantworten. Denn daß ich dich vermissen werde, weiß ich schon jetzt. Ich wünschte, ich hätte wenigstens eine Fotografie von dir, die ich mitneh-

men könnte. Immerhin werde ich fast ein halbes Jahr unterwegs sein.«

»Nun werde mal nicht albern, Patrick!« lachte Lena ihn aus, konnte jedoch nicht verhindern, daß ihr wieder einmal das Blut heiß ins Gesicht schoß. Sie gab Attila, der zu ihren Füßen döste, einen liebevollen Klaps und sprang schnell auf. »Du hast bestimmt noch viel zu erledigen, und ich muß zurück nach Hause. Ich wünsche dir alles Gute für deine Reise. Suche deine Mutter, versöhne dich mit ihr und komm gesund und munter wieder zurück.«

Ihr abrupter Aufbruch enttäuschte ihn sichtlich. »Mußt du denn wirklich schon gehen?«

»Ja, leider.«

»Aber wir sehen uns doch hier noch am Donnerstag in der Früh, damit ich richtig Abschied von dir nehmen kann, oder?« vergewisserte er sich.

Lena vermied seinen eindringlichen Blick und kraulte Attila hinter den Ohren. »Wir werden sehen«, antwortete sie ausweichend. »Also dann, mach es gut, Patrick!« Raschen Schrittes entfernte sie sich.

»Bis Donnerstag dann!« rief er ihr nach.

Lena hob nur die Hand zu einer vagen Geste und lief den Pfad hinunter, der durch das taunasse Gras nach »Maralinga« führte. Sie wußte schon jetzt, daß sie am Donnerstag nicht kommen würde; dieser Gefahr wollte sie sich auf keinen Fall aussetzen. Es war schlimm genug, daß ihr schon jetzt klar war, daß sie Patrick in den Monaten seiner Abwesenheit sehr vermissen würde. Weitere emotionale Verwicklungen konnte sie nicht gebrauchen. Sie wollte sich durch ihn auch nicht dazu gezwungen sehen, sich über ihre Gefühle Klarheit zu verschaffen. Sie hatte wirklich Wichtigeres zu bedenken als das!

Um gar nicht erst in Versuchung zu geraten, am Donnerstag

in der Früh womöglich doch noch zum Friedlander's Hill hochzulaufen, verabredete sie sich mit Cornelia. Burkhardt und sie hatten ihr bei der Traubenernte geholfen, nun war es an ihr, sich für diese Hilfsbereitschaft zu revanchieren. Und auf »Cawarra« gab es schließlich mehr zu tun, als zwei Paar Hände auch bei größtem Arbeitseifer je hätten schaffen können. Ihren Geschwistern hatte sie aufgetragen, nach der Schule direkt nach »Cawarra« zu kommen, was ihnen sehr recht war, bedeutete es für sie doch einen kürzeren Heimweg. Erst spät am Abend kehrten sie alle zusammen nach »Maralinga« zurück.

Lena war nicht überrascht, auf der Türschwelle einen Brief von Patrick zu finden. Schnell steckte sie ihn ein, bevor ihre Geschwister aus dem Stall kamen und ihr neugierige Fragen stellen konnten.

Fast anderthalb Wochen lang bewahrte sie Patricks Brief ungeöffnet auf, hin- und hergerissen zwischen brennender Neugier, was er ihr wohl geschrieben haben mochte, und zur Vorsicht mahnender Vernunft. Schließlich zerriß sie das Schreiben eines Morgens schweren Herzens und warf die Schnipsel ins lodernde Herdfeuer.

Es mochte feige, ja ausgesprochen lächerlich sein, was sie da tat; aber sie hielt es für ratsamer, sich nicht einer Gefahr auszusetzen, deren Wesen und Wirkung sie nicht einzuschätzen vermochte. Eine beunruhigende Vorahnung sagte ihr nämlich, daß die Folgen verheerend sein könnten. Manche Schleusen ließen sich nicht wieder schließen, so wie man sie auch nur einen Spalt zu weit geöffnet hatte. Und danach war nichts mehr so wie zuvor. Mit manchen Menschen verhielt es sich nicht viel anders: Hatte man erst von der verbotenen Frucht gekostet, gab es kein Zurück mehr. Das hatte nicht nur für Adam und Eva gegolten, sondern wiederholte sich seitdem Tag für Tag aufs neue in vielfältigen Variationen,

wenn man Verzicht und Selbstbeherrschung gelobt hatte, dann aber seinem Gelöbnis untreu wurde und vor seinen Schwächen kapitulierte.
Nein, sie durfte nie vergessen, daß sie eines Tages wieder ins Kloster zurückkehren wollte, um die Profeß abzulegen – selbst wenn bis dahin noch viele Jahre vergehen würden. Aber gerade weil dem so war, mußte sie ganz besonders wachsam gegenüber ihren eigenen Schwächen sein und sich früh der irdischen Verlockungen erwehren, die sie vom rechten Pfad abbringen und in die Irre führen konnten. Sie mußte das ewige Heil über die vergänglichen Freuden stellen.

20

Wenige Tage nach Patricks Abreise, am 6. Mai, starb König Edward VII. an einer schweren Bronchitis und hinterließ den Thron seinem Sohn George, der als König George V. die Herrschaft über das britische Empire antrat. Das Begräbnis fand zwei Wochen später unter Teilnahme vieler europäischer Herrscher und gekrönter Häupter auf Windsor Castle statt.
Auch der deutsche Kaiser Wilhelm II. nahm an der Trauerfeier teil. Auf dem Weg von der St. George's Chapel zum Grab ging er an der Seite von Königin Mary.
»Aber nicht unser Kaiser kam gleich nach dem Katafalk mit dem Sarg des verstorbenen Königs, sondern er mußte doch wahrhaftig einem elenden Köter den Vorlaß geben!« empörte sich Paul Pohlbrecht nach dem Gottesdienst am Sonntag. »Und was für ein Gesicht der Kaiser deshalb gemacht hat, wie aus Stein gemeißelt. Steht alles hier drin!« Er wedelte mit der neuesten Ausgabe der deutschsprachigen Zeitung »Der südaustralische Freund«.
»Das war schließlich nicht irgendein dahergelaufener Hund, sondern Cäsar, der geliebte Foxterrier des Königs«, wandte der Apotheker Heinrich Riedberg verständnisvoll ein. »König Edward hat sehr an ihm gehangen, wie jeder weiß.«
»Dennoch ist und bleibt dieser Kläffer Cäsar ein Hund und die Zurücksetzung unseres Kaisers ein empörender Affront sondersgleichen!« ergriff Gottfried Gödecke nicht weniger

entrüstet die Partei des Bestatters. »Unser Wilhelm hat sich darüber zu Recht beschwert! So etwas kann man sich als deutscher Kaiser auch nicht bieten lassen; schon gar nicht von seiner überheblichen britischen Verwandtschaft!«
»Ja ja, hoffentlich weiß der neue König auch, welchen Respekt er unserem Kaiser und Deutschland schuldig ist!« knurrte Pohlbrecht grimmig.
Cornelia und Burkhardt hatten für die Empörung der Männer nur ein verständnisloses Kopfschütteln übrig.
»Da leben sie seit weiß Gott wie vielen Jahrzehnten in diesem Land und führen sich manchmal patriotischer auf als die Deutschen in Deutschland«, wunderte sich Burkhardt mißbilligend. »Man könnte wirklich meinen, sie wären nicht schon vor dreißig, vierzig Jahren, sondern erst vor wenigen Monaten hier eingewandert!«
»Aber zurück will auch keiner von ihnen«, sagte Lena spöttisch. »Nicht mal zu Besuch.«
Cornelia nickte. »Dabei könnten Leute wie der Gödecke sich eine Überseereise doch problemlos leisten.«
»Ach, das ist doch nichts weiter als das belanglose Gerede alter Männer, die in ihren sentimentalen Erinnerungen schwelgen. Deutschland ist ihnen heute bestimmt genauso fremd, wie es ihnen Australien gewesen ist, als sie vor Jahrzehnten in dieses Land gekommen sind«, warf Gerhard Linke nachsichtig ein, der sich mit seiner schwangeren Frau Johanna zu ihrer Gruppe gesellt hatte. Ihr zweijähriger Sohn saß auf seinem Schoß und rüttelte an der Armlehne des Rollstuhls.
Das zwanglose Gespräch wandte sich schnell wichtigeren Themen zu, die ausnahmslos mit der Landwirtschaft im Barossa-Tal und der immer wiederkehrenden Frage zu tun hatten, wie sich die Erträge wohl am besten steigern ließen.
Als die Gruppe sich schließlich auflöste und jeder zu seinem

Wagen ging, bemerkte Lena, wie Johanna mit einem verklärten Lächeln über ihren nun sichtlich gewölbten Leib strich und etwas zu ihrem Mann im Rollstuhl sagte, der daraufhin seine Hand auf ihren Bauch legte. Johanna schob seine Hand etwas weiter zur Seite, und im nächsten Moment lachte Gerhard auf und nickte.

Fasziniert sah Lena zu ihnen hinüber. Sie vermochte ihren Blick nicht von ihnen zu wenden, so berührt war sie von dieser intimen Szene des Glücks; dabei wußte sie nicht einmal zu sagen, was genau sie so beeindruckte. War es diese außergewöhnliche, liebevolle Verbundenheit, die Johanna und Gerhard trotz des schweren Schicksals, das sie gemeinsam zu tragen hatten, ausstrahlten? Oder war es diese geheimnisvolle Seligkeit, diese Beglückheit der werdenden Mutter, die Johanna erfüllte und die sie noch nicht einmal in Worte zu fassen brauchte, weil man ihr diese tiefe Freude schon ansah?

Lena fragte sich unvermittelt, wie es wohl sein mochte, ein Kind zu empfangen und in sich heranwachsen zu spüren. Konnte es überhaupt ein größeres Wunder geben?

Johanna wandte auf einmal den Kopf, als hätte sie Lenas Blick gespürt, und lächelte ihr zu, wobei ihre Hand noch immer die ihres Mannes auf der Wölbung ihres Leibes hielt.

Lena fühlte sich wie bei einer peinlichen Indiskretion ertappt, winkte ihr verlegen zu und folgte dann schnell ihren Geschwistern, die schon zum Wagen vorausgelaufen waren.

Anfang Juli wurde Lena an diese sie so stark berührende Szene auf dem Kirchplatz erinnert, als Cornelia sie an einem kühlen, windigen Tag überraschend auf »Maralinga« besuchte. »Ich mußte einfach kommen und es dir gleich sagen!« rief sie freudestrahlend, kaum daß sie Lena zwischen den kahlen Weinstöcken entdeckt hatte, die es um diese Jahreszeit in mühevoller Handarbeit zu beschneiden galt.

»Was mußt du mir sagen?« fragte Lena, das Gesicht von der Kälte gerötet.

»Ich war beim Arzt. Es besteht kein Zweifel mehr: Wir werden bald Nachwuchs bekommen!« eröffnete Cornelia ihr mit einem seligen Leuchten in den Augen und legte so wie Johanna ihre Hand auf den Bauch.

Lena machte ein verblüfftes Gesicht. »Du bist schon ... guter Hoffnung?«

Ihre Freundin lachte. »Burkhardt mag diesen Ausdruck nicht. Er sagt, das klingt nach alten Jungfern, die Schwierigkeiten haben, die Dinge beim Namen zu nennen. Ich bin also nicht ›guter Hoffnung‹, sondern schlicht und ergreifend schwanger. Aber letztlich läuft es auf dasselbe hinaus, nicht wahr?« sprudelte es überschwenglich aus ihr heraus. »Ich bekomme ein Kind!«

»Das ist ja wunderbar, Cornelia!« Lena fiel ihrer Freundin um den Hals und freute sich aufrichtig mit ihr. Sie bestand darauf, mit ihr ins Haus zurückzukehren, eine Kanne Tee aufzubrühen und den Kuchen anzuschneiden, den sie am Morgen gebacken hatte.

»Ich hoffe, es wird ein Junge, obwohl mir ein Mädchen genauso lieb wäre«, sagte Cornelia verträumt, als sie in der warmen Küche saßen. »Aber Burkhardt wünscht sich nichts sehnlicher als einen Sohn, auch wenn er das nicht zugeben will. Aber ich kenne ihn zu gut, als daß er mir etwas vormachen könnte.«

»Ich glaube nicht, daß du dir darüber Sorgen zu machen brauchst, Cornelia. Bei diesem einen Kind wird es bei euch ja wohl kaum bleiben, wenn du schon nach so kurzer Ehe zum erstenmal ... in anderen Umständen bist«, sagte

Lena, die sich scheute, das Wort »schwanger« auszusprechen, klang es in ihren Ohren doch allzu direkt und erinnerte an jenes intime Zusammensein, das nötig war, um ein Kind zu empfangen.
Cornelia lachte. »Ja, viel Zeit haben wir uns wirklich nicht gelassen. Aber so stürmisch, wie Burkhardt nun mal ist ...« Sie brach im nächsten Moment ab, als ihr bewußt wurde, was sie da gerade ausplaudern wollte, und errötete bis unter die Haarspitzen. Dann sagte sie nach kurzem Stocken verlegen: »Du weißt schon, was ich meine.«
Auch Lena errötete und stand schnell auf, um sich am Herd zu schaffen zu machen, widersprach ihrer Freundin jedoch nicht, obwohl sie keineswegs wußte, was Cornelia genau meinte. Sie ahnte es bestenfalls, wenn sie an die lustvollen Aufwallungen ihres Körpers dachte, die sie nachts im Schlaf manchmal heimsuchten und eine unerklärliche Sehnsucht hinterließen. Ein paarmal hatte sie sogar den Drang verspürt, sich selbst zu berühren. Und dabei hatte sie sich mehr als einmal vorgestellt, wie es wohl sein mochte, wenn diese Hände, die zitternd und tastend ihren Körper erkundeten und liebkosten, einem Mann gehörten. Im Licht des Tages hatte sie sich dann jedesmal dieser erschreckenden Schwäche ihres Fleisches und ihrer mangelnden Selbstdisziplin geschämt, aber zugleich spürte sie doch auch, daß in ihr etwas schlummerte, das stärker als all ihre frommen Vorsätze war und mehr Macht über sie gewann, je länger sie »draußen in der Welt« lebte, wie die Schwestern im Kloster zu sagen pflegten.
Daß das Leben dort draußen für sie aus einer nicht endenden Abfolge von Arbeiten im Haus, auf dem Hof und in den Weinbergen bestand, empfand Lena an solchen Tagen geradezu als einen Segen. Allein schon ihre alltäglichen Verpflichtungen gegenüber ihren Geschwistern konnten sie in

Atem halten. Was gab es da nicht alles zu tun! Nie hatte sie sich darüber Gedanken gemacht, mit wieviel Mühsal und mit wie vielen immer wiederkehrenden Handgriffen es verbunden war, drei halbwüchsige Kinder aufzuziehen und von morgens bis abends für alles die Verantwortung zu tragen. Auch wenn sie Andreas, Marianne und Franziska ihrem Alter gemäße Aufgaben überließ, blieb doch die Hauptlast auf ihren Schultern.

Es begann morgens mit der Zubereitung des Frühstücks, der Butterbrote für die Pause und der Aufsicht, daß ihre Geschwister auch ordentlich angezogen waren, und endete spät in der Nacht mit Näh-, Strick- und Stopfarbeiten. Zudem schien der Korb mit Wäsche, die gebügelt werden mußte, nie leer zu werden. Und dazwischen lag ein Tag, der mit unzähligen anderen Aufgaben im Haus, im Gemüsegarten, in den Weinbergen und in den Stallungen ausgefüllt war; die Stunden reichten nie aus.

Ihr Vater war stets stolz darauf gewesen, ausschließlich Weinbauer und Winzer zu sein, und hatte es strikt abgelehnt, auf »Maralinga« wie ein gewöhnlicher Farmer Kühe, Schweine und Hühner zur Eigenversorgung zu halten. Solange Lena zurückdenken konnte, bezogen sie Milchprodukte, Eier und Schweinefleisch von den Sullivans und kauften alle anderen Lebensmittel, die nicht aus dem kleinen Gemüsegarten kamen, auf dem ihre Mutter bestanden hatte, auf dem Markt.

Lena änderte das, nachdem Burkhardt ihr vorgerechnet hatte, wieviel Geld sie dieser Luxus jedes Jahr kostete. Zusammen mit ihrem Bruder baute sie einen kleinen Hühnerstall an den alten Holzschuppen an und umzäunte ein Stück der angrenzenden Grasfläche, um einem Dutzend Hühnern, die sie auf dem Markt in Tanunda erstand, einen ausreichenden Auslauf zu bieten. Die drei rosigen Ferkel und die junge Milchkuh namens Maggie, die schon bald darauf den Viehbestand auf »Maralinga« vervollständigten, verkauften ihr Johanna und Gerhard Linke.

Henry Sullivan und vor allem seine schwergewichtige Frau Fanny reagierten alles andere als erfreut, als Lena sie auf ihrem Hof aufsuchte und ihnen mitteilte, daß sie ihnen von nun an nichts mehr abkaufen würde.

»Aber Ihre Eltern haben doch immer bei uns gekauft! Sind Ihnen denn unsere Eier und unser Speck und unsere gute Milch und die Butter plötzlich nicht mehr gut genug?« fragte Fanny sichtlich verärgert. Ihre beiden halbwüchsigen Söhne Frank und Edward funkelten Lena auf ihre Mistgabeln gestützt böse an.

»Nein, ... ich meine, doch ... natürlich sind sie das!« beteuerte Lena hastig. »Ich würde nur zu gern weiterhin bei Ihnen und Ihrem Mann kaufen, ich kann es mir nur nicht mehr leisten!«

Fanny Sullivan sah sie empört an. »Wir nehmen reelle Preise!«

»Gewiß, aber auch die sind für mich zu teuer. Für derartige Ausgaben fehlt mir das Geld. ›Maralinga‹ ist leider nicht mehr, was es mal war«, erklärte Lena, um in Gedanken hinzuzufügen: Oder nach was es mal ausgesehen hat, denn Vater muß schon Jahre über seine Verhältnisse gelebt haben!

»Wie Sie meinen, Miss Seewald! Niemand ist gezwungen, bei uns zu kaufen« antwortete Fanny Sullivan verkniffen und sichtlich beleidigt. »Vielleicht wissen Leute aus dem Kloster ja anders zu wirtschaften.«

Lena verstand das Bedauern, das Henry Sullivan über den Verlust dieser festen wöchentlichen Einnahme geäußert hatte, nicht jedoch die Verärgerung seiner Frau, die so tat, als würde sie ihr ein Unrecht zufügen. Aber sie wollte Fanny nicht noch mehr verstimmen, deshalb nahm sie die spitze Bemerkung widerspruchslos hin. »Ich versuche nur mit dem wenigen Geld, das mir und meinen Geschwistern zur Verfügung steht, zu überleben, Mrs. Sullivan. Das ist alles. Ich hoffe, Sie verstehen das.«

»Ich verstehe nur zu gut!« antwortete Fanny Sullivan schroff.

Lena unterdrückte einen Stoßseufzer, wünschte ihr einen guten Tag und stieg auf ihren Wagen. Als sie den Einspänner aus dem Hof lenkte, hörte sie, wie Fanny Sullivan gehässig zu ihren Söhnen sagte: »Ein Schande ist das, daß sie das fromme Leben im Kloster nicht ausgehalten hat und jetzt auch noch meint, ganz ohne Mann ein Weingut wie ›Maralinga‹ bewirtschaften zu können! Manche Menschen wissen wirklich nicht, was sich geziemt ... und wohin sie gehören!«

Nur mit größter Willenskraft unterdrückte Lena den Drang, dieser Frau, die so viele Jahre gut an ihrer Familie verdient hatte, darauf eine passende Antwort zu erteilen. Sie preßte also die Lippen zusammen, nahm die Zügel und fuhr schweigend vom Hof.

In diesen Tagen traf der erste Brief von Patrick bei ihr ein. Er trug einen Londoner Poststempel. Aufgeregt und ungeduldig riß sie den Umschlag auf, denn sie konnte es nicht erwarten zu erfahren, wie es ihm in England erging und ob er schon eine Spur von seiner Mutter gefunden hatte.

Doch sobald sie den mehrseitigen Brief entfaltet hatte und sie die erste Zeile las – »*Meine liebe und so schmerzlich vermißte Lena!*« –, da zuckte sie schon alarmiert zusammen. Sofort knüllte sie Brief und Umschlag zusammen und warf beides in den Ofen. Mit dem Schüreisen entfachte sie mehr Glut unter der Asche, um sicherzugehen, daß Patricks Brief auch augenblicklich in Flammen aufging und sie nicht in Versuchung geriet, ihn womöglich noch herauszuholen.

Die nächste Post erhielt sie zehn Tage später. Sie ließ den Brief ungeöffnet, warf ihn jedoch nicht ins Feuer, sondern schickte ihn an Patrick zurück – zusammen mit einem Schreiben, das folgenden Wortlaut hatte:

Lieber Patrick,
es freut mich zu wissen, daß Du in England angekommen bist, wohlbehalten, wie ich vermute, denn Deinen ersten Brief habe ich bis auf die erste Zeile ebensowenig gelesen wie diesen zweiten, den ich Dir hiermit wieder zurückschicke. Bitte verstehe mich nicht falsch: Ich danke Dir von Herzen für Deine Mühe, mir von Deiner Reise zu schreiben, und es interessiert mich auch sehr, was Du alles erlebst und ob Du Deine Mutter schon gefunden hast. Dennoch möchte ich Dich eindringlich bitten, von weiteren Briefen Abstand zu nehmen. Ich fühle mich zur Zeit einfach nicht in der Lage, mich mit all dem auseinanderzusetzen, zumal Deine Briefe sehr gefühlvoll sind, wie ich Deiner Anrede im ersten Brief entnommen habe. Bitte führ mich nicht weiter in Versuchung. Wenn Dir also an mir etwas liegt und Du mir ein Freund sein willst, ist es besser, den Briefkontakt einzustellen. Was meine Neugier über die Ergebnisse Deiner Erkundungen und Deine sonstigen Erlebnisse in London und anderswo angeht, so werde ich mich wohl bis zu Deiner Rückkehr in Geduld üben müssen. Mögest Du finden, wonach Du suchst, Patrick! Ich wünsche Dir alles Gute, und bedenke mich in Deinen Gebeten, so wie ich Dich stets in meine einschließe.
Es grüßt Dich herzlichst
Deine Lena

Es traf noch ein dritter Brief von Patrick ein, der sich offenbar mit ihrem Schreiben gekreuzt hatte. Aber danach kam

keine weitere Post mehr von ihm, was allerdings nicht bedeutete, daß er den Kontakt gänzlich abbrach. Er schickte ihr fortan kolorierte Postkarten aus London, Brighton, Ascot, Oxford, Cambridge und anderen Orten, die er besuchte. Der kurze und unverfängliche Text im freien Feld war stets derselbe: »Liebe Grüße aus der Fremde in die Heimat. Herzlichst Dein P.«
»Das sieht ihm ähnlich!« murmelte Lena, als sie die erste Postkarte erhielt, und konnte sich eines Lächelns über Patricks Raffinesse nicht erwehren. Er erfüllte zwar ihre Bitte, ihr keine Briefe mehr zu schreiben, fand aber sogleich eine andere Möglichkeit, ihr zu zeigen, daß er an sie dachte, wohin auch immer er kam.
Lena rang eine ganze Weile mit sich, was sie mit seinen Postkarten anstellen sollte. Aber da sie keinen Text enthielten, der ihre Gedanken und Gefühle in unnötigen Aufruhr versetzte, entschied sie sich, die hübschen Ansichtskarten aufzubewahren. Ihre Geschwister erfuhren weder von den Briefen, noch bekamen sie je seine Karten zu Gesicht, so daß Lena vor ihren neugierigen Fragen sicher war. Denn zum Glück gehörte »Maralinga« zu den ersten morgendlichen Stationen, die der spargeldürre Postbote Erich Bonkert auf seiner Tour mit seinem Fahrrad ansteuerte. Und zu dieser Stunde befanden sich Andreas, Marianne und Franziska in der Schule. Beruhigend war auch zu wissen, daß Bonkert zwar immer für Klatsch und Tratsch zu haben war, das Postgeheimnis jedoch heilig hielt und niemals etwas verlauten ließ, wer von wem welchen Brief bekam. Er trug die Uniform des »Postzustellers Seiner Majestät«, wie er sich selbst zu bezeichnen pflegte – mit demselben Stolz wie ein General, der sich durch besondere Tapferkeit auszeichnete.
Die Ansichtskarten verwahrte Lena in ihrem Schlafzimmer in ihrer Wäschekommode. Und manchmal, wenn ihre Ge-

schwister schon längst in tiefem Nachtschlaf lagen, holte sie die Postkarten hervor, stellte sie der Reihe nach auf und gab sich eine Weile der Träumerei hin. Sie stellte sich vor, was sich wohl an diesen berühmten Orten zutragen mochte. Als sie jedoch merkte, daß sich dabei im Laufe der Monate immer öfter auch Bilder in ihre Phantasie schlichen, die sie an der Seite von Patrick zeigten, ließ sie die Ansichtskarten lieber, wo sie waren.

21

Der Winter, der dem Barossa-Tal ungewöhnlich viel Regen und sogar einige Nächte mit Frost brachte, wurde Lena schrecklich lang. Wenn sie nicht all die Arbeit und den Beistand von Cornelia und Burkhardt sowie die Freundschaft mit Johanna und ihrem Mann gehabt hätte, dessen Lebensfreude und Willenskraft sie immer wieder beeindruckten und ihr selbst Kraft gaben, wäre sie wohl in eine tiefe Depression gestürzt.
Patrick fehlte ihr mehr, als sie sich eigentlich eingestehen wollte; um diese Erkenntnis kam sie jedoch nicht herum. Sie vermißte ihre frühmorgendlichen Spaziergänge und Treffen auf der Kuppe von Friedlander's Hill und auch ihre Gespräche. In seiner Gegenwart hatte sie stets das Gefühl von besonderer Vertrautheit gehabt, das dennoch von ganz anderer Natur war als jene innige Freundschaft, die sie mit Cornelia verband; irgendwie ließ sich das eine nicht mit dem anderen vergleichen.
Je länger Patricks Abwesenheit dauerte, desto öfter grübelte sie vor allem nachts mit einer Mischung aus Beklemmung und Faszination darüber nach, ob diese verschiedenen Arten der Verbundenheit, die sie für Cornelia und Patrick empfand, ob das wohl den Unterschied zwischen unverbrüchlicher Freundschaft und Liebe ausmachte. Und mehr als einmal sprang sie schließlich mit Herzklopfen aus dem Bett, sank auf die Kniebank und suchte im Gebet ihren Seelenfrieden sowie die Bestätigung, daß sie ihre Berufung zu ei-

nem Leben in Keuschheit, Armut und Gehorsam noch nicht verloren hatte. Nicht immer wollten sich Ruhe und Frieden jedoch einstellen.

Lena war froh, daß sie zumindest tagsüber keine Zeit fand, sich über all das Gedanken und Sorgen zu machen. Sie hatte alle Hände voll zu tun, um mit den vielfältigen Aufgaben, die auf Erledigung drängten, auch nur einigermaßen Schritt zu halten. Allein schon die tagtäglichen Hausarbeiten hätten gereicht, um sie gut in Trab zu halten. Doch je bewußter ihr ihre Verantwortung sowohl für ihre Geschwister als auch für das Weingut wurde, desto klarer sah sie auch, wie sehr doch vieles vernachlässigt war und einer dringenden Ausbesserung bedurfte. Das fing mit den Fensterläden und -rahmen an, von denen die Farbe abblätterte, und hörte mit dem löchrigen Wellblechdach des Stalls noch längst nicht auf.

Auch wenn die Weinkellerei in absehbarer Zeit nicht mehr benutzt werden würde, so mußte dort doch zumindest die Mechanik der alten Traubenpressen sowie alle anderen Maschinen und Gerätschaften regelmäßig geölt und geschmiert werden, damit sie nicht von Rost befallen und irgendwann unbrauchbar wurden. Auch die großen Fermentierungsbehälter und die Eichenholzfässer galt es instand zu halten, damit sie keine Risse bekamen. An allen Ecken und Enden gab es etwas zu tun.

Manches ließ sich ja aufschieben, doch anderes mußte einfach sofort in Angriff genommen werden, um für die feuchte Jahreszeit gerüstet zu sein. Dazu gehörte das Anlegen eines größeren Vorrats an Brennholz, eine Arbeit, bei der ihr Burkhardt zu ihrer großen Dankbarkeit an mehreren Nachmittagen bis in die Dunkelheit hinein tatkräftig zur Seite stand. Auch Andreas gab sein Bestes, aber einem schlaksigen Jungen wie ihm fehlte es noch an Kraft, die schwere Axt auf

Dauer zu schwingen und das besonders harte Eukalyptus-Holz zu spalten, das Burkhardt ankarrte.

Natürlich wäre es sehr viel leichter gewesen, wie früher einfach mehrere Fuhren Preßkohle aus Tanunda kommen und vom Kohlenhändler über die Außenrampe in den Keller schaufeln zu lassen. Doch da Burkhardt mehr Holz zur Verfügung stand, als er selbst benötigte, und er das Holz weit unter Preis abgab, beschränkte sich Lena darauf, den Kohlenkeller in diesem Jahr nur zu einem Viertel auffüllen zu lassen. Sie würden an kalten Tagen eben mehr Holz verfeuern und zudem nur die Küche richtig warm halten; in den Schlafzimmern konnten sie sich der Nachtkälte ja mit ein paar zusätzlichen Decken erwehren.

Das Schrubben und Wachsen der Dielenböden im Haus erledigte Lena dann allein in den Morgenstunden, wobei sie sich jeden Tag ein anderes Zimmer vornahm. Diese Arbeit hielt sie über eine Woche in Atem, und noch viele Tage danach erinnerten sie wunde Knie und heftige Rückenschmerzen an diesen Kraftakt. Und als die Kartoffelernte eingebracht und anschließend noch eine Nachlese vorgenommen werden mußte, fand sie sich ebenfalls meist allein auf dem kleinen Acker ein, um die Kartoffeln aus dem schweren Erdreich zu lösen und korbweise zum Haus zu schaffen.

Und als wäre das alles nicht schon genug, fiel in den Weinbergen in dieser Zeit ebenfalls eine Vielzahl von Arbeiten an, die unbedingt getan werden mußten, wenn »Maralinga« eines Tages wieder Trauben hervorbringen wollte, auf die ein Weinbauer stolz sein konnte – und die sich gut verkaufen ließen. Die Rebstöcke der Weinsorten, die Anlaß zur Hoffnung boten, mußten mit der Serpette und der Rebsäge radikal heruntergeschnitten und die Stämme zum Schutz vor Pilzkrankheiten mit einer Mischung aus ungelöschtem

Kalk, Schwefel, Salz und Zucker gestrichen werden. Burkhardt und Gerhard regten zudem an, das Laub sowie die unverkäuflichen und längst faulenden Trauben als Dünger unter die Erde zu pflügen. Außerdem ergaben Bodenproben, zu denen sich Lena auf Burkhardts Anraten hin trotz der damit verbundenen Kosten durchgerungen hatte, daß das Erdreich nach offenbar jahrelanger Mißwirtschaft extrem ausgelaugt war und dringend mit Nitrogen sowie einigen anderen Stoffen angereichert werden mußte, wenn es je wieder eine gute Ernte bringen sollte.

»Sie sollten nicht auf halbem Weg stehenbleiben, sondern jetzt die Weichen für die Zukunft stellen, Lena«, sagte Burkhardt, an dem Tag, als er ihr das niederschmetternde Ergebnis der Chemiker vom Roseworthy Agricultural Institute erläuterte.

Lena bedachte ihn mit einem skeptischen Blick. »Und wie stelle ich das an?«

»Es reicht nicht, die Rebstöcke auszudünnen, bis auf die tiefste Gabelung zurückzuschneiden und neue Spalierdrähte zu ziehen. Ein Gutteil der Reben ist schlichtweg krank und taugt nicht mehr«, erklärte er unumwunden. »Deshalb rate ich Ihnen, sie herauszureißen und neue Reben zu pflanzen, und zwar solche Sorten, die einen reichen Ertrag bringen und von denen sich gut verkäuflicher Wein keltern läßt.«

»Also Riesling und Muskatel?«

Er schüttelte den Kopf. »Sie sind besser beraten, überwiegend auf rote Trauben zu setzen und deshalb mehr Shiraz und Cabernet Sauvignon anzupflanzen. Die Nachfrage nach guten Rotweinen ist einfach größer und sogar im Steigen begriffen, wie ich gerade erst wieder gelesen habe. Der Export südaustralischer Rotweine nach England weist in den letzten Jahren einen Trend nach oben auf.«

»Und wie teuer sind Setzlinge von diesen Sorten?«
»Ohne Wurzeln kostet das Tausend zur Zeit knappe zehn Pfund, doch davon sollten Sie die Finger lassen. Diese Setzlinge verlangen zuviel Pflege, damit sie auch wirklich gedeihen und Wurzeln schlagen; eine Arbeit, die Sie allein unmöglich leisten können. Deshalb sollten Sie sich für Setzlinge entscheiden, die schon Wurzeln getrieben haben.«
»Und die werden mit Gold aufgewogen, ja?«
»Nicht ganz, aber unter vierzehn, fünfzehn Pfund werden sie nicht zu haben sein«, räumte er ein.
Lena stöhnte auf. »Fünfzehn Pfund? Das ist ein enormer Batzen für mich!«
»Nicht nur für Sie; es ist jedoch mit Sicherheit eine kluge Investition in die Zukunft von ›Maralinga‹.«
Lena dachte einige Tage darüber nach und folgte dann seinem Ratschlag. Aus Mangel an Geld und Arbeitskräften mußte sie sich mit dieser Neuanpflanzung jedoch auf nur einen Hektar beschränken. Burkhardt half ihr, die alten, kranken Rebstöcke zu entfernen, sie zu einem Scheiterhaufen aufzutürmen und zu verbrennen. Und nachdem die Erde gepflügt und gut gedüngt war, begann für Lena die Mühsal, einen Setzling nach dem anderen einzupflanzen. Anders als ihr Vater, der seine Rebstöcke sehr dicht und in engen Reihen eingesetzt hatte, machte sie sich die neueste Erkenntnis zunutze, daß Rebstöcke, die zweieinhalb bis drei Fuß Abstand voneinander entfernt waren, bessere Erträge brachten. Zudem erleichterte der größere Abstand die Arbeit im Weinberg ganz erheblich. Es war so jedenfalls Platz für insgesamt tausenddreihundert junge Shiraz- und Cabernet-Sauvignon-Reben, die Lena kommen ließ.
Die Arbeit nahm fast den ganzen August in Anspruch, und Lena war allein auf sich gestellt. Denn Burkhardt, der ihr sowieso schon mehr half, als sie verantworten konnte, hatte

auf »Cawarra« selbst alle Hände voll zu tun, zumal Cornelia nun häufig unter Übelkeit und Schwindelanfällen zu leiden hatte und ihm nicht mehr so tatkräftig wie bisher zur Seite stehen konnte.

Was Andreas, Marianne und Franziska anging, so hatten ihre Geschwister schon genug andere Pflichten zu erfüllen, wenn sie von der Schule nach Hause kamen; und da war es schon Nachmittag. Marienthal war nämlich eine zu kleine Ortschaft, um eine eigene Schule zu unterhalten, deshalb mußten die Kinder jeden Tag bei Wind und Wetter nach Tanunda marschieren. Zwar konnten sie viele Abkürzungen nehmen, die sie auf schmalen Pfaden mitten durch mehrere Weinberge führten, aber selbst bei flottem Schritt brauchten sie für diese Strecke doch immer noch über eine gute Stunde. Und da brachte Lena es einfach nicht übers Herz, sie bei ihrer Rückkehr von Tanunda, müde wie sie waren, sogleich zu harter Feldarbeit zu zwingen. Sie begnügte sich damit, daß sie das Vieh versorgten und ihr anderweitig ein wenig zur Hand gingen. Zudem hatte Marianne Schwierigkeiten, in der Schule den Anschluß nicht zu verlieren. Im Gegensatz zu Andreas und Franziska, die eine schnelle Auffassungsgabe besaßen und nie viel Zeit aufwenden mußten, um gute Noten zu erhalten, quälte sich Marianne mit dem Lehrstoff ab. Sie mußte sich alles mühsam erarbeiten – und die Paukerei war ihr aus tiefster Seele verhaßt, was die Sache nicht einfacher machte. Immer wieder gab es Zwist. Denn Lena kam oft nicht darum herum, sie mit scharfen Ermahnungen an den Küchentisch zu zwingen, damit sie endlich ihre Hausaufgaben machte und sich von Andreas das erklären ließ, was sie in der Schule nicht verstanden hatte. Doch sich von ihrem Bruder unterweisen zu lassen verletzte ihren Stolz und machte sie unausstehlich. Manchmal half nur eine Ohrfeige, um Marianne zur Räson zu bringen.

Als Ende August in Tanunda eine Jugendgruppe der Pfadfinder gegründet wurde, gehörte Andreas zu den ersten zwei Dutzend Jungen, die sich das khakifarbene Halstuch umbanden und feierlich ihren Eid ablegten. Generalmajor Sir Robert Baden-Powell, der gefeierte Held von Mafeking, hatte diese Organisation nach seiner Rückkehr vom Burenkrieg in Südafrika ins Leben gerufen. Im Dezember 1908 hatte diese Jugendbewegung dann auch auf Australien übergegriffen, wo nun überall im Land derartige Gruppen gebildet wurden.

Mitte September brachte Johanna ihr zweites Kind zur Welt, erneut einen kraftstrotzenden Jungen, den die stolzen Eltern drei Wochen später auf den Namen Stephan taufen ließen.

»In ein paar Monaten ist es ja auch bei dir soweit«, sagte Lena nach der Taufe zu Cornelia.

Ihre Freundin lächelte verträumt. »Ja, dann werden wir eine richtige Familie sein. Gebe Gott, daß es ein Junge ist!«

»Die Welt braucht Mädchen genauso wie Jungen.«

»Ja, aber Töchter gehen aus dem Haus und gründen ihre eigene Familie, während Söhne in die Fußstapfen ihres Vaters treten und fortführen, was ihre Eltern aufgebaut haben«, bemerkte Burkhardt, der neben sie getreten war.

»Im Augenblick führt ein Weiberrock wie ich fort, was mein Vater uns hinterlassen hat«, erinnerte Lena ihn spitz.

Er lächelte nachsichtig. »Ja, und zwar mit viel Mut und Willenskraft«, räumte er ein. »Aber wenn Andreas alt genug ist, wird er die Leitung von ›Maralinga‹ übernehmen, so wie es Ihr Vater bestimmt hat und wie es der naturgegebenen und gottgewollten Ordnung entspricht.«

Lena fühlte sich sofort zum Widerspruch gereizt. »Ich wüßte nicht, was an der gesetzlichen Erbfolge, die Gott ja nicht vom Himmel hat fallen lassen und dem Mose am Sinai auch

nicht als das elfte Gebot mitgegeben hat, naturgegeben, geschweige denn von Gott gewollt sein soll. Das haben sich doch nur die Männer zum Schutz ihres eigenen Geschlechts einfallen lassen.«
Burkhardt runzelte verärgert die Stirn. »Ich glaube nicht, daß es Sinn macht, darüber zu diskutieren, Lena. Es gibt Dinge, die verstehen sich einfach von selbst!«
»Wirklich? Nun, als Mann würde ich das vielleicht auch einfach so behaupten, aber das macht es noch längst nicht zu einem vernünftigen Argument und schon gar nicht zu einem Beweis«, erwiderte Lena sarkastisch.
Burkhardt schüttelte verständnislos den Kopf. »Manchmal können Sie so vernünftig sein, und dann wieder reden Sie so töricht wie ein Blaustrumpf daher. Dabei waren Sie doch im Kloster – und wollen dorthin sogar wieder zurück!«
»Das heißt doch nicht, daß man als Ordensschwester einfältig sein und seinen Verstand an der Klosterpforte abgeben muß!« antwortete Lena schlagfertig.
Cornelia lachte schallend auf.
Burkhardts Gesicht nahm einen noch grimmigeren Ausdruck an. »Ich glaube, ich werde Sie nie verstehen!« murmelte er ungehalten. »Und jetzt entschuldigen Sie mich bitte! Mir ist heute nicht danach zumute, mich mit Ihnen wegen irgend etwas in die Haare zu kriegen, was unter vernünftigen Menschen völlig unbestritten ist.« Mit diesen Worten stapfte er zu einer Gruppe Männer hinüber, die Gerhard im Rollstuhl umstanden und sich ihrem Gelächter nach offenbar bestens unterhielten.
Tags darauf kehrte Patrick in Lenas Leben zurück.

22

Das junge Blattgrün der Rebstöcke leuchtete im Licht der Frühlingssonne, als Lena am Montag morgen mit dem ledernen Blasebalg durch die langen Reihen der Weinberge schritt und die Pflanzen zum Schutz vor Insekten mit Schwefelpuder bestäubte. Sie hatte sich ein Tuch über Mund und Nase gebunden, um nicht zuviel von dem giftigen Pulver einzuatmen. Auf ihrer linken Schulter hing schwer der Beutel mit dem Insektizid, aus dem sie den Zerstäuber wieder auffüllte, sobald die Schwefelwolke zu schwach wurde.

Als Lena in eine neue Rebengasse einbog, hörte sie auf einmal ein Motorengeräusch, das schnell an Lautstärke zunahm. Sie wandte sich um und bemerkte nun auch die Staubfahne, die hinter den Rosenhecken aufstieg. Kein Zweifel, ein Automobil kam die sandige Straße nach »Maralinga« heraufgefahren!

Wenige Augenblicke später war der Wagen zu sehen. Lena erkannte ihn sofort. Es war der burgunderrote Lanchester der Finnegans, der auf dem Vorplatz mit zurückgeklapptem Verdeck und quäkender Hupe einen Halbbogen vollführte und dann vor dem Wohnhaus zum Stehen kam.

Im ersten Moment glaubte sie, sich auf die Entfernung hin zu täuschen. Doch der Mann hinter dem Steuer, der jetzt beschwingt den Wagenschlag aufstieß und ihren Namen rief, war weder James Finnegan noch dessen ältester Sohn Douglas. Es war kein anderer als Patrick!

In ihrer spontanen Freude ließ Lena den Blasebalg fallen, streifte den Beutel mit dem Schwefelpulver von der Schulter und zerrte das feingewebte Tuch von ihrem Gesicht, während sie schon den Weinberg hinunterhastete.
Doch noch bevor sie die letzten Reihen passiert hatte, gewann ihre Selbstkontrolle die Oberhand. Ihm mit wehendem Haar entgegenzueilen, als hätte sie seine Rückkehr kaum noch erwarten können, war etwas, das sie besser unterließ, wenn sie keinen falschen Eindruck erwecken wollte. Und so begnügte sie sich auf dem letzten Stück des Weges zum Haus mit einem flotten Schritt.
Braun gebrannt und mit einem strahlenden Lächeln auf dem Gesicht blickte Patrick ihr entgegen, als sie auf ihn zukam. »Der verlorene Sohn ist nach langer Odyssee zurückgekehrt. Ich hoffe, du erkennst mich noch wieder!« rief er ihr scherzhaft zu.
»Ich habe dich auch nach drei Jahren im Kloster wiedererkannt«, antwortete Lena und mußte an sich halten, ihm nicht um den Hals zu fallen, so sehr freute sie sich, daß er wieder da war. Wenn sie nur nicht diesen unansehnlichen grauen Arbeitskittel über ihr Kleid gezogen hätte! Aber wie hätte sie heute morgen auch wissen sollen, daß Patrick zurückgekehrt war und sie auf »Maralinga« aufsuchen würde?
»Diese sechs Monate kamen mir viel länger vor als die drei Jahre, die du weg warst. Komisch, nicht wahr?«
Lena stand vor ihm und zuckte verlegen mit den Achseln. »Ich sehe, dein Bruder hat dir seinen Lanchester überlassen«, sagte sie, weil ihr nichts Besseres einfiel.
»Der Wagen gehört jetzt mir. Douglas hat ihn sozusagen abgelegt wie ein Kleidungsstück, aus dem er hinausgewachsen ist. Er hat nämlich zu seiner Hochzeit von meinem Vater einen brandneuen Daimler geschenkt bekommen. Ich

schätze, du hast von dem großen gesellschaftlichen Ereignis gehört.«

»Ja, ich habe letzte Woche zufällig davon gelesen, und zwar in der alten Zeitung, in die der Imker auf dem Markt mir zwei Gläser Honig eingewickelt hatte.«

Patrick lachte.

»Seit wann bist du wieder zurück?« fragte Lena.

»Ich bin gestern nacht eingetroffen – und mein erster Gang hat mich natürlich zu dir geführt.« Er sah sie mit erwartungsvoll zärtlichem Blick an. »Du hast mir in den sechs Monaten wirklich sehr gefehlt. Aber ich denke, das ist dir nicht neu. Sag, hast du mich denn auch vermißt, Lena?«

»Natürlich habe ich dich vermißt, und ich freue mich, daß du wieder da bist«, antwortete sie, jedoch auf eine forsche, fast burschikose Art, die ihrer Antwort eine andere emotionale Färbung gab, als sie in Patricks Worten zum Ausdruck gekommen war. Und bevor er nachsetzen und sie noch mehr in Verlegenheit bringen konnte, fuhr sie betont lebhaft fort: »Komm, laß uns ins Haus gehen. Ich wasche mich nur schnell und gieße uns dann einen Tee auf. Es ist auch noch Sandkuchen von gestern da. Ich bin ja so gespannt, was du alles zu erzählen hast!«

In der Küche stellte Lena schnell den Wasserkessel auf die Herdplatte, stocherte in der Glut und schob mehrere Holzscheite durch die eiserne Feuerluke. »Wenn es dir nichts ausmacht, kannst du schon mal die Tassen aus dem Schrank holen. Aber ich bin gleich zurück«, versprach sie und begab sich ins Badezimmer. Dort sank sie erst einmal auf den Rand der Badewanne mit den Löwenklauen und atmete tief durch. Es dauerte jedoch eine ganze Weile, bis sich das wilde Schlagen in ihrer Brust legte. Das Wiedersehen hatte sie doch stärker aufgewühlt, als sie gedacht hätte. Aber war es denn etwas Verwerfliches, daß sie sich über

die wohlbehaltene Rückkehr eines lieben Menschen, eines langjährigen Freundes, von Herzen freute? Nein, sie hatte sich nichts vorzuwerfen. Ihrer Freude brauchte sie sich nicht zu schämen. Und was diese gewissen Untertöne betraf, die manchmal in Patricks Worten mitschwangen, so wollte sie dem nicht allzuviel Bedeutung beimessen.
Nachdem Lena sich einigermaßen selbst beruhigt hatte, zog sie den Arbeitskittel aus, wusch sich gründlich Arme und Gesicht und bürstete ihr lockiges Haar, das ihr nun wieder bis auf die Schultern reichte. Nach einem prüfenden Blick in den Spiegel entschied sie sich jedoch dafür, ihre Haarfülle im Nacken mit einem einfachen Haarband streng zusammenzufassen; sonst hätte sie das Gefühl gehabt, sich herausgeputzt zu haben.
Zu Patrick in die Küche zurückgekehrt, lief sie geschäftig hin und her. Sie goß den Tee auf, holte die Zuckerdose, verteilte Löffel und Kuchengabeln und stellte den Teller mit dem Sandkuchen auf den Tisch. Patrick sah ihr dabei mit einem rätselhaften Lächeln zu, ohne auch nur einen Ton zu sagen, was sie von Minute zu Minute hektischer machte.
»Kannst du mir mal verraten, warum du wie ein aufgeschrecktes Huhn hin und her läufst?« fragte er schließlich belustigt. »Mache ich dich so nervös?«
Lena errötete augenblicklich. »Ich weiß gar nicht, wovon du redest! Warum sollte ich denn nervös sein?« tat sie verständnislos, ihre innere Aufregung leugnend.
»Nun setz dich doch mal hin, Lena«, forderte er sie sanft auf. »Ich habe mich so darauf gefreut, dich wiederzusehen.«
Sie nahm ihm gegenüber auf einem der harten Küchenstühle Platz. Damit das Gespräch nicht in Bahnen geriet, die es ihrer Überzeugung nach tunlichst zu vermeiden galt, übernahm sie die Initiative. »So, dann erzähl mal, was du alles in Übersee gesehen und erlebt hast! Sag, hast du deine

Mutter in Devon gefunden?« fragte sie, während sie das kleine Stoffsieb mit den aufgegangenen Teeblättern aus der Kanne nahm und ihnen beiden eingoß.

Patrick schüttelte den Kopf, und ein betrübter Ausdruck verdrängte das Lächeln von seinem Gesicht. »Keine Spur, weder in Tiverton noch in Exeter, noch sonstwo; und dabei habe ich so viele Wochen für die Suche nach ihr aufgewandt! Zumindest kann ich jetzt aber mit einiger Gewißheit ausschließen, daß meine Mutter nach Devon zurückgekehrt ist oder sich in einer der großen Städte zwischen Exeter und London niedergelassen hat.«

»Das tut mir leid«, sagte Lena mitfühlend.

»Allzu große Hoffnungen habe ich mir sowieso nicht gemacht. Schon während der Überfahrt nach England ist mir der Verdacht gekommen, daß mein Vater mit seiner überraschend konkreten Auskunft vielleicht etwas ganz anderes bezweckt haben könnte, als mir den Weg zu meiner Mutter zu weisen.«

»Du meinst, es wäre ihm zuzutrauen, daß er dich bewußt in die Irre führen wollte?«

Patrick zuckte die Achseln. »Bewußt oder unbewußt, ich weiß es nicht. Fest steht jedenfalls, daß meine Mutter nicht zu ihrer Verwandtschaft zurückgekehrt ist.«

»Existieren denn wenigstens die in Exeter und Umgebung?«

Er nickte. »O ja, ich habe viele Verwandte meiner Mutter getroffen, von denen die meisten noch immer in Tiverton und im benachbarten Exeter leben wie Generationen vor ihnen auch. Sie haben mir interessante, wenn auch nicht gerade schmeichelhafte Geschichten über meinen Großvater Howard Crawthorne erzählt.« Er lachte trocken auf. »Jetzt weiß ich auch, was mein Vater gemeint hat, als er die Verwandten meiner Mutter eine ›erbärmliche Sippschaft von degenerierten Provinzlern, Bankrotteuren und Blendern‹ genannt hat.«

»Was für Geschichten?«

»Nun, zum Beispiel weshalb sich mein Großvater 1879 mit seiner Frau Elizabeth und meiner Mutter, die damals erst sieben war, quasi bei Nacht und Nebel aus England abgesetzt hat und nach Australien ausgewandert ist.«

»Nun?« fragte Lena und sah ihn erwartungsvoll an.

Patrick nahm einen Schluck Tee. »Der Familie meines Großvaters gehörte in den sechziger und siebziger Jahren des vergangenen Jahrhunderts in Exeter zu einer kleinen Schicht von vermögenden Fabrikanten. Nathan Crawthorne, mein Urgroßvater mütterlicherseits, hatte als junger Mann am linksseitigen Ufer des Exe River von seinem Vater eine kleine Eisengießerei übernommen und sie im Laufe seines arbeitsreichen Lebens zu einem profitablen Betrieb mit über hundert Arbeitern ausgebaut. Er hinterließ die Gießerei seinen drei Söhnen Charles, Howard und Edward, die sich die Arbeit teilten. Mein Großvater, der mittlere der drei Brüder, übernahm die kaufmännische Seite des Betriebes. Und wie sich hinterher herausstellte, begann er offenbar schon bald, eine sehr kreative Art der Buchhaltung einzuführen und Gelder für sich abzuzweigen, um seinen aufwendigen Lebensstil, zu dem zunehmend auch das Glücksspiel gehörte, auf Kosten seiner Brüder finanzieren zu können.«

»Ach, ich ahne schon, was kommt!«

»Als ihm 1879 klar wurde, daß sein jahrelanger Betrug bald herauskommen mußte, weil die Eisengießerei mittlerweile hoch verschuldet war, stellte er noch einige hohe Wechsel mehr aus, raffte soviel Geld zusammen, wie er nur konnte, täuschte eine Geschäftsreise vor und schiffte sich unter falschem Namen auf einem Dampfer ein, der zuerst Indien

ansteuerte und ihn mit Frau und Kind schließlich nach Australien brachte.« Er lachte spöttisch auf. »Gar keine so schlechte Wahl für einen Kriminellen, findest du nicht auch? Denn immerhin wurde Australien ja von 1788, als die erste Sträflingsflotte in Botany Bay vor Anker ging, bis Mitte des letzten Jahrhunderts überwiegend von Sträflingen aller Art besiedelt, die man hierhin in die Verbannung geschickt hat, um Platz in den überfüllten englischen Gefängnissen zu bekommen. Auf jeden Fall hat er sich hier wohl recht sicher gefühlt, denn er hat sich noch nicht einmal die Mühe gemacht, weiterhin unter dem falschen Namen zu leben, den er auf der Schiffspassage benutzt hatte.«
»Aber irgendwie muß man ihm doch auf die Schliche gekommen sein, denn sonst hätten dir die Leute in Devon doch nicht davon erzählen können«, folgerte Lena.
»Richtig, aber das hat viele Jahre gedauert, fast ein ganzes Jahrzehnt genaugenommen. Seine Brüder hatten nämlich Besseres zu tun, als auf dem Kontinent und in den britischen Kolonien groß nach ihm zu suchen. Sie kämpften erst einmal jahrelang gegen den drohenden Bankrott an, ohne dieses Schicksal letztlich jedoch von ihrer Fabrik abwenden zu können. Und danach brauchten sie weitere Jahre, um wieder einigermaßen auf die Beine und zu Geld zu kommen«, fuhr Patrick in seinem Bericht fort. »Wo Großvater Howard sich in diesen zehn Jahren herumgetrieben hat, darüber habe ich nichts in Erfahrung bringen können. Im Januar 1888 tauchte mein Großvater mit seiner Familie jedenfalls hier im Barossa-Tal auf. Er bezog in Kapunda ein feudales Haus, lebte auf großem Fuß und gab glänzende Empfänge, obwohl seine finanziellen Reserven zu der Zeit schon arg zusammengeschrumpft waren. Er verstand sich jedoch darauf, sich erfolgreich den Anschein eines reichen Mannes zu geben, der über allerlei einflußreiche Beziehungen verfügt. Und

bei einer dieser großartigen Gesellschaften sind sich mein Vater, der seine erste Frau im Jahr zuvor bei einer Typhus-Epidemie verloren hatte, und meine Mutter begegnet. Mein Vater, der zu jener Zeit seine ersten geschäftlichen Erfolge verzeichnen konnte, begann ihr sofort den Hof zu machen. Denn meine Mutter war nicht nur ein hübsches Mädchen von siebzehn Jahren, sondern scheinbar auch eine blendende Partie.«

»Blendend wohl in doppeltem Sinn«, warf Lena spöttisch ein.

Er nickte. »Ja, aber das fand mein Vater erst heraus, als es schon zu spät war. Die Hochzeit wurde jedenfalls noch im selben Jahr gefeiert. Und drei Tage später tauchte Edward, der jüngere der drei Brüder, in Kapunda auf. Er und Charles hatten nämlich mittlerweile erfahren, daß sich ihr betrügerischer Bruder in Australien aufhielt, und Edward hatte die Aufgabe übernommen, ihn aufzuspüren. Wie der Zufall es wollte, befand er sich gerade in Adelaide, als die Zeitungen von der aufwendigen Hochzeit berichteten – und ein Foto brachten, auf dem auch mein Großvater zu sehen war.«

»Tja, irgendwann reißt auch die längste Glückssträhne, und die Vergangenheit holt einen ein«, meinte Lena.

»Die Vergangenheit hatte meinen Großvater in der Tat eingeholt, aber seine Glückssträhne riß deshalb noch lange nicht«, fuhr Patrick fort. »Es gelang ihm nämlich nicht nur, sich seiner Verhaftung zu entziehen und mit seiner Frau zu flüchten, sondern er brachte sogar noch das Kunststück fertig, bei meinem Vater vorbeizufahren und ihn dazu zu bringen, ihm eine beachtliche Geldsumme anzuvertrauen, mit der mein Großvater ihn angeblich an einer todsicheren Minenspekulation beteiligen wollte.«

Lena schüttelte ungläubig den Kopf. »Der hatte Nerven!

Dein Großvater muß ja ein ausgekochter Bursche gewesen sein!«

Patrick lachte spöttisch. »Ja, er war wohl wirklich ein so glänzender Hochstapler, daß sogar mein Vater auf ihn hereingefallen ist. Manchmal ertappe ich mich dabei, daß ich direkt so etwas wie Bewunderung für Grandpa Howard empfinde«, erklärte er sarkastisch. »Aber wenn ich daran denke, daß er wohl auch für die kaputte Ehe meiner Eltern verantwortlich ist und ich es ihm zu verdanken habe, daß mein Vater mich von Geburt an abgelehnt hat, dann bleibt allerdings wenig Sympathie übrig.«

»Du meinst, dein Vater hat sich auch von deiner Mutter hintergangen gefühlt, als herauskam, wer sein Schwiegervater wirklich war?« fragte Lena.

»Und ob er sich von ihr betrogen gefühlt hat! Ob meine Mutter wirklich über die finanziellen Verhältnisse ihres Vaters unterrichtet war, wage ich sehr zu bezweifeln. Ihr Vater hat sie über den wahren Grund für ihre Auswanderung nach Australien und später über das finanzielle Desaster bestimmt im dunkeln gelassen«, versicherte Patrick.

»Ja, so wie auch ich nicht die geringste Ahnung gehabt habe, wie es wirklich um ›Maralinga‹ steht«, warf Lena ein.

»Aber mein Vater wird ihr nicht geglaubt haben. Im Haus meiner Eltern sollen sich damals jedenfalls häßliche Szenen abgespielt haben, soviel ist sogar bis nach Devon gedrungen.«

»Und was ist aus deinen Großeltern mütterlicherseits geworden?« wollte Lena wissen.

»Das weiß Gott allein. Ihre Spur verliert sich in Perth an der Westküste«, berichtete er. »Dort liegt zumindest meine Großmutter begraben, wenn auch unter falschem Namen. Sie soll es am Herzen gehabt haben. Und das ist das Ende der Geschichte. Ob Howard Australien damals mit dem nächsten Schiff verlassen hat oder sich noch immer hier im Land unter einem anderen Namen herumtreibt, wird wohl ein Rätsel bleiben. Denn Australien ist groß, und vor allem in den Territorien werden einem Mann keine lästigen Fragen nach seiner Vergangenheit gestellt. Außerdem gibt es ja noch genug andere britische Kolonien, in denen er untergetaucht sein kann.«

»Dieser Edward ist also mit leeren Händen nach England zurückgekehrt?«

Patrick nickte. »Er hat in Perth die Suche nach meinem Großvater aufgegeben. Und das Fazit dieses düsteren Kapitels meiner Familiengeschichte ist, daß meine Mutter nie und nimmer nach Devon zu ihren Verwandten zurückgekehrt ist und wohl auch nie mit dem Gedanken gespielt haben kann. Denn natürlich weiß sie, daß sie als Tochter des Mannes, der seine Brüder so schändlich betrogen und sie mit ihren Familien ins Unglück gestürzt hat, dort einfach nicht willkommen ist.«

»Bereust du, daß du nach England gereist bist?« fragte Lena. »Ich meine, wo du doch so große Hoffnungen hattest.«

»Nein, ich bereue es nicht«, antwortete er, ohne zu zögern. »Zwar habe ich meine Mutter nicht gefunden, was mich natürlich schon enttäuscht hat. Aber ich habe doch zumindest viele weiße Seiten im Buch unserer Familiengeschichte füllen können. Das hätte sicher auch mein Vater vermocht, aber nun weiß ich wenigstens, woher seine Ablehnung und seine Verachtung für meine Mutter stammen.«

Lena wäre um ein Haar die skeptische Frage herausgerutscht, ob das Wissen es denn leichter mache, diese Ablehnung auch zu ertragen, sie konnte sie gerade noch zurückhalten. Denn natürlich blieb die Mißachtung, die er täglich erfuhr, genauso schmerzlich wie zuvor.

Lena brachte ihr Gespräch nun auf das, was Patrick sonst noch in England gesehen und erlebt hatte. Und er erzählte ihr nur zu bereitwillig von seinen vielfältigen Unternehmungen und Eindrücken, die er in den sechs Monaten seines Aufenthaltes in England gesammelt hatte. Er berichtete auch ausführlich von den Wochen, die er auf dem Landsitz des Onkels seines Freundes in den Dorset Heights verbracht hatte, und amüsierte Lena mit seinen humorvollen Schilderungen des vornehmen britischen Landlebens.
Sie merkten beide nicht, wie schnell die Zeit darüber verging. Als Erich Bonkert, der spindeldünne Postbote, auf seinem Fahrrad vor dem Haus erschien und seine scheppernde Klingel betätigte, war der restliche Tee in der Kanne schon längst kalt geworden.
Lena trat auf die Veranda hinaus, und der Briefträger reichte ihr einen Umschlag. Die Handschrift verriet ihr auf den ersten Blick den Absender: Krautscheid, die treue Seele, hatte ihr wieder einmal aus Port Augusta geschrieben.
»Ich muß weiter. Wünsche noch 'nen schönen Tag, Lena!« verabschiedete sich Erich Bonkert nach einem freundlichen Austausch von Gemeinplätzen. Er warf noch einen bewundernden Blick auf den Lanchester, von dem er ohne jeden Zweifel wußte, daß er zum Wagenpark der Finnegans gehörte, schwang sich wieder auf sein staubiges Rad und machte sich auf den Weg.
Als Lena ins Haus zurückging, schlug die Standuhr in der guten Stube zehnmal. Das bedeutete, daß sie mit Patrick über anderthalb Stunden in der Küche gesessen und geredet hatte. Sie konnte es kaum fassen. Ihr war es nicht länger als eine halbe Stunde vorgekommen.
»Du hast mich mit deinen Geschichten regelrecht die Zeit vergessen lassen«, sagte sie, als sie zu Patrick zurückkehrte.
»Ist das ein Vorwurf?« fragte er scherzhaft.

»Um Gottes willen, nein!« wehrte Lena schnell ab. »Ich kann nur nicht glauben, daß schon über anderthalb Stunden vergangen sind, seit wir uns hier an den Tisch gesetzt haben. Ich muß jetzt unbedingt in die Weinberge zurück, sonst werde ich mit meiner Arbeit nie fertig.«
»Ist die Arbeit denn heute so wichtig, wo wir uns nach einem guten halben Jahr zum erstenmal wiedersehen?« fragte er und erhob sich von seinem Stuhl.
»Ich freue mich sehr, daß du zurück bist, Patrick, und es war schön, mit dir zu plaudern. Du kannst wundervoll erzählen, wirklich. Aber leider wird die Arbeit davon nicht getan. Ich muß wieder in die Weinberge, und danach wartet in der Waschküche ein Berg Schmutzwäsche auf mich.«
»Du hast mich also auch vermißt, ja?« fragte er und kam um den Tisch herum zu ihr.
»Das habe ich dir doch schon gesagt«, antwortete sie verlegen und wandte sich zur Seite, wo der Küchenschrank mit der Glasvitrine stand. Sie legte Krautscheids Brief auf die Ablage und zupfte nervös an dem Zierdeckchen herum.
»Warum hast du dann meine Briefe nicht gelesen?« wollte Patrick nun wissen, faßte sie sanft an den Schultern und drehte sie wieder zu sich herum. »Warum durfte ich dir nicht schreiben, wie sehr ich dich vermißt und wie oft ich an dich gedacht und mir gewünscht habe, du wärest bei mir?«
Lena schluckte. »Weil ... weil ...«
»Ja?«
»Weil es mich zu sehr verwirrt«, murmelte sie mit gesenktem Blick und wild schlagendem Herzen.
»Ich verwirre dich?«
Sie spürte seine Hand auf ihrer Wange. Zärtlich glitt sie über ihre Haut. Die Berührung ließ sie erschauern. »Bitte nicht!« flüsterte sie und trat hastig einen Schritt zurück, um sich ihm zu entziehen.

»Warum nicht?« raunte er zurück und folgte ihr. »Ist dir meine Berührung denn unangenehm?«
Lena biß sich auf die Lippen und schüttelte den Kopf.
»Warum dann nicht?«
»Weil es einfach nicht recht ist«, antwortete Lena mit hochrotem Kopf.
»Wir sind beide erwachsen, Lena. Wieso sollte es also nicht recht sein, wenn ich dir zeige, wie sehr ich dich ...«
Hastig fiel Lena ihm ins Wort, bevor er den gefährlichen Satz noch beenden konnte. »Es hat nicht mit dir zu tun, sondern mit mir. Du weißt doch genau, daß ich das Kloster nur verlassen habe, weil mir die Umstände keine andere Wahl gelassen haben. Und wenn Andreas alt genug ist, um für Marianne und Franziska zu sorgen und ›Maralinga‹ zu übernehmen, will ich wieder dorthin zurückkehren.«
»Bist du dir dessen wirklich so sicher?« fragte er und gab sich im nächsten Moment schon selbst die Antwort. »Nein, ich glaube, so sicher bist du dir nicht mehr, nicht wahr? Und das ist auch gut so. Denn ich bin überzeugt, daß Gott dich nicht hinter Klostermauern wissen will, sondern hier bei uns. Weil du nämlich hier gebraucht wirst, Lena. Nicht nur von deinen Geschwistern, sondern auch von mir. Und damit du weißt ...«
Erneut verhinderte Lena, daß Patrick einen Satz beendete. Sie legte ihm die Hand auf den Mund. »Bitte nicht!« beschwor sie ihn. »Sag bitte nichts, was mich noch mehr in Verlegenheit und ... durcheinanderbringen kann. Es ist erst acht Monate her, seit ich das Ordensgewand abgelegt habe. Für dich mag das eine lange Zeit sein, für mich jedoch nicht. Soviel stürzt hier auf mich ein. Und natürlich schleichen sich auch Zweifel in meine Gedanken. Aber das hat noch nichts zu bedeuten. Zweifel gibt es immer, hat Schwester Dominika, unsere erfahrene Novizenmeisterin,

gesagt. Zweifel gehören zum Glauben und zur Berufung wie die Nacht zum Tag. In der Nacht des Zweifels zu bestehen und den richtigen Weg zu finden, das ist die große Herausforderung, die es anzunehmen gilt. Ich brauche einfach mehr Zeit, Patrick, um mit mir ins reine zu kommen und herauszufinden, was ich will und was Gott von mir will. Wenn du es gut mit mir meinst, solltest du mich nicht bedrängen, sondern mir diese Zeit lassen.«
Patrick hielt ihre Hand fest und hauchte ihr einen zärtlichen Kuß auf die Fingerspitzen. »Entschuldige, daß ich dich in Bedrängnis gebracht habe. Das lag nicht in meiner Absicht«, antwortete er mit zerknirschter Miene, die jedoch schnell von einem Lächeln abgelöst wurde, als er fortfuhr: »Natürlich werde ich dir diese Zeit lassen. Aber du nimmst es mir doch hoffentlich nicht übel, daß ich bei aller geduldigen Zurückhaltung doch hoffe und bete, daß es nicht allzu lange dauert, oder?«
Lena zog es vor, darauf keine Antwort zu geben. Und sie ließ das Lächeln, das seine Frage in ihr ausgelöst hatte, auch erst auf ihr Gesicht treten, als Patrick schon in seinem Lanchester saß und vom Hof brauste.
Ja, sie war wirklich froh, daß er wieder zurück war. Aber gleichzeitig stellte sich auch die Erkenntnis ein, daß jetzt alles noch komplizierter werden würde, wußte sie doch weniger denn je, was sie wollte und worauf ihr Leben zusteuerte.

23

Der November zählte für Lena zu den schönsten Monaten des Jahres. Sie liebte den Beginn des Sommers, wenn die Sonne kraftvoll, aber noch ohne sengende Glut am blauen australischen Himmel stand. Blumen wuchsen in bunter Pracht und Vielfalt auf den Wiesen, in den Weinbergen verdichtete sich das Blätterkleid über den Rebstöcken zu einem Baldachin, und die Rosenhecken auf »Maralinga« verströmten ihren einzigartigen Duft, der sich mit dem herben Geruch der warmen Erde mischte.
Daß in dieser Zeit viel Arbeit in den Weinbergen anfiel, machte Lena nichts aus. Nicht einmal das Unkrautjäten, das kein Ende nehmen wollte, sosehr sie sich auch anstrengte, konnte ihr Wohlbefinden beeinträchtigen. Sie genoß es vielmehr, in den frühen Morgenstunden in die Weinberge zu gehen und sich wieder ans Werk zu machen. An manch einem Morgen wartete sie sogar ungeduldig darauf, daß ihre Geschwister ihre Butterbrote einpackten und sich auf den langen Schulweg nach Tanunda machten, so sehr drängte es sie, hinaus in die Weinberge zu kommen. Attila wartete dann schon auf der Veranda auf sie. Treu trottete er mit ihr davon. Mal legte er sich in den Schatten eines Rebstocks, mal ließ er sich die warme Sonne auf den Pelz scheinen, aber immer blieb er in Lenas Nähe. Gelegentlich jagte er auch einmal einem Kaninchen hinterher, das sich zwischen den Rebstöcken verirrt hatte.
Unter freiem Himmel zu arbeiten und zu sehen, wie sich das

Wunder des Wachstums jeden Tag aufs neue vor ihren Augen entfaltete, erfüllte Lena mit tiefer Zufriedenheit. Ja, manchmal empfand sie sogar intensives Glück, das keinen besonderen Anlaß hatte, sondern sich einfach so einstellte. Dann hielt sie einen Augenblick mit ihrer Arbeit inne und nahm mit einem andächtigen Staunen, das ebenso der Natur als auch ihr selbst galt, in sich auf, was sie sah, hörte und spürte: die warme Sonne auf ihrem Gesicht, den leichten Windhauch, der die Blätter an den Rebstöcken zum Rascheln brachte und mit ihrem Haar im Nacken spielte, den Gesang der Vögel, die Libelle, die nahezu in der Luft stand, den Tanz zweier Zitronenfalter, das gemächliche Ziehen der Wolken am Himmel, die grünblaue Weite der sanft gewellten Landschaft, den treuen Blick ihres schwanzwedelnden Hundes und das Pochen ihres eigenen Herzens. Es waren Glücksmomente, die sie als überwältigende und nicht in Worte zu fassende Antworten auf ihre Gebete empfand. Und dann fühlte sich Lena vor der Unbegreiflichkeit des Universums so klein und zugleich doch auch so unermeßlich groß und reich beschenkt und ihrem Gott so nahe, wie sie es sonst nur im Kloster ins Gebet versunken erfahren hatte. Oft kam ihr dann die Mutter Oberin in den Sinn und was sie ihr zum Abschied ebenso aufmunternd wie mahnend mit auf den Weg gegeben hatte: »Die ganze Welt ist ein einziger Tempel, und man kann Gottes Lob überall und bei jeder Tätigkeit singen!«
Zu ihrem Bedauern gab es jedoch auch genug Tage, an denen andere unaufschiebbare Pflichten sie schon morgens ans Haus banden und es ihr nicht gestatteten, mit Attila in die Weinberge zu gehen. Einer davon war der Geburtstag ihrer Schwester Marianne, der auf einen strahlend blauen Freitag in der zweiten Novemberwoche fiel. Lena hatte ihr einen großen Wunsch erfüllt, indem sie ihr erlaubt hatte, ei-

nige ihrer Schulkameradinnen und Freundinnen aus dem Kommunionunterricht am Nachmittag zu Kuchen, Kakao und Spielen nach »Maralinga« einzuladen. Und das bedeutete, daß sie den ganzen Vormittag in der Küche mit Backen beschäftigt sein würde.

Es war noch sehr früh am Morgen und noch keine Stunde vergangen, seit ihre Geschwister sich auf den Schulweg gemacht hatten, als Lena Schritte und ein Poltern auf der Veranda hörte. Verwundert lief sie aus der Küche – und sah ihre Freundin Cornelia, die auf der obersten Stufe der Veranda gegen den Pfosten des Geländers gelehnt saß. Neben ihr stand ein geflochtener Weidenkorb, dessen Inhalt mit einem buntkarierten Leinentuch abgedeckt war.

»Mein Gott, was hast du mich erschreckt!« rief Lena.

»Tut mir leid, aber ich war ein bißchen außer Atem und mußte mich erst einmal setzen«, sagte Cornelia entschuldigend und stand auf. Dabei hielt sie sich am Geländer fest.

Lena bückte sich nach dem Korb, und als sie ihn hochhob, stellte sie fest, daß er doch reichlich schwer war, besonders für eine hochschwangere Frau, die in vier, fünf Wochen ihr erstes Kind erwartete. »Sag bloß, du bist in deinem Zustand den ganzen Weg hierher gelaufen?« stieß sie bestürzt hervor.

»Mein Zustand ist ein ganz natürlicher, meine Liebe«, erwiderte Cornelia trocken. »Und da Burkhardt schon gleich nach Sonnenaufgang nach Marienthal hinuntergefahren ist, weil er mit Lechmann einiges besprechen will, bevor andere Kundschaft unseren Schmied in Atem hält, bin ich eben zu Fuß gekommen. Was ist schon groß dabei?«

»Ja, aber mußte das denn sein?« Lena zog das Tuch weg. Wie vermutet kamen darunter dicke Einmachgläser zum Vorschein, vier an der Zahl.

»Das ist das eingemachte Obst, das ich dir versprochen habe. Du weißt doch, wie verrückt Marianne nach meinen

eingemachten Pfirsichen ist. Und du wolltest doch zu ihrem Geburtstagsfest heute nachmittag einen Kuchen damit belegen, nicht wahr?«
»Ja schon, aber ...«
»Nun, dann mach nicht so ein Getue«, sagte Cornelia, bevor Lena ihren Einwand aussprechen konnte. »Burkhardt kommt heute erst spät nach Hause, weil er noch nach Tanunda will, und mir war einfach danach, dich zu besuchen und ein bißchen mit dir zu plaudern. Das bringt mich auf andere Gedanken und lenkt mich hoffentlich von meinen Rückenschmerzen ab, die mich heute morgen besonders arg plagen.«
»Du solltest dich wirklich mehr schonen«, riet ihr Lena besorgt, als sie in die Küche gingen.
»So, du möchtest also den Reigen der guten Ratschläge beginnen, ja?« fragte Cornelia spöttisch. »Na wunderbar, dann können wir ja auch gleich auf Patrick zu sprechen kommen, sowie du mit mir fertig bist.«
Lena lachte verlegen. »Fang doch nicht wieder davon an!«
Doch Cornelia ließ sich nicht aufhalten. Sie liebte dieses Thema über alles. »Sag, ist dir auch aufgefallen, daß der junge Finnegan in letzter Zeit einen überraschenden Hang zur Frömmigkeit entwickelt hat? Früher ist er jedenfalls nie am Samstagabend zur Beichte und Segensandacht erschienen. Doch seit er aus England zurück ist, läßt er nicht eine aus. Zumindest ist er immer zur Stelle, wenn du in die Kirche gehst. Ob da wohl ein tieferer Zusammenhang besteht, was meinst du?« neckte sie ihre Freundin. »Ich wünsche, ich könnte nur einmal mithören, was er Father MacIntosh so beichtet. Ob ihn wohl unkeusche Gedanken an eine Angehimmelte quälen?«
Lena errötete wider Willen, während sie ihrer Freundin eine Tasse Tee eingoß. »Tu bloß nicht so scheinheilig!«

»Richtig, entschuldige. Ich sollte so etwas nicht sagen«, gab sich Cornelia zerknirscht, wobei ihr fröhliches Lachen ihre Worte Lügen strafte. »Ich weiß natürlich, daß Patrick dir den Hof macht und keine Gelegenheit ausläßt, um mit dir zusammenzusein. Ein bißchen was hast du mir ja schon erzählt. Aber ich weiß immer noch nicht, was dich daran hindert, ihn zu ermutigen und den Tatsachen ins Auge zu sehen.«
»Welchen Tatsachen?«
»Na, daß er dir doch alles andere als gleichgültig ist!«
»Natürlich ist mir Patrick nicht gleichgültig«, gab Lena zu. »Aber das bedeutet doch noch lange nicht, daß ich ...« Sie zögerte verlegen und suchte nach einer weniger konkreten Wendung, in der das Wort »Liebe« nicht vorkam. »Nun, daß ich seine Gefühle mit gleicher Stärke erwidere.«
Ihre Freundin ließ ihr das jedoch nicht durchgehen. »Du meinst, du bist dir nicht sicher, ob du ihn so liebst wie er dich?« sprach Cornelia genau das aus, was sie so gern vermeiden wollte.
Lena zuckte die Achseln und machte sich in der Vorratskammer zu schaffen. »Ich ... ich verstehe von solchen Sachen nichts. Das ist alles zu verwirrend für mich«, gestand sie, als sie den großen Mehltopf auf den Küchentisch stellte. »Ich weiß nicht, ob das, was ich für ihn empfinde, das ist, was dich und Burkhardt verbindet und was einen danach drängt, für immer zusammensein und alles im Leben miteinander teilen zu wollen ... Tisch und Bett und alles andere, was eine Ehe ausmacht.«
»Aber du denkst darüber nach, nicht wahr?«
Lena warf ihr einen gequält spöttischen Blick zu. »Was bleibt mir denn anderes übrig? Er sorgt ja bei jedem Treffen auch ohne viele Worte dafür, daß ich mir Gedanken machen muß.«

»Das ließe sich ja vermeiden, indem du dich nicht mehr mit ihm triffst und ihm sagst, er soll dich nicht mehr hier besuchen kommen«, meinte Cornelia provozierend. »So etwas sagt man gewöhnlich einem Verehrer, dessen Werbung einem gehörig auf die Nerven geht.«

Lena schwieg.

»Aber das tut es ja nicht, stimmt's?« fuhr ihre Freundin fort. »Du bist vielmehr gern, sogar sehr gern mit ihm zusammen, nicht wahr?«

Lena seufzte schwer. »Ja, aber das beweist doch noch nichts! Wir kennen uns eben von Kindheit an und haben uns immer gut verstanden.«

»Und daraus ist inzwischen Liebe geworden, wie ich das so sehe.«

»Vielleicht. Aber von welcher Art von Liebe sprechen wir denn? Ich bin auch mit dir gern zusammen und freue mich immer, wenn ich dich sehe«, wandte Lena ein. »Und diese Art von Verbundenheit, wie sie zwischen engen Freunden besteht, ist doch auch nicht an eine Ehe gebunden oder muß zwingend in eine solche münden, oder?«

»Gottlob nein, außerdem bin ich leider schon vergeben«, antwortete Cornelia scherzhaft.

»Und außerdem habe ich den Gedanken noch nicht aufgegeben, eines Tages doch wieder ins Kloster zurückzukehren«, fügte Lena fast trotzig hinzu.

»Obwohl du in der Arbeit auf ›Maralinga‹ doch förmlich aufgehst?« fragte Cornelia verwundert.

Lena zögerte kurz und nickte dann. »Die Sehnsucht nach dem Klosterleben ist noch immer da, manchmal schwächer, manchmal stärker.«

»Aber sie quält dich nicht mehr so wie in den ersten Wochen und Monaten, nicht wahr?«

»Nein, von der Verzweiflung der ersten Wochen ist nichts

mehr geblieben«, gab Lena unumwunden zu. »Und je mehr Zeit vergeht und je mehr die Arbeit hier auf dem Weingut zu meinem Leben wird, desto größer werden auch die Zweifel, ob ich jemals wieder ins Kloster zurückkehren will, ob ich in sechs, sieben Jahren überhaupt noch diese Berufung in mir spüren werde. Aber trotzdem ist die Sehnsucht noch lebendig in mir.«

»Wie auch diese andere Sehnsucht in dir lebendig ist und an Kraft gewinnt, nicht wahr?« sagte Cornelia ernst und mit leiser Stimme. »Nämlich die Sehnsucht nach der Liebe eines Mannes, nach einem gemeinsamen Leben und einer eigenen Familie.« Sie legte ihre Hand vielsagend auf ihren stark gewölbten Leib.

»Ich weiß es nicht«, erwiderte Lena nachdenklich. »Vielleicht ist es ja so, wie du sagst, doch mir fehlt die innere Gewißheit, Cornelia. Dieses starke, unerschütterliche Wissen, daß es wirklich das ist, was ich mir aus tiefster Seele wünsche und was ich brauche, um in meinem Leben Glück und Erfüllung zu finden. Einmal habe ich diese Gewißheit gehabt. Doch nun sieht es so aus, als wäre diese Überzeugung gar nicht so unerschütterlich, wie ich damals geglaubt habe. Und deshalb frage ich mich, ob das, was nun mit mir passiert, ob sich das eines Tages nicht auch als Irrtum erweisen wird.«

»Aber ist das denn nicht genau das, was Leben heißt? Alles verändert sich in der Welt, und wir uns mit ihr. Nichts bleibt, wie es einmal war«, erklärte Cornelia. »Man kann sich ebensowenig vor der eigenen Veränderung schützen wie vor der Zukunft, Lena. Das müssen wir einfach akzeptieren. Aber sollen wir deshalb heute auf unser Glück verzichten, nur weil die Möglichkeit besteht, daß wir es irgendwann wieder verlieren können? Wir verlieren früher oder später auch unser irdisches Leben, aber hindert uns das daran, mit aller Kraft zu versuchen, es bis dahin mit Sinn und Liebe zu erfüllen?«

»Nein«, räumte Lena ein.

Sie redeten noch eine ganze Weile über die Unwägbarkeiten des Lebens und die Bedenken und Selbstzweifel, die wohl jede große Entscheidung mit sich brachte, wenn man sie ernst nahm und sich darum bemühte, die Konsequenzen seines Handels verantwortungsvoll zu durchdenken. Schließlich aber wandte sich ihr Gespräch den profanen Alltagsproblemen, den lokalen Ereignissen sowie den Backrezepten zu. Und während sie so von einem zum anderen kamen, arbeiteten sie Hand in Hand am Küchentisch.

»Wir brauchen noch mehr Eier«, stellte Cornelia fest, als Lena Blockschokolade für die Kuchenglasur raspelte und sie schon die Zubereitung des zweiten Teiges in Angriff nehmen wollte.

»Keine Sorge, es sind genügend da«, sagte Lena. »Ich war heute morgen nur noch nicht im Hühnerstall; ich hole die Eier gleich, sowie ich hiermit fertig bin.«

»Laß mal, das mache ich schon«, erwiderte Cornelia, griff sich den kleinen weißlackierten Eierkorb und begab sich zum Hühnerstall hinüber, der sich auf der Rückseite des Holzschuppens befand.

Die Zeit verging, und Lena fragte sich schon, wo ihre Freundin nur blieb, als sie Cornelia plötzlich um Hilfe schreien hörte. Erschrocken ließ sie alles stehen und liegen und stürzte aus der Küche.

Als sie um die Ecke des Holzschuppens bog, wäre sie fast über Cornelia gestürzt. Ihre Freundin kauerte dort am Boden, halb gegen die Bretterwand gelehnt, halb zur Seite gerutscht. Das Tor zum Hühnerstall stand halb offen; mitten im Durchgang lag der umgekippte Eierkorb. Mehrere Eier waren herausgefallen und zerbrochen.

»Um Himmels willen, was ist passiert?« stieß Lena bestürzt hervor und wußte doch schon im selben Augenblick die Antwort, als sie den dunklen feuchten Fleck bemerkte, der sich unter den angewinkelten Beinen ihrer Freundin ausbreitete.
»Ich bin gestolpert, und dann ... dann war da plötzlich dieser stechende Schmerz ... Ich fürchte, es ... es ist soweit!« antwortete Cornelia abgehackt. »Die Fruchtblase ist geplatzt ... Das Kind kommt!«
Lena blieb vor Schreck fast das Herz stehen. »Aber dafür ist es doch noch gut vier Wochen zu früh!«
Cornelia verzog das Gesicht zu einer Grimasse. »Ja, ich weiß, aber was hilft mir das jetzt? Die Wehen haben eingesetzt, ob es mir nun paßt oder nicht.«
»Ich habe es doch gesagt! Du hättest dich mehr schonen sollen, und dieser lange Fußmarsch mit dem Korb voll schwerer Einmachgläser war das reinste Gift für dich!«
»Wollen wir uns diese klugen Überlegungen nicht lieber für später aufheben? Dann weiß ich sie besser zu schätzen. Im Augenblick fehlt mir dazu die richtige Konzentration«, sagte Cornelia sarkastisch. »Was meinst du, ob es auf ›Maralinga‹ wohl einen angenehmeren Ort als diese Ecke hier gibt, wo ich mein Kind zur Welt bringen kann?«
»Was bin ich doch für ein Schwachkopf!« schalt Lena sich beschämt für ihre Gedankenlosigkeit, sich mit unnützen Reden aufzuhalten, anstatt unverzüglich zu handeln. Sie beugte sich zu ihrer Freundin hinunter. »Bitte entschuldige, Cornelia. Es tut mir wirklich leid. Komm, ich helfe dir ins Haus. Und dann sehe ich zu, daß ich so schnell wie möglich Gerda Feldhoff benachrichtige.«
»Ich glaube nicht, daß uns noch genügend Zeit bleibt, um die Hebamme zu holen«, entgegnete Cornelia. »Ich spüre, das Baby will raus. Nein, ich werde schon dir zumuten müssen, mir jetzt beizustehen.«

»Aber ich verstehe doch nichts davon!« wandte Lena erschrocken ein und wurde blaß bei der Vorstellung, daß sie ihrer Freundin ganz allein bei der Geburt helfen sollte – ohne die geringste Ahnung, was sie zu tun und zu lassen hatte; und ganz abgesehen von der körperlichen Intimität, die eine Niederkunft nun einmal mit sich brachte.

»Es haben schon unzählige andere Frauen vor mir ihr Kind ohne den Beistand einer erfahrenen Hebamme zur Welt gebracht. Also warum soll ich das nicht auch schaffen? Irgendwie wird es schon gehen. Die Natur wird sich schon helfen«, meinte Cornelia fatalistisch.

Lena stützte ihre Freundin auf dem Weg ins Haus und brachte sie in ihr Bett. Schamhaft versuchte sie wegzusehen, während sie ihr beim Ausziehen zur Hand ging. Auch zögerte sie, ihr den durchnäßten Schlüpfer von den Hüften zu ziehen und so ihren Unterleib zu entblößen; es kam ihr irgendwie entwürdigend vor.

»Ich schäme mich meiner Nacktheit vor dir nicht«, erklärte Cornelia, die Lenas Hemmungen spürte. »Du bist keine Fremde, vor der ich mich genieren müßte, sondern meine beste und teuerste Freundin, der ich grenzenlos vertraue.«

Lena hatte plötzlich Tränen in den Augen. »Ich hoffe nur, ich tue das Richtige und bin dir wirklich eine Hilfe«, murmelte sie. »Soll ich nicht vielleicht doch besser zu Missis Farlane fahren? Ich könnte in einer knappen Stunde mit ihr zurück sein.«

»Wenn du sie zu Hause antriffst«, erwiderte Cornelia. »Außerdem habe ich das Gefühl, daß mein Baby so lange nicht mehr warten will. Ich fürchte, ich habe schon die ganze Zeit Wehen gehabt, ohne es richtig zu merken.«

Cornelia sollte recht mit ihrer Vermutung behalten, daß die Geburt ihres Kindes unmittelbar bevorstand. Lena fand gerade noch ausreichend Zeit, um es ihrer Freundin im Bett mit einem halben Dutzend Kissen einigermaßen bequem zu machen, einen Stapel saubere Tücher aus der Kammer zu holen, mehrere Waschschüsseln bereitzustellen sowie Kannen mit kaltem und heißem Wasser nach oben zu bringen, als Cornelia auch schon in den heftigsten Geburtswehen lag.

Eine anstrengende, schmerzhafte halbe Stunde später kam der Kopf des Kindes zum Vorschein. »O mein Gott, es kommt! ... Dein Baby kommt! ... Ja, preß! ... Noch einmal! ... Gleich hast du es geschafft!« rief Lena aufgeregt und fasziniert zugleich. Ihre anfängliche Schamhaftigkeit und Beklommenheit hatten sich längst verloren.

Wenig später hielt Lena das Baby in ihren Händen, glitschig von Schleim und Blut. Aber zu ihrer eigenen Verwunderung machte es ihr nichts aus; im Gegenteil, sie war erfüllt von einem wunderbaren Gefühl, das sie wie auf Wolken schweben ließ. Ein einzigartiges Gefühl, in dem sich Freude und Erleichterung über die glückliche Geburt und ihre gelungene Hilfe mit Staunen und Ergriffenheit mischten.

»Was ist es?« stieß Cornelia erschöpft hervor.

»Ein Mädchen!«

»Ach!« Cornelia klang enttäuscht, hatte sie doch auf einen Sohn gehofft, und einen Moment lang lag sie still da. Dann aber richtete sie sich auf und fragte besorgt: »Lebt es? Ist es gesund?«

Das Baby stieß seinen ersten Schrei aus, als wolle es die Frage gleich selbst beantworten. Es war kein sehr durchdringender Schrei, der aus der Kehle dieses winzig kleinen Neugeborenen drang, das an die vier Wochen zu früh zur Welt gekommen war, aber er klang auch nicht besorgniserregend kläglich.

Lena band die Nabelschnur ab, badete das noch immer schreiende Baby in lauwarmem Wasser, wickelte es in saubere Tücher und legte es der strahlenden Mutter an die Brust.

»Willkommen im Leben, Anna-Katharina!« sagte Cornelia zärtlich, und ihr glückseliges Lächeln ließ keinen Zweifel, daß beim Anblick ihrer Tochter jegliche Enttäuschung verschwunden war.

Lena stand neben ihr am Bett, schaute mit einem verträumten Lächeln auf Cornelia hinunter, die ihr Kind liebkoste – und sah plötzlich sich selbst dort liegen, mit ihrem eigenen Baby in den Armen.

24

Dich schickt der Himmel!« rief Lena mit großer Erleichterung, als Erich Bonkert, der hagere Postbote, keine halbe Stunde nach der Geburt auf »Maralinga« erschien.
Erich Bonkert rutschte vom Sattel seines Fahrrads, zog ein kleines Päckchen aus seiner abgewetzten Ledertasche, warf einen Blick auf den Absender und antwortete mit trockenem Humor: »Wirklich? Dann muß die Adresse für den Himmel ja Anton Krautscheid, Port Augusta, heißen.« Das Päckchen war für Marianne. Krautscheid hatte ihren Geburtstag nicht vergessen und ihr ein Springseil sowie eine hübsche Brosche aus Schildpatt geschickt.
Lena lachte und berichtete ihm mit freudiger Erregung und einigem Stolz, daß ihre Nachbarin und Freundin Cornelia Helmsdorf kurz vor seinem Eintreffen ihr Kind zur Welt gebracht hatte. »Es war keine Zeit mehr, um die Hebamme zu rufen, geschweige denn ihren Mann zu benachrichtigen, der jetzt schon in Tanunda beim Wagenmacher sein dürfte. Aber es wäre mir doch sehr recht, wenn die Hebamme jetzt nach ihr sehen würde. Ich verstehe ja von der Nachsorge bei einer Geburt nicht das geringste. Und Cornelia würde sich bestimmt freuen, ihren Mann so rasch wie möglich an ihrem Bett zu sehen.«
»Glückwunsch an die junge Mutter!« rief Erich Bonkert und erklärte sich auf der Stelle bereit, für die umgehende Benachrichtigung der Hebamme und des Ehemannes zu sorgen. »Ich fahre sofort zu den Luckenbachs hinüber und

rufe von ihrem Telefon unten im Dorf beim Gödecke an; der kann seinen neuen Gehilfen losschicken. Und der Wagenmacher Lutz in Tanunda hat doch seine Werkstatt gleich um die Ecke von Riedbergs Apotheke.«
»Ja, und richte Wilhelm Luckenbach von mir aus, daß er die Kosten für diese beiden Telefonate ersetzt bekommt!« trug Lena ihm noch auf.
»Mach dir mal deshalb keine Gedanken, Lena. Das kostet nichts. Er bezahlt doch sowieso für den Anschluß, ob er das Ding nun benutzt oder nicht«, sagte er und radelte schon vom Hof, kräftig in die Pedale tretend.
Eine gute Stunde später traf Gerda Feldhoff auf dem Weingut ein. Die Hebamme, eine lebenslustige Frau Ende Fünfzig mit der krätzigen Stimme eines Reibeisens und den zarten Händen einer Heilerin, nahm sich sofort des Neugeborenen und seiner mitgenommenen Mutter an. Lena atmete erleichtert auf, als die Hebamme ihr schließlich versicherte, daß Cornelia schon bald wieder auf den Beinen sein würde und daß das Kind trotz der zu frühen Geburt und seines Gewichtes von gerade mal fünf Pfund einen verhältnismäßig gesunden Eindruck machte.
»Nur verhältnismäßig gesund?« fragte Lena besorgt.
»Natürlich wäre es besser gewesen, wenn sie das Kind voll ausgetragen hätte«, sagte Gerda Feldhoff. »Man weiß nie, welche Folgen eine Frühgeburt nach sich zieht. Manchmal können die gesundheitlichen Probleme schwerwiegend sein, oft aber entwickelt sich das Kind ganz normal. Aber ich glaube, wir können hier alle ganz optimistisch sein, was die kleine Anna-Katharina angeht. Ihre Reflexe sind in Ordnung, ihre Atmung ist normal, sie ist rege, und sie zeigt auch sonst keine Anzeichen, die Anlaß zu besonderer Besorgnis geben könnten.«
Kurz darauf kam Burkhardt mit dem Fuhrwerk den sandi-

gen Weg heraufgebraust. Die beiden Braunen, die er vorgespannt hatte, jagten im Galopp heran. Der Wagen schlingerte hin und her, krachte in Schlaglöcher, und sprang über Steine und Bodenwellen. Der Staub, den das Gespann dabei aufwirbelte, folgte ihm wie ein rotbrauner Wolkengeist, der sich hinter ihm aufblähte.

Burkhardt zeigte immerhin so viel Rücksicht und Geistesgegenwart, daß er den Wagen nicht direkt vor dem Haus, sondern ein gutes Stück seitlich davon, und zwar in der Nähe der Stallungen zum Stehen brachte, so daß die Staubwolke nicht das Wohnhaus einhüllte. Wie hart er seine Pferde auf der Rückfahrt von Tanunda nach Marienthal gefordert hatte, verrieten ihre schweißglänzenden Flanken.

Auch ihm lief der Schweiß nur so herunter, und das Hemd klebte ihm am Leib. Er sprang vom Kutschbock und rannte zu Lena herüber. Mit einem Satz nahm er die drei Stufen, die zur Veranda hinaufführten. »Was ist es, Lena? Ist es ein Junge?« stieß er aufgeregt und gespannt hervor. »Erich Bonkert hat vergessen, dem alten Riedberg zu sagen, ob ich einen Sohn habe oder nicht.«

»Nett, daß Sie so besorgt um Ihre Frau sind und sich gleich erkundigen, wie es ihr geht!« antwortete Lena bissig und aufgebracht über seine innere Einstellung. »Und lieben Sie Ihre Frau und Ihr Kind vielleicht weniger, wenn es kein Junge ist?«

Burkhardt ließ die Schultern hängen und atmete laut aus. »Es ist also ein Mädchen, nicht wahr?« fragte er und vermochte seine Enttäuschung nicht zu verbergen.

»Ja, Cornelia hat Ihnen leider nur ein zweitklassiges Kind, nämlich eine Tochter geschenkt, Burkhardt. Mein aufrichtiges Beileid, daß es nichts Besseres geworden ist und Sie nicht schon beim ersten Kind Ihren Stammhalter bekommen haben!« antwortete sie mit schneidendem Sarkasmus. »Aber

vielleicht tröstet es Sie ja zu wissen, daß manche Väter auch auf ihre Töchter stolz sind und in ihrer Liebe zu ihren Kindern keinen Unterschied zwischen Jungen und Mädchen machen. Außerdem: Irgendwer muß ja wohl Mädchen gebären, damit später aufrechte Männer wie Sie eine Frau zum Altar führen und sie mit ihrer Selbstgerechtigkeit und einfältigen Erwartung, das erste Kind müsse ein Sohn sein, unglücklich machen können!« Wütend funkelte sie ihn an.
Burkhardt reagierte auf Lenas Ausbruch mit Sprachlosigkeit. Ihm schoß das Blut in die Wangen, und er verzog das Gesicht zu einer müden, verlegenen Grimasse. Noch immer wußte er nicht, was er erwidern sollte.
»Nun gehen Sie schon zu ihr!« forderte Lena ihn grimmig auf. »Und wenn Sie Cornelia nicht nur geheiratet haben, damit sie Ihnen Söhne schenkt, werden Sie wohl Anstand und Gefühl genug besitzen, um ihre dämliche Enttäuschung gefälligst für sich zu behalten!«
»Lena ...«, setzte er nun zu einer Erwiderung an.
Lena ließ ihn jedoch nicht zu Wort kommen. »Sparen Sie sich Ihre Worte, Burkhardt! Gehen Sie zu Cornelia und spielen Sie den stolzen Vater, das ist alles, was ich von Ihnen erwarte! Ich kümmere mich indessen um Ihre Pferde. Es tut mir jetzt direkt leid, daß ich vergessen habe, Bonkert zu sagen, daß es nur ein Mädchen geworden ist. Dann hätten Sie bestimmt nicht solche Eile gehabt, und die Pferde hätten sich auch nicht so verausgaben müssen, nicht wahr?« Ohne eine Antwort abzuwarten, machte sie kehrt und stolzierte mit schnellen Schritten, denen ihr Zorn anzumerken war, von der Veranda.
Burkhardt blieb eine gute halbe Stunde bei seiner Frau. Lena hielt sich noch immer im Stall auf, als sie die Haustür schlagen und Schritte über den Hof kommen hörte. Sie wußte sofort, daß es Burkhardt war.

»Lena?«
Sie drehte sich nicht um, sondern fuhr fort, das Pferd in der offenen Box abzureiben.
»Es tut mir leid, Lena.«
Sie ignorierte ihn und fuhr unbeirrt mit ihrer Arbeit fort.
»Ich sagte, es tut mir leid, wie ich mich vorhin benommen habe«, entschuldigte er sich zerknirscht. »Außerdem möchte ich Ihnen aufrichtig für alles danken, was Sie für Cornelia getan haben. Ich dachte, Gerda Feldhoff hätte es noch rechtzeitig nach ›Maralinga‹ geschafft, als ich kam und ihren Einspänner vor dem Haus stehen sah. Ich hatte ja keine Ahnung, daß Sie Cornelia ganz allein bei der Geburt beigestanden haben.«
Lena dachte noch immer nicht daran, ihm zu antworten, zu tief saß ihr Ärger. Er sollte nur ja nicht glauben, bei ihr so leicht gut Wetter machen zu können!
»Lena, hören Sie bitte auf, mich mit Ihrem Schweigen zu strafen!« rief Burkhardt und trat hinter sie. Er packte ihre Hand mit der Pferdebürste und hielt sie fest.
»Lassen Sie mich los!« protestierte Lena und fuhr erregt zu ihm herum.
Er löste seinen Griff. »Ah, so ist es schon besser. Wenigstens sprechen Sie jetzt wieder mit mir!«
»Was wollen Sie?« fuhr sie ihn ungehalten an.
»Das wissen Sie doch: mich bei Ihnen entschuldigen und bedanken«, erklärte er.
»Gut, ich habe es hiermit zur Kenntnis genommen!« antwortete sie knapp und eisig.
»Ich meine es ernst, Lena«, sagte Burkhardt leise und schuldbewußt. »Bitte gehen Sie nicht so ... wütend und unversöhnlich darüber hinweg. Ich muß doch jemanden, der wie Sie drei Jahre im Kloster verbracht hat, bestimmt nicht daran erinnern, daß jeder Mensch Fehler begeht und daß

wir als Christen gehalten sind, einander zu verzeihen und nicht nur den Splitter im Auge unseres Gegenübers zu sehen.«

Sie gab sich erstaunt. »Wirklich? Ein interessanter Gedanke. Ich werde bei Gelegenheit darüber nachdenken!« erwiderte sie sarkastisch.

Er ging auf die spitze Bemerkung nicht ein. »Sie machen es mir wirklich nicht leicht, aber das habe ich wohl verdient«, fuhr er fort. »Ich gebe ja zu, daß ich gehofft habe, schon bei unserem ersten Kind einen Stammhalter zu bekommen. Ich habe mir keine besonderen Gedanken darüber gemacht. Diese Hoffnung oder Erwartung steckte mir einfach im Blut, damit bin ich groß geworden. Vielleicht hat es die Natur beim Mann ja auch so angelegt. Was heißt vielleicht, ganz bestimmt hat sie es so eingerichtet, daß der Mann den Drang hat, männliche Nachkommen zu haben. Doch damit will ich nichts entschuldigen. Ich gebe auch zu, daß ich im ersten Moment enttäuscht war, als ich hörte, daß ich Vater einer Tochter geworden bin. Aber das bedeutet nicht, daß ich mich nicht über mein Kind freue oder Cornelia einen Vorwurf mache.«

»Wie überaus großzügig von Ihnen, ihr nicht vorzuwerfen, Gottes eigenwillige Natur nicht besser unter Kontrolle gehabt zu haben«, spottete Lena.

Burkhardt ließ sich auch jetzt nicht von ihr zu einer ärgerlichen Reaktion provozieren. »Sie wissen ganz genau, wie ich es gemeint habe, Lena. Und ich denke mal, Sie wissen auch, daß ich es mit meiner Entschuldigung ernst meine. Es ist nicht leicht, über den eigenen Schatten zu springen; das gelingt wohl den wenigsten auf Anhieb. Aber sich die Existenz des eigenen Schattens mit all seinen unerfreulichen Seiten überhaupt einmal einzugestehen, gibt das denn nicht Anlaß zur Hoffnung?«

Lena konnte nicht anders als ihm widerwillig recht geben.
»Ja, Anlaß zur Hoffnung ist das wohl schon«, räumte sie ein.
»Dann darf ich also hoffen, daß Sie meine Entschuldigung ebenso annehmen wie meinen Dank für Ihre Geburtshilfe – und daß Sie mir meine Schwäche nicht ewig nachtragen?« fragte er, während sich der Anflug eines Lächelns auf seinem Gesicht zeigte.
»Ja, Sie dürfen hoffen«, erwiderte Lena, die insgeheim schon längst versöhnlich gestimmt war, ihm das aber noch nicht so deutlich zeigen wollte. Sollte Burkhardt ruhig noch etwas im eigenen Saft schmoren!
Er lächelte nun offen. »Gut, denn immerhin sind Sie ja nicht nur meine Nachbarin und die beste Freundin meiner Frau, sondern bald auch noch die Patin von Anna-Katharina.«
Lenas Gesicht leuchtete in spontaner Freude auf ob dieser Ehre, die er ihr mit der Patenschaft antrug. Im nächsten Moment kniff sie jedoch die Augen zusammen und fragte argwöhnisch. »So, und wann haben Sie das beschlossen?«
»Das habe ich nicht allein beschlossen, das ist unser gemeinsamer Wunsch«, antwortete er. »Und Sie werden Cornelia und mir doch die Freude machen, oder?«
»Ich werde gern Anna-Katharinas Patin«, antwortete Lena gerührt und spürte, wie der Rest ihres Grolls verrauchte. Was immer sie ihm auch vorwerfen konnte, so mußte sie ihm doch zugute halten, daß er genug Charakterstärke besaß, um sich zu entschuldigen. Und er war hartnäckig, das mußte sie ihm auch lassen!

25

Am ersten Advent, gegen Ende der Apfelblüte, wurde Anna-Katharina in der Kirche von Marienthal in Anwesenheit der versammelten Gemeinde getauft, und Lena sprach zusammen mit Gerhard Linke, den Burkhardt und Cornelia als zweiten Paten gewonnen hatten, am steinernen Taufbecken das Taufzeugnis.

Mit großen verwunderten Augen ließ Anna-Katharina die feierliche Zeremonie über sich ergehen und schrie nicht einmal, als das Taufwasser ihr über die Stirn rann und ihren dunklen Haarflaum näßte. Sie gab vielmehr ein zufriedenes, glucksendes Lachen von sich, als freue sie sich an diesem ungewöhnlich heißen Sommertag über die unerwartete Erfrischung, und streckte dann ihre Ärmchen aus. Es sah so aus, als versuche sie die Hand des Geistlichen zu fassen, damit er ihr noch mehr von diesem köstlich kühlenden Naß über den Kopf goß. Cornelia strahlte vor Rührung und Mutterglück, und sogar Burkhardt, der bis dahin in seinem dunklen Sonntagsanzug sehr steif und ernst gewirkt hatte, lächelte auf einmal.

Zu den Gratulanten, die sich nachher im Schatten der alten Bäume vor der Kirche einfanden, um den Eltern die Hand zu schütteln, ihnen die besten Wünsche für das gute Gedeihen ihres Kindes auszusprechen auf die kleine Anna-Katharina zu bewundern, zählte auch Patrick. Dagegen würdigten sein Vater, sein Bruder sowie seine Schwägerin Jessica die Helmsdorfs keines Blickes, als sie aus der

Kirche kamen und schnurstracks zu ihrem Wagen stolzierten.

Patrick brachte sogar ein Geschenk für Anna-Katharina mit, ein hübsch verpacktes Stofftier. Cornelia freute sich sehr über diese nette Geste und lud ihn spontan ein, doch auch zu der kleinen Feier zu kommen, die sie und ihr Mann zu Ehren der Kindstaufe für Nachbarn und Freunde am Nachmittag auf »Cawarra« veranstalteten. »Wir würden uns wirklich freuen, wenn Sie es einrichten könnten, Mister Finnegan«, sagte Cornelia und blickte unwillkürlich zu ihrer Freundin hinüber, die sich gerade mit Gottfried Gödecke und den Linkes unterhielt. »Und Lena bestimmt auch. Sie hat uns schon viel von Ihnen erzählt.«

Lächelnd hob er die Augenbrauen. »Wirklich? Na, dann bleibt mir ja nur noch die schwache Hoffnung, daß Sie Ihnen nicht die ganze Wahrheit über mich erzählt hat. Andernfalls verdrücke ich mich besser!«

Cornelia lachte. »Jetzt kokettieren Sie aber, Mister Finnegan!«

»Bitte sagen Sie doch Patrick.«

Cornelia nickte. »Lena spricht nur Gutes über Sie, Patrick, und das wissen Sie auch, nicht wahr?«

»Niemand, der recht bei Verstand ist, bleibt frei von Zweifeln«, antwortete er ausweichend und vielsagend zugleich.

»Woran sollten Sie schon groß zweifeln?« hakte Cornelia sofort nach.

Anstelle einer Antwort machte er eine vage Geste und wechselte das Thema. »Besten Dank für Ihre freundliche Einladung, aber leider bin ich heute nachmittag verhindert. Ich habe schon eine Verabredung, die ich nicht mehr absagen kann.«

»Das ist aber schade«, bedauerte Cornelia.

»Aber ich freue mich jedenfalls sehr, daß Sie und Ihr Mann Lena als Patin gewonnen haben.«
»Darf ich fragen, warum?«
»Beinhaltet die Patenschaft denn nicht auch die Verpflichtung, für die religiöse Erziehung des Patenkindes zu sorgen und ihm in allen anderen Lebenslagen Beistand zu leisten?« fragte er zurück.
»Selbstverständlich!« bestätigte Cornelia. »Aber ich verstehe immer noch nicht, worauf Sie hinauswollen, Patrick.«
Er lächelte. »Liegt das denn nicht auf der Hand? Wenn Lena es mit ihrer Patenschaft wirklich ernst meint, kann sie ja wohl kaum ins Kloster zurück, nicht wahr? Denn wie sollte sie sich von dort aus um das Wohl ihres Patenkindes kümmern? Und daß sie sich darüber keine Gedanken gemacht hat, kann ich mir schlecht vorstellen. Daß Lena die Patenschaft angenommen hat, stärkt somit meine Zuversicht, daß sie ein abgeschiedenes Dasein hinter Klostermauern nicht länger als ihr einziges Lebensziel ansieht.«
Cornelia verzog verblüfft das Gesicht und lachte. »So habe ich das zwar noch gar nicht betrachtet; aber Sie haben natürlich recht. Gebe Gott, daß dem auch so ist!« Und leise, mit fast verschwörerischer Stimme fügte sie hinzu: »Ich jedenfalls bete jeden Tag darum, daß Lena hier bei uns im Barossa-Tal ihr Glück findet und eines Tages ihr eigenes Kind in den Armen hält und hier zur Taufe bringt, Patrick.«
»Und von wem, meinen Sie, stammen all die Votivkerzen vor dem Altar unserer Muttergottes? Ich schätze mal, daß ich allein gut und gerne einen Wachsgießer der Firma, von der Father MacIntosh die Kerzen bezieht, in Lohn und Arbeit halte«, sagte er in scherzhaftem Ton, hinter dem sich jedoch tiefer Ernst verbarg. Dann verabschiedete er sich.
Cornelia ließ es sich nicht nehmen, Lena bei der kleinen

Feier am Nachmittag von ihrem Gespräch mit Patrick zu erzählen.
»Hattest du mir nicht versprochen, dieses Thema nicht mehr zu berühren, es sei denn, ich fange davon an?« erinnerte Lena ihre Freundin.
»Ich habe ja nicht davon angefangen, sondern ich wiederhole nur, was Patrick mir gesagt hat«, versuchte sich Cornelia mit einem fröhlichen Lächeln aus der Schlinge zu ziehen. »Ich kann dir das doch nicht verschweigen, Lena. Damit würde ich dir wirklich einen schlechten Freundschaftsdienst erweisen.«
»So, findest du?«
Cornelia lächelte sie entwaffnend an. »Du bedeutest eben nicht nur mir, sondern auch ihm sehr viel, Lena. Und da macht man sich nun mal so seine Gedanken.«
»Das sei dir auch ganz unbenommen, aber du mußt sie mir ja nicht unbedingt auf dem Präsentierteller servieren«, spottete Lena. »Außerdem muß ich schon selbst herausfinden, was ich will und was ich nicht will. Ich bin kein störrischer Esel, den man nur in die richtige Richtung treiben muß.«
Ihre Freundin lachte schallend auf. »Vielleicht bist du das ja doch und weißt es bloß nicht! Das haben nämlich störrische Esel so an sich!«
Lena unterdrückte den Impuls, in ihr Lachen einzustimmen, und bedachte sie mit einem betont indignierten Blick. »Ich glaube, Anna-Katharina weint. Bestimmt hast du sie in nassen Windeln liegen lassen, du Rabenmutter!«
»Sicher, und verhungern lasse ich mein Kind natürlich auch noch – so wie du den armen Patrick am ausgesteckten Arm deiner Unnahbarkeit!« konterte Cornelia vergnügt und eilte schnell an die Wiege, um nach ihrer Tochter zu sehen.

Als Lena Patrick am Montag morgen auf der Kuppe von Friedlander's Hill traf, erkundigte er sich als erstes nach der Feier auf »Cawarra«.
»Ja, es war wirklich sehr nett«, antwortete Lena. »Cornelia hat mir erzählt, daß sie dich auch eingeladen hat. Warum bist du denn nicht gekommen? Und erzähl mir ja nicht, du hättest eine andere wichtige Verabredung gehabt.«
Er warf mit einer Geste der Kapitulation die Arme nach oben und rief: »Ich gestehe ja schon, Frau Anklägerin, daß ich gelogen habe, aber ich kann mildernde Umstände zu meiner Verteidigung anführen.«
»Und die wären?«
»Daß Burkhardt mich nicht besonders gut leiden kann, wenn mich mein Gefühl nicht arg täuscht, und mich bestimmt nicht gern auf ›Cawarra‹ gesehen hätte«, erklärte er. »Deshalb hielt ich es für ratsamer, auf die Einladung zu verzichten, ohne deine Freundin dabei verletzen zu wollen.«
Lena sah ihn überrascht an und schwieg. Was sollte sie darauf auch sagen? Patricks Vermutung stimmte. Burkhardt hatte in der Tat nicht viel für ihn übrig, selbst wenn er sich mit diesbezüglichen Bemerkungen überaus zurückhielt. Aber dann und wann ließ er schon durchblicken, daß er keine sehr hohe Meinung von Patrick hatte.
»Es stimmt doch, nicht wahr?« vergewisserte Patrick sich, als Lena ihm eine Antwort schuldig blieb, und fuhr halb selbstironisch, halb sarkastisch fort: »In seinen Augen bin ich doch bestimmt nur der Jüngste von der Finnegan-Brut. Einer von denen, die mit dem silbernen Löffel im Mund zur Welt kommen, harte Arbeit nur vom Hörensagen kennen, selbst nichts Nennenswertes auf die Beine stellen und sich nur mit ihren profanen Vergnügungen und läppischen Problemchen beschäftigen, während Männer wie er mit der Ausdauer und Willenskraft eines Herkules die Wildnis be-

zwingen und unerschrocken gegen die bösen Mächte dieser Welt ankämpfen!«

Lena flüchtete sich in spöttische Belustigung, um seine nicht gerade schmeichelhafte Einschätzung nicht auch noch bestätigen zu müssen. Denn bei aller Übertreibung kam sie der Wahrheit doch sehr nahe. »Komisch, wie ein heldenhafter Herkules ist mir Burkhardt noch nie vorgekommen, eher wie ein grimmiger Zerberus, der als wütender Wächter sein Reich ›Cawarra‹ bewahrt. Und was die bösen Mächte dieser Welt betrifft, gegen die er mit solcher Verbissenheit ankämpft, so sind das für ihn nicht die Pommies oder die Iren oder sonst wer; seine erklärten Feinde sind ausschließlich das Ungeziefer und die Pilze, die seine jungen Weinstöcke befallen können.«

»Ach, du weißt schon, was ich meine«, erwiderte Patrick. »Er hat nicht viel übrig für mich, oder willst du das etwa bestreiten?«

»Ob Burkhardt viel für dich übrig hat oder nicht, ist doch wohl völlig ohne Belang, oder?« fragte Lena zurück.

Sein Gesicht verlor plötzlich seinen grimmigen Ausdruck, und sein Lächeln kehrte zurück. »Du hast recht. Man kann nicht jeden für sich gewinnen – das hat mir schon mein Vater mit seinem unübertrefflichen Sinn für das Praktische im Leben beigebracht, als ich noch in die Windeln gemacht habe. Vergessen wir das also. Zumal ich ja mehr Grund habe, mich zu freuen, als mich zu ärgern. Denn da du ja die Patenschaft übernommen und dich somit verpflichtet ...«

Lena fiel ihm lachend ins Wort. »Ja, ich weiß schon! Cornelia hat mir von deiner scheinbar so logischen Schlußfolgerung natürlich sofort berichtet.«

»Was heißt hier scheinbar? Du hast die Patenschaft doch sicherlich nicht leichtfertig angenommen, sondern weißt nur zu gut, was sie an Verpflichtungen beinhaltet«, wandte er ein.

»Natürlich tue ich das«, bestätigte Lena. »Aber dennoch ist deine Schlußfolgerung reichlich gewagt.«

»Ist sie nicht!« beharrte er. »Wie willst du dich denn um dein Patenkind kümmern, wenn du hinter Klostermauern eingeschlossen bist?«

»Ein Kloster ist doch kein Gefängnis, wo die Insassen weggeschlossen werden!« protestierte Lena.

»Gut, ›eingeschlossen‹ mag das falsche Wort sein«, räumte er ein. »Aber das ändert ja wohl nichts an der Tatsache, daß du im Kloster weit weg von deinem Patenkind wärst und so gut wie keinen Kontakt mit ihm haben könntest. Und wenn einmal etwas mit Anna-Katharina wäre und sie Hilfe bräuchte, müßtest du doch für sie dasein. Denn genau das hast du bei ihrer Taufe hoch und heilig versprochen.«

Lena wußte nicht, ob sie seine Beharrlichkeit ärgerlich oder rührend finden sollte. In jedem Fall aber dachte sie nicht daran, sich auf irgend etwas festlegen zu lassen. Deshalb erklärte sie das Thema kurzerhand für beendet und ließ sich auch später nicht von ihm dazu verleiten, auf seine Anspielungen einzugehen und sich auf eine erneute Diskussion einzulassen, inwieweit ihre Patenschaft nun einer Rückkehr ins Kloster im Wege stand.

Was Patrick nicht wissen konnte, war, daß es dieser Diskussionen eigentlich gar nicht bedurfte, damit Lena sich Gedanken über ihre Zukunft machte. Sie hätte nie geglaubt, daß sie sich mit »Maralinga« einmal so verbunden und sich durch die Vielfältigkeit der Arbeit und der Verantwortung für ihre Geschwister so bestätigt fühlen würde, wie es nun der Fall war. Mochte sie in Stunden der Erschöpfung auch noch so oft darüber klagen, daß eigentlich zuviel auf ihren Schultern lastete, nahm sie im Grunde ihres Herzens die vielen Verpflichtungen doch nur zu gern auf sich. Zum erstenmal in ihrem Leben erfuhr sie, welche Freude und Zufriedenheit es mit sich brachte, gebraucht zu werden und zu wissen, daß man den hohen Herausforderungen, die man anfänglich so gefürchtet hatte, gewachsen war. Lena begann nicht nur mehr Selbstbewußtsein zu entwickeln, sondern sich auch mit ganz anderen Augen zu sehen. Ihr war, als entdecke sie sich selbst. Und so manches, was sie auf dieser inneren Reise an sich bemerkte, empfand sie als verstörend und aufregend zugleich; vieles davon hätte sie noch vor einem Jahr für absolut unmöglich gehalten. Dazu zählten die zunehmenden Zweifel an ihrer Berufung zu einem Leben im Kloster ebenso wie die immer wiederkehrenden Fragen, welche Art von Erfüllung die Ehe wohl bringen mochte und wie tief ihre Gefühle für Patrick wirklich waren.

26

Im März des folgenden Jahres, und zwar am St. Patrick's Day genau, erfuhr sie die Antwort zumindest auf diese letzte Frage, als sie Patrick nach langem Drängen nachgab und sich bereit erklärte, seinen Geburtstag mit ihm zu verbringen.
»Du kannst dich nicht immer nur um ›Maralinga‹, deine Geschwister und die kleine Anna-Katharina kümmern. Du mußt dir ab und zu auch mal eine Atempause von all deinen Pflichten gönnen und an dich denken«, hatte er beschwörend zu ihr gesagt, um dann noch mit bittend werbender Stimme hinzuzufügen: »Und auch ein bißchen an mich; im Gegensatz zu manch anderen Dingen im Leben laufen uns die Sorgen nämlich nicht davon.«
Und Sorgen hatte Lena genug. Das Barossa-Tal hatte einen wechselhaften Sommer hinter sich, der zwei Hagelstürme mit sich gebracht hatte. Der erste hatte sein Zentrum im Südwesten gehabt und nur geringe Schäden verursacht. Der zweite jedoch war über die Weinberge, Obsthaine und Felder hinweggefegt und hatte innerhalb von wenigen Minuten einen Großteil der Ernte vernichtet. »Maralinga« war davon genauso betroffen gewesen wie »Cawarra« und die benachbarten Weigüter. Und für Lena bedeutete das, daß dieses Jahr die Erträge aus der Weinlese noch hinter dem kläglichen Ergebnis des Vorjahres zurückbleiben würden. Ein Glück war nur, daß sie das Jahr über äußerst sparsam gewirtschaftet hatte und deshalb nicht in finanzielle Not geraten

würde. Sorgen ganz anderer Art bereitete ihr Marianne, die in der Schule immer schlechter mitkam und auch zu Hause ihre Pflichten vernachlässigte. Ermahnungen und gutes Zureden fruchteten wenig; Marianne forderte Lena immer öfter durch Wutausbrüche, Trotz und Widerspruch aus reiner Aufsässigkeit heraus. Es kostete Lena viel Kraft und Nerven, die Ruhe zu bewahren und nicht hilflos zum Lederriemen zu greifen. Doch manchmal blieb ihr gar nichts anderes übrig, als ihrer Schwester eine kräftige Ohrfeige zu verpassen, um sie in ihre Schranken zu weisen. Und als wären das nicht schon Sorgen genug, kränkelte auch noch ihr geliebtes Patenkind Anna-Katharina den ganzen Sommer lang.
»Du brauchst ein wenig Luftveränderung und Ablenkung, damit du auf andere Gedanken kommst!« erklärte Patrick, um dann mit treuem Augenaufschlag zu fragen: »Und habe ich denn als Geburtstagskind nicht einen Wunsch bei dir frei?«
Lena erfüllte ihm den Wunsch, den Tag mit ihm zu verbringen sogar sehr gern, weil sie das Bedürfnis verspürte, ihm etwas zu schenken, ihm eine Freude zu bereiten.
Am Morgen holte Patrick Lena dann mit seinem Wagen ab, und Andreas, der in den letzten Monaten wieder ein Stück in die Höhe geschossen und ihr in allem eine verläßliche Stütze war, versicherte ihr erneut, daß er schon gut auf seine Schwestern und das Gut aufpassen würde. »Mach dir nur einen schönen Tag mit Mister Finnegan. Du hast es dir redlich verdient, wo du dich doch jeden Tag so abschuftest«, sagte er treuherzig. »Ich mache das schon.«
Lena kamen fast die Tränen. »Ja, ich weiß, daß ich mich auf dich verlassen kann, Andreas. Es wird auch bestimmt nicht spät werden.«
Marianne, die hinter ihrem Bruder stand, verdrehte die Augen und äffte beide mit verstellter Stimme nach. Affektiert

warf sie ihr Haar zurück und fuhr mit normaler Stimme, jedoch nicht minder gehässig fort: »Ich wette, deine Mutter Oberin und die anderen Nonnen würde der Schlag treffen, wenn sie dich sehen könnten, wie du dich für deinen Verehrer herausgeputzt hast.«
Andreas fuhr zu ihr herum. »Halt den Mund, Marianne!« fuhr er sie wütend an.
Marianne dachte jedoch gar nicht daran, sondern fuhr genüßlich fort: »Wirklich kaum zu glauben, daß du mal eine Betschwester werden wolltest und dich jetzt von diesem Finnegan anhimmeln und herumkutschieren läßt – und dann auch noch ohne schickliche Begleitung! Na ja, wenigstens hat er Geld.«
Lena mußte sehr an sich halten, um sich in ihrem Zorn nicht zu etwas hinreißen zu lassen, was sie hinterher bitter bereuen würde. Mit erzwungener Ruhe erwiderte sie also: »Es tut mir leid, daß du dich so schlecht fühlst, daß du meinst, mich mit gehässigen Bemerkungen verletzen zu müssen. Aber du triffst damit eigentlich mehr dich selbst als mich, Marianne. Bösartigkeit und Gehässigkeit machen häßlich. Du selbst vermagst diese Häßlichkeit ja vielleicht nicht im Spiegel zu entdecken, doch alle anderen sehen sie dir an. Denk mal darüber nach!«
»Pah!« machte Marianne, lief dabei jedoch rot an.
»Ja, Lena hat recht«, sagte Franziska.
»Klar hat sie recht!« pflichtete Andreas seiner kleinen Schwester bei. »Kein Wunder, daß sie sich auch in der Schule mit keinem verträgt, so gehässig, wie sie sich immer aufführt.«
»Ach, ihr seid doch alle blöd!« stieß Marianne mit hochrotem Kopf hervor und rannte aus der Küche und die Treppe hinauf in ihr Zimmer. Die Tür fiel mit einem lauten Knall ins Schloß.

Niedergeschlagen stieg Lena kurz darauf zu Patrick in den Wagen. Doch ihre traurige Stimmung hielt sich nicht lange in seiner Gegenwart. Seine überschwengliche Freude und Lebhaftigkeit ließen Trübsinn einfach keinen Raum. Schon wenige Minuten später genoß sie die Fahrt durch die herbstlich sonnige Landschaft zur Kirche St. Rose of Lima in Kapunda. Denn in diesem Städtchen fand jedes Jahr am St. Patrick's Day, der für die vorwiegend irischstämmige Bevölkerung eine viel größere Bedeutung besaß als für die anderen Leute im Barossa-Tal, eine prächtige Parade statt, die den Reigen der anderen weltlichen Veranstaltungen und Vergnügungen an diesem Feiertag eröffnete.

Lena schloß sich mit Patrick zunächst der Prozession an, die sie sehr beeindruckte, nahmen daran doch auch die Nonnen von St. Joseph und die Dominikaner teil, die in Kapunda Ordenshäuser und Schulen unterhielten. Nach dem Gottesdienst folgten sie der Menschenmenge, die durch die geschmückten Straßen zum Festplatz strömte.

»Komm, nimm meinen Arm, sonst werden wir in dem Gedränge noch getrennt!« forderte er sie auf.

Sie zögerte kurz und hakte sich dann aber bei ihm ein. »Nur, damit wir uns nicht verlieren!« sagte sie.

»Natürlich nur deshalb.« Er lächelte.

Lena beschlich plötzlich die Ahnung, daß sich an diesem Tag etwas Entscheidendes zwischen ihnen ereignen würde. Etwas, das sich schon seit Monaten ankündigte, was von ihr aber immer wieder unterdrückt worden war. Sie spürte, daß die Zeit reif für eine Klärung war und daß sie der Wahrheit diesmal nicht ausweichen könnte.

Sie blieben bis zum frühen Mittag in Kapunda. Dann kehrten sie zum Wagen zurück. »Und wohin entführst du mich jetzt?« wollte Lena wissen.

»Sag du mir erst, ob du schon Hunger hast.«

»Ja, ein bißchen«, gestand sie.
»Gut, mir knurrt nämlich allmählich der Magen, und da trifft es sich doch ausgezeichnet, daß ich einen gut gefüllten Picknickkorb im Kofferraum habe, findest du nicht?« eröffnete er ihr augenzwinkernd.
»Und wo willst du dieses Picknick veranstalten?«
»Vertraust du mir?«
Sie sah ihn an, lächelte und nickte. »Ich glaube, ich kann es wagen, Patrick«, erwiderte sie scherzhaft.
»Gut, dann laß dich überraschen!«
Patrick fuhr mit ihr nach Süden. Wenige Minuten später passierten sie Tanunda, und dann ging es über Bethanien und Krondorf auf die dicht bewaldeten Hänge des Kaiserstuhls zu.
»Du entführst mich in die dunklen Wälder?«
»Nein, ich führe dich ans Licht und lege dir das Barossa-Tal zu Füßen, sozusagen als Zugabe. Hab nur noch ein paar Minuten Geduld, dann sind wir am Ziel!« erwiderte er fröhlich und bog auf einen schmalen Forstweg ein, der sich durch den herbstlich verfärbten Wald in unzähligen Serpentinen bergauf schlängelte. Die noch immer recht kraftvolle Sonne fiel durch die hohen Kronen der Bäume, warf einen goldenen Fleckenteppich aus Licht auf den Waldboden und brachte das bunte Herbstlaub an den Zweigen zum Leuchten, daß es eine wahre Pracht war.
Patrick steuerte den Wagen gefühlvoll und mit mäßiger Geschwindigkeit über den holprigen Forstweg, damit sie nicht zu sehr durchgeschüttelt wurden. Nach einigen Minuten gelangten sie zu einem Unterstand. Hier verließ Patrick den Forstweg, und fuhr geradeaus zwischen den Bäumen hindurch, die an dieser Stelle eine natürliche Gasse bildeten. Und selbst wenn sich noch keine Spurrillen in den Waldboden gegraben hatten, so konnte das Auge des aufmerksamen

Beobachters doch unschwer erkennen, daß schon andere Wagen diesen Weg genommen hatten.
»Schließ die Augen!« bat Patrick.
»Muß das wirklich sein?«
»Ja, bitte.«
Sie lachte nervös, tat ihm jedoch den Gefallen.
Augenblicke später hielt das Automobil an, und der Motor erstarb. »Laß die Augen noch zu!« rief er, sprang aus dem Lanchester, lief um den Wagen herum und öffnete ihr die Tür. »Gib mir deine Hand! Ich führe dich.«
»Du machst es ja wirklich spannend!«
»Nur noch ein paar Sekunden Geduld, dann kannst du die Augen wieder öffnen.« Er half Lena beim Aussteigen aus dem Wagen und führte sie ein gutes Dutzend Schritte von ihm weg. »So, da wären wir. Jetzt kannst du die Augen wieder aufmachen.« Er hielt noch immer ihre Hand.
Lena öffnete die Augen und stieß einen erschrockenen Laut aus, als ihr Blick entgegen ihrer Erwartung nicht auf eine Waldlichtung traf, sondern meilenweit in die Ferne ging und aus großer Höhe in die Tiefe fiel. Unwillkürlich machte sie einen Schritt zurück. Doch schon im nächsten Moment faßte sie sich, als sie begriff, daß sie sich auf sicherem Boden und weit genug weg von der Abbruchkante befand, wo der Waldboden jäh in einen steilen Abgrund überging.
»Ist das nicht ein phantastischer Ausblick?« fragte Patrick begeistert.
»Ja, einfach unglaublich!« stieß Lena überwältigt hervor.
Fast das ganze Barossa-Tal lag ihnen zu Füßen! In der klaren Herbstluft reichte der Blick weit über Kapunda im Norden und Gawler im Süden hinaus. Die über die hügelige Landschaft verstreuten Gehöfte und kleinen Ortschaften mit ihren spitzen Kirchtürmen, die Felder, Teiche und Weinberge sowie die Straßen und das dunkle Band des Schienenstrangs

wirkten wie aus einem Baukasten. »Wie hast du bloß dieses Fleckchen gefunden?«
Patrick schmunzelte. »Ich bin hier einmal vor Jahren mit Freunden nachts beim Jagen gewesen, und dabei sind wir zufällig auf diese Stelle gestoßen. Und als ich gestern darüber nachdachte, welcher Ort dir wohl für das Picknick gefallen würde, fiel mir diese abgeschiedene Lichtung mit der einzigartigen Aussicht wieder ein.«
»Wunderschön!« schwärmte Lena, und wie am Vormittag durchfuhr sie wieder ein Schauer der Vorahnung. Hier, an diesem Ort, würde sie endlich Gewißheit über das erhalten, was ihr seit Patricks Rückkehr aus England keine Ruhe mehr gelassen hatte! Und zu ihrem eigenen Erstaunen stellte sie fest, daß sie diese Erkenntnis nicht im geringsten verstörte oder gar erschreckte, sondern daß sie ganz im Gegenteil mehr als bereit war, sich der Wahrheit über die Tiefe ihrer Gefühle für Patrick zu stellen.
»Genieße die Aussicht. Ich kümmere mich indessen schon mal um unser Picknick«, sagte er. Lena wollte ihm dabei helfen, doch er bestand darauf, daß sie ihm die Arbeit überließ. »Außerdem ist es gar keine Arbeit, sondern ein Vergnügen. Wann komme ich denn schon mal dazu, dir eine Freude zu machen?«
»Aber es ist doch dein Geburtstag!« wandte sie ein.
»Gott sei gedankt, denn so kannst du mir wenigstens nicht den Gefallen abschlagen, dich von mir verwöhnen zu lassen!« erwiderte er.
Lena gab schließlich nach, weil sie merkte, wieviel ihm daran lag.
Er breitete zwei große Karodecken im Gras vor dem Lanchester aus und holte dann einen Picknick-Koffer, der mit zwei breiten Ledergurten verschlossen wurde, sowie einen bauchigen Weidenkorb aus dem Kofferraum.

Patrick hatte wirklich an alles gedacht. Er brachte Porzellanteller mit Goldrand und Weingläser aus Kristall, Silberbesteck und Damastservietten sowie silberne Salz- und Pfefferstreuer zum Vorschein.

»Um Himmels willen, Patrick! Das ist kein Picknick, sondern eine Festtafel! Und wer soll das bloß alles essen?« rief Lena, als sie sah, was er alles auf der Decke ausbreitete: dreieckige Gurken- und Leberpastetensandwiches, gebratene Hühnerkeulen, zartes Roastbeef, in Scheiben geschnitten und gerollt, zwei Gläser mit süßsauer eingelegtem Fisch, mehrere Sorten Käse, frisches Weißbrot, dazu vielerlei Obst sowie Kuchen und feines Gebäck.

Er zuckte die Achseln. »Ich wußte nun mal nicht, was du besonders gern ißt, deshalb habe ich die Auswahl ein bißchen größer gehalten«, sagte er vergnügt, während er eine Flasche Rotwein entkorkte. »Komm, laß uns anstoßen!«

Lena setzte sich ihm gegenüber auf die Decke und nahm das gefüllte Glas, das er ihr reichte. »Noch einmal alles Gute zu deinem Geburtstag! Auf dein Wohl, Patrick!«

»Nein, auf *uns*, Lena!« erwiderte er mit Nachdruck und stieß mit ihr an. Der Klang der Kristallgläser vereinigte sich zu einem hellen klaren Ton.

Mit großem Appetit machten sich die beiden über die Köstlichkeiten her, und Lena genehmigte sich sogar noch ein zweites Glas Wein, was nicht ohne Wirkung blieb. Sie wurde nach dem Essen schläfrig.

»Warum legst du dich nicht hin und machst ein paar Minuten die Augen zu?« schlug Patrick ihr vor, als sie zum drittenmal vergeblich ein Gähnen zu verbergen suchte. »Ich räume die Sachen schon mal zusammen und wache über dich.«

Das Angebot war zu verlockend, als daß sie es hätte ausschlagen können, zumal die Sonne noch so herrlich warm vom Himmel schien.

Als Lena aus dem Schlaf erwachte, lag die Lichtung schon halb im Schatten, und Patrick saß neben ihr. »Ausgeschlafen?« fragte er und blickte mit einem zärtlichen Lächeln auf sie hinunter. »Fühlst du dich wieder besser?«

»Ja, frisch wie Morgentau«, antwortete Lena und wollte sich aufrichten.

»Nein, bitte bleib so!« sagte er leise, streckte seine Hand nach ihr aus und berührte ihr Gesicht.

Lena rührte sich nicht von der Stelle und sah zu ihm auf, während ihr Herz heftig zu schlagen begann. Sie wußte, daß der entscheidende Augenblick gekommen war. Nun sollte es, so Gott es wollte, denn auch geschehen!

»Ich habe dich die ganze Zeit angeschaut, während du geschlafen hast, Lena«, sagte Patrick und streichelte ihr die Wange. »Und ich ... ich mußte so an mich halten, um dich nicht zu küssen. Aber das wäre wohl nicht recht gewesen, oder?«

»Nein, nicht im Schlaf«, antwortete sie mit belegter Stimme.

»Aber jetzt bist du wach. Und du weißt, was ich schon so lange für dich empfinde, nicht wahr? Schon damals, als ich dich am Teich hinter den Geißblattbüschen das erstemal geküßt habe, hast du es gewußt.«

»Ja, Patrick«, hauchte sie, und ihr Herz schlug immer schneller, als wolle es ihre Brust sprengen.

Langsam beugte sich Patrick zu ihr hinunter, nahm ihr Gesicht in beide Hände und küßte sie sanft. »Ich liebe dich, Lena, und ich möchte, daß du für immer mein bist!« flüsterte er, schlang dann seine Arme um sie und küßte sie erneut, diesmal jedoch voller Leidenschaft und Begehren.

Lena erwiderte seinen Kuß und schmiegte sich an ihn. Bereitwillig gab sie sich seinen Zärtlichkeiten hin. Endlich geschah das, was sie monatelang beschäftigt und tief in ihrem

Innern geahnt hatte. Wie oft hatte sie sich ausgemalt, wie es wäre, seinen Mund wieder auf ihren Lippen zu spüren und in leidenschaftlicher Liebe zu entbrennen – wie damals, als er sie ein Jahr vor ihrem Eintritt ins Kloster mit seinen Küssen und Berührungen in eine tiefe Krise gestürzt hatte, weil sie sich ihrer Berufung zum Ordensleben auf einmal nicht mehr so sicher gewesen war.

Doch nichts von dem, was sie in den ersten Monaten befürchtet und in den letzten Wochen so herbeigesehnt hatte, geschah, als sie nun in seinen Armen lag. Sie hatte damit gerechnet, von einem wilden Aufruhr der Gefühle gepackt zu werden und in diesem Augenblick der Zärtlichkeit die innere Bestätigung zu finden, daß in ihren Gefühlen für ihn die Kraft der Liebe steckte. Doch weder das eine noch das andere stellte sich ein. Die Aufwallung ihrer Gefühle blieb ebenso aus wie die Gewißheit, ihn zu lieben. Seine Küsse ließen sie teilnahmslos. Sie weckten nicht einmal eine schwache Begierde in ihr. Ihr Körper reagierte mit freundlicher Gleichgültigkeit. Die Wirklichkeit deckte sich nicht mit ihren erotischen Träumen.

Nach einem Moment der Verblüffung über die scheinbar unverständliche Reaktion ihres Körpers traf Lena die ernüchternde Erkenntnis, daß sie sich bezüglich ihrer Gefühle für Patrick getäuscht hatte. Ihre monatelange Unsicherheit und Angst, sich in ihn verliebt und damit ihre Berufung durch die Schwäche ihres Fleisches verraten zu haben, hatte in ihr die Illusion einer unterdrückten Liebe erst geschaffen!

Und mit dieser verblüffenden Erkenntnis stellte sich augenblicklich eine überwältigende Erleichterung ein, die sich zu einem regelrechten Glücksgefühl steigerte. Lena fühlte sich wie befreit. Denn daß ihr Herz sich nicht nach Patrick verzehrte, bedeutete gleichzeitig auch, daß sie frei und ohne in-

nere Zerrissenheit in einigen Jahren wieder ins Kloster zurückkehren konnte.
Sanft schob Lena seine Hand von ihrer Brust, wandte den Kopf ab und setzte sich auf.
»Entschuldige, wenn ich zu stürmisch gewesen bin«, sagte Patrick, obwohl er im selben Moment wußte, daß sie sich aus einem ganz anderen Grund aus seiner Umarmung gelöst hatte. Nur zu deutlich hatte er gespürt, daß die Leidenschaft seiner Küsse und Liebkosungen ohne Erwiderung geblieben war.
»Nein, ich bin es, die sich entschuldigen muß«, murmelte Lena beschämt. »Ich hätte es nicht dazu kommen lassen dürfen, Patrick. Ich habe dir grundlos Hoffnungen gemacht, das war nicht recht. Ich möchte dir nicht weh tun, aber ...«
»Aber du liebst mich nicht«, beendete er den Satz für sie. »Das ist es doch, was du mir sagen willst, nicht wahr?«
Sie nickte. »Du bedeutest mir viel, Patrick, aber nicht so, wie du es dir ersehnst. Ich habe geglaubt, es könnte vielleicht doch mehr sein, doch ich habe mich geirrt; ich weiß nicht, wie das passieren konnte. Es tut mir so leid.«
Tiefe Enttäuschung stand in seinen Augen. »Und ich war mir so sicher, wir beide wären füreinander geschaffen«, murmelte er niedergeschlagen.
»Bitte sei mir nicht böse, daß ich dir nicht das geben kann, was du dir so wünschst«, bat Lena und berührte seine Hand. »Laß uns weiterhin gute Freunde bleiben.«
Zweifelnd sah er sie an. »Ich bin dir nicht böse, Lena. Wie sollte ich auch? Ich weiß doch, daß du mir nicht vorsätzlich weh tust. Aber Verstand und Herz gehen nun mal getrennte Wege. Und deshalb kann ich nicht sagen, ob ich künftig in deiner Gegenwart so tun kann, als wären wir nur gute Freunde ... und als würde ich mich nicht mit jeder Fa-

ser meines Körpers danach sehnen, dich wieder in meinen Armen zu halten, dich zu küssen und ...«
»Du wirst darüber hinwegkommen«, fiel Lena ihm hastig ins Wort. »Du wirst bestimmt eine Frau finden, die dich so glücklich macht, wie du es dir erträumst und wie du es auch verdient hast.«
»Ach, Lena«, seufzte Patrick nur gequält, und Tränen schimmerten in seinen Augen. Schnell wandte er sich von ihr ab. Er beugte sich über den Picknick-Koffer und machte sich an den Ledergurten zu schaffen, um ihrem Blick nicht zu begegnen.
Schweigend packten sie die Reste ihres Picknicks ein, das so romantisch begonnen hatte, falteten die Decken zusammen und stiegen in den Wagen. Unter bedrücktem Schweigen fuhren sie nach »Maralinga« zurück.
Als sie die Straße zum Weingut hinauffuhren und das Haus in Sicht kam, fragte Lena: »Treffen wir uns weiterhin wie gewohnt in der Früh auf Friedlander's Hill?«
»Ich weiß nicht«, antwortete Patrick tonlos und ohne sie anzusehen. »Ich würde an deiner Stelle vorerst nicht auf mich warten. Ich brauche erst einmal Zeit, um diesen Tiefschlag zu verkraften ... sofern ich ihn denn überhaupt verkraften kann.«
»Du traust dir weniger zu, als in Wirklichkeit in dir steckt«, erwiderte Lena. »Das ist schon immer deine größte Schwäche gewesen.«
Ein schwaches, freudloses Lächeln huschte über sein Gesicht. »Ja, ich erinnere mich, daß du mir das schon einmal gesagt hast. Aber sonst ist leider noch keiner auf die Idee gekommen, in mir versteckte Talente zu sehen und an mich zu glauben«, sagte er mit bitterer Selbstironie. Er hielt vor dem Haus an.
Lena stieg aus. »Das spricht mehr gegen die anderen als ge-

gen dich. Du bist ein wunderbarer Mensch und wirst eines Tages schon dein Glück finden und es allen anderen zeigen!« versicherte sie. »Und ich glaube auch daran, daß wir unsere kostbare Freundschaft bewahren können, selbst wenn dir das im Augenblick kaum möglich erscheint.«
Er verzog schmerzlich das Gesicht. »Ist es ein Wunder, daß ich mich mit Haut und Haaren in dich verliebt habe, so wie du an mich glaubst und von mir sprichst? Nein, du sagst jetzt besser nichts mehr. Es ist schon schlimm genug, wie es ist. Mach es gut, Lena!« Und ohne eine Antwort abzuwarten, legte er den Gang ein und fuhr davon.
Lena hoffte und betete darum, daß Patrick sie trotz der bitteren Enttäuschung, die sie ihm hatte zufügen müssen, fortan nicht meiden würde. Sie wollte ihn nicht als Freund verlieren, so arg viele hatte sie nicht. Schon als junges Mädchen war sie eine Einzelgängerin gewesen – genau wie Patrick. Es gab mehrere Nachbarn sowie Bekannte in Marienthal und Umgebung, mit denen sie sich recht gut verstand und mit denen sie auch mal ein Schwätzchen hielt, wenn man sich traf. Aber das blinde Vertrauen und die tiefe emotionale Verbundenheit, die eine echte Freundschaft ausmachten, teilte sie nur mit Patrick und Cornelia. Zwar zählte sie auch Johanna und mittlerweile ebenso ihren Mann Gerhard sowie Burkhardt zu ihrem Freundeskreis, doch reichte die Qualität dieser Beziehungen noch lange nicht an das heran, was ihre Freundschaft mit Cornelia und Patrick so unersetzlich kostbar machte. Und weil sich Lena standhaft weigerte, ihre Freundschaft mit Patrick für verloren zu geben, spazierte sie mit Attila weiterhin zweimal die Woche im Morgengrauen nach Friedlander's Hill – jedesmal in der Hoffnung, ihm dort wieder zu begegnen und zu wissen, daß ihre Freundschaft nicht zerbrochen war.
Drei Wochen wartete Lena vergeblich, daß er auf Minerva

über die Hügel geritten kam. Doch dann, an einem empfindlich frischen Aprilmorgen, machte ihr Herz vor Freude einen Satz, als sie eine vertraute Gestalt auf der Hügelkuppe entdeckte.
Ihre Freude erhielt jedoch einen herben Dämpfer, als sie von ihm erfuhr, daß er nur gekommen war, um sich von ihr zu verabschieden. »Ich reise für einige Monate nach Europa, um meine Wunden zu lecken«, teilte er ihr mit und verbarg seine Verlegenheit hinter einer Grimasse. »Dort wird mir das wohl besser gelingen als hier, wo mich nur eine Hügelkette von dir trennt.«
»Du gehst wieder nach England?«
Er schüttelte den Kopf. »Ich mache mit der Tante meiner Schwägerin und deren Töchtern die traditionelle *grand tour*, also Frankreich, Italien, Schweiz und so weiter. Weil ich schon einmal in Europa war, hält man mich wohl schon für einen Experten in Sachen Reisen durch die alte Welt«, machte er sich über sich selbst lustig. »Jedenfalls hat man mich gebeten, die Damen zu begleiten, sozusagen als männliche Eskorte, zu deren Aufgaben es natürlich gehört, sich auch vor Ort um alle organisatorischen Belange zu kümmern.« Nach einer kurzen Pause fuhr er fort: »Was übrigens die beiden jungen Damen betrifft, die sich mit ihrer verwitweten Mutter meinem Schutz anvertrauen, so sind sie leider sowohl zu jung als auch nicht attraktiv genug, um mich in Versuchung zu führen und mich bei einer von ihnen Trost suchen zu lassen.«
Lena lächelte. »Wer weiß, vielleicht schlüpft ja eine von ihnen noch aus ihrer unansehnlichen Larve und entpuppt sich als wunderschöner Schmetterling«, neckte sie ihn.
»Für diese Art Märchen bin ich schon ein bißchen zu alt, Lena«, erwiderte er trocken.
»Sag, wirst du mir schreiben?«

»Wirst du meine Briefe denn lesen?« fragte er zurück.
»Diesmal ja, denn ich nehme an, daß deine Briefe einen anderen Ton haben werden als damals die aus England, als wir ja noch nicht wußten, daß ...«, sie zögerte, »nun, daß wir nur gute Freunde sein können.«
Patrick verzog das Gesicht. »Der gute Freund schreibt seiner getreuen Freundin harmlose Briefe in die ferne Heimat. Das also erwartest du von mir, nicht wahr?«
»Ja, darüber würde ich mich sehr freuen, Patrick.«
Er seufzte. »Ich werde sehen, ob ich dazu in der Lage bin. Also dann, paß gut auf dich, deine Geschwister und ›Maralinga‹ auf! Aber wie ich dich kenne, wirst du alles fest im Griff haben. Um dich brauche ich mir bestimmt keine Sorgen zu machen. Du meisterst alles bravourös, was dir das Leben an Hindernissen in den Weg stellt.«
»Du bist manchmal ein richtiger Dummkopf, Patrick«, erwiderte sie. »Aber ein lieber. Hab mit deinem Harem eine schöne Zeit auf dem Kontinent, und gib ab und zu ein Lebenszeichen von dir!«
Der Abschied fiel Lena nicht leicht, und mit schwerem Herzen kehrte sie nach »Maralinga« zurück, denn sie ahnte, daß Patrick lange fortbleiben und sie ihn sehr vermissen würde. So traurig Patricks Abreise sie auch stimmte, so war das doch nichts im Vergleich zu dem Schock und Verlust, den sie keine zwei Wochen später erleiden sollte.

27

Niemand deutete die Anzeichen der Krankheit richtig, die zu ihrem Tod führte, am allerwenigsten Cornelia selbst. »Ach, Bauchweh habe ich schon den ganzen Tag; ich habe mir wohl den Magen verdorben«, tat sie die Schmerzen als harmlose Magenverstimmung ab, als Lena sie am Tag vor ihrer Einlieferung ins Krankenhaus auf »Cawarra« besuchte und sah, daß ihre Freundin bei der Arbeit immer wieder schmerzhaft das Gesicht verzog.
»Du solltest dich hinlegen und dir eine Wärmflasche auf den Bauch legen«, riet sie ihr.
»Ach was, doch nicht wegen so einem Wehwehchen!« wehrte Cornelia lachend ab. »Vielleicht bekomme ich ja meine Tage diesen Monat ein bißchen früher als sonst. Auf jeden Fall ist Arbeit die beste Medizin, Lena, wenn man nicht ständig daran denken will, daß man nicht gerade den besten Tag erwischt hat; das wird schon wieder.«
Doch Cornelia irrte sich, und dieser tragische Irrtum sollte ihr das Leben kosten.
Im Morgengrauen des folgenden Tages stand Lena gerade über die Waschschüssel gebeugt, als jemand gegen die Haustür hämmerte und aufgeregt ihren Namen rief. »Lena, ich bin es, Martin Luckenbach! Mein Vater schickt mich mit einer wichtigen Nachricht für dich!«
Lena erschrak, wußte sie doch sofort, daß es sich um einen Telefonanruf handeln mußte, der zu so früher Morgenstunde sicherlich nichts Gutes bedeutete. Ihre Sorge galt

jedoch nicht ihrer Freundin, sondern Anton Krautscheid, der in seinen letzten Briefen wiederholt über Herzprobleme geklagt hatte.

Schnell warf sie sich ihren Morgenmantel um und eilte hinunter, um Martin zu öffnen. Gleichzeitig schlugen oben die Türen, und ihre Geschwister kamen aus ihren Zimmern gerannt, um zu sehen, was diese morgendliche Aufregung zu bedeuten hatte.

»Was gibt es, Martin?« fragte Lena. Sie sah, daß der gutaussehende junge Mann mit dem Fahrrad gekommen war und sich offenbar sehr angestrengt hatte, so schnell wie möglich zu ihr zu kommen, denn sein Gesicht glänzte vor Schweiß.

»Mein Vater hat vorhin einen Anruf aus dem Krankenhaus bekommen«, setzte Martin atemlos an.

»Aus Port Augusta?« fragte Lena besorgt und registrierte seinen Blick, der sich auf ihren Ausschnitt richtete. Sie bemerkte, daß sie ihren Morgenmantel in der Eile nicht weit genug zugeknöpft hatte, so daß der Ausschnitt nun mehr von ihrer Brust sehen ließ, als es schicklich war. Schnell zog sie den Morgenmantel enger zusammen.

»Nein, aus dem Krankenhaus in Kapunda«, antwortete Martin, wobei ihm eine leichte Röte ins Gesicht stieg.

»Kapunda?« wiederholte Lena verständnislos. »Ja, aber…«

»Burkhardt Helmsdorf hat vorhin angerufen«, fuhr Martin fort. »Er hat meinen Vater gebeten, dir auszurichten, daß es seiner Frau sehr schlecht geht und sie gerade am Blinddarm operiert wird.«

»O mein Gott!« stieß Lena bestürzt hervor.

»Ja, tut mir wirklich leid, daß ich dir so schlechte Nachrichten bringe, Lena. Anders wäre es mir viel lieber gewesen, das kannst du mir glauben«, entschuldigte sich Martin zerknirscht, als fürchte er, sie könnte ihn dafür verantwortlich

machen. »Tja, das ist alles. Mehr hat Burkhardt Helmsdorf nicht durchgegeben.«
»Ich muß sofort nach Kapunda!« rief Lena aus.
»Soll ich für dich schon mal den Wagen aus der Remise holen und das Pferd einspannen?« bot Martin ihr hilfsbereit an. »Dann kannst du dich inzwischen schon anziehen.«
»Das wäre mir wirklich eine große Hilfe und Zeitersparnis«, antwortete Lena. »Danke, Martin!«
»Keine Ursache, für dich tue ich das doch gerne«, versicherte er mit einem verlegenen Lächeln. »Übrigens finde ich, daß dir das offene Haar hervorragend zu Gesicht steht; du solltest es immer so tragen.«
Das Kompliment irritierte Lena. Sie hatte jetzt jedoch ganz anderes im Kopf, als sich Gedanken über Martin Luckenbachs Schmeicheleien zu machen. Deshalb ging sie gar nicht darauf ein, sondern erwiderte nur: »Spann bitte Prinz vor den Einspänner! Er ist um einiges schneller und ausdauernder als Zeus. Ich komme gleich!«
In Windeseile zog sie sich an, redete kurz mit ihren Geschwistern, damit sie nicht vergaßen, Maggie zu melken und die Hühner aus dem Stall zu lassen, und lief hinaus auf den Hof, wo Martin schon den Einspänner bereitgestellt hatte. Sie rief ihm noch schnell einen Dank zu, sprang auf den Kutschbock und trieb Prinz zur Eile an.
Die Fahrt nach Kapunda wurde ihr quälend lang, obwohl der Apfelschimmel flott über die Landstraße in Richtung Norden trabte. In ihrer Ungeduld und Sorge um Cornelia mußte sie an sich halten, Prinz nicht über das vernünftige Maß hinaus zu fordern.
Als Lena endlich im Krankenhaus von Kapunda eintraf, war Cornelia schon operiert, aber noch nicht aus der Narkose erwacht. Lena durfte ebensowenig zu ihr wie Burkhardt, der völlig verstört auf dem Gang wartete.

Stockend und mit tonloser Stimme berichtete er ihr, daß Cornelias Schmerzen mitten in der Nacht so unerträglich geworden waren, daß er mit ihr zu Doktor Kroll nach Tanunda gefahren war. Sie hatte die ganze Fahrt über vor Schmerz geschrien und gewimmert. Doktor Kroll hatte eine lebensgefährliche Blinddarmentzündung diagnostiziert, die sofort operiert werden mußte, Cornelia in sein Automobil verfrachtet und war mit ihnen nach Kapunda gerast, wo sich das nächste Krankenhaus befand.

»Es ist jedoch viel schlimmer gewesen, als Doktor Kroll angenommen hat«, erklärte Burkhardt dumpf. »Der Blinddarm ist durchgebrochen, und der Arzt, der sie operiert hat, hat mir nicht sehr viel …« Er stockte mitten im Satz und biß sich auf die Lippen.

»Ja?«

Burkhardt schluckte schwer. »Er … er hat gesagt, ich solle beten und auf alles gefaßt sein.«

Lena weigerte sich, diese Möglichkeit auch nur in Betracht zu ziehen. »Ach was, Cornelia ist zäh. Sie kommt schon wieder auf die Beine!« versicherte sie, konnte jedoch nicht verhindern, daß auch sie die Panik ergriff.

»Ja, Cornelia wirft so schnell nichts um«, murmelte er und knetete nervös seine Hände. »Sie wird schon wieder gesund werden, nicht wahr?«

»Natürlich wird sie das! Aber sagen Sie, wo haben Sie Anna-Katharina gelassen?«

»Bei Doktor Kroll.«

Lena nickte beruhigt. Bertha Kroll hatte acht eigene Kinder großgezogen und war der Inbegriff mütterlicher Fürsorge. Sie würde wie eine Glucke für das Baby sorgen. »Bei Bertha Kroll ist sie in besten Händen«, meinte sie.

Es vergingen noch Stunden, bis sie endlich zu Cornelia durften. Burkhardt wollte, daß Lena gleich mit ihm ins

Krankenzimmer ging, doch sie bestand darauf, daß er zuerst eine Weile mit seiner Frau allein verbrachte.
Burkhardt kam jedoch schon nach wenigen Minuten, um Lena ins Zimmer zu rufen, als brauche er ihren Beistand.
»Sie ist kaum ansprechbar«, warnte er sie vor, und sein Gesicht war noch blasser geworden. »Aber sie wird sich bestimmt freuen, Sie zu sehen.«
Cornelia nahm die beiden überhaupt nicht wahr. Mit fieberheißem, schweißglänzendem Gesicht und erschreckend schnellem Atem lag sie da. Sie stöhnte und verzog das Gesicht vor Schmerzen.
Die Krankenschwester gab Cornelia deshalb wenig später eine weitere Spritze. »Es sieht nicht gut aus«, sagte sie zurückhaltend, als Lena sie nach dem Zustand ihrer Freundin befragte. »Die Operation ist wohl um einiges zu spät gewesen. In so einem Fall kann auch der beste Arzt nichts mehr ausrichten. Ihr Leben liegt jetzt in Gottes Hand.«
Lena und Burkhardt hielten abwechselnd im Zweistundenrhythmus Wache an Cornelias Bett. Wenn Burkhardt bei ihr war, begab sich Lena in die Kirche St. Rose of Lima, um für ihre sterbenskranke Freundin zu beten und zu bitten.
Am frühen Abend wollte Burkhardt Lena gerade ablösen, als Cornelia ihren Namen rief und für eine Weile dem Schattenreich von Schmerz und Morphium entfloh.
»Erzähl ... mir die ... Geschichte, Lena!« bat Cornelia sie mit schwacher, brüchiger Stimme.
»Welche Geschichte meinst du denn?« fragte Cornelia, während Burkhardt an die andere Seite des Bettes ging und die Hand seiner Frau nahm.
Cornelia rang nach Atem. »Die von ... dem wunderschönen Segelschiff, ... die du ... am Tag der Beerdigung ... deiner Eltern ... deinen ... deinen Geschwistern erzählt hast.«
Lena erschauerte. »Nein!« entfuhr es ihr unwillkürlich.

Burkhardt blickte sie verstört an. »Wovon spricht sie?« fragte er leise.
»Von dem ... Segelschiff ›Destiny‹«, fuhr Cornelia fort und sah Lena beschwörend an. »Bitte, erzähl sie noch einmal ... und diesmal für mich und für Burkhardt ... und für dich, Lena.«
Lena schnürte es die Kehle zu, und sie kämpfte mit den Tränen, denn intuitiv verstand sie, was in Cornelia in dem Moment vor sich ging. Ihre Freundin wußte, daß es Zeit war, Abschied zu nehmen.
»Bitte, Lena!« flüsterte Cornelia. »Ich möchte sie ... noch einmal hören.«
»Du weißt, wovon sie redet?« fragte Burkhardt mit belegter Stimme.
Lena biß sich auf die Lippen und nickte.
»Dann erzählen Sie sie in Gottes Namen!« drängte er.
Lena nickte und riß sich zusammen. »Es ... es stand einst ein junger Mann auf einer Hafenmauer und sah einem Schiff nach, das den Namen ›Destiny‹ trug«, begann sie mit zitternder Stimme.
Ein schwaches Lächeln huschte über Cornelias Gesicht. »Ja, das ist die Geschichte, die mit dem Segelschiff, ... das ›Schicksal‹ heißt! ... Erzähl weiter!«
»Ein geliebter Mensch, von dem er sich nicht hatte trennen wollen und von dem er sich doch hatte verabschieden müssen, befand sich an Bord dieses stolzen Schiffes«, fuhr Lena fort. »Es war ein wunderbarer Morgen. Auf dem Schiff wurden die weißen Segel entrollt, die der Wind dann blähte. Ja, die ›Destiny‹ bot einen prächtigen Anblick. Sie war ein Bild der Stärke und der Schönheit, wie sie mit rauschender Bugwelle durch die See schnitt. Nur entfernte sie sich allzu rasch ...« Ihr liefen die ersten Tränen über das Gesicht, und sie brach ab.

»Weiter!« drängte Cornelia.
»Voller Trauer sah der junge Mann ihr nach, wie sie immer kleiner und kleiner wurde, bis sie sich nur noch wie eine winzige weiße Wolke am Horizont abzeichnete, wo Himmel und See ineinander übergehen. Und unwillkürlich entfuhr ihm diese schmerzliche Bemerkung: ›So, jetzt ist sie weg!‹ In dem Moment sagte ein fremder Mann, der neben ihm ebenfalls dem Schiff nachgeschaut hatte: ›Nein, sie ist nicht weg. Sie ist nur unserer Sicht entschwunden. Die ‚Destiny' ist noch immer so groß und stolz und hoch an Mast und Rah, wie sie war, als sie aus unserem Hafen auslief. Und sie vermag noch immer ihre große Last an Mensch und Fracht zu jenem fernen Ziel zu tragen, das ihr Bestimmungsort ist. Klein wird das Schiff nur in unseren Augen; die ‚Destiny' verliert jedoch nichts von ihrer Größe. Und in dem Moment, wenn wir sagen: ‚Seht, sie ist verschwunden', in just jenem Augenblick rufen andere Stimmen jenseits unseres Horizontes: ›Seht, da kommt sie.‹«
Burkhardt warf Lena einen bestürzten Blick zu und schüttelte stumm den Kopf.
Auf Cornelias Gesicht zeigte sich ein Ausdruck, der zwischen Schmerz und Lächeln lag und wohl beides gleichermaßen beinhaltete. »Ja, das ... das ist die Geschichte ... Aber du hast etwas vergessen, Lena ... Den letzten Satz«, stieß sie mühsam hervor. »Den letzten Satz, Lena! ... Ich will ihn auch hören! Was hat der andere Mann noch ... zu ihm gesagt?«
Lena war blind vor Tränen, als sie mit erstickter Stimme antwortete: »Er hat gesagt: ›Und das, mein Sohn, ist Sterben.‹«
Cornelia nickte schwach, schloß die Augen und begann mit schwacher Stimme ein Gebet, das Lena nur zu vertraut war, hatte ihre Freundin es doch auch am Tag ihrer Rück-

kehr aus dem Kloster an den Betten ihrer Geschwister gesprochen. »Herr, Dein Wille gescheh', auch wenn ich nicht versteh' ... Herr, Dein Wille gescheh', wo ich auch geh' und steh' ... Herr, Dein Wille gescheh', und tut's ... auch noch so weh ...«

Wenig später fiel sie ins Koma, aus dem sie nicht mehr erwachte. Am späten Vormittag des folgenden Tages, keine drei Wochen vor ihrem zweiundzwanzigsten Geburtstag, starb Cornelia.

Lena begriff so wenig wie Burkhardt, daß Cornelia nun nicht mehr bei ihnen war. Der Schock über ihren plötzlichen Tod ließ zuerst keinen Raum für Trauer. Die Beerdigung kam ihr unwirklich wie ein Traum vor. Der Tod ihrer Eltern vor fast anderthalb Jahren hatte sie zwar nicht weniger unverhofft getroffen und sie auch schwer erschüttert; aber sie hatte doch nicht diese grenzenlose Fassungslosigkeit empfunden, die sie jetzt regelrecht taub für alles andere machte. Ihr Vater hatte Probleme mit dem Herzen gehabt, und daß der Tod den Eltern nun einmal unausweichlich war, akzeptierte wohl jedes erwachsene Kind, so groß der Schmerz auch sein mochte, wenn sich diese schlichte Lebensweisheit dann bestätigte. Der tragische Tod ihrer Eltern hatte ihr mit drastischer Nachdrücklichkeit ihre eigene Sterblichkeit vor Augen geführt und sie zum Austritt aus dem Kloster gezwungen. Beides hatte sie tief und schmerzlich getroffen, ja eine Zeitlang sogar in Bitterkeit und Verzweiflung gestürzt. Aber die Erschütterung, die Cornelias Tod auslöste, und die schreckliche Leere, die er in ihr hinterließ, besaßen eine ganz andere Dimension als der Verlust ihrer Eltern.

Burkhardt vergoß nicht eine einzige Träne. Schon im Krankenhaus war er angesichts des unabwendbaren Schicksals verstummt. Er zeigte nicht die geringste Regung während der Beerdigung und wirkte wie versteinert. Seinen Schmerz

verbarg er hinter einer starren ausdruckslosen Maske. Und kaum hatte der Geistliche das letzte Segenswort am offenen Grab gesprochen, als er sich auch schon abrupt abwandte und davonging, ohne auch nur einem der Trauergäste die Chance zu geben, ihm sein Beileid auszusprechen. Als Heinrich Riedberg ihm am Friedhofstor in den Weg trat, um ihm zu kondolieren, ignorierte er nicht nur die ausgestreckte Hand des Apothekers, sondern stieß ihn unsanft und ohne ein Wort beiseite und stürmte davon.
Burkhardt ließ keinen Zweifel daran, daß er niemanden sprechen und niemanden sehen wollte. Lena respektierte seinen Wunsch und hielt sich die ersten Tage fern von »Cawarra«, zumal sie selbst viel zu erschüttert war. Und was hätte sie ihm über den gewöhnlichen und letztlich doch so hilflosen Zuspruch, Kraft im Glauben und in der liebenden Erinnerung zu suchen, auch sagen können, was ihm ein wirklicher Trost gewesen wäre?
Lena beschloß, ihn drei Tage in Ruhe zu lassen und dann am vierten zu ihm zu fahren, um mit ihm zu reden oder zu schweigen.
Burkhardt kam ihr jedoch zuvor. Am dritten Tag nach Cornelias Beerdigung suchte er sie auf »Maralinga« auf. Er kam mit dem schweren Fuhrwerk. Auf der Ladefläche befand sich die Wiege, die er selbst mit großer Sorgfalt gezimmert hatte, sowie ein großer Bastkorb und ein Leinensack. Und neben sich auf dem Kutschbock hatte er ein weich gepolstertes Körbchen festgezurrt, in dem seine Tochter lag. Anna-Katharina schlief tief und fest.
»Was soll das bedeuten, Burkhardt?« fragte Lena voll dunkler Ahnung, als er die Wiege von der Ladefläche hob und sie auf die Veranda stellte.
»Ich bringe dir meine Tochter«, antwortete er. Sein Gesicht war grau und eingefallen. Erst später wurde Lena bewußt,

daß er sie in diesem Moment zum erstenmal duzte. »Nimm dich ihrer an. Du kannst ihr die Mutter ersetzen. Ich kann es nicht.«

Lena war im ersten Moment sprachlos vor Fassungslosigkeit. Sie sollte das Baby aufziehen? Unmöglich!

»Ich habe dir alles gebracht, was Anna-Katharina braucht«, fuhr er hastig fort. »Im Bastkorb sind Windeln sowie alle Strampelanzüge und Kleidchen, die Cornelia für sie genäht und gestrickt hat. Und in dem kleinen Korb da findest du ihre Milchflaschen und ...«

»Warte!« rief Lena bestürzt und schüttelte heftig den Kopf. »Ich kann doch nicht deine Tochter nehmen! Wie hast du dir das denn vorgestellt?«

»Wer sollte sie denn sonst nehmen?« fragte er herausfordernd zurück. »Ich habe doch keine Ahnung, wie man so ein Kleinkind richtig versorgt und aufzieht, das gerade mal entwöhnt ist!«

»Ich auch nicht!« hielt Lena ihm vor, während ein Gefühl von Panik in ihr aufstieg.

»Aber du bist eine Frau!« kam sofort seine Antwort, die klang, als hätte sie etwas ganz Offensichtliches bestreiten wollen.

»Was soll das denn nun heißen?«

Er machte eine ungeduldige Miene. »Das weißt du doch! Euch hat die Natur diesen ... diesen Mutterinstinkt gegeben. Ihr wißt, was ihr zu tun habt und was so ein Baby braucht, wenn es schreit. Ich verstehe davon nichts und würde alles nur falsch machen, selbst wenn ich die Zeit hätte, für sie zu sorgen.«

»Ich bin aber keine Mutter, falls du das vergessen haben solltest!« wehrte sich Lena erbost. »Und wie kommst du zudem auf die Idee, daß ich im Gegensatz zu dir Zeit genug hätte, um neben der Bewirtschaftung des Weinguts und der

Sorge für meine drei Geschwister auch noch dein Kind großzuziehen?«

»Gerade *weil* du schon für drei Kinder zu sorgen hast, wirst du das zehnmal besser machen, als ich es je könnte!« erwiderte er und beteuerte hastig: »Ich komme natürlich für alle Kosten auf, die dir entstehen, das verspreche ich dir. Und ich werde dir auch bei allen Arbeiten auf Maralinga zur Hand gehen. Mir macht harte Arbeit von Sonnenaufgang bis Sonnenuntergang nichts aus, das weißt du ja. Was du nicht schaffst, weil dich meine Tochter zu sehr in Anspruch nimmt, das erledige ich für dich. Du hast mein Ehrenwort, daß das Gut keinen Schaden nehmen wird – und du natürlich auch nicht.«

»Aber darum allein geht es doch gar nicht! Anna-Katharina ist doch *deine* Tochter, Burkhardt! Es ist schrecklich genug, daß sie ihre Mutter verloren hat. Wie kannst du sie ...«

Sein Gesicht nahm einen gequälten Ausdruck an. »Gerade weil sie meine Tochter ist und ich das Beste für sie will, bringe ich sie dir!« fiel er ihr erregt ins Wort. »Ich bin doch den ganzen Tag draußen und habe tausend Arbeiten zu erledigen. Ich müßte sie stundenlang alleine lassen. Du weißt doch selbst, wie es auf ›Cawarra‹ aussieht! Ich muß mich noch Jahre abplagen, um eines Tages auf einen grünen Zweig zu kommen. Wo soll ich dann den ganzen Tag mit der Kleinen hin? Sie braucht doch alle paar Stunden die Flasche, und da ist die Sache mit den Windeln und all das. Mein Gott, ich kann mich einfach nicht um sie kümmern und zugleich ›Cawarra‹ bewirtschaften. Zudem kränkelt sie doch so oft. Jemand muß in ihrer Nähe sein und ein wachsames Auge auf sie haben. Sie braucht einfach die Wärme und Fürsorge einer Frau! Bei dir wächst sie nicht allein und vernachlässigt auf, sondern in einem Haus, wo es noch andere Kinder gibt. Außerdem bist du ihre Patin!«

Lena hatte Anna-Katharina vom Tag ihrer Geburt an ins Herz geschlossen, doch der Gedanke, fortan auch die Verantwortung für sie zu tragen, jagte ihr Angst ein. »Aber es gibt noch einen Paten! Warum fragst du nicht Johanna und Gerhard, ob sie dein Kind nehmen können? Da wäre Anna-Katharina doch am besten aufgehoben. Johanna ist doch schon selbst zweifache Mutter und deshalb erheblich besser als Pflegemutter geeignet als ich.«

Burkhardt schüttelte störrisch den Kopf. »Nein, ich will, daß meine Tochter bei dir aufwächst, hier auf ›Maralinga‹, wo ich sie jeden Tag sehen kann!«

»Aber das ist nicht Grund genug!« rief Lena erregt aus.

»Doch, das ist Grund genug!« erwiderte er heftig. »Cornelia hätte es auch so gewollt, das weiß ich; und du weißt es auch. Wenn ich Anna-Katharina schon weggeben muß, dann will ich, daß sie hier bei dir groß wird! Du hast Cornelia bei der Geburt beigestanden, hier ist meine Tochter zur Welt gekommen. Hier soll sie deshalb auch aufwachsen, weil ich mir sicher bin, daß sie bei dir alles bekommt, was sie braucht.«

Lena fühlte sich rettungslos in der Falle. »Aber das hat doch nichts zu sagen!« beschwor sie ihn. »Um Himmels willen, das kannst du doch nicht machen!«

»Doch, und ich muß es sogar. Bitte, hilf mir und meiner Tochter, Lena!« antwortete er unerwartet leise, jedoch mit einem solch eindringlichen Flehen in der Stimme, daß sie erschauerte. Er nahm seine Tochter aus dem Tragekorb und stieg die Stufen zu ihr hinauf.

Sie wich zurück. »Nein, nein!« rief sie abwehrend. »Das kannst du nicht von mir verlangen, Burkhardt! Das ist nicht recht!«

»Wem sonst könnte ich so vertrauen wie dir?« fragte er mit heiserer Stimme und sah sie beschwörend an. »Bitte nimm

das Kind, um Cornelias willen. Oder willst du, daß ich vor dir auf die Knie falle?«
»Nein!« stieß Lena, die mittlerweile mit dem Rücken zur Tür stand, aufgewühlt hervor. Sie fühlte sich gefangen, jeder freien Entscheidung beraubt, ähnlich wie damals, als der Tod ihrer Eltern ihr keine andere Möglichkeit als den Austritt aus dem Kloster gelassen hatte.
Burkhardt legte ihr das Baby in die Arme. »Bei dir wird sie es gut haben«, flüsterte er.
Lena konnte gar nicht anders, als das kleine rosige Bündel zu umschließen und Anna-Katharina an ihre Brust zu drücken. Zorn über ihre Ohnmacht mischte sich mit einem Gefühl der Zärtlichkeit, das diesem kleinen Wesen in ihren Armen galt, das den Schlaf der Unschuldigen schlief und nicht einmal ahnte, was mit ihm geschah.
»Lena, bitte! In Gottes Namen«, sagte Burkhardt leise und sah sie flehentlich an.
»Also gut, ich sorge für sie«, versprach sie noch immer widerstrebend. »Aber nur für eine Weile als Übergangslösung, bis wir eine andere Möglichkeit gefunden haben!«
»Einverstanden«, sagte Burkhardt, doch Lena wußte instinktiv, daß er keine andere Lösung finden und daß diese Weile letztlich Jahre andauern würde.

28

Marianne und Franziska überschlugen sich vor Freude, als sie an jenem letzten Tag im April von der Schule nach Hause kamen und erfuhren, daß Cornelias Baby bei ihnen aufwachsen würde.
Sogar Andreas stimmte in den Überschwang ein, selbst wenn er zuerst einmal die Augen verdrehte und eine spöttische Bemerkung losließ: »Noch ein Mädchen im Haus? Das hat mir gerade noch gefehlt! Bei vier zu eins stehe ich hier ja auf total verlorenem Posten!«
Die Geschwister versprachen in ihrer ersten Begeisterung sogar hoch und heilig, sich viel Zeit für das Baby zu nehmen, damit nicht alle Arbeit an ihrer großen Schwester hängenblieb. Lena gab sich jedoch keinen falschen Hoffnungen hin. Sie wußte, daß der Eifer ihrer Geschwister sehr schnell nachlassen würde, sobald das Neue erst Alltag geworden war.
Und genau so verhielt es sich dann auch. Gern wollten sie mit Anna-Katharina spielen, sie abwechselnd im Arm halten, ihre Wiege schaukeln und sie eine Zeitlang im Kinderwagen über den Hof fahren. Erstaunlicherweise zeigte ausgerechnet Andreas dabei die größte Ausdauer und Hingabe. Er brachte sogar häufig die Geduld auf, der Kleinen die Flasche zu geben und zu warten, bis sie ihr Bäuerchen gemacht hatte. Aber alles andere überließ er genau wie Marianne und Franziska seiner großen Schwester, insbesondere natürlich das häufige Wechseln und Waschen der

Windeln. Ihm reichte, wie er einmal zu seiner Verteidigung anführte, daß er ja schon regelmäßig den Stall ausmisten mußte.

Lena sah ihren Geschwistern das schnelle Erlahmen ihrer Begeisterung nach. Schließlich waren sie ja selbst noch Kinder, was sie manchmal vergaß. Es genügte, daß sie Anna-Katharina weiterhin ihre Zuneigung schenkten und sie wie ihre kleine Schwester behandelten.

Dagegen verübelte sie Burkhardt noch Wochen später, daß er sie schlichtweg überrumpelt und ihr durch seinen moralischen Appell, ihrer verstorbenen Freundin diesen Dienst schlichtweg schuldig zu sein, gar keine andere Wahl gelassen hatte, als Anna-Katharina bei sich aufzunehmen. Aber diesen Ingrimm übertrug sie nicht auf das Baby. Sie brauchte auch nicht erst groß den Entschluß zu fassen, diesem Kind all ihre Liebe und Fürsorge zu schenken. Selbst wenn sie Anna-Katharina nicht schon längst in ihr Herz geschlossen hätte, wäre wohl nur ein Blick auf dieses zierliche Geschöpf mit den großen blauen Augen vonnöten gewesen, um Mutterinstinkte in ihr zu wecken. Wie konnte jemand, der nicht gerade ein Herz aus Stein besaß, auch etwas anderes als den Wunsch verspüren, dieses Kind nach besten Kräften zu beschützen und alles in seiner Macht Stehende zu tun, damit es gesund und glücklich heranwuchs? Und ihre anfängliche Angst, mit dieser Aufgabe überfordert zu sein, hatte sich schon nach wenigen Tagen verflüchtigt.

In den ersten Wochen holte sich Lena allerdings noch häufig bei Johanna Rat, die sich überhaupt nicht überrascht zeigte, als sie erfuhr, daß Burkhardt seine Tochter nach »Maralinga« gebracht hatte. »Du bist Cornelia eben ganz besonders nahe gestanden«, sagte sie verständnisvoll, wenngleich mit einer Spur Betrübnis in der Stimme, selbst nicht gefragt worden zu sein. »Zudem seid ihr Nachbarn, während wir ja auf der anderen Seite von Marienthal wohnen. Da hätte Burkhardt immer einen recht weiten Weg gehabt, wenn er seine Kleine hätte sehen wollen.«

»Ja, das hat wohl letztlich auch den Ausschlag gegeben. Burkhardt hatte nämlich schon überlegt, ob er euch bitten sollte«, erklärte Lena, was noch nicht einmal gelogen war. »Aber er wollte dir das dann einfach nicht zumuten, wie er mir gesagt hat. Denn du hast ja mit deinen beiden Kindern, deinem Ehemann und deinen pflegebedürftigen Schwiegereltern mehr als genug zu tun.«

»Sicher, aber für ein Kind ist immer Platz in unserer Familie«, erwiderte Johanna, beließ es dann jedoch dabei und erteilte Lena eine ganze Reihe praktischer Ratschläge, worauf sie bei einem Baby zu achten habe, von wunden Stellen bis hin zu Durchfall und anderen Problemen. Sie fuhr fortan auch öfter nach »Maralinga«, um nach Lena und ihrem Zögling zu sehen. Die Freundschaft der beiden Frauen, die bis dahin von recht oberflächlicher Natur gewesen war und sozusagen im Schatten ihrer innigen Verbundenheit mit Cornelia gestanden hatte, festigte und vertiefte sich dadurch im Laufe der nächsten Monate. Lena wußte zwar, daß Johanna ihr nie so sehr ans Herz wachsen würde, wie es bei Cornelia der Fall gewesen war; aber deshalb wußte sie doch die aufrichtige Freundschaft zu schätzen, die sie mit Johanna und auch mit Gerhard verband.

Während die kühlen, verregneten Wintermonate im Barossa-Tal verstrichen, schickte Patrick – den sie zu ihrer eigenen Überraschung mehr als gedacht vermißte – regelmäßig Briefe aus dem sommerlichen Europa. Sie waren voller amüsanter Beschreibungen von Land und Leuten sowie seinen »drei Grazien«, wie er seine Schutzbefohlenen spöttisch nannte. Lena hob sie alle sorgfältig in ihrer Wäschekommode in ihrem Schlafzimmer auf und holte sie immer wieder einmal hervor. Doch stets las sie die Briefe mit gemischten Gefühlen. Denn immer wieder wanderten ihre Gedanken zurück zu jenem sonnigen Nachmittag am St. Patrick's Day, als Patrick sie auf der Wiese so leidenschaftlich geküßt und liebkost hatte. Dann grübelte sie darüber nach, wie es wohl sein mußte, wenn diese Leidenschaft auch von ihr Besitz ergriff. Und bisweilen beschäftigte sie auch die bange Frage, ob sie damals richtig gehandelt hatte und ob es nicht vielleicht besser gewesen wäre, wenn sie sich und Patrick mehr Zeit gelassen hätte.

In den Monaten, die Patrick mit seinen drei Begleiterinnen auf seiner *grand tour* in Europa verbrachte, bemühte sich Burkhardt auf seine beharrliche Art, ihr Wohlwollen zurückzugewinnen. Er stellte unter Beweis, daß er seinen Teil ihrer Vereinbarung ernst nahm. Er machte es sich deshalb zur Gewohnheit, am frühen Morgen zuerst für zwei, drei Stunden nach »Maralinga« zu kommen und dort einige wichtige Arbeiten zu erledigen, bevor er sich auf seinem eigenen Grund und Boden abmühte. Am Abend erschien er dann noch einmal auf »Maralinga«, um mit Lena weitere Aufgaben für den nächsten Tag zu bereden und um ein wenig mit seiner Tochter zu spielen, die er mehr liebte, als er zeigen wollte. Manchmal kam er schon vor dem Abendessen, gelegentlich auch erst nach ihrer Essenszeit.

Eines Tages platzte Lena der Kragen. »Du würdest es mir leichter machen, wenn du nicht nach Gutdünken hier hereinschneien, sondern jeden Tag zur gleichen Zeit kommen würdest!« teilte sie ihm unwirsch mit.

»Dann sag mir, welche Zeit dir am besten paßt«, schlug er vor. »Soll ich lieber vor oder nach dem Abendessen kommen?«

»Warum kommst du nicht *zum* Essen?« fragte sie ärgerlich

zurück, hielt sie seine Rücksichtnahme doch für unsinnig und geradezu lächerlich. Warum sollten sie nicht gemeinsam zu Abend essen?
»Weil ich dir auch so schon genug Arbeit mache.«
»Ob ich nun für vier und ein Baby oder für fünf und ein Baby koche, macht nun wirklich keinen so großen Unterschied. Und ich will lieber nicht wissen, was du abends ißt; bestimmt nichts Warmes!«
»Nein«, gestand er.
»Also, du kommst von jetzt an abends zur Essenszeit!« bestimmte Lena energisch. »Dann weiß ich wenigstens, woran ich bin!«
»Danke«, sagte er schlicht. Daß er auch für diese Kosten aufkam, verstand sich für ihn von selbst.
Fortan traf Burkhardt jeden Tag pünktlich zum Abendessen auf »Maralinga« ein, und er brachte bald seine Zeitung mit, zu deren Lektüre er tagsüber nicht kam. Er gewöhnte es sich an, nach dem Abwasch am Küchentisch sitzen zu bleiben und zu lesen, während Lena ihre Geschwister und Anna-Katharina zu Bett brachte.
Lena merkte recht schnell, wie positiv sich Burkhardts häufige Anwesenheit auf dem Weingut und vor allem seine Gegenwart bei Tisch auf das Verhalten ihrer Geschwister auswirkte. Franziska adoptierte ihn in ihrem Herzen kurzerhand als Ersatzvater. Auch Andreas freute sich und machte keinen Hehl aus seiner Erleichterung, daß endlich wieder ein Mann auf alles ein Auge hatte und er wenigstens beim Abendessen nicht länger das einzige männliche Wesen an einem Tisch voller Weiberröcke war. Allein Marianne, die ihre große Schwester immer wieder mit ihrer geradezu provokanten Aufsässigkeit reizte, gefiel die Regelung nicht; was kein Wunder war, denn vor ihm hatte sie Respekt. Sie wagte es von nun an entschieden seltener, sich Anordnun-

gen zu widersetzen. Auch wandte sie plötzlich auffallend mehr Sorgfalt für ihre Hausaufgaben auf, weil sie wußte, daß Burkhardt abends danach fragen und sie zurechtstauchen würde, wenn sie geschludert hatte.

Burkhardts Beharrungsvermögen obsiegte schließlich über Lenas Vorsatz, es ihm diesmal nicht so leicht zu machen; aber es entsprach auch nicht ihrem Wesen, nachtragend und unversöhnlich zu sein. Außerdem wurde ihr klar, daß es ihm unmöglich gewesen wäre, Anna-Katharina aufzuziehen und gleichzeitig auf »Cawarra« seiner Arbeit nachzugehen. Denn seine Tochter bedurfte aufgrund ihrer labilen Gesundheit der intensiven Fürsorge.

Lena und ihre Geschwister gewöhnten sich rasch an Burkhardts Anwesenheit. Und schon nach wenigen Monaten wurde Lena bewußt, daß sich diese Arbeitsaufteilung auch für sie und das Gut bezahlt machte. Denn Burkhardt stürzte sich nicht nur auf »Cawarra«, sondern auch auf »Maralinga« mit einem Enthusiasmus in die Arbeit, der ihr schon bald Sorgen bereitete. Sie verstand zwar, wie sehr ihn der Tod seiner Frau mitnahm – auch wenn er kein Wort darüber verlor und seine Trauer mit sich abmachte – und daß er Zuflucht in der Arbeit bis zur Erschöpfung suchte. Aber als mit der Jahreswende 1911/12 der Sommer wieder ins Land zog und seine Arbeitswut sogar in der brütenden Hitze nichts von ihrer besorgniserregenden Intensität verlor, versuchte sie seiner Verbissenheit Einhalt zu gebieten. Mehr als einmal beschwor sie ihn eindringlich, nicht solch unverantwortlichen Raubbau mit seinem Körper zu treiben. »Auch der beste Ochse kann nicht für zwei pflügen, Burkhardt!« hielt sie ihm einmal erregt vor.

»Danke für den reizvollen Vergleich«, sagte er bissig. »Oder darf ich mich geschmeichelt fühlen, daß du mich nicht mit einem Esel vergleichst?«

Lena wußte nur zu gut, daß er sie so vom Kern der Sache abzulenken versuchte, und ging deshalb erst gar nicht darauf ein. »Nicht einmal wenn du Herkules und Samson in einer Person wärst, könntest du ›Cawarra‹ in wenigen Jahren zu einem ertragreichen Weingut machen und zugleich auch noch auf ›Maralinga‹ all das richten, was mein Vater und Krautscheid jahrelang versäumt haben. Wir kommen auch mit geringen Erträgen über die Runden. Hör also bitte auf, dich so abzuschuften, daß du vor Erschöpfung kaum noch aus den Augen gucken kannst!«

Burkhardt wollte jedoch nichts davon wissen. Ihr gutes Zureden blieb ebenso erfolglos wie ihre ärgerlichen Ermahnungen, endlich zur Vernunft zu kommen. Er stellte sich stur und machte weiter wie bisher.

An einem besonders heißen Januartag brach Burkhardt schließlich erschöpft und von einem Hitzschlag getroffen zwischen den Rebstöcken von »Maralinga« zusammen. Lena fand ihn, als sie ihm Butterbrote und eine Thermoskanne mit kühlem Zitronentee bringen wollte. Er lag bewußtlos neben dem Handkarren. Lena wußte sofort, was geschehen war und was sie zu tun hatte. Sie flößte ihm soviel Zitronentee wie möglich ein, goß ihm einen gut Teil über den Kopf und näßte mit dem Rest ihre Schürze, die sie ihm um Stirn und Nacken legte. Dann hievte sie ihn auf den Handkarren und brachte ihn zum Haus zurück. Mit Mühe schleppte sie ihn die Treppe hinauf und legte ihn in der guten Stube auf das Sofa. Sie verdunkelte das Zimmer, gab ihm reichlich zu trinken und tauschte ständig die nassen Tücher aus, mit denen sie seinen Kopf, Brust und Arme kühlte.

Lena hielt ihren Zorn zurück, solange Burkhardt sich elend fühlte. Als er einige Stunden später jedoch auf dem Weg der Besserung war, ließ sie ihrer Wut freien Lauf.

Sprachlos saß er da, als sich ihr seit Wochen angestauter Zorn über ihn und seine Starrköpfigkeit entlud: »Also wem willst du denn hier was beweisen? Mich beeindruckt dein idiotischer Arbeitseifer jedenfalls nicht. Im Gegenteil, ich finde ihn verantwortungslos!« schloß sie ihre erregte Standpauke. »Meinst du wirklich, daß du mir und deiner Tochter einen Gefallen tust, wenn du dich zu Tode schuftest? Ja merkst du nicht, wie egoistisch du dich verhältst? Du kannst noch so viel arbeiten, Cornelias Tod wirst du dennoch nicht ungeschehen machen, Burkhardt. Und wenn das deine Art ist, mit ihrem Tod zurechtzukommen, dann hast du einen verhängnisvollen Irrweg eingeschlagen. Hab doch endlich den Mut, um Cornelia zu trauern, statt vor deinem Kummer und Schmerz davonzulaufen! Du hältst das vielleicht für männlich und tapfer, dabei ist es in Wirklichkeit Feigheit.«

In stummer Verstörung starrte er sie an.

»Du brauchst mich gar nicht so ungläubig anzuschauen, Burkhardt! Ja, es ist Feigheit«, wiederholte sie ihren Vorwurf erbost. »Und ich bin nicht gewillt, für einen Feigling das Kindermädchen zu spielen. Wenn du also nicht zur Vernunft kommst und die Dinge in Zukunft so angehst, wie man es von einem verantwortungsbewußten Mann erwarten kann, will ich dich und deine Tochter nicht mehr auf ›Maralinga‹ sehen!« Sie hoffte, daß er ihr Ultimatum nicht als Bluff durchschaute; denn natürlich würde sie es niemals übers Herz bringen, ihre Drohung wahrzumachen und seiner Tochter so etwas Herzloses anzutun.

Burkhardt sah sie einen Moment gequält an und schüttelte den Kopf, wobei sich seine Augen mit Tränen füllten. Er wandte sich ab und schlug die Hände vors Gesicht.

Lena biß sich auf die Lippen. Es war das erstemal, daß sie ihn weinen sah. Seine Schultern zuckten, und ein verzwei-

felter Schluchzer entrang sich seiner Kehle. Sie wollte zu ihm gehen und ihre Arme tröstend um ihn legen, doch widerstand sie diesem Impuls, denn sie fürchtete, Burkhardt könnte meinen, sich zusammenreißen und die Tränen zurückhalten zu müssen. Also sagte sie nur: »Ich brühe uns gleich eine Tasse Tee auf, aber es wird wohl etwas dauern«, um ihm zu verstehen zu geben, daß er eine Weile ungestört sein würde. Sie ging aus dem Zimmer und zog die Tür sanft hinter sich ins Schloß. In der Küche sank sie auf den nächsten Stuhl und ließ ihren eigenen Tränen – von denen einige auch Tränen der Erleichterung waren – freien Lauf.
Eine gute Stunde später kehrte Lena mit dem frischen Tee zu Burkhardt zurück. Gefaßt, aber mit noch immer geröteten Augen saß er in dem schweren Sessel, der einst der Lieblingsplatz ihres Vaters gewesen war.
»Danke«, sagte Burkhardt mit belegter Stimme und ohne sie anzusehen.
Lena wußte, daß er damit nicht den Tee und die Gurkensandwiches meinte, die sie gebracht hatte; sie begnügte sich mit einem Nicken als Antwort.
Sie berührten den Vorfall weder jetzt noch später je mit einem einzigen Wort. Burkhardt äußerte sich auch nicht zu ihrem harschen Ultimatum. Als sie jedoch über die Arbeit der nächsten Wochen und Monate sprachen, gab er ihr zu verstehen, daß er über ihre Vorwürfe nachgedacht und beschlossen hatte, sie sich zu Herzen zu nehmen.
»Ich schätze, es wird wohl doch noch zwei bis drei Jahre dauern, ehe wir eine wirklich gute Ernte auf ›Maralinga‹ einbringen und in Betracht ziehen können, eigenen Wein zu keltern.«
Lena wagte ein verhaltenes Lächeln. »Das ist ganz in Ordnung, Burkhardt. Ich bin schon mehr als dankbar, daß wir

keine Not zu leiden haben und es mit dem Weingut langsam wieder aufwärts geht.«

Zwei Wochen später teilte er ihr mit, daß er sein Zeitungsabonnement gekündigt habe.

»Aber warum denn das? Deine abendliche Zeitungslektüre ist dir doch immer heilig gewesen!« sagte sie verwundert und fügte mit gutmütigem Spott hinzu: »Außerdem wird es mir wirklich fehlen, wenn du mir nicht mehr dieses und jenes aus der Zeitung vorliest und dich gewaltig über die Unfähigkeit unserer Politiker aufregst.«

Er lachte verlegen. »Du übertreibst zwar, aber wichtig ist es mir schon, über alles gut informiert zu sein, was in der Welt so passiert. Und ich habe deshalb eigentlich auch nicht vor, auf meine Zeitung zu verzichten.«

»Was heißt ›eigentlich‹?«

Burkhardt druckste ein wenig herum und rückte dann schließlich mit der Sprache heraus: »Nun, ich wollte dich um den Gefallen bitten, die Zeitung für mich zu abonnieren und nach ›Maralinga‹ liefern zu lassen. Ich meine, ich bezahle natürlich für die Zeitung, so wie bisher auch!« versicherte er hastig.

Erstaunt sah sie ihn an.

»Du weißt doch, daß die Zeitung immer erst am späten Vormittag kommt und daß ich dann manchmal schon wieder hier bei euch bin«, fuhr er schnell fort. »Und oft genug vergesse ich in der Eile auch, sie mitzunehmen. Na ja, und da ich doch sowieso jeden Abend da bin, dachte ich, es wäre doch viel praktischer, wenn die Zeitung gleich hierher käme. Vorausgesetzt natürlich, daß du damit einverstanden bist!«

»Natürlich bin ich damit einverstanden!« antwortete sie. »Warum sollte ich denn etwas dagegen haben?«

Er zuckte die Achseln. »Du weißt ja, wie die Leute sind. Sie könnten reden.«

Lena lachte. »Die reden doch so oder so, Burkhardt«, sagte sie und bestellte tags darauf die Zeitung auf ihren Namen.
Am selben Tag erhielt sie nach über drei Monaten des Schweigens wieder einen Brief von Patrick.

29

Der Brief kam aus der Schweiz, genaugenommen aus Genf, und trug auf dem Umschlag die aufgedruckte Adresse eines Hotels namens »Jardin«. Voller Freude und Spannung riß Lena den Büttenumschlag auf.
Patrick weilte nun fast schon ein Jahr in Übersee. Er hatte die drei ihm anvertrauten Grazien im Herbst nach Abschluß der *grand tour* der Obhut eines angesehenen älteren Adelaider Kaufmanns übergeben, der mit Frau und Schwägerin auf demselben Schiff die Rückfahrt nach Australien angetreten hatte. Damals hatte Patrick ihr geschrieben, er habe noch längst nicht genug von Europa gesehen und deshalb die Einladung eines Hotelier-Sohnes namens Robert Traussnig angenommen, mit ihm und seiner Clique die Wintermonate in den Schweizer Alpen zu verbringen. Begeistert hatte er ihr dann Anfang Dezember von seinen Fortschritten im Skifahren berichtet.

Liebe Lena,
das wird mein erstes Weihnachtsfest, das ich nicht unter brütender australischer Sonne, sondern im Schnee erlebe. Der einzige Wermutstropfen dabei ist, daß Du nicht bei mir bist! Aber halt, ich habe Dir ja versprochen, Dir nicht mehr zu schreiben, wie oft ich an Dich denke und mir wünsche, Du wärest an meiner Seite. Aufbruch zu neuen Ufern, darauf haben wir uns doch geeinigt, nicht wahr? Nur daß

manch schmerzhafte Weite so schwer zu bewältigen ist. Aber ich wollte Dir ja von Robert und seiner verrückten Clique erzählen sowie von dem Chalet berichten, das seine Eltern in den Bergen bei St. Moritz besitzen ...

Das war sein letzter Brief gewesen. Danach hatte sie keine Post mehr von ihm erhalten, was sie beunruhigt hatte. Denn bis dahin hatte er ihr regelmäßig im Abstand von höchstens zwei, drei Wochen geschrieben. Nun waren mehr als drei Monate vergangen, eine lange Zeit, die viel Raum für Sorgen und Spekulationen ließ.
Doch schon nach wenigen Zeilen stieß Lena auf die Antwort, warum Patrick so lange nichts von sich hatte hören lassen.

Liebe Lena,
Du wirst es kaum glauben, und manchmal kommt es mir selbst noch wie ein Traum vor, aber seit Neujahr trage ich einen Ehering am Finger! Ich bin mit Waltraud Traussnig verheiratet, der ältesten Schwester meines Freundes Robert. Weißt Du, daß sie mir manchmal gar nicht wie Roberts, sondern wie Deine Schwester vorkommt?

Lena unterbrach die Lektüre mit einem flauen Gefühl, ließ den Brief auf den Küchentisch sinken und blickte aus dem Fenster auf den Hof hinaus, ohne jedoch die Wirtschaftsgebäude und die dahinter liegenden Weinberge wirklich zu sehen.
Patrick war verheiratet, war seit Neujahr der Ehemann einer Frau namens Waltraud!
Die Nachricht setzte ihr mehr zu, als sie im ersten Moment

zugeben wollte. Daß er so schnell zu einer anderen Frau in Liebe entflammt war, gab ihr einen Stich ins Herz. Irgendwie fühlte sie sich hintergangen und um etwas Kostbares betrogen, von dem sie bislang gedacht hatte, daß es nur ihr allein zustand. Als ihr jedoch zu Bewußtsein kam, welch unmögliche und ungerechte Gedanken ihr da durch den Kopf gingen, verwandelten sich ihre verletzten Gefühle in Scham und Betroffenheit. Wie konnte sie Patrick auch nur einen Wimpernschlag lang Betrug vorwerfen? Sie hatte es doch in ihrer Hand gehabt, seine Frau zu werden. Er hatte viel Geduld mit ihr gehabt und ihr wahrlich Zeit genug gelassen, sich über ihre Gefühle für ihn klarzuwerden. Ja, hatte sie denn vergessen, daß sie seine Liebe nicht erwidert und ihm alle Hoffnung genommen hatte? Und hatte sie ihn nicht auch noch damit getröstet, daß er schon noch die richtige Frau finden würde, die seine Liebe erwidern und ihm das Glück schenken würde, das er verdiente? Offenbar hatte er diese Frau jetzt gefunden, und deshalb sollte sie sich für ihn freuen und den beiden alles nur erdenklich Gute auf dieser Welt wünschen, statt ... ja, eifersüchtig zu sein! Denn anders als Eifersucht konnte man das nicht nennen, was da im ersten Moment in ihr aufstieg.

Lena wurde plötzlich aus ihren Gedanken gerissen, als sie Anna-Katharina schreien hörte, die bis dahin fest geschlafen hatte. Sie sprang auf, lief schnell zum Bettchen hinüber und nahm das Kind auf, das schon die Ärmchen nach ihr ausstreckte. »Ich bin ja da, mein Liebling. Es ist ja gut.« Mit sanfter Stimme redete sie beruhigend auf Anna-Katharina ein, wiegte sie in den Armen und strich ihr zärtlich über Haar und Wangen. Wie sehr ihr dieses Kind in dem knappen Jahr, das seit Cornelias jähem Tod verstrichen war, doch ans Herz gewachsen war! Welche Freude, ja Glück die Kleine doch in ihr Leben gebracht hatte! Wenn Anna-

Katharina sie anlächelte, hatte sie das Gefühl, vor Liebe dahinzuschmelzen. Und jedes neue Wort, das sie lernte, und jeder andere Fortschritt erfüllte sie mit mütterlichem Stolz. Als Anna-Katharina ihre ersten Schritte gemacht hatte, war sie so aufgeregt gewesen, daß sie mit der Neuigkeit nicht bis zur Mittagspause hatte warten können. Sie war mit ihr zu Burkhardt in die Weinberge gelaufen, um ihm zu zeigen, was seine Tochter plötzlich konnte. Und dann hatten sie beide fast eine geschlagene Stunde damit zugebracht, Anna-Katharina bei ihren wackeligen Gehversuchen zuzusehen und sie vom einen zum anderen laufen zu lassen, als gäbe es sonst nichts Wichtigeres auf Erden.

Manchmal vergaß Lena auch ganz, daß Anna-Katharina nicht ihr eigenes Kind war. Und immer öfter überkam sie der Wunsch, dieses Wunder der Schwangerschaft und Geburt am eigenen Leib zu erfahren, mit überwältigender Macht. In diesen Momenten wurde ihr dann auch bewußt, daß ihre Sehnsucht nach einer Rückkehr ins Kloster längst jene schmerzlich drängende Kraft verloren hatte, die ihr in den ersten Monaten nach dem Tod ihrer Eltern so zugesetzt hatte. Es gab zwar noch immer Zeiten, da sie sich nach der Stille des klösterlichen Lebens und der relativen Sorglosigkeit zurücksehnte. Aber diese Sehnsucht war nur noch ein schwaches Echo dessen, was sie einst völlig erfüllt und als Berufung empfunden hatte. Die Vorstellung, ihre Geschwister sich selbst zu überlassen, »Maralinga« den Rücken zu kehren und Anna-Katharina nicht mehr um sich zu haben, hatte nichts Verlockendes mehr an sich, sondern weckte Bedrückung in ihr.

Lena ließ sich viele Tage Zeit, bevor sie Patrick antwortete. Doch als sie ihn dann zur Hochzeit gratulierte und ihm und seiner Frau alles Glück auf Erden wünschte, da kamen diese guten Wünsche von Herzen und ohne heimliche Vorbehalte. Am selben Tag stellte sie auch für ihn und Waltraud eine Kerze in der Kirche auf. »Möge dir deine Frau Waltraud all das schenken, was ich dir nicht geben konnte. Werde glücklich mit ihr. Du hast es verdient, Patrick«, flüsterte Lena und wunderte sich, daß sie plötzlich Tränen in den Augen hatte.

Diesmal antwortete ihr Patrick umgehend mit einem mehrseitigen Brief, und aus seinen Zeilen sprach große Erleichterung, daß er ihre Gefühle mit seiner doch überraschend schnellen Hochzeit nicht verletzt hatte. »Du wirst dennoch immer einen ganz besonderen Platz in meinem Herzen einnehmen, den niemand Dir streitig machen kann«, beteuerte er, und als sie das las, mußte sie gegen ihren Willen weinen, weil sie ihre Einsamkeit und die tiefe Sehnsucht nach einer erfüllenden Liebe in diesem Moment als besonders schmerzlich empfand. Er versprach, ihr nun auch wieder regelmäßig zu schreiben; ein Versprechen, das er auch hielt. Doch ganz allmählich wurden die Abstände zwischen den einzelnen Briefen dann doch immer größer, was allerdings auch an Lena lag. Denn oft ließ sie Wochen, manchmal sogar Monate verstreichen, ehe sie endlich Zeit und die rechte Stimmung fand, sich an ihren Sekretär zu setzen, um seinen letzten Brief zu beantworten. Es drängte sie auch immer weniger, ihm von ihrem Leben zu berichten, das sich ja doch nur in profanen Alltäglichkeiten erschöpfte. Und so interessant und amüsant seine Briefe auch waren – in denen er seine Frau übrigens so gut wie nie erwähnte –, so fehlte doch spürbar der gemeinsame Bezug. Sie lebten eben in zwei völlig verschiedenen Welten, und diese Welten schienen sich immer weiter voneinander zu entfernen.

»Mit der Zeit werden Freunde in der Ferne zu Fremden«, bemerkte Johanna einmal, und Lena konnte ihr nur mit traurigem Herzen zustimmen.

Die Nachricht, daß Patrick Finnegan in der Schweiz die Tochter eines Genfer Hoteliers geheiratet hatte und nach der Hochzeitsreise, die das Paar nach Ägypten führte, in das Geschäft seines Schwiegervaters eintreten würde, erschien bald auch in der Lokalzeitung – zusammen mit einem Foto, auf dem das Brautpaar auf den Stufen einer Kirche in die Kamera lachte.
»Wo die Liebe hinfällt und man ihr Zeit läßt, Wurzeln zu schlagen!« murmelte Burkhardt mit leichtem Spott, als er in der Zeitung auf den kurzen Artikel stieß. Doch das war sein einziger Kommentar, obwohl er sehr wohl wußte, wie nahe Lena und Patrick sich gestanden hatten. Aber er verkniff sich jede weitere Äußerung, und Lena war ihm im stillen dankbar dafür, daß sie nicht so tun mußte, als würde sie Patricks unverhoffte Heirat völlig gleichgültig lassen.
Martin Luckenbach hatte die Meldung im »Südaustralischen Freund« offenbar auch gelesen oder zumindest davon gehört. Denn nun ließ er sich auffällig oft unter allerlei Vorwänden auf »Maralinga«, blicken, lief Lena auf dem Markt in Tanunda auffällig oft über den Weg und kam sonntags scheinbar zufällig immer gleichzeitig mit ihr aus der Kirche.
Lena fühlte sich geschmeichelt und amüsierte sich zugleich. Martin war ein netter und sogar recht gutaussehender junger Mann, und es bestand für sie bald kein Zweifel mehr, daß er ihr den Hof machte. Als er schließlich all seinen Mut zusammennahm und sie zum winterlichen Siedlerball einlud, fand sie es jedoch an der Zeit, ihn vor falschen Hoffnungen zu bewahren. »Ich würde ja gerne gehen, Martin«, begann sie, und seine Augen strahlten schon vor Freude, doch dann fügte sie hinzu: »Aber ich fürchte, du könntest es falsch verstehen.«
»Wieso sollte ich das falsch verstehen?« fragte er irritiert.

Lena wußte, daß man über sie und Patrick schon getuschelt hatte, kaum daß sie aus dem Kloster auf das elterliche Weingut zurückgekehrt war und begonnen hatte, sich regelmäßig mit ihm in den Bergen zu treffen. Martin hatte von ihrer besonderen Beziehung zu Patrick natürlich genauso gewußt wie alle anderen unverheirateten jungen Männer von Marienthal und Umgebung. Doch nachdem Patrick nun verheiratet war und in der fernen Schweiz lebte, rechnete Martin sich offenbar Chancen aus, ihr Herz zu erobern.

»Ich bin zwar unverheiratet, aber dennoch nicht frei, Martin«, antwortete sie.

»Du meinst, du spielst immer noch mit dem Gedanken, eines Tages ins Kloster zurückzugehen?« fragte er sichtlich enttäuscht.

»Darüber nachdenken tue ich schon, wenn auch nicht mehr so intensiv wie früher, aber das meinte ich eigentlich nicht.«

»Sondern?«

»Ich habe nicht nur die Verantwortung für ›Maralinga‹ und meine drei Geschwister übernommen, sondern auch mit Burkhardt vereinbart, daß ich sein Kind aufziehe und er mir dafür hier auf dem Weingut zur Hand geht, wie jeder weiß«, erklärte Lena. »Und diese Verpflichtung steht für mich heute und morgen und wohl auch noch in einigen Jahren an erster Stelle.«

Martin verstand, was sie damit sagen wollte – nämlich daß jeder Mann, der es ernst mit ihr meinte, sie nicht von all diesen Verpflichtungen abhalten konnte, sondern bereit sein mußte, sie lange Zeit auch zu seinen eigenen Anliegen zu machen.

Lena sah ihm das Dilemma förmlich an, in dem er sich jetzt befand. Ihm war offenbar erst jetzt mit einem Schlag bewußt geworden, daß er sozusagen einer Frau mit vier Kindern und einem heruntergewirtschafteten Weingut den Hof

machte. Die Konsequenzen, die sich aus dieser vertrackten Konstellation ergaben, hatte er bislang nicht bedacht. Und jetzt wußte er nicht, wie er reagieren sollte, ohne Lena zu verletzen.
Um ihm einen ehrenvollen Rückzug zu ermöglichen, sagte Lena deshalb betont unbekümmert: »Ich glaube nicht, daß eine feste Vereinbarung eine so gute Idee ist, Martin. Denn ich weiß ja noch nicht einmal, ob ich an diesem Abend auch wirklich kann. Wenn man für vier Kinder zu sorgen hat, muß man ständig damit rechnen, daß etwas dazwischenkommt.«
»Ich verstehe«, erwiderte Martin unsicher.
»Aber wenn ich es einrichten kann, werde ich Burkhardt bitten, mich zum Siedlerball zu begleiten. Und wenn wir uns dann dort sehen und du Lust auf einen Tanz mit mir hast, würde ich mich freuen, wenn du mich mal auffordern würdest. Wollen wir es so halten?«
Martin nickte verlegen. »Ja, gut«, stimmte er zu und wußte wohl nicht, ob er enttäuscht oder erleichtert sein sollte. »Dann will ich dich auch nicht länger aufhalten.« Er verabschiedete sich schnell und radelte vom Hof.
Lena nahm schon nach kurzem Überlegen von der Idee Abstand, Burkhardt zu bitten, sie zum Siedlerball zu begleiten. Er könnte eine solche Bitte möglicherweise falsch verstehen, und sie wollte jegliches Mißverständnis vermeiden.
Johanna half ihr, ohne es zu ahnen, aus der Klemme, als sie am Sonntag nach der Kirche noch wie üblich eine Weile beieinanderstanden und plauderten. Sie machte plötzlich den Vorschlag, gemeinsam zum Siedlerball zu gehen.
Burkhardt wehrte erst ab. »Das ist nichts für mich, Johanna. Und was sollen die Leute da denken?«
»Wie, was sollen die Leute da denken?« fragte Gerhard zurück. »Du hast dich seit Cornelias Tod, der nun schon an-

derthalb Jahre zurückliegt, bei keinem Fest blicken lassen. Nun ist es wirklich an der Zeit, daß du aus deinem Schneckenhaus herauskommst, Burkhardt. Verstehe mich nicht falsch, aber das Leben gehört den Lebenden. Zudem ist der Siedlerball kein zweifelhaftes Vergnügen, sondern eine seriöse Veranstaltung mit ehrenwerter Tradition! Man geht da schließlich nicht allein nur zum Tanzen hin.«
»Außerdem würde sich Lena bestimmt freuen, wenigstens mal für einen Abend von ihren vielen Pflichten befreit zu sein und etwas anderes zu erleben als Windel wechseln, Kleidung flicken und Küche schrubben«, warf Johanna ein.
Burkhardt sah Lena an. »Würdest du wirklich gern zum Siedlerball gehen?« fragte er.
Lena nickte. »Sicher, es wäre wirklich mal eine nette Abwechslung von dem täglichen Einerlei«, gestand sie.
»Na gut, dann will ich kein Spielverderber sein«, gab Burkhardt schließlich seine Abwehr auf. »Gehen wir übernächste Woche also zusammen hin.«
Es wurde für alle ein überaus vergnüglicher Abend im großen, festlich geschmückten Gemeindesaal. Die Musikkapelle war ausgezeichnet und sorgte von Anfang an für gute Stimmung. Auch das Wetter spielte mit und bescherte ihnen eine milde Frühlingsnacht, so daß man sich auch gut draußen auf der Veranda aufhalten konnte.
Sogar Burkhardt taute auf und hatte seinen Spaß. Zu Lenas Vergnügen tanzte er sogar zweimal mit ihr und bewegte sich dabei ganz und gar nicht steif übers Parkett, wie sie erst vermutet hatte, sondern mit fließenden Bewegungen und gutem Gefühl für den Rhythmus. Im Gegensatz zu den anderen unverheirateten Männern, die sie an diesem Abend zum Tanz aufforderten, wahrte er jedoch reichlich viel Abstand. Er sprach während des Tanzes auch kein einziges Wort, sondern schaute über ihre Schulter hinweg, als müßte

er sich ganz auf die Schrittfolge und korrekte Haltung konzentrieren.

Auch Martin Luckenbach tanzte mit ihr, wie er es versprochen hatte, doch forderte er sie nur ein einziges Mal auf. Er hüllte sich in Schweigen und wollte diesen Pflichttanz wohl so schnell wie möglich hinter sich bringen.

Lena wußte nicht, ob er ihr leid tun oder ob sie sich über ihn lustig machen sollte. Schließlich gewann die Belustigung die Oberhand. »Na, jetzt hast du es ja überstanden. Ich hoffe, es war nicht zu schlimm für dich«, sagte sie, als die Musik aussetzte und ihm unwillkürlich ein leiser Seufzer der Erlösung entwich.

Er lief im Gesicht dunkelrot an, murmelte irgend etwas Unverständliches, das wohl eine Entschuldigung sein sollte, und tauchte in der Menge unter.

Lena war ihm nicht im mindesten böse, daß er ihr für den Rest des Abends aus dem Weg ging. Sie bereute sogar, daß sie ihn mit ihrer spöttischen Bemerkung so in Verlegenheit gebracht und ihm vielleicht sogar Schuldgefühle gemacht hatte. Schließlich verstand sie doch nur zu gut, warum sein Interesse an ihr so plötzlich abgekühlt war. Martin brauchte sich dessen nicht zu schämen. Und gegen Ende des Abends faßte sie sich auch ein Herz, ihm das mitzuteilen.

Er fuhr regelrecht zusammen, als sie plötzlich am Büfett neben ihm auftauchte und ihm die Hand auf den Arm legte. Es wäre ihm fast das Glas aus der Hand gerutscht.

»Ich möchte mich nur entschuldigen«, sagte sie leise.

»Wofür?« fragte er verständnislos.

»Daß ich mich vorhin über dich lustig gemacht habe.«

»Oh!« machte er.

»Es tut mir leid, Martin. Ich verstehe dich, und ich möchte dir nur sagen, daß ich nicht gekränkt oder dir gar böse bin, weil du plötzlich das Interesse an mir verloren hast.« Sie

schenkte ihm ein Lächeln und wünschte ihm dann noch einen schönen Abend.
Als Lena Stunden später in ihrem Bett lag und noch einmal über alles nachdachte, kam ihr plötzlich zu Bewußtsein, daß Patrick ja all die Zeit, die er auf seine zurückhaltend stille Art um sie geworben hatte, von ihren Verpflichtungen ihren Geschwistern gegenüber gewußt hatte. Hatte Patrick sie wirklich so geliebt, daß er sie auch mit den drei Kindern genommen hätte? Oder hatte er vielleicht nie darüber nachgedacht, daß sie gar nicht frei war, sondern noch viele Jahre für Andreas, Marianne und Franziska zu sorgen hatte? Sie wünschte, sie wüßte die Antwort darauf.
Aber warum war ihr das auf einmal so wichtig? Brauchte sie etwa die Hoffnung, daß es diese Form von alles umfassender Liebe gab, die auch angesichts von drei, vier schon vorhandenen Kindern nicht wankte?
Lena lauschte in die Stille des Hauses, das ihr mit einemmal entgegen jeder Logik leer vorkam. Sie schalt sich sofort für diesen Unsinn, der ihr da durch den Kopf ging, kam aber gegen dieses Gefühl der Einsamkeit dennoch nicht an. Wie sie auch nicht die Traurigkeit vertreiben konnte, die sie beschlich. Da half auch nicht, daß sie sich vor Augen führte, wie schön der Abend auf dem Siedlerball doch gewesen war und wie gut sie sich amüsiert hatte. Das Gefühl der Einsamkeit und Traurigkeit blieb, und beide Empfindungen begleiteten sie in ihre wirren Träume.

30

Am Tag nach dem Siedlerfest zogen sich die Wolken gegen Mittag zu einer dunklen Gewitterwand zusammen. Wenig später barst die schiefergraue Wolkendecke unter Blitz und Donner. Heftige Regenschauer gingen über dem Barossa-Tal nieder und ließen Flüsse und Bäche anschwellen.

Die Regenfälle hielten die ganze Woche über an und führten stellenweise zu Überschwemmungen, die Wege und Straßen unpassierbar machten und auf den Feldern und in den Weinbergen enorme Schäden verursachten.

»Maralinga« und »Cawarra« blieben zwar vor größerer Unbill verschont, aber dafür holte sich Anna-Katharina bei dem scheußlichen Wetter eine schwere fiebrige Erkältung, die schließlich zu einer lebensgefährlichen Lungenentzündung wurde.

Tagelang bangten Lena und Burkhardt um ihr Leben. Es tat Lena regelrecht physisch weh zu sehen, wie heftig dieses kleine Wesen, das noch keine zwei Jahre alt war, um jeden Atemzug rang und gegen die Krankheit kämpfte. Sie wich kaum vom Bett der Kleinen. Ständig wechselte sie die kühlenden Umschläge, die das gefährlich hohe Fieber senken sollten, rieb ihren schmächtigen Brustkorb mit Mentholsalbe ein und verabreichte ihr die Medizin, die Doktor Kroll verschrieben hatte, der zudem täglich nach »Maralinga« kam. Und sie betete viel, oft zusammen mit Burkhardt und mit ihren Geschwistern, die nicht weniger um Anna-Katharinas Leben bangten. Eine bedrückende unwirkliche Stille lastete auf dem Gut. Andreas, Marianne und Franziska vergaßen sogar ihre üblichen Streitereien, als fürchteten sie, jedes laute Geräusch könnte der Krankheit noch Vorschub leisten. Sie bewegten sich auf Zehenspitzen und sprachen nur mit gedämpften Stimmen.

In den langen Nächten wechselte sich Lena mit Burkhardt, der immer grauer im Gesicht wurde, am Krankenbett ab. Die Sorge um Anna-Katharina zehrte an ihnen beiden. Lena kam jedoch zu dem Schluß, daß sie die größeren seelischen wie körperlichen Reserven besaß. Deshalb kehrte sie nachts meist schon viel früher zu Anna-Katharina zurück als eigentlich ausgemacht. Nicht selten fand sie Burkhardt vom Schlaf übermannt zusammengesunken im Sessel neben dem Kinderbett vor. Sie ließ ihn dann in Ruhe, und wenn er schließlich aufwachte und sich benommen erkundigte, wie lange er denn geschlafen habe, versicherte sie, daß sie gerade erst gekommen und er nur mal kurz eingenickt sei.

Sechs Tage und fünf Nächte stand Anna-Katharinas Leben auf des Messers Schneide. Mit zäher Kraft wehrte sich der kleine Körper gegen die ausgestreckte Hand des Todes – und behielt schließlich die Oberhand. Im Morgengrauen des siebten Tages klang endlich das Fieber ab. Als sicher war, daß Anna-Katharina die lebensgefährliche Krise überstanden hatte, fielen Lena und Burkhardt einander spontan und mit Tränen der Erleichterung und Dankbarkeit in die Arme. An diesem Abend kämpfte Burkhardt dann schon früh mit der Müdigkeit. »Ich glaube, heute werde ich nicht alt«, sagte er und legte das Buch aus der Hand, das er vor Ausbruch der Krankheit seiner Tochter zu lesen begonnen hatte. »Ich bin so müde, daß ich jede Zeile dreimal wiederholen muß, um auch nur die Hälfte zu verstehen. Ich mache mich mal besser auf den Heimweg.«

»Warum bleibst du denn nicht hier?« fragte Lena. »Hier

steht doch schon ein Bett für dich. Da wäre es doch unsinnig, daß du dir den Aufwand machst, Becky vor den Wagen zu spannen und noch nach ›Cawarra‹ hinüberzufahren.«
Burkhardt, der während Anna-Katharinas Krankheit im ehemaligen Arbeitszimmer von Lenas Vaters auf einer Feldpritsche übernachtet hatte, nahm das Angebot dankend an.
Am nächsten Morgen schlug Lena ihm vor, fortan doch jede Nacht auf »Maralinga« zu bleiben und das einstige Arbeitszimmer ihres Vaters zu seinem zu machen. »Du verbringst doch sowieso schon die meiste Zeit hier. Vor allem bist du doch jeden Abend zum Essen da. Unter den Umständen macht es doch wenig Sinn, jede Nacht nach ›Cawarra‹ zu kutschieren.«
Ihr Vorschlag überraschte ihn sichtlich. »Und es würde dir nichts ausmachen?« vergewisserte er sich.
»Natürlich nicht. Ich habe das Zimmer nie benutzt. Du weißt doch, daß ich meine Buchhaltung am liebsten am großen Küchentisch mache, und wenn ich mal einen Brief schreibe, habe ich doch oben den Sekretär in meinem Schlafzimmer.«
»Das meinte ich nicht damit«, erklärte Burkhardt. »Ich dachte mehr an das, was die Leute sagen werden, wenn sich herumspricht, daß ich nun auch noch die Nächte in diesem Haus verbringe.«
Lena lachte. »Hast du vergessen, daß mich manche heimlich immer noch ›Lena, die Novizin im Wartestand‹ nennen und glauben, daß ich meine Zeit ausschließlich mit Gebeten und dem Lesen der Heiligen Schrift zubringe, wenn ich nicht gerade anderer Leute Kinder aufziehe?« machte sie sich über sich selbst lustig. »Dein guter Ruf ist bei mir also nicht in Gefahr, Burkhardt.«
»Ich habe mir auch mehr Sorgen um deinen Ruf gemacht«, erwiderte er.

Sie winkte unbekümmert ab. »Die Leute halten mich für heiliger, als ich in Wirklichkeit bin. Außerdem soll uns das, was Klatschmäuler möglicherweise sagen könnten, gar nicht kümmern, Burkhardt. Wir müssen tun, was richtig für die Kinder und für uns ist. Und diese nächtliche Fahrerei nach ›Cawarra‹ macht wahrlich wenig Sinn.«
Er stimmte ihr zu, und nach ein paar Tagen Bedenkzeit nahm er ihr Angebot schließlich an. Er sah ein, daß diese Lösung einfach praktischer und von Vorteil für sie alle war. Und warum sollte er sich auch jede Nacht in einem Haus zu Bett begeben, das ohne jedes Leben war und wo ihn jedesmal die leere Hälfte seines Ehebettes schmerzlich daran erinnerte, daß er Cornelia schon ein Jahr nach der Hochzeit verloren hatte?
Lena hatte sich in ihrer Einschätzung, wie die Leute auf die veränderte Situation reagieren würden, nicht getäuscht. Natürlich nahmen einige Klatschsüchtige wie etwa die Sullivans die Tatsache, daß Burkhardt Helmsdorf neuerdings ein eigenes Zimmer auf »Maralinga« besaß und unter einem Dach mit einer unverheirateten jungen Frau wohnte, zum Anlaß, Spekulationen anzustellen und Gerüchte in Umlauf zu setzen.
Aber diesen immer wieder einmal vorkommenden Versuchen, Lenas und Burkhardts Ruf zu schädigen, war kein Erfolg beschieden. Jeder in der Gemeinde wußte um Lenas tiefe religiöse und moralische Überzeugungen. Und wie Lena von Johanna und anderen guten Bekannten erfuhr, reagierten die meisten höchst unfreundlich, wenn jemand ihr und Burkhardt ein unmoralisches Verhalten zu unterstellen versuchte.
»Du hättest mal hören sollen, wie die alte Wiebke, die doch sonst für Klatsch so empfänglich ist wie Bienen für Honig, im Laden vom alten Gödecke die Sullivan zusammen-

gestaucht hat, als diese mißgünstige Schachtel anfing, über dich und Burkhardt herzuziehen«, berichtete ihr Johanna. »Sie ist ihr vor Empörung, daß sie so etwas auch nur zu denken, geschweige denn auszusprechen wagt, fast ins Gesicht gesprungen. Und der Gödecke hat von dem dummen Geschwätz von Fanny Sullivan auch nichts hören wollen. Mit vor Entrüstung zitterndem Kaiser-Wilhelm-Bart hat er die Sullivan aufgefordert, solche verleumderischen Reden in seinem Laden zu unterlassen.«
Lena lachte belustigt, aber auch erleichtert. »Du siehst, drei Jahre Klosterleben haben auch ihr Gutes.«
»Ja, man ist offenbar auf dem halben Weg zur Heiligen«, spottete Johanna und stimmte in Lenas Gelächter ein.

31

Das Jahr 1913 brachte für die Farmer und Weinbauern einen guten Abschluß, weil der einkehrende Sommer das Barossa-Tal einmal nicht mit sengender Hitze überfiel, sondern ausgeglichen warme Sonnentage mit gelegentlich höchst willkommenen Regenschauern brachte. Dieses gute Wetter hielt bis weit in den Herbst hinein an, so daß zur Erntezeit die Dolden prächtig gereift von den Rebstöcken hingen.
Wenn ein Großteil der neu angepflanzten Reben auch noch keine Frucht trug, die sich vermarkten ließ, so gab es dennoch auch auf »Maralinga« Grund zur Freunde. Immerhin fiel die Ernte in diesem Jahr so gut aus, daß Lena neben den Rücklagen noch genug Geld übrig hatte, um mit Burkhardts finanzieller Unterstützung ihren Geschwistern deren größten Wunsch erfüllen zu können: eigene Fahrräder!
Und Burkhardt nahm den guten Ertrag zum Anlaß, bei Isaak Rosenberg einige gebrauchte Bücher zu erstehen, nämlich eine sechsbändige Ausgabe von Charles Dickens' Romanen, die ihm der fahrende Händler wegen der erheblichen Beschädigungen an den Einbänden besonders preiswert überließ. Ein ganzes Jahr schon hatte er mit sich gerungen, ob er sich diese Ausgabe wohl leisten sollte. Wann immer der alte Rosenberg auf dem Markt von Tanunda seine kleinen Regale um seinen Kastenwagen aufgestellt hatte – was ja nur einmal im Monat der Fall war –, hatte Burkhardt die Bücher zur Hand genommen und in ihnen

geblättert. Nun hatte er der Versuchung nicht mehr widerstehen müssen.

Burkhardt kümmerte sich auch um preisgünstige Fahrräder. Er hatte sich schon Wochen zuvor umgehört und schließlich in Gawler einen Händler ausfindig gemacht, der gebrauchte Fahrräder aufkaufte, wieder in Schuß brachte und zu einem akzeptablen Preis verkaufte. Was war die Freude groß, als Andreas, Marianne und Franziska am Ostermorgen nach der Messe zu Hause drei Fahrräder auf der Veranda vorfanden! Burkhardt, der unter einem Vorwand nicht mit ihnen zur Kirche gefahren, sondern später mit dem Buggy nachgekommen war, hatte die Räder mit bunten Schleifen geschmückt und jedem ein Namensschild angehängt.

Lena und Burkhardt, der seine Tochter in einem hübsch geblümten Kleidchen auf dem Arm hatte, das Lena ihr genäht hatte, strahlten sich an, als sie sahen, wie begeistert Andreas, Marianne und Franziska über das unerwartete Geschenk waren.

»Ein Fahrrad! Das ist die Erfüllung meiner Träume!« rief Marianne überschwenglich und beteuerte, nun wunschlos glücklich zu sein.

Mit Mariannes Wunschlosigkeit war es allerdings nicht weit her, wie es sich wenige Monate später zeigte, als sie darauf drängte, von der ihr verhaßten Schule gehen und eine Lehrstelle antreten zu dürfen.

Lena wollte erst nichts davon wissen. »Du beendest deine Schule, und damit hat es sich! Basta!« erklärte sie energisch.

Aber damit hatte es sich ganz und gar nicht. Marianne, die sich schon immer sehr schwer getan hatte und nie über mittelmäßige Zensuren hinausgekommen war, lag ihr nun monatelang täglich mit ihrem Gejammer und Gebettel in den

Ohren, sie doch endlich vom Joch der Schule zu befreien. »Ich bin einfach nicht für stupides Bücherwissen und so was geschaffen, Lena!«

»Bücherwissen ist nicht stupide, sondern die Grundlage für dein ganzes Leben. Später wirst du es schätzen, wenn du eine gute Ausbildung hast«, redete Lena ihr gut zu.

»Ach was, später bin ich verheiratet und habe Kinder und ein eigenes Haus, für das ich zu sorgen habe«, widersprach Marianne trotzig und ließ einfach nicht locker.

Nichts half, nicht einmal Burkhardts Bemühungen, sie zur Einsicht zu bringen. Marianne hatte es sich in den Kopf gesetzt, von der Schule zu gehen, und mit der quengeligen, verdrießlichen Beharrlichkeit, zu der sie nun mal fähig war, machte sie allen im Haus das Leben schwer. Widerspenstig widersetzte sie sich allem guten Zureden und ließ sich auch von Zurechtweisungen und Drohungen nicht beeindrucken.

»Soll sie doch ihren Willen haben und sehen, wie es ist, Lehrmädchen zu sein!« sagte Burkhardt an einem heißen Novemberabend, als Lena ihm wieder einmal ihr Leid klagte. »Und wer weiß, vielleicht liegt ihr etwas Praktisches ja wirklich mehr als die Lernerei. Was gut ist für mich und für dich, muß nicht zwangsläufig auch das richtige für Marianne sein.«

Und so bekam Marianne schließlich ihren Willen. Sie kehrte nach den Weihnachtsferien nicht in die Schule zurück, sondern trat in den ersten Januartagen des Jahres 1914 im Kolonialwarenladen von Erna und Otto Neumann in Tanunda ihre Lehrstelle an. Ihr glückliches Lächeln der ersten Tage hielt jedoch ebensowenig an wie die Wunschlosigkeit, die sie beim Anblick ihres Fahrrads verkündet hatte. Sie begriff schnell, daß ihre neue Freiheit ihr genauso enge, ja vielleicht sogar noch einschneidendere Grenzen setzte wie die

Schule und der Alltag auf »Maralinga« unter der Aufsicht ihrer älteren Schwester – die sie in gereizter Stimmung öfters als »Fuchtel« bezeichnete.
Aber ihr Stolz verbot es ihr, sich zumindest Lena und Burkhardt gegenüber allzu sehr darüber zu beklagen, wie heftig Erna und Otto Neumann sie in ihrem Laden herumkommandierten und ihr eine unangenehme Arbeit nach der anderen auftrugen. Zudem nahm es ihr Arbeitgeber offensichtlich sehr genau und ließ ihr keine Nachlässigkeiten durchgehen.
»Was willst du denn? Hat dich vielleicht jemand gezwungen, die Schulbank gegen die Ladentheke eines Krämerladens einzutauschen?« hielt Andreas ihr völlig ungerührt, ja fast schon unfreundlich vor, als Marianne einmal beim Abendessen doch eine Klage über die Strenge und angebliche Tyrannei von Erna und Otto Neumann herausrutschte.
»Du hast es doch selbst so gewollt und uns monatelang mit deinem Gejammer in den Ohren gelegen und tausendmal beteuert, daß es dein größter Wunsch sei, bei den Neumanns als Lehrmädchen anzufangen!«
»Jetzt wirst du wohl endlich begreifen, wie gut du es auf der Schule und unter der angeblichen Fuchtel deiner Schwester gehabt hast«, bemerkte Burkhardt trocken.
Marianne machte eine beleidigte Miene, erwiderte jedoch nichts. Sie klagte auch nie wieder, wie schwer sie es bei den Neumanns hatte, und das wiederum rechnete Lena ihr hoch an.
»Heute ist mir so richtig zu Bewußtsein gekommen, daß Andreas und Marianne allmählich erwachsen werden«, sagte Lena zu Burkhardt, als sie an einem herbstlichen Samstag abend von der Andacht nach Hause kamen.
Burkhardt nickte. »Andreas ist wieder ein Stück in die Höhe geschossen, und er hat sich gut gemacht«, stellte er voller

Anerkennung fest. »In ein, zwei Jahren wird er seinen Mann stehen, egal wofür was er sich entscheidet.«
Lena lächelte. »Ja, mit ihm und mit unserem Nesthäkchen Franziska habe ich wirklich die wenigsten Schwierigkeiten«, meinte sie stolz. Ihr Bruder hatte mit seinen bald sechzehn Jahren seine Schlaksigkeit verloren und sich zu einem gutaussehenden jungen Mann entwickelt, der kräftig zupacken konnte und die Arbeit auch nicht scheute, obwohl er ein ausgesprochener Bücherwurm war und stundenlang allein in seinem Zimmer zubringen konnte. Sein Gesicht wies schon männliche Züge auf, und Lena war aufgefallen, daß er den Mädchen in Marienthal mit derselben Mischung aus Neugier, vermeintlicher Überlegenheit und Verlegenheit nachblickte, mit der andere Jungen in letzter Zeit Marianne ansahen. Ihre Schwester stand sichtlich an der Schwelle zur jungen Frau. Ihr Körper hatte an Hüften und Brust unübersehbar reizvolle weibliche Rundungen entwickelt, und ihr wachsendes Interesse am anderen Geschlecht vermochte sie nicht zu verbergen, selbst wenn sie meinte, daß ihr das gelänge.
»Marianne wird schon noch zu sich selbst finden«, sagte Burkhardt zuversichtlich. »Gib auch ihr noch ein, zwei Jahre, und all das wirre Zeug, das ihr heute noch durch den Kopf geht, wird im frischen Wind der rauhen Wirklichkeit nicht lange Bestand haben. Du siehst ja jetzt schon, wie sie manches mit anderen, viel nüchterneren Augen sieht.«
Lena seufzte. »Das hoffe ich sehr!«
»Du hast getan, was du konntest.«
»Vielleicht war es nicht genug?«
»Dummes Zeug!« widersprach er.
»Aber was wußte ich denn schon davon, wie man Kinder aufzieht?« Sie stutzte plötzlich und schüttelte mit einem versonnenen Lächeln den Kopf.

»Was ist?« fragte Burkhardt.
»Weißt du, daß es wahrhaftig schon vier Jahre her ist, seit ich aus dem Kloster zurückgekommen bin?«
Er sah sie nachdenklich an. »Eine lange Zeit, wenn man sie vor sich hat – und so schnell verflogen, wenn man sie im Rückblick betrachtet, findest du nicht auch?«
»Ja, manchmal kommen mir die letzten Jahre wie ein ganzes Leben vor, als wäre es immer so gewesen. Und dann wiederum gibt es Momente, in denen mich das Gefühl überfällt, als wäre es erst gestern gewesen, daß mich Schwester Dominika nach Murray Bridge zu dieser schäbigen Bahnstation gefahren hat und ich nach ›Maralinga‹ zurückgekehrt bin – völlig verstört und erschüttert vom Tod meiner Eltern, hadernd mit meinem ungnädigen Schicksal, das mich aus dem Kloster vertrieb, und voller Beklemmungen und Ängste, all dem, das mich erwartete, nie und nimmer gewachsen zu sein.«
»Du hast bewiesen, daß das Gegenteil der Fall ist«, sagte Burkhardt ernst. »Und wenn ich das nicht gewußt hätte, hätte ich dir auch niemals Anna-Katharina anvertraut.«
Lena schüttelte verlegen den Kopf. »Bitte, sag so etwas nicht, Burkhardt!«
»Es stimmt aber«, erwiderte er schlicht, wechselte jedoch zu ihrer Erleichterung das Thema und kam auf die besseren Erträge zu sprechen, die »Cawarra« und »Maralinga« in den letzten Jahren erzielten. Sie waren sich einig, daß die Aussichten für die kommenden Jahre überaus hoffnungsvoll waren.
Der unverhoffte Frosteinbruch, der wenige Tage später das Barossa-Tal heimsuchte, führte den beiden jedoch einmal mehr mit Nachdruck vor Augen, daß die Natur derartige Hoffnungen im Handumdrehen zunichte machen konnte. Immerhin vermochten sie sowohl auf »Cawarra« als auch

auf »Maralinga« verheerende Schäden zu verhindern, indem sie in den Weinbergen alle zwanzig Fuß flache Feuergruben aushoben sowie Eimer und Wannen aus Blech aufstellten, die sie mit Kohle und Brennholz füllten und bei Einbruch der Dunkelheit mit Benzin tränkten. Gegen Mitternacht, als die Temperaturen dann bestürzend schnell auf die Frostmarke fielen, setzten sie diese kleinen Scheiterhaufen in Brand. Stunde um Stunde fuhren sie mit dem Buggy zwischen den beiden Gütern hin und her, machten die Runde durch die langen Gassen der Rebstöcke, legten immer wieder Scheite und Kohle nach und gaben acht, daß die Feuer bis in den Morgen nicht ausgingen. Daß auch Andreas, Marianne und Franziska in dieser kritischen Situation um ihren Schlaf kamen und mithelfen mußten, verstand sich von selbst. Es wurde in diesen Nächten überall in den Obsthainen und auf den Weingütern im Barossa-Tal jeder gebraucht, der die Feuerstellen beaufsichtigen und Holz nachlegen konnte.
Dichte Rauchschleier waberten im ganzen Tal durch die Weinberge, so daß ein ahnungsloser Reisender den Eindruck haben konnte, eine gewaltige Feuersbrunst wäre durch das Barossa-Tal gefegt und hätte nur schwelende Erde zurückgelassen. Der Qualm und die Wärme bewahrten jedoch einen Großteil der Weinstöcke, insbesondere die jungen Setzlinge, vor der zerstörerischen Kraft des Frostes, der sich im Morgengrauen überall dort als eisig weißer Tau fand, wo die Natur ungehindert hatte walten können.
»Wir sind noch einmal mit einem blauen Auge davongekommen!« sagte Burkhardt mit einem Stoßseufzer der Erleichterung, als Regen die Kälte brach und die Gefahr somit gebannt war.
Am selben Tag traf auf »Maralinga« ein kurzer Brief von Patrick ein, der eine französische Briefmarke trug und in Paris

abgestempelt worden war. Darin teilte er Lena mit, daß sich seine Ehe mit Waltraud als Fehler erwiesen habe und sie übereingekommen seien, sich scheiden zu lassen. Da aus der Verbindung keine Kinder hervorgegangen seien, was sich nachträglich als glückliche Fügung erwiesen habe, und keiner vom anderen irgendwelche Zahlungen fordere, sei die Scheidung recht unkompliziert für sie beide.
Er schrieb ...

> Liebe Lena,
> ... heute weiß ich, daß ich mich in diese Ehe mit Waltraud im wahrsten Sinne des Wortes geflüchtet habe, statt sie im Bewußtsein wirklicher Liebe einzugehen. Ich dachte, Waltraud könnte mich vergessen machen, was ich für Dich empfand. Und in gewisser Weise haben die zwei Jahre, die ich mit Waltraud verheiratet war, mich tatsächlich von diesen alten Wunden geheilt. Sie haben mir aber gleichzeitig auch die Augen dafür geöffnet, daß wir nicht füreinander geschaffen sind, zumindest nicht für die Dauer eines langen und glücklichen Lebens. Die Frau, die das möglich machen kann, muß ich erst noch finden – oder besser noch sie mich ...

Es schmerzte Lena, als sie das las. Denn sie hatte es Patrick gewünscht, daß er in der Ehe mit Waltraud das Glück finden würde, das sie ihm nicht hatte schenken können.
Am selben Abend las Burkhardt in der Zeitung, daß am anderen Ende der Welt, gute zwölftausend Meilen von Australien entfernt – an einem Ort in Bosnien, der sich Sarajevo nannte und von dem die wenigsten wußten, daß es ihn überhaupt gab, geschweige denn, wo auf der Weltkarte er zu suchen und zu finden war – ein Attentäter tödliche Schüsse auf

den österreich-ungarischen Thronfolger Erzherzog Franz Ferdinand und seine Frau Sophie von Hohenberg abgegeben hatte.

Er erwähnte dieses Ereignis Lena gegenüber nur mit einer kurzen Bemerkung und tat den verbrecherischen Anschlag als tragische, aber bedeutungslose Fußnote der Weltgeschichte ab. Wie hätte er auch ahnen sollen, daß die Welt am Vorabend des Ersten Weltkrieges stand? Eines Krieges, der bald auch auf dramatische Weise in ihr Leben im Barossa-Tal eingreifen sollte.

32

Als deutsche Truppen am 3. August 1914 in Belgien einfielen und damit dessen Neutralität verletzten, um nach dem Geheimplan von Generalstabschef Schlieffen dem französischen Heer an seiner nur ungenügend gesicherten Grenze zu Belgien hin mit einem Überraschungsangriff in die offene Flanke zu fallen, erfolgte um Mitternacht die englische Kriegserklärung.

Tags darauf verkündete der australische Premierminister Joseph Cook in Melbourne, daß sich nun auch Australien im Krieg mit Deutschland befände und eine Freiwilligentruppe entsenden würde, die zuerst einmal zwanzigtausend Mann umfassen sollte. »Unsere Pflicht ist eindeutig. Wir haben zum Kampf zu rüsten und uns daran zu erinnern, daß wir Briten sind!«

Wie in den Städten Deutschlands, Englands und Frankreichs, so bejubelte auch die australische Bevölkerung in überschwenglich patriotischer Begeisterung den Ausbruch des Krieges im fernen Europa. Die jungen Männer drängten zu den Musterungsbehörden, weil keiner dieses »Abenteuer« verpassen wollte. Denn alle, auch die Europäer, waren davon überzeugt, daß der Krieg nur wenige Monate dauern und schon vor Weihnachten entschieden sein würde.

Unter den deutschstämmigen Bewohnern des Barossa-Tals wurde die Nachricht, daß England und Australien in den Krieg gegen Deutschland eingetreten waren, mit eher gemischten Gefühlen aufgenommen.

»Mir wäre es lieber gewesen, wir hätten uns aus diesem unseligen Konflikt herausgehalten«, kommentierte Burkhardt die Ereignisse. »Aber da dem nun einmal so ist, gibt es für mich keinen Zweifel, welcher Seite mein Herz gehört – und das ist Australien!«
So wie er dachte die Mehrzahl der deutschstämmigen Bevölkerung, und überall im Land bekundeten deutsche Einwanderer auf Versammlungen, öffentlichen Kundgebungen und in Leserberichten an diverse Zeitungen ihre Loyalität zu dem Land, das ihre neue Heimat geworden war und das sie eingebürgert hatte. So mancher, der sich in den ersten Augustwochen als Freiwilliger in die Musterungslisten einschrieb, trug deshalb einen deutschen Namen.
Nur wenige, denen Australien auch nach Jahrzehnten innerlich noch fremd geblieben war und die das Land ihrer Väter aus der Ferne verherrlichten, ergriffen für Kaiser Wilhelm Partei und hießen sein Kriegstreiben gut. In Marienthal gehörten Gottfried Gödecke und Paul Pohlbrecht zu dieser verschwindend kleinen Minderheit.
»Unsere gestählten kaiserlichen Truppen werden diesen wachsweichen Waschlappen von Pommies schon eine Abreibung verpassen!« verkündete der Bestatter hämisch, als die Gottesdienstbesucher am Sonntag nach dem Kirchgang wie üblich in kleinen Gruppen auf dem Vorplatz zusammenstanden und sich über den Krieg unterhielten.
»Ja, die Briten werden noch ihr blaues Wunder erleben!« pflichtete ihm Gottfried Gödecke großspurig bei und zwirbelte dabei das hochstehende Ende seines Kaiser-Wilhelm-Schnurrbartes. »Von den Franzosen ganz zu schweigen!«
Burkhardt war nicht der einzige, der auf der Stelle gegen solche Reden protestierte und entrüstet daran gemahnte, in welchem Land sie seit Jahrzehnten lebten und zu Wohlstand

und Ansehen gekommen waren und wem sie daher Loyalität schuldig waren.

Erschrocken über die vehemente Empörung machten Gödecke und Pohlbrecht dann einen Rückzieher und beteuerten, es ja gar nicht so gemeint zu haben.

»Was für verbohrte Dummköpfe!« schimpfte Wilhelm Luckenbach im Weggehen. »Wissen sie denn nicht, was sie diesem Land schuldig sind?«

Auch Hubert Kroll zeigte Unverständnis. »Verantwortungslos ist dieses Gerede, selbst wenn Gödecke und Pohlbrecht in politischer Hinsicht nicht ernst zu nehmen sind!« polterte er. »Die beiden haben offenbar noch nicht begriffen, daß sie sich mit solchen Äußerungen eine Menge Ärger einhandeln und noch andere in Mißkredit bringen können, die einen deutschen Namen tragen, ganz gleich, ob sie irgendwann einmal aus Deutschland eingewandert oder schon als Australier zur Welt gekommen sind!«

»Recht hat er!« pflichtete ihm der Apotheker Riedberg mit besorgter Miene bei. »Die Leute scheren einen schnell über einen Kamm; die einen aus Unwissenheit, die anderen, weil die Gehässigkeit sie treibt. Habe ich doch heute schon jemanden sagen hören, daß man von Stunde an alle Barossa-Deutschen scharf im Auge behalten müsse. Und ein Nachbarskind, mit dem meine Tochter bisher einen recht netten Kontakt hatte, will plötzlich nichts mehr mit ihr zu tun haben. Sie hat unsere Frederike sogar angespuckt und sie eine hinterhältige Hunnengöre geschimpft!«

Bestürzung zeigte sich auf den Gesichtern der Umstehenden, zu denen auch Lena und Burkhardt zählten.

Konrad Wiebke winkte ab. »Nimm das mal nicht so ernst, Heinrich. Das ist nur so eine dumme Überreaktion im Zuge der ersten Aufregung. Da bringen die Leute manches durcheinander. Diese Unruhe wird sich schon wieder legen.«

»Genau so sehe ich es auch, Konrad!« stimmte ihm der alte Kowald zu, der recht gebrechlich war, es geistig jedoch noch mit jedem aufnahm, der es wagte, ihn herauszufordern. »Das ist nichts weiter als ein Sturm im Wasserglas. Die ersten deutschen Siedler trafen doch 1838 schon hier ein und haben südaustralischen Boden urbar gemacht, als die meisten Briten noch nicht einmal wußten, wo diese Sträflingskolonie am anderen Ende der Welt eigentlich liegt, in die sie den Abschaum aus ihren überfüllten Gefängnissen verbannt hatten. Unsere Vorfahren und viele von uns haben in diesem Land harte Pionierarbeit geleistet, und die wurde stets anerkannt. Das ist eine historische Tatsache, die noch niemand in Zweifel gezogen hat! Nein, wir Deutschstämmigen, vor allem wir Barossa-Deutschen, die dieses Tal zu einem fruchtbaren Landstrich gemacht haben, sind genauso Australier wie jeder andere hier. Da brauche ich nicht erst meine Einbürgerungspapiere hervorzukramen. Und was unsere englischen Mitbürger betrifft, so kennen wir einander ja seit vielen Jahren oder gar Jahrzehnten und wissen, was wir voneinander zu halten haben. Niemand wird so einfältig oder so bösartig sein, an unserer Loyalität zu zweifeln.«

»So ist es!« bekräftige Konrad Wiebke noch einmal. »Zumal wir doch längst eingebürgert sind und uns genauso als Südaustralier fühlen wie jeder Brite oder Ire, der sich hier niedergelassen und dieses Land als seine neue Heimat angenommen hat!«

Die meisten Umstehenden stimmten vorbehaltlos zu, entweder aus Überzeugung oder weil sie einfach daran glauben wollten. Doch wie wenig berechtigt diese Zuversicht war, die auch Lena und Burkhardt anfangs noch teilten, bewiesen die besorgniserregenden Vorfälle der folgenden Wochen. Schon am 10. August wurden alle Deutschen und wenig später auch alle Österreicher von Regierungsbehörden unter Strafandrohung aufgefordert, sich unverzüglich bei ihrer lokalen Polizeiwache registrieren zu lassen und das sogenannte »gelbe Formular« auszufüllen. Diese ehrverletzende Verordnung rief unter den Barossa-Deutschen, die sich ganz und gar nicht als *aliens*, als Fremde, fühlten, helle Empörung hervor. Doch die wenigsten wagten, ihre Entrüstung und ihren Protest gegen diese Behandlung auch öffentlich zu äußern.

Burkhardt war einer der wenigen, der sich auf dem Polizeirevier von Tanunda laut und deutlich dagegen verwahrte, wie ein Krimineller behandelt zu werden. »Ich habe zwanzig Jahre in diesem Land gelebt, und seit fünfzehn Jahren bin ich australischer Bürger, dem dieselben Rechte zustehen wie jedem anderen Australier auch!« entrüstete er sich in der überfüllten schäbigen Wachstube.

Zustimmendes Gemurmel erhob sich unter den Männern und Frauen, die sich an diesem Morgen in der Polizeiwache zur Registration eingefunden hatten.

»Und jetzt soll ich einen seitenlangen Fragebogen ausfüllen, dessen Fragen eine einzige Unverschämtheit für jeden aufrechten Bürger sind? Sogar über meinen Besitz und meine Finanzen soll ich Auskunft geben!« fuhr Burkhardt erregt fort und beachtete Lena nicht, die ihm Zeichen machte, sich nicht so in Rage zu reden.

»Halten Sie hier bloß keine aufrührerischen Reden, Mann, sondern füllen Sie gefälligst das Formular aus, und dann machen Sie, daß Sie verschwinden!« herrschte ihn Sergeant Trevor Malone an. Der untersetzte Mann mit einem Allerweltsgesicht, der zusammen mit den beiden ihm unterstellten Constables Timothy White und Jack Fitzroy die Polizeigewalt im Distrikt von Tanunda ausübte, baute sich hinter der Absperrung auf, die seine Wachstube unterteilte. Er genoß sichtlich die unerwartete Macht, die ihm praktisch über Nacht zuteil geworden war.

Burkhardt fixierte ihn mit grimmigem Blick. »Wir leben hier in einer Demokratie. Und da kann mir niemand verbieten, meine Meinung zu sagen, Sergeant!« erwiderte er kämpferisch. »Das ist mein verbrieftes Recht. Ich bin genauso Australier wie Sie!«

»Das wird sich ja noch herausstellen!« blaffte der Sergeant ihn an. »Und jetzt füllen Sie endlich das Formular aus, oder ich lasse Sie auf der Stelle festnehmen!«

»Machen Sie bloß, was er sagt, Helmsdorf«, raunte ihm einer der Männer warnend zu und zog ihn von der Theke weg. »Ob Sie es glauben oder nicht, aber der Kerl hat wirklich das Recht, jeden festzunehmen, den er landesverräterischer Umtriebe verdächtigt. Ich habe die Verordnung gelesen. Es reicht der bloße Verdacht, wohlgemerkt! Beweisen muß er gar nichts. Also bringen Sie sich nicht in Teufels Küche. Das ist der aufgeblasene Bursche doch gar nicht wert.«

Zähneknirschend schluckte Burkhardt jeden weiteren Protest hinunter und füllte den Fragebogen aus. Als er das Formular abgab, kam es erneut zu einem Zusammenstoß mit dem Sergeant.

»Können Sie nicht lesen, Mann?« fuhr Malone ihn mit geringschätziger Miene an. »Hier steht doch klar und deutlich, daß Sie die Namen von ehrbaren Bürger aufzuführen haben, die Sie kennen und die Ihre Unbedenklichkeit bezeugen können!«

»Mir scheint, daß Sie Schwierigkeiten mit dem Lesen haben!« konterte Burkhardt bissig. »Ich habe Ihnen ein halbes Dutzend Namen genannt!«

Sergeant Malone funkelte ihn an. »Werden Sie mir bloß nicht frech, *Herr* Helmsdorf! Es sind allesamt deutsche Na-

351

men, die sich auf Ihrem Formular finden! Hier werden aber die Namen von *ehrbaren* Bürgern verlangt, und als solche gelten laut Dekret nur Australier britischer Herkunft. Also füllen Sie das noch einmal aus!« Er zerriß den ausgefüllten Fragebogen vor Burkhardts Augen und sah ihn mit herausfordernd hochgezogenen Brauen an, wie er nun wohl reagieren würde.

Lena schob sich hastig an Burkhardts Seite und faßte ihn am Arm, als fürchte sie, er könnte jeden Moment einen Satz über die Absperrung machen und sich auf den Sergeanten stürzen. »Laß dich nicht provozieren!« flüsterte sie mit wild schlagendem Herzen, denn sie wußte, daß Burkhardt kurz davor stand, die Beherrschung zu verlieren. »Das will er doch nur. Tu ihm diesen Gefallen nicht, bitte!«

Einen Augenblick stand Burkhardt in regloser Anspannung da, die Hände zur Faust geballt, während er Malone anstarrte. Dann öffneten sich seine Fäuste, und seine Schultern gaben nach. Wortlos nahm er ein neues Formular vom Stapel, drehte sich um und begann ein zweitesmal mit dem Ausfüllen.

Als Lena mit ihm schließlich die Polizeiwache verließ, hörte sie ihn leise sagen: »Ich kann es nicht glauben, daß sie uns das antun.« Er klang mehr fassungslos als empört, so als würde der Schock der Erkenntnis, daß er per Regierungsdekret von heute auf morgen ein Australier zweiter Klasse geworden war, ja vielleicht sogar als feindlicher Ausländer eingestuft werden könnte und vor dem Gesetz jede Rechtssicherheit verloren hatte, ihn erst jetzt richtig treffen.

»Das kann nicht so weitergehen, Burkhardt«, versicherte ihm Lena, weil sie nicht glauben konnte, daß die demokratischen Grundprinzipien und Rechte, deren sich doch jeder britische und australische Bürger traditionell so voller Stolz rühmte, plötzlich per Federstrich außer Kraft gesetzt sein

sollten. »Krieg hin oder her, da hat jemand den Bogen gewaltig überspannt und einen schwerwiegenden Fehler begangen. Die Leute werden schon zur Vernunft kommen und erkennen, daß sie so nicht mit uns umgehen können!«
Burkhardt sah sie nur stumm und voller Zweifel an.
Lenas Hoffnung erfüllte sich nicht. Im Gegenteil, die pauschalen Verdächtigungen und Diskriminierungen, die in den Regierungsdekreten zum Ausdruck kamen, ermutigten gewisse Bevölkerungsschichten, auf ihre Weise gegen die plötzlich verhaßten Hunnen und Teutonen in ihrem Land vorzugehen.
Es begann damit, daß Unbekannte nachts durch die Straßen und Gassen der Ortschaften schlichen und die Auslagen von deutschen Geschäften einwarfen. In Marienthal schmierten Täter, die niemand gesehen haben wollte, mit schwarzer Farbe DRECKIGER TEUTONE, VERSCHWINDE AUS UNSEREM LAND! auf eine Werkstattwand. Am selben Morgen fanden Heinrich Riedberg und Gottfried Gödecke nur noch einen Haufen Scherben vor, wo am Abend noch Ladenfenster gewesen waren. Beide ließen sofort neues Glas einsetzen, doch schon eine Woche später zerbarsten die Scheiben erneut unter einem nächtlichen Hagel von Steinen, die von feiger Hand aus dem Dunkel geworfen wurden.
In Tanunda kam es zu noch schlimmeren Ausschreitungen. Da flogen nachts nicht nur Steine in die Fenster von Geschäften und Wohnhäusern deutschstämmiger Einwanderer, sondern es rissen in manchen Läden die Randalierer Schränke und Regale von den Wänden und zertrümmerten mit Axt und Brechstange die halbe Einrichtung, bevor sie feige die Flucht ergriffen. Auch das Geschäft der Neumanns wurde wiederholt Ziel solcher nächtlicher Attacken von haßerfülltem Vandalismus.

Und nicht einer der Täter wurde gefaßt, obwohl es fast jede Nacht zu derartigen Sachbeschädigungen kam. Sergeant Malone und seine Männer zeigten ein auffälliges Desinteresse an den Klagen und Bitten um Hilfe sowie den gelegentlichen Hinweisen, mit denen betroffene Opfer und Anwohner zur Polizeistation kamen. Mit provokanter Ruhe nahmen sie die entsprechenden Protokolle auf und versicherten scheinheilig, sich der Sache unverzüglich anzunehmen – um die Protokolle noch vor den Augen der Betroffenen, die soeben Anzeige gegen Unbekannt erstattet hatten, einfach abzuheften.

Sogar handfeste Hinweise, die zu einer Verhaftung, zumindest aber zu einem eingehenden Verhör hätten führen müssen, wurden als nicht schlüssig abgetan und nicht weiter verfolgt. Und wer sich zu beschweren wagte, erhielt die kaum verhohlene Drohung, daß ihm noch etwas viel Übleres zustoßen könne als ein paar zertrümmerte Fenster und demoliertes Mobiliar.

»Sergeant Malone und seine Leute decken die Täter! Sie machen gemeinsame Sache mit dem randalierenden Pöbel!« machte sich bald die bittere Erkenntnis unter der deutschstämmigen Bevölkerung des Distriktes breit. »Von der Polizei ist kein Schutz zu erwarten, eher das Gegenteil!« Die antideutsche Stimmung, die sich immer mehr zu einer Art Hysterie entwickelte, nachdem im September die ersten australischen Soldaten bei der Eroberung des deutschen Protektorats in Neuguinea gefallen waren, traf die meisten Barossa-Deutschen völlig unerwartet. Auch Lena und Burkhardt waren ebenso fassungslos wie schockiert von den Geschichten, die ihnen über die Ausschreitungen in Marienthal, Tanunda und anderen Ortschaften zu Ohren kamen. Sogar in ihrer eigenen Kirchengemeinde spürte Lena das Mißtrauen und sogar deutliche Distanzierung, was sie besonders tief traf, war sie doch nicht nur in diesem Tal geboren und aufgewachsen, sondern teilten sie doch alle denselben Glauben, der sie zu Schwestern und Brüdern in Christo machte! Was war davon geblieben?

»Haben die Leute denn den Verstand verloren, daß sie uns mit den Deutschen, die in Europa Krieg führen, in einen Topf werfen und uns plötzlich für Feinde halten, die sich heimlich als Spione und Saboteure betätigen, nur weil wir deutsche Namen tragen?« fragte Lena erschüttert, als Marianne eines Tages weinend nach Hause kam und berichtete, auf der Straße angespuckt und beschimpft worden zu sein. Und nicht einer der Passanten hatte eingegriffen, sondern man hatte ihr sogar noch ein schadenfrohes Gelächter hinterhergeschickt, als sie vor Schreck das Gleichgewicht verloren hatte, mit dem Rad in den Dreck der Straße gestürzt war und sich dabei das Knie blutig geschrammt hatte.

»Der Krieg bringt das Schlimmste im Menschen zutage«, murmelte Burkhardt bedrückt. »Und ich sage dir, das ist erst die Spitze des Eisbergs; das gelbe Formular ist erst der bescheidene Anfang gewesen.«

Burkhardt sollte recht behalten. Denn Ende Oktober fing der Alptraum für alle, die einen deutschen Namen hatten, erst richtig an, als nämlich das Parlament dem infamen »War Precautions Act« der Regierung zustimmte.

33

Es war Andreas, der die Nachricht von der Verabschiedung dieses folgenschweren Dekretes eines Nachmittags nach »Maralinga« brachte. Lena hängte im Hof gerade Wäsche zum Trocknen auf, als ihr Bruder mit dem Rad die Einfahrt heraufkam.
»Wieso bist du denn schon wieder zurück?« rief sie ihm verwundert über die Schulter zu, während sie ein Bettlaken über die Leine warf und mit ein paar Klammern feststeckte. »Ist denn das Treffen der Pfadfinder heute ausgefallen?«
»Ja, aber nur für mich und die anderen deutschstämmigen Jungen. Sie haben mir nicht nur meine Gruppe abgenommen, die ich das ganze Jahr geführt habe, sondern uns alle aus der Organisation ausgeschlossen«, antwortete Andreas verbittert.
Lena wandte sich betroffen um und erschrak, als sie das übel zugerichtete Gesicht ihres Bruders sah. Seine linke Unterlippe war aufgeplatzt, und er hatte offenbar heftig aus der Nase geblutet. Hier und da zeigten sich schon erste Schwellungen. Blutflecken fanden sich auch auf Hemd und Hose, die zum Teil zerrissen waren und so aussahen, als hätte er sich mit seinen Widersachern am Boden gebalgt. »Um Gottes willen, hast du dich womöglich mit deinen Kameraden geprügelt, weil sie euch ausgeschlossen haben?« stieß sie bestürzt hervor.
Andreas verzog schmerzhaft das Gesicht und schüttelte den

Kopf. »Das sind ganz besondere, nachbarschaftliche Gunstbeweise, die ich Frank und Edward verdanke.«

»Den Sullivan-Söhnen?« stieß Lena ungläubig hervor.

Er nickte. »Sie haben mir mit Gregory, dem Sohn des Wagenbauers Claybourne, unten an der Brücke aufgelauert. Und weil sie sich nicht hundertprozentig sicher waren, ob sie bei ihrem mutigen Überfall auch wirklich ohne Kratzer davonkommen würden, haben sie sich vorsichtshalber noch mit Knüppeln bewaffnet. Ihre saubere Rechnung ist jedoch nicht ganz aufgegangen«, sagte er mit grimmiger Genugtuung. »Sie haben auch ganz schön was abbekommen, das kannst du mir glauben!«

»Komm ins Haus, damit ich deine Verletzungen behandeln kann!« drängte ihn Lena besorgt.

»Ach, es brennt und pocht zwar wie die Hölle, sieht aber schlimmer aus, als es in Wirklichkeit ist«, versicherte Andreas, ließ sich ihre liebevolle Betreuung jedoch gerne gefallen.

Vorsichtig säuberte Lena die Platzwunden und betupfte sie mit Jod, um gefährlichen Entzündungen vorzubeugen. Doch erst als er auf ihr Drängen hin auch sein Hemd auszog, sah sie, wie übel sie ihm mitgespielt hatten. Sein Oberkörper und einige Stellen an den Hüften würden morgen wohl mit blauen und grünen Flecken übersät sein.

Sie vermochte ihre Empörung über das abscheuliche Verhalten der Nachbarssöhne, die noch nicht einmal den Mut für einen ehrlichen Kampf aufgebracht hatten, kaum zu bändigen. »So ein undankbares, hinterhältiges Gesindel! Der Herr möge mir meinen Zorn verzeihen, aber ich kann nicht anders! Jahrelang haben Henry und Fanny Sullivan mit unserem Vater gute Geschäfte gemacht, doch seit wir nicht mehr bei ihnen kaufen, weil wir es uns schlichtweg nicht mehr leisten können, lassen sie kein gutes Haar mehr

an uns und würdigen uns kaum noch eines Blickes. Und als ob das nicht schon schäbig genug wäre, fallen jetzt auch noch ihre Söhne aus dem Hinterhalt über dich her!«
Ihr Bruder, der sich tapfer gewehrt hatte, regte sich darüber jedoch viel weniger auf. Der Ausschluß bei den Pfadfindern traf ihn viel tiefer und härter als ein Faustschlag je vermocht hätte. Mit Frank und Edward hatte er sich nie gut verstanden. Deshalb wunderte es ihn jetzt auch nicht, daß sie plötzlich meinten, ungestraft über ihn herfallen zu können. »Aber daß wir auf einmal nicht mehr dazugehören und so gut wie keine Rechte mehr haben, nur weil wir einen deutschen Namen tragen und deutsche Eltern gehabt haben, will mir nicht in den Kopf. Ich bin doch derselbe wie früher. Und plötzlich soll das alles nichts mehr gelten? Ich kann nicht begreifen, wie unser Parlament dieses neue Gesetz verabschieden konnte«, sagte er verstört.
»Von welchem Gesetz redest du denn?« fragte Lena.
»Es nennt sich ›War Precautions Act‹ und soll heute schon in den Zeitungen stehen«, antwortete Andreas bitter. »Peter, einer von den Pfadfindern, der nebenbei Zeitungen austrägt, hat mir davon erzählt. Dieses neue Gesetz gibt den Behörden so gut wie unbegrenzte Befugnis über alle feindlichen Ausländer.«
»Dann trifft es auf uns überhaupt nicht zu«, erwiderte Lena. »Wir sind in diesem Land geboren und genauso Australier wie die Abgeordneten im Parlament.«
»Eben nicht!« widersprach Andreas erregt. »Dieses neue Gesetz bezieht sich nämlich nicht nur auf alle feindlichen Ausländer, sondern auch auf Australier, die aus dem feindlichen Ausland stammen, selbst wenn sie schon seit ewigen Zeiten hier leben und längst eingebürgert sind. Aber damit noch nicht genug. Auch wer hier geboren ist, so wie wir, aber deutsche Eltern hat sowie unter Verdacht steht, Kon-

takte mit feindlichen Ausländern zu unterhalten oder mit deren Gesinnung zu sympathisieren, hat nach dem ›War Precautions Act‹ all seine Rechte verwirkt. Die Behörden können mit diesen Leuten machen, was sie wollen, ohne daß man dagegen Einspruch erheben und vor Gericht gehen kann. Es wird alles verboten, was auch nur nach Deutschtum riecht: die deutschen Schulen und Zeitungen sowie Organisationen wie zum Beispiel die Turnerriege von Tanunda; und Gesangvereine wie die ›Liedertafel‹ kommen als erstes dran, das steht schon fest.«
Lena schüttelte den Kopf. »Das kann so nicht stimmen, Andreas. Man kann doch den Leuten nicht per amtlicher Verordnung ihre Kultur verbieten! Und welchen Sinn sollte es denn machen, harmlose Sport- und Gesangvereine zu verbieten, nur weil ihre Mitglieder überwiegend deutschstämmig sind? Ich nehme an, da mußt du etwas falsch verstanden haben. Außerdem ist ein Gesetz, das der Willkür Tür und Tor öffnen würde, in einer Demokratie nicht möglich. Da sind die Bürgerrechte unantastbar und durch die Justiz geschützt!«
»Von wegen!« meinte Andreas pessimistisch.
Auch Burkhardt wollte erst nicht glauben, daß das Parlament der Polizei und den Militärbehörden mit diesem Gesetz eine derartige Machtfülle übertragen hatte, die sich der Kontrolle durch die Justiz völlig entzog.
Sie alle wurden jedoch schnell eines Besseren belehrt. Eine Flut von Verordnungen und Vorschriften ging nun auf alle *enemy aliens* und all die Personen nieder, die per Gesetz zu solchen gestempelt oder doch zumindest in deren Nähe gerückt wurden. Zuerst wurden die deutschsprachigen Zeitungen verboten und die mehr als vierzig deutschen Schulen geschlossen. Die Lutherische Kirche, deren Gemeinden sich ausschließlich aus Deutschstämmigen zusammensetz-

ten, wurde plötzlich verdächtigt, eine subversive Organisation zu sein und direkte Order aus Berlin zu erhalten. Die Geistlichen durften nicht mehr auf deutsch predigen, der Gottesdienst mußte in englischer Sprache abhalten werden. Aber das war erst der Anfang der Maßnahmen, mit denen amtliche Behörden wie das »Australian Army Intelligence Corps« und patriotische Organisationen, die sich beispielsweise »Anti-German League«, »All British League« oder »The British Patriots« nannten, den vermeintlich gefährlichen deutschen Umtrieben im Land zu Leibe rückten. Kein Detail erschien diesen Patrioten dabei zu geringfügig, um nicht beachtet und in eine Verordnung gefaßt zu werden.

»Gestern abend war die Polizei bei Wilhelm Luckenbach auf dem Weingut und hat sein Telefon beschlagnahmt!« berichtete Johanna wenige Tage später entrüstet, als sie Lena und Burkhardt besuchte. »Und Gerhard hat seine Kamera auf der Polizeistation abgeben müssen, die ich ihm letztes Jahr zu seinem dreißigsten Geburtstag geschenkt habe! Glauben diese Irrsinnigen denn wirklich, mein Mann würde nachts im Rollstuhl durch das Barossa-Tal fahren und Spionage betreiben? Und was sollte er auch spionieren? Es ist der reinste Wahnwitz, was diese Leute machen.«

Burkhardt, der kurz zuvor aus Tanunda zurückgekehrt war, nickte mit finsterer Miene. »Ja, und diese Paranoia greift wie ein böses Fieber um sich. Es werden nicht nur alle Flinten, Telefone, Autos, Kameras und Ferngläser bei den sogenannten *enemy aliens* konfisziert, *die Leute müssen auch ihre Brieftauben abgeben.*«

»Das soll wohl ein Witz sein!« sagte Lena, sah Burkhardt jedoch sofort an, daß ihm in diesem Augenblick nach allem anderen als nach Scherzen zumute war.

»Nein, so unglaublich absurd und lächerlich es auch klingen mag, aber Brieftauben sind in diesem ›War Precautions Act‹ ausdrücklich erwähnt.«
Lena schüttelte fassungslos den Kopf.
»Gerhard vermutet, daß unsere Regierung jede Kriegsverordnung, die in London ersonnen und erlassen wird, Wort für Wort kopiert, ohne groß darüber nachzudenken, was davon in unserem Land Sinn macht und was nicht«, sagte Johanna.
Burkhardt nickte. »Ja, so sieht es wohl aus. Der Wahnsinn hat Methode.«
»Was aber nichts daran ändert, daß es diese Verordnungen gibt und daß sie auch ausgeführt werden – und zwar gegen die eigenen Landsleute«, fügte Andreas erbittert hinzu. »Ich hätte nie gedacht, daß ich mich eines Tages für die Herkunft meiner Eltern und für meinen deutschen Namen schämen müßte!«
»Du mußt dich auch nicht schämen!« erwiderte Lena spontan und mit Nachdruck. »Ganz im Gegenteil, wir können auf unseren Namen stolz sein!«
»Aber man vermittelt uns das Gefühl, als hätten wir allen Grund, uns zu schämen! Nicht nur die Regierung und das Militär, sondern unsere eigenen Nachbarn und die Leute, mit denen wir aufgewachsen sind, mißtrauen uns plötzlich und zweifeln an unserer Loyalität gegenüber Australien, und was deutsche Siedler in diesem Land alles geleistet haben, davon will man plötzlich nichts mehr wissen!« brach es heftig aus Andreas heraus. »Ich wünschte, wir würden nicht Seewald heißen, sondern einen englischen Namen tragen!«
Damit stürzte er aus dem Zimmer.
Alles Teutonische stieß im Land auf feindselige Ablehnung; das machte nicht einmal vor den historischen Ortsnamen halt. Eine von der Regierung eigens beauftragte Kommis-

sion, das »Nomenclature Committee«, beschäftigte sich damit, alle deutschen Ortsbezeichnungen und Straßennamen von der australischen Landkarte zu tilgen. In Südaustralien und im Barossa-Tal wurden besonders viele Umbenennungen vorgenommen. Zumeist griff man auf die ursprünglichen Namen zurück, die einst die Aborigines den Orten gegeben hatten, bevor die Weißen gekommen waren.
Der Zynismus, der darin steckte, wurde den Verantwortlichen offensichtlich gar nicht bewußt. Denn noch immer verfolgte die australische Regierung eine ausgesprochen rassistische Bevölkerungspolitik, deren erklärtes Ziel es war, Australien zu einem Kontinent von möglichst »weißen Bewohnern« zu machen. Und da die australischen Ureinwohner nach fast hundertfünfzig Jahren gewaltsamer Ausrottungsversuche zwar erheblich dezimiert, aber immer noch nicht ganz vom Kontinent verschwunden waren, bemühten sich die verantwortlichen Regierungsstellen nun mit anderen infamen politischen Methoden, das lästige »Eingeborenenproblem« aus der Welt zu schaffen – indem man beispielsweise die Aborigines in elenden Reservaten dem Alkohol und ihrer Verzweiflung überließ und den Eltern unter dem Vorwand, daß sie zur Erziehung untauglich seien, die Kinder wegnahm, sie in weißen Missionen als künftiges Dienstpersonal für bessergestellte Weiße aufzog und ihnen systematisch ihre kulturelle Identität zu rauben versuchte. Doch auf die Namen, die die Aborigines einst den Orten und heiligen Plätzen ihrer Traumpfade gegeben hatten, auf diese Namen griffen dieselben Politiker nun bereitwillig zurück.
So wurde aus dem Kaiserstuhl Patpoori Hill, später Mount Kitchener, Hoffnungsthal bekam den Namen Karrawirra, Lobethal wurde zu Marananga, Langmeil bei Tanunda verwandelte sich über Nacht in Bilyara und Gruenberg in Ka-

ralta. Auf dem Bahnhof von Seppelts wurde auf Weisung der Regierung das Schild gegen ein neues ausgetauscht, auf dem nun Pinjetta zu lesen stand. Schoenthal verwandelte sich in Bongala, Friedlanders's Hill hieß künftig Wirrabara Hill und Marienthal bekam Perawillia als offiziellen Namen zugeteilt, was in der Eingeborenensprache »Frühling« bedeutete. Doch in das Leben der deutschstämmigen Bevölkerung zog der eiskalter Winter der Denunziation und Verfolgung ein.

Aber es war nicht allein die eifrige Kommission der Regierung, die überall im Land diese Veränderungen vornahm. Eine erheblich größere Anzahl von Namensänderungen ging auf die Deutschstämmigen selbst zurück, die sich so vor weiteren Diskriminierungen und Anschlägen schützen wollten. Sie griffen auch oft zu diesem Mittel in der Hoffnung, einer Entlassung zu entgehen. Denn überall im Land, vor allem in den größeren Ortschaften und Städten, wo Arbeitslosigkeit herrschte, wurden Tausende von Arbeitern mit deutschem Namen entlassen. Der Druck der Öffentlichkeit wurde so stark, daß selbst wohlmeinende Arbeitgeber, die ihre deutschstämmigen Fachkräfte nur zu gern behalten hätten, sich schließlich gezwungen sahen, sie auf die Straße zu werfen und sie durch weniger qualifiziertes britisches Personal zu ersetzen.

In Tanunda gehörten die Neumanns zu den ersten, die in der amtlichen Gazette bekanntgaben, daß sie ihren deutschen Namen abgelegt und den neuen englischen Newman angenommen hatten. Siebenmal hatten sie ihr Schaufenster durch neue Scheiben ersetzen müssen, und zweimal hatten die Täter den Laden selbst demoliert. Erna Neumann hatte nach dem fünften nächtlichen Anschlag einen Nervenzusammenbruch erlitten, und Otto Neumann fürchtete nun zu allem Unglück auch noch den finanziellen

Ruin, sollte es mit dem Vandalismus der Deutschhasser so weitergehen.

»Newman's Emporium« hieß das Kolonialwarengeschäft nun, und viele andere Geschäftsleute folgten mehr oder weniger verschämt dem Beispiel der Neumanns. Der Schlachter Karl Koch in Marienthal wurde von einem Tag zum anderen zum »Butcher Charles Cook«, und als der Schreiner Heinrich Jung ein neues Schild über seiner Werkstatt aufhängte, stand »Henry Young & Sons – Fine Carpentry« darauf zu lesen.

Aber auch viele andere, die kein Geschäft besaßen und nicht auf das Wohlwollen auch britischer Kundschaft angewiesen waren, legten ihren alten Namen ab. Und ließ sich so problemlos kein englisches Äquivalent finden, wie das bei Neumann, Koch und Jung der Fall war, wählte man eben einen Namen, der zumindest Ähnlichkeit aufwies. Der Trend war: je britischer, desto besser.

Den Befürwortern der Anpassung an die britische Kultur unter Verleugnung der eigenen Herkunft stand die etwa gleich große Anhängerschaft all derer gegenüber, die eine derartige Selbstverleugnung strikt ablehnten.

»Ich denke doch nicht daran, vor diesem Pöbel in die Knie zu gehen und meinen Namen wie ein schäbiges, stinkendes Hemd abzulegen, als müßte ich mich dessen schämen!« erklärte Burkhardt leidenschaftlich, als es vor der Kirche zu einer hitzigen Auseinandersetzung zwischen den beiden Gruppen kam. »Mein Name ist so gut wie jeder andere, und er verdient denselben Respekt!«

»Deshalb ist ein neuer englischer aber auch nicht schlechter, vor allem wenn man vor ewigen Zeiten ausgewandert ist und mit dem Land seiner Vorfahren längst gebrochen hat. Zu der neuen Heimat gehört auch ein neuer Name. Das haben schon viele Auswanderer so gehalten«, erwiderte der

Fuhrmann Hans Fischbach, der darauf bestand, daß man ihn fortan mit John Fishbrook ansprach. »Jeder hat das Recht, sich so zu nennen, wie er es für sich als richtig empfindet!«

»Aber keiner hat das Recht, uns dazu zu zwingen!« fiel ihm Burkhardt hitzig ins Wort. »Und was hier passiert, diese nächtlichen Anschläge auf die Läden und Wohnhäuser der Deutschstämmigen sowie die amtlichen Diskriminierungen und all die anderen Ehrabschneidungen, ist fast noch schlimmer als jeder amtliche Zwang! Auf diese infame Art und Weise bringen sie uns nämlich dazu, daß wir ihnen die Dreckarbeit abnehmen und uns allmählich auch noch selbst einreden, daß wir es ja vielleicht gar nicht anders verdient haben! Und das mache ich nicht mit!«

Männer wie Wilhelm Luckenbach und Heinrich Riedberg stimmten ihm lautstark uneingeschränkt zu.

»Mein Großvater hat hier schon gesiedelt und den Boden mit seinem Blut und seinem Schweiß getränkt, als kaum noch ein Brite freiwillig nach Australien gehen wollte!« verkündete der Apotheker mit großer Empörung. »Und da will man mich direkt oder indirekt dazu bewegen, die stolze australische Geschichte meiner Familie zu verleugnen, indem ich meinen Namen ändere? Niemals! Auf meinem Grabstein, auf dem meiner Frau und auf dem meiner Kinder wird Riedberg stehen!«

»Richtig! Wir müssen unsere Loyalität nicht unter Beweis stellen, indem wir verleugnen, wer wir sind, woher unsere Vorfahren kommen und wo unsere kulturellen Wurzeln liegen!« rief Luckenbach und funkelte die Gegenpartei herausfordernd an. »Ich jedenfalls lasse mich nicht erpressen, egal, was auch kommen mag. Das wäre ehrlose Kapitulation und Feigheit!«

Fritz Fischbach lief hochrot an und warf sich in die Brust.

»Was, du nennst mich einen Feigling?« brauste er auf und machte einen drohenden Schritt auf Luckenbach zu. »Na komm, sag das noch einmal!«
Fast wäre es zu Handgreiflichkeiten gekommen, wenn in diesem kritischen Moment nicht Father MacIntosh eingegriffen und beide Seiten mit scharfer Stimme aufgefordert hätte, gefälligst Mäßigung walten zu lassen und sich um ein wenig mehr Verständnis und Nächstenliebe zu bemühen. Denn schließlich gäbe es für jede Position ebenso einsichtige und ehrbare Argumente dafür wie auch dagegen – einmal ganz davon abgesehen, daß sie gerade gemeinsam an der heiligen Messe teilgenommen hätten, unter dem Kreuz stünden und in dieser schwierigen Zeit zusammenhalten müßten, anstatt sich in die Haare zu geraten.
»Recht hat er«, sagte Andreas hinterher, als sie mit dem Gespann nach Hause fuhren. »Man kann beide Seiten verstehen; es gibt für beide Positionen gute Argumente.«
Burkhardt warf ihm einen scharfen mißbilligenden Blick zu. »Das sehe ich anders!« sagte er barsch, was sonst so gar nicht seine Art war.
»Ich weiß, aber das ändert nichts daran, daß ich deine Meinung in dieser Sache nicht teile«, antwortete Andreas leise, aber mit fester Stimme. »Und ich denke mal, das gehört zu deinen wie zu meinen Rechten, die uns die Regierung gerade zu beschneiden versucht.«
Lena sah überrascht von einem zum andern. Ihr Bruder hatte in den vergangenen Jahren eine starke Beziehung zu Burkhardt entwickelt. Sie wußte, daß Andreas ihn nicht nur respektierte, sondern auch zu ihm aufschaute. Er hatte ihm auch noch nie bei einer so ernsten Angelegenheit wie dieser die Gefolgschaft verweigert und gegen ihn Position bezogen. Daß er jetzt die Partei all derer ergriff, mit denen Burkhardt sich beinahe noch geprügelt hätte, wog daher beson-

ders schwer. Und dabei wußte er doch ganz genau, wie wichtig Burkhardt diese Sache war!

Auch Burkhardt verzog überrascht das Gesicht und wußte erst nicht, was er antworten sollte. Schließlich knurrte er widerwillig: »Ja, das Recht hast du; fragt sich nur, wie lange noch.«

»Solange ich es mir nicht streitig machen lasse, ganz egal, wer es auch versuchen mag«, erwiderte Andreas schlagfertig, und bis auf die kleine Anna-Katharina, die sich an Lena schmiegte und verträumt an ihrem Finger lutschte, verstand jeder, was er damit meinte.

Burkhardt ging auf die Herausforderung jedoch nicht ein, sondern tat so, als hätte er diese Bemerkung gar nicht gehört. Er wandte nicht einmal den Kopf, sondern schnalzte laut mit der Zunge, um die Pferde zu einem schnelleren Tempo anzutreiben.

Aber als er spät am Abend noch eine Weile mit Lena allein auf der Veranda saß, wie das ihre Gewohnheit war, wenn die Temperaturen es zuließen, sagte er plötzlich völlig aus dem Zusammenhang: »Andreas wird schneller erwachsen, als ich es manchmal wahrhaben möchte. Er ist seinen Jahren ein gutes Stück an Reife voraus und weiß schon jetzt genau, was er will. Dein Bruder läßt sich nicht verbiegen – von keinem, und er hat Mut, das muß man ihm lassen. Er erinnert mich an die Zeit, als ich so alt war wie er und in den Hafendocks von Newcastle auf die harte Tour lernte, mich zu behaupten und zu meiner Meinung zu stehen. Dein Vater wäre stolz auf ihn gewesen.«

Noch bevor Lena sich von ihrer Überraschung erholt hatte und ihn fragen konnte, ob er denn nicht auch Stolz empfand, denn schließlich war Andreas doch die letzten Jahre unter seiner formenden Hand aufgewachsen, hatte Burkhardt sich schon aus dem alten knarrenden Korbsessel erhoben und sagte: »Ich denke, es ist Zeit, ins Bett zu gehen. Wir müssen morgen früh zum Jäten in die Weinberge. Gute Nacht, Lena.«

»Ja, dir auch«, antwortete Lena verwirrt; in vielen Dingen gab er ihr noch immer Rätsel auf.

In der ersten Novemberwoche, die tags darauf anbrach, kam es in Marienthal wie auch in anderen Orten des Barossa-Tals zu den ersten Razzien und Verhaftungen von *enemy aliens* und solchen Bürgern, die angeblich eine potentielle Gefahr für die Sicherheit des Landes darstellten. Frauen und Kinder blieben verschont, doch bei den Männern reichte schon der bloße Verdacht oder die Denunziation eines übelgesinnten Nachbarn aus, um von der Polizei abgeholt und hinter Stacheldraht gesperrt zu werden, ohne daß man den Leuten die Möglichkeit der Verteidigung vor einem ordentlichen Gericht gegeben hätte. Ja, es wurde ihnen noch nicht einmal mitgeteilt, was genau ihnen zur Last gelegt wurde und welchen Vorkommnissen sie ihre Internierung zu verdanken hatten. Der »War Precautions Act« hatte sie völlig legal all ihrer Rechte beraubt.

Die Internierungslager, die Hals über Kopf errichtet wurden, während schon die ersten Transporte mit vermeintlich feindlichen Ausländern unterwegs waren, erhielten den offiziellen Namen »German Concentration Camps«.

34

Auch nachdem Lena im Dunkeln zum zweitenmal den Rosenkranz gebetet hatte, wollte sich der Schlaf noch immer nicht einstellen. In dieser Nacht versagte ihre bewährte Methode, sich durch die Konzentration auf das Gleichmaß des Rosenkranzgebetes vorübergehend von allem zu befreien, was ihr auf der Seele lastete. Unruhig wälzte sie sich von einer Seite auf die andere, ohne innerlich zur Ruhe zu kommen; zu viele Dinge gingen ihr durch den Kopf.
Während Anna-Katharina ihr ausnahmsweise einmal keinen Anlaß zur Besorgnis gab, wurde Franziska ihren trockenen Husten einfach nicht los, verhielt Andreas sich ungewöhnlich in sich gekehrt und zeigte Marianne sich wieder einmal von ihrer unausstehlichen Seite. Täglich lag sie ihr mit der manchmal schon impertinenten Forderung in den Ohren, doch endlich den Namen Seewald abzulegen und dafür einen englischen anzunehmen, Lakewood zum Beispiel. Sie wollte nicht länger wegen ihres deutschen Nachnamens geschnitten werden und Zielscheibe von verletzenden Bemerkungen sein. Wann immer Burkhardt gerade nicht in der Nähe war, quengelte sie auf eine unerträgliche Art, daß Lena manchmal kurz davor stand, die Nerven zu verlieren und ihre Schwester links und rechts zu ohrfeigen.
»Herr, gib mir in diesen schweren Zeiten mehr Selbstbeherrschung und auch Verständnis für das, was meine Geschwister beschäftigt und quält«, betete Lena leise und nahm plötzlich den schwachen Duft der Heckenrosen wahr,

der mit der milden Nachtluft durch die weit offenstehenden Fenster in ihr Schlafzimmer drang. »Laß mich nicht ungerecht sein, wenn ich ihre Ansichten nicht teile. Herr, schenke uns Deinen Segen und Deinen Frieden und stehe allen bei, die sich in Schmerzen, Not und Bedrängnis befinden. Lindere ihre Verzweiflung und verleihe ihnen den Mut und die Kraft, um unter der Last ihres Kreuzes nicht zusammenzubrechen.«

Lenas Gedanken schweiften unwillkürlich zu den Familien ab, deren Männer in der vergangenen Woche in konsequenter Durchführung des »War Precautions Act« verhaftet worden waren.

Die ersten, die es in Marienthal getroffen hatte, waren Gottfried Gödecke und Paul Pohlbrecht gewesen, was jedoch niemanden überrascht hatte, da die beiden in ihrer Verschrobenheit doch oft genug ihr Loblied auf den deutschen Kaiser lautstark und viele Strophen lang gesungen hatten. Daß man jedoch auch gleich ihre Söhne mit in Sippenhaft nahm, sogar den erst fünfzehnjährigen Jochen Pohlbrecht, löste große Bestürzung unter den Barossa-Deutschen aus; und Empörung, die jedoch niemand öffentlich zu äußern wagte. Zu groß war mittlerweile die Angst, die Aufmerksamkeit der mißtrauischen Obrigkeit auf sich zu lenken und das nächste Opfer ihrer parlamentarisch abgesegneten Willkür zu sein.

Gottfried Gödecke und Paul Pohlbrecht wurden mit ihren Söhnen am Mittwoch verhaftet. Am frühen Morgen tauchte in Marienthal ein mit vier Soldaten bemannter Armeelaster in Begleitung einer schwarzen Limousine mit militärischem Kennzeichen auf, um die Gödeckes und Pohlbrechts abzuholen. In der Limousine saßen Sergeant Malone und Captain Wesley Jones, der das Kommando führte. Captain Jones, ein drahtiger Endvierziger mit einem schmalen wettergegerbten Gesicht und einer nervösen Rastlosigkeit, war erst am Tag zuvor mit einer Abteilung Soldaten in Tanunda eingetroffen. Sein Auftrag lautete, die unterbesetzte Polizei vor Ort zu verstärken. Und zusammen mit Sergeant Malone und seinen beiden Constables White und Fitzroy sollte er zudem in diesem Abschnitt des Barossa-Tals für die Einhaltung der Bestimmungen des »War Precautions Act« sowie für die militärische Sicherheit sorgen. Das hatte sich in Windeseile im ganzen Distrikt herumgesprochen, wofür der Armeeoffizier schon selbst gesorgt hatte. Denn Captain Jones hatte gleich am Tag seiner Ankunft jedem – ob er es hören wollte oder nicht – klar und unmißverständlich mitgeteilt, daß von nun an ein anderer Wind wehen würde und es für unsichere Kantonisten unter seinem Kommando kein Pardon gäbe. Und wer damit gemeint war, verstand sich von selbst.

Die Gödeckes und Pohlbrechts machten jedoch erst den Anfang. Schon am Donnerstag holten Sergeant Malone und Captain Jones sieben weitere Bewohner Marienthals aus ihren Wohnhäusern, von den Feldern und aus den Geschäften. Und am Freitag gab es auf dem Land vier weitere Verhaftungen. Diesmal traf es auch Männer, für deren Ehrenhaftigkeit und Loyalität Lena die Hand ins Feuer gelegt hätte. Unter ihnen befand sich auch Doktor Kroll, was bedeutete, daß es in Marienthal und Umgebung fortan keinen Arzt mehr gab, sowie der Versicherungsagent Theodor Traugott, dessen alten Wagen man schon Wochen zuvor konfisziert hatte. Bittere Szenen spielten sich in den Häusern ab, als man den Männern nur wenige Minuten Zeit ließ, um einen einzigen Koffer zu packen und sich von ihrer Familie zu verabschieden.

»Wenigstens haben Mom und Dad das nicht mehr erleben müssen. Es hätte ihnen bestimmt das Herz gebrochen, der-

art ungerechtfertigt verdächtigt und schlecht behandelt zu werden, wo sie ihrer neuen Heimat doch stets so treu ergeben waren«, murmelte Lena vor sich hin und flüchtete sich in Erinnerungen an ihre sorglose Jugendzeit. Dabei kam ihr Patrick in den Sinn. Wie es ihm wohl ergehen mochte, nachdem er sich in England freiwillig zur Infanterie gemeldet hatte? Es fiel ihr schwer, ihn sich in Uniform und mit einer Waffe in der Hand vorzustellen, geschweige denn im Inferno eines Kampfes an der Front; da bekam sie Beklemmungen. Sie hoffte inständig, bald ein Lebenszeichen von ihm zu erhalten. Warum nur war er nach seiner Trennung von Waltraud nicht sofort nach Australien zurückgekehrt, anstatt fast ein ganzes Jahr in Paris zu verbringen und sich von einer unglücklichen Liebe in die nächste zu stürzen? Ob er wohl diese Sängerin Françoise wiedergesehen hatte, von der in seinem letzten Brief die Rede gewesen war?
Lena grübelte eine ganze Weile darüber nach, was wohl passiert wäre, wenn Patrick wirklich als geschiedener und damit freier Mann vor einem Jahr zu ihr ins Barossa-Tal zurückgekehrt wäre.
Gerade wollten ihr endlich die Augen zufallen, als von unten ein lautes Klirren, dem fast gleichzeitig das Bersten von Glas folgte, die Stille der Nacht zerriß und sie erschrocken hochfahren ließ.
Lena warf die Decke zurück und sprang alarmiert aus dem Bett. Sie wußte sofort, was passiert war: Man hatte ihnen unten zwei Fenster eingeworfen. »Ihr bleibt in euren Zimmern!« rief sie Anna-Katharina und ihren Geschwistern zu, die verschlafen und verstört im Flur auftauchten. Unten in der Diele riß Burkhardt ein Streichholz an, und im nächsten Moment verbreitete sich der helle Lichtschein einer Petroleumlampe.
Franziska rieb sich die Augen. »Was ist passiert?«

»Das hast du doch gehört!« antwortete Marianne barsch. »Jemand hat uns die Fenster eingeschmissen. Das haben wir nun davon!« Sie warf Lena einen vorwurfsvollen Blick zu, als wolle sie sagen, daß ihnen das bestimmt nicht passiert wäre, wenn sie nur auf sie gehört und sich in Lakewood umbenannt hätten.

Lena beachtete sie nicht, sondern lief mit wehendem Nachthemd die Treppe hinunter in die Küche. In den Fenstern rechts und links von der Tür ragten nur noch scharfe Splitter aus den Rahmen.

Burkhardt, der beim Bersten der Scheiben hastig in seine derbe Arbeitshose geschlüpft war, wie die mehrfach verdrehten Hosenträger über seiner nackten, muskulösen Brust verrieten, stand mitten in den Scherben und hob das zerknitterte Papier auf, mit dem einer der beiden faustgroßen Feldsteine umwickelt gewesen war.

»Was steht drauf?« fragte Lena beklommen.

Mit wortlosem Abscheu reichte er ihr den Fetzen Packpapier, und Lena las die anonyme und in recht ungelenker Handschrift verfaßte Botschaft: »Verschwindet aus unserem Land, dreckiges Hunnenpack, bevor wir euch Beine machen und euch ausräuchern!«

Wütend knüllte sie das Papier zusammen, riß am Herd die Feuerluke auf und warf den Papierball in die Glut. »Ich kann mir schon vorstellen, wer hinter diesem gemeinen Anschlag steckt!« sagte sie zu Burkhardt.

»Ja, ich auch!« antwortete er grimmig. »Und ich werde dafür sorgen, daß dieses feige Gesindel sich nicht noch einmal auf ›Maralinga‹-Land schleicht und dir ungestraft die Fenster einschmeißt!«

Ernste Besorgnis trat auf ihr Gesicht. »Was hast du vor, Burkhardt?«

»Ich fahre nach ›Cawarra‹, in einer Stunde bin ich wieder

zurück«, antwortete er, ohne auf den Kern ihrer Frage einzugehen.
Sie vertrat ihm den Weg. »Bitte, laß dich in deinem Zorn nicht zu etwas hinreißen, das du später bitter bereuen könntest!« beschwor sie ihn.
»Ich könnte es später bitter bereuen, dich und deine Geschwister und meine Tochter nicht gut genug vor diesem Lumpenpack geschützt zu haben«, entgegnete er.
»Aber wir brauchen dich hier an unserer Seite, Burkhardt, nicht in einem dieser Internierungslager!«
»Machst du dir wirklich so große Sorgen um mich, Lena?« fragte er überrascht, und ein Lächeln huschte über sein Gesicht.
»Wie kannst du so etwas nur fragen? Natürlich mache ich mir Sorgen um dich!« bestätigte sie. »Also sei um Gottes willen vernünftig. Es ist doch bloß Glas zu Bruch gegangen!«
Er legte ihr einen kurzen Moment seine Hand auf die Schulter, die nur dünner Baumwollstoff bedeckte. »Ich verspreche dir, daß ich nichts Unvernünftiges tun werde, Lena. Aber ich kann uns auch nicht schutzlos lassen. Falls diese feigen Hunde wirklich auf die verbrecherische Idee kommen sollten, hier einen Brand zu legen, möchte ich vorbereitet sein.« Sanft schob er sie aus der Tür.
Burkhardt spannte Prinz vor den Buggy, fuhr nach »Cawarra« hinüber und holte seine doppelläufige Schrotflinte sowie eine Packung Munition aus dem Versteck.
»Du darfst doch gar keine Waffe mehr besitzen!« rief Lena bestürzt, als er mit der Flinte zurückkam. »Und hast du mir nicht gesagt, du hättest dein Gewehr schon im August bei der Polizei abgegeben?«
»Ja, das habe ich auch. Aber das hier ist eine Schrotflinte, mit der man als *enemy alien* keinen allzu wirkungsvollen

Krieg im Barossa-Tal gegen die australischen Streitkräfte führen und auch keine spektakulären Sabotageakte begehen, sondern mit viel Glück gerade mal die Kaninchenplage einigermaßen unter Kontrolle halten kann«, antwortete er sarkastisch. »Deshalb habe ich nicht im Traum daran gedacht, die Flinte auch noch abzuliefern, sondern sie gut versteckt. Und bestimmt gibt es auf ›Maralinga‹ ein ebenso gutes Versteck, wo sie niemand findet, selbst wenn man hier jeden Stein umdreht.«
Lena sah ihn sorgenvoll an, wußte aber, daß es völlig sinnlos war, ihn überreden zu wollen, die Flinte wieder nach »Cawarra« zurückzubringen.
Natürlich kannte sie mehrere ausgezeichnete Verstecke, und in einem davon verbarg Burkhardt nun also tagsüber die Waffe. In den fünf folgenden Nächten, wenn die Kinder schon im Bett waren, schlich er dorthin, holte die Flinte aus dem Versteck und machte es sich oben zwischen den Weinstöcken auf einem Lager aus Pferdedecken bequem. Von dort aus hatte er den freien Vorplatz und das Wohnhaus mit seinen Nebengebäuden gut im Visier. Er bestand darauf, daß Lena diese nächtliche Wache nicht mit ihm teilte, sondern in ihrem Schlafzimmer blieb.
Der Marienthaler Glaser Friedrich Kronfeld, der sich seit einigen Wochen Fredrick Crownfield nannte, ersetzte Lena schon am Tag nach dem Anschlag die beiden zersplitterten Scheiben. Und nach vier ruhigen Nächten war Lena überzeugt, daß sich dieser hinterhältige Vorfall nicht noch einmal wiederholen würde.
Sie irrte sich jedoch.
In der fünften Nacht bemerkte Burkhardt gegen ein Uhr zwei dunkel gekleidete Gestalten, die auf der anderen Seite des Vorplatzes zwischen den Büschen und Hecken auftauchten und in gebückter Haltung auf das Wohnhaus zuliefen.

Er riß die Schrotflinte hoch und feuerte zwei Schüsse hoch über den Köpfen der Eindringlinge ab. Der Knall schnitt in die nächtliche Stille. Die beiden Gestalten, bei denen es sich zweifellos um Frank und Edward Sullivan handelte, auch wenn ihre schwarzen Filzhüte nichts von ihren Gesichtern erkennen ließen, schrien zu Tode erschrocken auf, wirbelten auf den Absätzen herum und ergriffen die Flucht.

»Feiges Lumpenpack!« schrie Burkhardt ihnen hinterher, während im Haus die Lichter angingen, Türen schlugen und erregte Stimmen zu ihm drangen. »Ja, rennt nur wie die Hasen! Und laßt euch bloß nie wieder hier blicken. Ich weiß genau, wer ihr seid! Wenn ich euch das nächstemal auf ›Maralinga‹ oder ›Cawarra‹ erwische, kommt ihr mir nicht so glimpflich davon wie heute, das schwöre ich euch!« Er klappte den Doppellauf der Flinte auf, lud schnell nach und jagte ihnen noch zwei Schüsse hinterher. Diesmal richtete er den Doppellauf jedoch ein gutes Stück tiefer nach unten, so daß die beiden Schrotladungen gleich hinter den Flüchtenden unter lautem und scharfem Prasseln in das Gebüsch einschlugen.

»Diese Schüsse hat man weithin gehört, und bestimmt wird die Polizei nicht lange auf sich warten lassen und unbequeme Fragen stellen«, sagte Lena voll dunkler, böser Ahnungen und streichelte Attila, der völlig verstört hin und her gelaufen war.

»Schon möglich, aber so genau kann ja keiner wissen, woher die Schüsse gekommen sind, allenfalls die beiden Burschen, die erneut einen Anschlag auf uns verüben wollten, und die werden sich hüten, den Mund aufzumachen. Hier hat jedenfalls keiner Schüsse abgefeuert. Und eine Flinte werden Malone und dieser schneidige Captain Jones hier auf ›Maralinga‹ auch nicht finden, dafür sorge ich schon«, versuchte er sie zu beruhigen. »Auf jeden Fall wird diesen elenden

Feiglingen jetzt der Mut fehlen, sich noch einmal hierher zu wagen. Denn was sie erwartet, wenn ich sie erwische, wissen sie nun. Und das wird ihnen der Spaß nicht wert sein.«
Diesmal war es Burkhardt, der sich irrte.
Die anonymen Täter aus der Nachbarschaft kamen wieder, sogar noch in derselben Nacht. Kurz vor Morgengrauen schlugen sie zu. Und diesmal begnügten sie sich nicht mit einem geringfügigen Sachschaden wie ein paar eingeschmissene Fensterscheiben, sondern sie verübten einen Akt gezielter Grausamkeit und Gefühllosigkeit, der Lena zutiefst erschütterte: Sie überrumpelten Attila im Schlaf, was bei seiner Altersschwäche keines besonderen Geschickes bedurfte, und schnitten ihm die Kehle durch.
Lena brach weinend zusammen, als sie im Morgengrauen das verendete Tier, das von so sanfter Natur und ihr all die Jahre seines Lebens so treu ergeben gewesen war, auf der Veranda in seinem eigenen Blut liegen sah. Ihr gequälter Schrei ging Burkhardt durch Mark und Bein. Sie fiel wie von aller Kraft verlassen auf die Knie, vergrub ihre Hände im Fell ihres Hundes und preßte den Körper, der noch warm war, an ihre Brust, während sie unkontrolliert schluchzte.
Burkhardt ließ sie eine Weile gewähren, wobei er ohne viele Worte dafür sorgte, daß seine Tochter und Lenas Geschwister im Haus blieben und die Tür hinter sich schlossen. Dann erst entzog er Lena sanft ihren toten vierbeinigen Freund und legte seine Arme um sie.
Sie sträubte sich im ersten Moment gegen seine Umarmung, bäumte sich kurz auf, ließ es dann aber geschehen und sank gegen ihn. Er wiegte sie wie ein Kind in den Armen und weinte stumm mit ihr.

35

Keine fünf Stunden nachdem sie Attila oben auf der kleinen Hügelkuppe hinter der stillgelegten Weinkellerei begraben hatten, einem seiner Lieblingsplätze, trafen Sergeant Malone und Captain Jones auf »Maralinga« ein.

Die Angst, die sich beim Anblick der Limousine unwillkürlich auf Lenas Brust gelegt hatte, verlor viel von ihrem beklemmenden Druck, als sie sah, daß dem Wagen kein Armeelaster mit Soldaten folgte. Sie war auch froh, daß Franziska und Andreas längst in der Schule waren und Marianne hinter der Ladentheke stand. Und Anna-Katharina schlief tief und fest.

Als Sergeant Malone und Captain Jones vor dem Haus aus ihrem Wagen stiegen, kam Burkhardt gerade aus dem Stall, wo er die morschen Bretter einer Pferdebox ausgewechselt hatte. Er blieb kurz stehen, schob sich den alten Lederhut in den Nacken und wischte sich den Schweiß von der Stirn. Dann kam er eiligen Schrittes über den Hof.

Sobald Sergeant Malone ihn sah, erinnerte er sich wieder an die Szene mit dem gelben Formular und sagte betont laut, so daß auch Lena es nicht überhören konnte: »Dieser Bursche da hat schon mal Ärger gemacht, Captain; bei mir auf der Polizeiwache. Wollte keine Auskünfte über seine Person erteilen und war auch sonst äußerst renitent. Sein Name ist Burkhardt Helmsdorf. Er hat das Zeug zum Aufrührer, wenn Sie mich fragen.«

»Helmsdorf?« Captain Wesley Jones zog in sichtlicher Irritation die dünnen Augenbrauen hoch und warf einen kurzen Blick auf das oberste Blatt seines Klemmbrettes. »Hier steht unter dem Weingut ›Maralinga‹ aber nur Lena Seewald sowie ihre Geschwister Andreas, Marianne und Franziska. Ein Burkhardt Helmsdorf ist in Ihrer Aufstellung nicht erwähnt, Sergeant«, bemängelte er säuerlich.

»Dieser Helmsdorf ist ihr Nachbar. Sie finden seinen Namen unter dem Gut ›Cawarra‹, das gleich da drüben hinter den Hügeln liegt«, erklärte der Sergeant hastig, um noch abfällig hinzuzufügen: »Der Kerl lebt aber schon seit Jahren hier mit ihr unter einem Dach, und zwar ohne Trauschein, Sie verstehen schon. Und dabei hat sie mal im Kloster gelebt und wollte Nonne werden. Ich sagte Ihnen ja, daß diese Leute keinen Anstand haben.«

»Und warum steht das hier nicht?« wollte Captain Jones gereizt wissen.

Bevor Sergeant Malone noch antworten konnte, mischte sich Lena ein. »Ich verbitte mir Ihre unverschämten Unterstellungen, Sergeant Malone! Nur ein Schandmaul kann die Ehre von mir und allen, die hier auf ›Maralinga‹ leben, in Zweifel ziehen!« brach es empört aus ihr hervor. An diesem Tag fehlte ihr nicht nur die Kraft, sondern auch der Wille, Selbstbeherrschung zu üben und ihre Zunge im Zaum zu halten. »Und ich denke nicht daran, mich von Ihrer schmutzigen Phantasie beleidigen zu lassen. Kehren Sie gefälligst vor Ihrem eigenen Haus, Sergeant! Ich jedenfalls habe mir nichts vorzuwerfen – weder vor meinem Schöpfer noch vor dem Gesetz!«

»Nun hören Sie aber mal ...«, setzte Sergeant Malone mit hochrotem Kopf an.

»Nein, Sie hören mir zu!« schnitt Lena ihm schroff das Wort ab. »Ich bin zwar keinem eine Erklärung schuldig, aber Sie sollen sie dennoch bekommen, damit Sie hinterher nicht weiter guten Gewissens schmutzige Lügen verbreiten können: Nach dem Tod meiner Eltern war ich gezwungen, das Kloster zu verlassen und die Vormundschaft über meine minderjährigen Geschwister zu übernehmen. Und was Mister Helmsdorf betrifft, so habe ich mich nach dem Tod seiner Frau, die seit Kindertagen meine beste Freundin war, dazu bereit erklärt, ihr gerade sechs Monate altes Baby Anna-Katharina bei mir aufzuziehen. Als Gegenleistung hat Mister Helmsdorf Arbeiten hier auf ›Maralinga‹ übernommen. Wir helfen einander, und dazu gehört auch, daß Mister Helmsdorf in diesem Haus sein eigenes Zimmer mit einer Schlafstelle hat, weil es allen viel Zeit und Mühen erspart. Das ist alles. Aber auch wenn es sich anders verhielte, ginge es Sie nicht das geringste an!« Und während Burkhardt nun an ihre Seite trat, fuhr sie direkt an Captain Jones gewandt nicht minder scharf fort: »Und jetzt haben hoffentlich Sie genug Anstand im Leib, um sich endlich vorzustellen, wie es sich für einen Offizier und Gentleman meines Landes gehört, und zu erklären, was Ihr Erscheinen zu bedeuten hat!«

Ein kühles Lächeln huschte über das Gesicht von Captain Jones, als er sah, wie Sergeant Malone unter dieser leidenschaftlichen Zurechtweisung hochrot wie eine reife Tomate anlief und vor Empörung nach Luft schnappte. Er fand wohl, daß der Sergeant die Zurechtweisung verdient hatte. Auf ihre Aufforderung hin deutete Jones nun eine knappe Verbeugung an, stellte sich ihr mit Rang und Namen vor und erklärte respektvoll: »Wir gehen einer Meldung nach, Miss Seewald, derzufolge hier letzte Nacht mehrere Schüsse gefallen sind.«

»Vier Schüsse genau!« fügte Sergeant Malone im scharfen Tonfall einer Beschuldigung hinzu und fixierte Burkhardt. Burkhardt ignorierte seinen stechenden, anklagenden Blick und nickte. »Ja, diese Schüsse haben wir auch gehört«, antwortete er ruhig. »Sie fielen kurz hintereinander, und zwar um kurz nach ein Uhr. Ich glaube, sie kamen aus Nordwesten!« Er zeigte in die Richtung, in der »Finnegan's Park« lag. Britische Bürger hatte ihre Waffen selbstverständlich nicht abgeben müssen, und die jagdfreudigen Finnegans besaßen eine stolze Waffensammlung, wie jedermann wußte.

»So, sie wurden also irgendwo im Nordwesten abgegeben, wie Sie meinen«, wiederholte Captain Jones und betrachtete ihn skeptisch.

Burkhardt wich seinem Blick nicht aus und zuckte scheinbar gleichmütig die Achseln. »Es ist natürlich nichts weiter als eine Vermutung, Captain.«

»Wir wissen aber, daß Sie die Schüsse abgefeuert haben – und zwar hier auf ›Maralinga‹!« beschuldigte ihn Sergeant Malone barsch.

»Wie bitte?« tat Lena überrascht, während sich ihr Magen vor Angst zusammenkrampfte. »Hier auf ›Maralinga‹ sollen Schüsse gefallen sein? Also, das müßte ich ja wohl wissen!«

Auch Burkhardt machte ein ungläubiges Gesicht. »Es muß sich wohl um einen Irrtum handeln. Ich habe mein Gewehr schon vor Monaten abgegeben, so wie es verlangt wurde. Wenn Sie möchten, hole ich die Quittung, die mir Constable Fitzroy ausgestellt hat.«

Sergeant Malone machte eine ärgerliche, wegwischende Geste. »Das können Sie sich sparen, Helmsdorf! So eine Quittung ist doch kein Beweis, daß Sie uns nicht eine zweite Waffe unterschlagen und sich somit strafbar gemacht haben!«

»Das mag schon sein«, räumte Burkhard ein, um bissig fortzufahren: »Aber eine bloße Behauptung ersetzt ebensowenig einen Beweis, Malone.«

Der Sergeant funkelte ihn an. »Für Sie immer noch *Sergeant* Malone!« fauchte er.

»Und für Sie *Mister* Helmsdorf!« konterte Burkhardt augenblicklich.

»Uns machen Sie nichts vor!« herrschte der Sergeant ihn an. »Wir wissen, was wir von Leuten Ihres Schlages zu halten haben. Gott sei Dank wird jetzt endlich durchgegriffen und der deutschen Unterwanderung Einhalt geboten!«

»Warum fangen Sie denn nicht beim britischen Königshaus an, das doch zu einem nicht unerheblichen Teil mit dem deutschen verwandt ist?« fragte Lena sarkastisch. »So mächtig, wie der Einfluß dieser Blaublüter ist, müßte man eigentlich doch dafür sorgen, daß diese Leute zuerst in Internierungslager kommen.«

»Das ist eine Beleidigung der Krone!« donnerte der Sergeant empört.

»Nein, ich folge nur der seltsamen Logik des ›War Precautions Act‹!« erwiderte Lena.

Captain Jones räusperte sich. »Nun, kommen wir auf die Schüsse zurück. Sie bleiben also bei Ihrer Aussage, daß Sie keine weitere Waffe mehr besitzen und daß Sie diese vier Schüsse, die uns gemeldet worden sind, nicht abgegeben haben. Ist das richtig, Mister Helmsdorf?«

»Ja, das ist richtig«, antwortete Burkhardt, ohne die Miene zu verziehen; er hatte sich völlig im Griff.

»Dürfen wir erfahren, wer hinter dieser gemeinen Denunziation steckt?« fragte Lena wütend. Es fiel ihr ungeheuer schwer, nicht damit herauszuplatzen, was man ihnen und anderen angetan hatte, ohne daß die Polizei auch nur irgendwelche Anstrengungen unternommen hatte, um die Täter zu stellen und ihrer gerechten Strafe zuzuführen. Aber wenn sie jetzt die eingeworfenen Küchenfenster und ihren brutal hingeschlachteten Hund erwähnte, würde sie den Verdacht der Uniformierten bestärken und alles nur noch schlimmer machen.

»Nein, das dürfen Sie nicht!« erklärte ihr Captain Jones. »Diese Angaben sind vertraulich und zum Schutze unserer Informanten nicht für die Öffentlichkeit bestimmt.«

»Sie haben keinerlei Angaben, Captain!« sagte Burkhardt ihm auf den Kopf zu. »Geben Sie es doch zu! Was Sie haben, ist nichts weiter als eine anonyme Beschuldigung.«

»Eine Denunziation, für die sich jeder anständige Mensch schämen würde!« sagte Lena verächtlich. »Denn was die Regierung mit ihrem Gesetz erreicht hat, ist, daß jetzt all die Selbstgerechten und Verschlagenen, die Mißgünstigen und die Rachsüchtigen, daß diese charakterlosen Menschen die Gunst der Stunde nutzen, um unter dem Deckmantel patriotischen Pflichtgefühls ihre persönlichen Rechnungen zu begleichen!«

Captain Jones reagierte sehr ungehalten. Er stellte dann noch eine ganze Reihe von Fragen, die alle direkt oder indirekt Burkhardts Loyalität zu Australien in Frage stellten, während Sergeant Malone ihn mit seinen gehässigen Bemerkungen und Unterstellungen zu provozieren versuchte.

Burkhardt war jedoch klug und beherrscht genug, um auf die wiederholten Unterstellungen nicht einzugehen und die Fragen des Armeeoffiziers mit gerade so viel ehrlicher Entrüstung zu beantworten, daß er ihn nicht vor den Kopf stieß und dadurch herausforderte, von seiner erschreckend großen Machtbefugnis Gebrauch zu machen. Er wußte, daß das Damoklesschwert der Verhaftung und Internierung über seinem Haupt hing. Captain Jones konnte ihn abführen lassen, wann immer ihm der Sinn danach stand. Er brauchte ja nicht einmal eine stichhaltige Begründung, genügte doch schon der bloße Zweifel an seiner Loyalität gegenüber Australien, um sein Schicksal zu besiegeln.

»Nun gut, das dürfte erst einmal reichen«, sagte Captain Jones schließlich, nachdem er einen Blick auf die Uhr geworfen hatte. »Aber damit ist diese Angelegenheit noch nicht erledigt. Wir werden dieser Sache schon noch auf den Grund gehen und zweifelsfrei feststellen, wo die Schüsse gefallen sind und wer sie abgegeben hat.«

Sergeant Malone nickte mit verkniffener Miene. Er wirkte alles andere als glücklich, daß sein Vorgesetzter es erst einmal damit belassen wollte. »Worauf Sie sich verlassen können, Helmsdorf. Mit Ihnen sind wir noch lange nicht fertig!« drohte er, spuckte auf die Verandadielen und stiefelte hinter dem Captain zum Wagen zurück.

Als das Automobil vom Hof fuhr, wichen Angst und Anspannung von Lena. Sie fühlte sich plötzlich schwach auf den Beinen und sank auf die Bank unter dem Fenster. »Das haben wir überstanden, dem Himmel sei Dank!« stieß sie erlöst hervor.

Burkhardt sah dem Wagen nach, wie er, von einer Staubwolke eingehüllt, hinter den Rosenhecken verschwand. »Ich wünschte, ich könnte das auch glauben, aber ich weiß es besser. Sie werden wiederkommen, verlaß dich darauf, und dann nehmen sie mich mit«, sagte er pessimistisch. »Vielleicht hat dieser Captain ja noch andere auf seiner Liste stehen, die ihm im Augenblick wichtiger erscheinen. Aber Sergeant Malone wird nicht eher Ruhe geben, bis er mich in einem dieser Internierungslager für *enemy aliens* weiß!«

Lena wollte jedoch nichts davon hören. Allein der Gedanke rief schon Panik in ihr hervor. »Sag doch nicht so was, du machst mir damit unnötige Angst! Sie müssen uns einfach in Ruhe lassen!« wehrte sie seine böse Vorahnung erschrocken

ab, um hastig und mit beschwörender Stimme fortzufahren. »Weshalb sollten sie denn auch wiederkommen? Was sie wissen wollten, hat uns Captain Jones doch gefragt. Es ist alles gesagt worden, und es hat ihn zufriedengestellt.«
Burkhardt wandte sich zu ihr um und setzte zu einem Einwand an. »Malone ...«
Lena ließ ihn nicht ausreden. Einhaltend gebietend hob sie die Hand und sprang zugleich von der Bank auf. »Nein, ich will nichts mehr davon hören, Burkhardt! Man kann das Unglück auch herbeireden. Ich brühe uns jetzt erst einmal einen Tee auf, während du mal nach Anna-Katharina sehen kannst, ob sie noch schläft. Und dann laß uns überlegen, wie wir der Wurmplage an den Reben Herr werden können!«
Burkhardt lehnte am Stützbalken neben dem Verandaaufgang und schien Lena nicht gehört zu haben. Er nahm seinen verbeulten Lederhut vom Kopf, fuhr sich mit der gespreizten Hand durch das Haar und blickte zum bewölkten Himmel auf. »Es wird Regen geben«, sagte er. »Manche Dinge sind unausweichlich. Wir müssen sie so nehmen, wie sie kommen.«
Der Regen setzte am späten Nachmittag ein, begleitet von einem schweren Gewitter.
Kurz vor Einbruch der Dunkelheit – es goß immer noch in Strömen – kehrten Captain Jones und Sergeant Malone nach »Maralinga« zurück. Diesmal folgte ihnen der Armeelaster mit einem halben Dutzend Soldaten.
»Heilige Muttergottes, stehe uns bei!« stieß Lena entsetzt hervor, als sie die Wagen mit eingeschalteten Scheinwerfern die Auffahrt heraufkommen sah. Die Lichter stachen wie grelle Messer durch den Regenschleier.
Ängstlich drängten sich Marianne, Franziska und Anna-Katharina hinter Lena in der Diele, als Augenblicke später die Motoren vor dem Haus zum Stillstand kamen. Die Tü-

ren der Limousine wurden aufgestoßen, und Captain Jones und Sergeant Malone traten hinaus in den strömenden Regen, der ihre langen Regen-Capes und breitkrempigen Hüte wie in Öl getaucht glänzen ließ. Auf den Befehl des Offiziers hin flog die schwere Plane am Heck des Transporters hoch, und sechs mit Gewehren bewaffnete Soldaten, die ebenfalls in Regenumhänge gehüllt waren, sprangen von der Ladefläche. Matsch spritzte unter ihren schweren Stiefeln nach allen Seiten weg.
»Aber du hast uns doch vorhin erzählt, daß der Captain mit euren Antworten ganz zufrieden war und bestimmt nicht zurückkommen würde«, sagte Marianne, die es mit dem Rad gerade noch rechtzeitig vor dem Regen von Tanunda nach Hause geschafft hatte, vorwurfsvoll und verschreckt zugleich.
Lena biß sich auf die Lippen und schüttelte den Kopf.
»Sie hat sich eben geirrt«, erklärte Andreas schroff. »Wer kann denn schon voraussehen, wie es in den Köpfen dieser verdammten Bluthunde aussieht und was sie tun werden!«
Anna-Katharina begann zu weinen.
Franziska nahm sie sofort in die Arme.
»Ihr geht besser in die Küche und bleibt da, bis sie weg sind«, wies Lena die Kinder an. »Und wenn man euch fragt, so wißt ihr ja, was ihr zu sagen habt.«
Marianne verzog das Gesicht und lachte sarkastisch auf. »Ja, und uns werden sie natürlich glauben, nachdem es bei euch nicht geklappt hat, wie man sieht! Aber ich hab's euch ja gleich gesagt. Wenn ihr auf mich gehört und ...«
»Jetzt halt doch endlich den Mund!« fuhr Andreas seine Schwester an. »Merkst du denn gar nicht, wie lächerlich du dich mit deiner Klugschwätzerei machst?«
Erbost funkelte Marianne ihren Bruder an. »Ich weiß, was ich weiß!« zischte sie wütend.

»Das reicht! Und jetzt geht in die Küche und tut, was ich euch gesagt habe!« forderte Lena ihre Geschwister nun scharf auf.

Burkhardt tauchte in der Diele auf. Er sagte nichts, doch im Vorbeigehen legte er kurz seine Hand auf Lenas Arm, als wolle er sie beruhigen und ihr mit dieser Geste zu verstehen geben, daß sie ganz ruhig bleiben und sich keine Sorgen machen solle. Dann stieß er die Tür zur Veranda auf und ging hinaus.

Lena folgte ihm.

»Was hat das zu bedeuten?« fragte Burkhardt, als Captain Jones und Sergeant Malone sich aus dem strömendem Regen zu ihnen unter das Dach der Veranda flüchteten. »Haben Sie Ihre Quote heute noch nicht erfüllt und sich deshalb an mich erinnert?«

»Ihr Sarkasmus trifft mich nicht, Mister Helmsdorf. Ich tue meine Pflicht, wie ich sie meinen Vorgesetzten und meinem Land schuldig bin«, antwortete Captain Jones kühl.

»Dies ist auch mein Land!« erwiderte Burkhardt heftig. »Und nicht erst seit meiner Einbürgerung. Aber doch spätestens seit dem Tag, an dem ich meine Papiere erhalten habe, bin ich Bürger dieses Landes wie Sie und jeder andere Australier auch!«

»Was Sie sind, werden wir ja bald wissen!« mischte sich Sergeant Malone voller Geringschätzung ein. »Die Razzia wird es sicher zutage bringen!«

»Razzia?« stieß Lena empört hervor. »Sie wollen mein Haus wie das eines Kriminellen durchsuchen? Mit welchem Recht?«

»Wir haben Krieg, Miss Seewald. Und Sie wissen ganz genau, daß ich die Vollmacht besitze, Hausdurchsuchungen vorzunehmen, wo und wann immer ich es für angebracht halte!« antwortete Captain Jones ebenso barsch wie unge-

duldig. »Wir haben berechtigten Grund zu der Annahme, daß Mister Helmsdorf uns angelogen und hier irgendwo eine Waffe versteckt hat!«
»Sie vergeuden Ihre Zeit, Captain«, sagte Lena, denn sie war sich sicher, daß sie seine Schrotflinte niemals finden würden. Auf das Versteck im Weinkeller konnte man nur stoßen, wenn man das Gebäude Stein für Stein abtrug.
»Das wird sich ja zeigen«, knurrte Sergeant Malone.
Captain Jones befahl nun den Soldaten, mit der Durchsuchung zu beginnen. Er schickte zwei von ihnen mit Sergeant Malone ins Haus und verteilte die anderen auf die umliegenden Wirtschaftsgebäude.
Lena und Burkhardt mußten draußen abwarten, und Sergeant Malone scheuchte auch Andreas und die drei Mädchen aus der Küche zu ihnen auf die Veranda hinaus. Captain Jones ging auf Distanz, indem er sich einige Schritte von ihnen entfernte; er zündete sich eine Zigarette an, die er mit demonstrativer Arroganz mit dem Rücken zu ihnen gewandt rauchte.
Ohnmächtiger Zorn tobte in Lena, während sie hilflos mit anhören mußte, wie der Sergeant und die Soldaten mit ihren schweren matschverdreckten Stiefeln durch ihr Haus polterten, rücksichtslos Möbelstücke verrückten, Teppiche zur Seite warfen, Buchregale und Betten umkippten, Schubladen durchwühlten und Schranktüren aufrissen. Wenn sie sich vorstellte, wie dieser widerwärtige Sergeant ihr Heim auf den Kopf stellte, dabei auch ihre privatesten Sachen durchsuchte und alles begrapschte, was ihm in die Finger kam, wurde ihr übel.
Burkhardt stand neben Lena. Als er sah, daß sie am ganzen Leib zitterte, legte er seinen Arm um ihre Schultern. »Es tut mir leid, daß es so gekommen ist, Lena«, raunte er ihr zu. »Du hast recht gehabt, ich hätte es nicht tun sollen.«

»Was redest du da?« fragte sie leise zurück. »Sie werden nichts finden!«
»Ich stehe auf ihrer Liste, Lena. Ob sie etwas finden oder nicht, macht jetzt keinen Unterschied mehr. Sie ziehen nicht ein zweitesmal unverrichteter Dinge ab; diesmal nehmen sie mich mit.«
Lena schüttelte heftig den Kopf. »Nein, das können sie nicht!« flüsterte sie beschwörend.
»Sie können tun, was ihnen paßt, und das werden sie auch, verlaß dich drauf«, widersprach er. »Und es ist besser, du bist darauf vorbereitet.«
»Nein, ich werde nicht zulassen ...«
Burkhardt rüttelte sie an der Schulter und fiel ihr ins Wort. »Gar nichts wirst du tun! Du wirst vernünftig sein, schon wegen deiner Geschwister und Anna-Katharina! Schluck deinen Zorn und deinen verletzten Stolz hinunter und leg dich nicht noch mehr mit Captain Jones und Sergeant Malone an. Sie sitzen am längeren Hebel. Ich weiß, daß du ...«
Er kam nicht mehr dazu, den Satz zu beenden, denn in diesem Moment stieß einer der Soldaten einen triumphierenden Schrei aus.
Sekunden später trat Sergeant Malone die Tür zur Veranda mit einem groben Stiefeltritt auf und rief voller Genugtuung: »Ich wußte doch, daß der Kerl lügt, Captain! Hier ist das Gewehr! Shannon hat es oben auf dem Speicher gefunden. Es war gut versteckt, aber nicht gut genug für seine scharfen Augen. Damit ist Helmsdorf überführt.« Er hielt eine einläufige Schrotflinte in der erhobenen rechten Hand und schwenkte sie wie eine Trophäe.
Captain Jones schnippte seine Zigarettenkippe in den Regen hinaus und kam zu ihnen. »Sieh einer an, es stimmt also«, sagte er süffisant.

Lena war wie erstarrt. Einer von den Soldaten mußte ein Gewehr eingeschmuggelt haben, vermutlich von Sergeant Malone dazu angestachelt, damit nach außen hin alles seine Richtigkeit hatte.
»Das ist ein ganz gemeiner Schwindel!« schrie Andreas außer sich vor Zorn und stürzte auf Sergeant Malone zu. »Mister Helmsdorf hat nie so eine schäbige Flinte besessen; das beweisen schon die Rostflecken am Lauf. Einer Ihrer Männer hat sie heimlich mitgebracht, um sie ihm unterzuschieben, damit Sie ihn mitnehmen können! Das Ganze ist ein abgekartetes Spiel. Wie kann man nur so bösartig und gewissenlos sein!«
»Halt das Maul, du Rotzbengel!« herrschte der Sergeant ihn an und stieß ihn derart grob zurück, daß Andreas fast das Gleichgewicht verlor.
»Gib einem Mann eine Uniform, und er zeigt dir seinen wahren Charakter«, sagte Burkhardt mit eiskalter Verachtung.
Sergeant Malone war mit einem Satz bei ihm und rammte ihm den Kolben der Schrotflinte in den Magen. »So, jetzt weißt du, was ich von deinem Charakter halte!«
Burkhardt klappte mit einem erstickten Aufschrei zusammen und sank auf die Knie. Unterdessen kamen die Soldaten herbeigerannt und stellten sich, die Gewehre im Anschlag, in drohender Haltung zwischen die Parteien.
»Das reicht!« rief Captain Jones mit schneidender Stimme. »Geben Sie mir das Gewehr, Sergeant! Und Sie sind verhaftet, Mister Helmsdorf. Sie werden mit dem nächsten Transport ins Internierungslager gebracht. Für Ihre Kleidung und persönlichen Bedürfnisse haben Sie dort selbst Sorge zu tragen. Denken Sie daran, wenn Sie Ihren Koffer packen. Und es ist nur einer gestattet, aber ich nehme an, das ist Ihnen schon bekannt. Sie haben jetzt zehn Minuten Zeit. Also

beeilen Sie sich gefälligst! Haben wir uns verstanden, *Herr* Helmsdorf?«

»Klarer als Sie und Sergeant Malone kann man sich gar nicht mehr ausdrücken«, stieß Burkhardt verächtlich hervor und kam mit schmerzverzerrtem Gesicht und nach Atem ringend auf die Beine.

Zwei Soldaten begleiteten ihn ins Haus und bewachten ihn, während er hastig seinen alten Pappkoffer packte, mit dem er vor über zehn Jahren ins Barossa-Tal gekommen war. Viel paßte nicht hinein: gerade mal zwei Hemden und Hosen, eine warme Jacke, ein zweites Paar Schuhe, ein wenig Unterwäsche und Socken sowie seine Rasierutensilien, ein Schreibblock, zwei Bleistifte und drei Bücher. Ihm blieb auch gar keine Zeit, sich genauer zu überlegen, was er im Lager brauchen und was ihm wohl dort die besten Dienste leisten würde, denn die Soldaten drängten ihn grob zur Eile.

Captain Jones wies ihn an, rasch Abschied von seiner Tochter sowie von Lena und ihren Geschwistern zu nehmen. Ein böiger Nordostwind war aufgekommen, der die Regenschleier nun zu ihnen unter das Vordach der Veranda trieb. Zudem brach die Dunkelheit herein, und Captain Jones atte es um so eiliger, die Sache abzuschließen, in seinen Wagen zu steigen und zurück nach Tanunda in sein warmes Quartier zu kommen.

Anna-Katharina war mit ihren vier Jahren noch zu jung, um zu verstehen, was sich da abspielte; doch hatte sie genug Einfühlungsvermögen, um zu spüren, daß ihrem Vater eine große Ungerechtigkeit widerfuhr und daß sie ihn wohl lange nicht sehen würde. Weinend klammerte sie sich mit ihren kleinen Ärmchen an ihn und wollte ihn nicht loslassen.

»Du mußt nicht weinen. Ich werde euch, so oft es geht,

schreiben. Außerdem bin ich bald wieder zurück, meine kleine Prinzessin. Ehe du dich versiehst, bin ich schon wieder da! Ich verspreche es dir«, versuchte Burkhardt seine Tochter mit einer frommen Lüge zu beruhigen, während er selbst mit den Tränen kämpfte.
Sie glaubte ihm jedoch nicht. Ihr Weinen wurde zu einem lauten Schluchzen, und Burkhardt mußte regelrecht Kraft aufwenden, um sich aus der verzweifelten Umarmung seiner Tochter zu befreien. Zärtlich küßte er sie auf die Stirn.
Lena nahm ihm das Kind ab.
»Nun kommen Sie endlich!« rief Sergeant Malone ungeduldig.
»Ja, es wird Zeit!« pflichtete ihm Captain Jones bei.
»Paß gut auf alle auf«, flüsterte Burkhardt Lena zu. »Vor allem auch auf dich.«
Lena nickte mit feuchten Augen und wollte ihm etwas Ermutigendes und Tröstliches sagen, doch ihre Stimme versagte ihr den Dienst.
Burkhardt sah sie an. »Du darfst nie den Mut verlieren. Aber wem sage ich das. Ich weiß ja, daß du alles zusammenhalten wirst. Zu wissen, daß Anna-Katharina bei dir ist, wird mir eine große Beruhigung sein. Gott behüte dich, Lena!« sagte er zum Abschied leise und wollte schon gehen. Doch dann beugte er sich zu ihr hinunter und küßte sie auf die Wange. Für einen flüchtigen Augenblick lagen seine Lippen wie ein warmes Siegel auf ihrer Haut.
Sergeant Malone riß der Geduldsfaden. »Genug der Sentimentalitäten, Helmsdorf! Los, beweg dich endlich!« forderte er ihn auf und versetzte Burkhardt einen Stoß. »Hände auf den Rücken!«
Burkhardt trat, von Soldaten flankiert, hinaus in den Regen. Bevor er hinter dem Transporter verschwand, drehte er sich noch einmal um und winkte allen zu.

Fassungslos, daß ihre schlimmsten Befürchtungen nun tatsächlich Wahrheit geworden waren, und von der ungerechten Verhaftung bis ins Tiefste ihrer Seele aufgewühlt, sah Lena dem Militärlastwagen nach, der Burkhardt fort von »Maralinga« brachte – und fort von ihr.
Doch was sie wirklich verloren hatte, nun, da man Burkhardt aus ihrem Leben gerissen und in irgendein fernes Internierungslager gebracht hatte, und wie erschreckend tief seine Abwesenheit in ihr Herz schnitt, das wurde ihr erst Tage später bewußt, als ihre Geschwister aus dem Haus waren und sie ganz allein in der Küche saß und plötzlich meinte, wieder seinen Kuß auf ihrer Wange zu spüren.

36

Bewacht von Soldaten und wie ein Krimineller mit Handschellen und Fußeisen versehen, saß Burkhardt mit gut zwei Dutzend anderen Internierten auf dem offenen Achterdeck des marinegrauen Proviantbootes, das die Navydocks von Port Adelaide schnell hinter sich gelassen hatte und nun mit dröhnender Maschine durch die See pflügte. Es hielt auf Torrens Island zu, eine große, öde und äußerst unwirtliche Mangroveninsel, die in der Mündung des Para River lag und dank ihrer abgeschiedenen Lage und Kargheit bislang als Quarantänestation gedient hatte.
Burkhardt konnte kaum glauben, daß erst fünf Tage seit seiner Verhaftung vergangen waren; die Zeit kam ihm entsetzlich lang vor. Wie schmerzhaft er doch schon jetzt seine Tochter und Lena – und eben all das vermißte, was bisher sein Leben ausgemacht hatte. Er fühlte sich wie in einem bösen Alptraum.
Sie hatten ihn noch in derselben Nacht nach Adelaide in ein Gefängnis überführt, wo sie ihn mit gewöhnlichen Verbrechern in eine Sammelzelle mit zwanzig Mann gesteckt hatten. Heute morgen hatte man ihn schließlich aus der Zelle geholt, ihm Handschellen angelegt und ihn zum Hafen gebracht, wo er mit anderen Internierten zusammengetroffen war. Mehr als vier Stunden hatten sie alle am Kai auf das Eintreffen des Proviantbootes von Torrens Island gewartet. Burkhardt kannte nicht einen der Männer, die mit ihm an Bord gegangen waren. Einige kamen zwar wie er aus dem

Barossa-Tal, doch aus anderen Ortschaften. Ihnen allen stand der Schock, aufgrund übler Nachrede und zweifelhafter Verdächtigungen verhaftet und ohne ein ordentliches Gerichtsverfahren kurzerhand zu feindlichen Ausländern erklärt worden zu sein, ins Gesicht geschrieben; dazu kam diese demütigende Behandlung. Auch diejenigen unter ihnen, die auf den ersten Blick einen scheinbar gefaßten Eindruck machten, konnten ihre Verstörung nicht verbergen. Man mußte die blassen Gesichter mit den unnatürlich starren Augen nur eingehender betrachten, um zu wissen, wie es wirklich um diese Männer stand. Keinem war es einsichtig, wie man ihnen etwas derart Ungeheuerliches hatte antun können. Nicht nur diejenigen, die in diesem Land geboren waren, sondern auch die eingebürgerten Einwanderer, die doch oftmals auf Einladung der Regierung gekommen waren und Australien längst als ihre Heimat betrachteten, begriffen einfach nicht, warum ihre eigenen Landsleute plötzlich so hysterisch verblendet, so haßerfüllt und rücksichtslos mit ihnen umsprangen, als hätten sie sich tatsächlich eines kriegerischen Angriffs schuldig gemacht. Und alle hatten sie Angst vor dem, was sie auf Torrens Island erwartete.

Allein die beiden Männer namens Carl Zöller und Johann Wenke, die links von Burkhardt gegen die Bordwand gelehnt saßen, konnten diesbezüglich eine Auskunft erteilen. Wie Burkhardt in einem kurzen Gespräch erfahren hatte, lebten sie schon über einen Monat in dem Internierungslager. Beide hatten zu dem ersten Transport gehört, der am 9. Oktober im »German Concentration Camp Torrens Island« eingetroffen war.

An diesem Novembervormittag hatten sie sich freiwillig als Packer gemeldet, damit ihre jungen uniformierten Bewacher bei ihrer Ankunft im Hafen von Adelaide die schweren

Säcke und Kisten mit Proviant nicht eigenhändig auf das Boot zu schleppen brauchten. Das brachte jedem eine kostbare Packung Zigaretten ein.

Carl Zöller, ein breitschultriger Fuhrmann aus St. Kilda, stieß Burkhardt an und wies nach vorn. »Da ist es, Kumpel! Torrens Island. Das hübsche Fleckchen Ödland, das man für uns ausgesucht hat«, sagte er mit beißendem Spott. »Sozusagen als Belohnung dafür, daß wir uns jahrzehntelang in diesem Land abgeschuftet und geglaubt haben, daß diese Einbürgerungsurkunde, die uns doch angeblich zu vollwertigen australischen Bürgern gemacht hat, ihr Papier wert sei!«

Ein langgestreckter Streifen Land von grüngrauer Farbe erhob sich vor ihnen aus der bewegten See: Torrens Island. Burkhardt spähte mit zusammengekniffenen Augen zur Insel hinüber, die flach wie ein Brett vor ihnen lag. »Was erwartet uns da?« fragte er knapp.

»Bist du mit einer blühenden Phantasie gesegnet?« fragte Carl Zöller zurück.

Burkhardt sah ihn erstaunt an, ob der Merkwürdigkeit dieser Frage. »Ja, eigentlich schon. Wieso?«

»Weil das enorm hilfreich ist, Kumpel. Also streng deine Phantasie jetzt mal ordentlich an und stell dir das Schlimmste vor, was du dir als Internierungslager ausmalen kannst«, riet ihm Carl Zöller grimmig. »Dann bist du wenigstens halbwegs auf das vorbereitet, was dich im Camp erwartet.«

»Unsinn! Keiner ist auf das vorbereitet, was einen auf Torrens Island erwartet«, murmelte Johann Wenke, ein ehemaliger Postangestellter aus Adelaide, den man an seinem Arbeitsplatz mit vorgehaltener Pistole verhaftet hatte, ohne ihm dann noch Gelegenheit zu geben, Abschied von seiner Familie zu nehmen. Den Koffer mit seinen Sachen hatte seine Frau zur Polizeiwache bringen müssen, doch zu ihm gelassen hatte man sie nicht. »Ich habe jedenfalls noch keinen erlebt.«

»Stimmt«, pflichtete Carl Zöller ihm bei. »Aber vielleicht gibt es diesen Glücklichen ja. Ich sag' dir, ich habe schon mal Pferde kotzen sehen.«

»Torrens Island ist schlimmer als jedes Gefängnis«, fuhr Johann Wenke bitter fort. »Tiere behandeln die Pommies besser als uns! Aber was diese Internierungslager betrifft, kennen diese Schweine sich wirklich aus; da haben sie beste Übung. Mit der Einrichtung von Konzentrationslagern haben sie ja schon 1900 im Krieg am Kap die Buren in die Knie gezwungen. Sogar mit ihrer zehnfachen Übermacht an Soldaten und all dem schweren Gerät an Artillerie konnten sie die Buren zwei Jahre lang nicht besiegen, obwohl deren Truppen doch bloß aus Farmern bestanden! Und was haben die Engländer, die sich doch sonst immer soviel auf ihr verdammtes *fair play* einbilden, damals gemacht? Sie haben sich nicht nur mit einer Politik der verbrannten Erde begnügt und einfach alle Farmen und Siedlungen niedergebrannt, sondern, als auch das noch immer zu keiner Kapitulation führte, da haben sie einfach alle Kinder, Frauen und Alte zusammengetrieben, sie in diese riesigen Camps interniert und sie dort zum Teil an Unterernährung und Seuchen krepieren lassen. Erst da haben die Männer im Feld die Waffen gestreckt.«

»Die Buren können mir gestohlen bleiben«, knurrte Carl Zöller. »Ich bin Australier, und das seit siebenundzwanzig Jahren! Ich führe doch keinen Krieg gegen mein eigenes Land, verdammt noch mal! Und doch behandeln sie uns so, als wollten wir ihnen hinterrücks den Hals durchschneiden. Das ist verrückt und eine himmelschreiende Ungerechtigkeit!«

»Vielleicht schaffen sie es ja, daß wir das wirklich wollen,

wenn sie in dem Stil weitermachen«, meinte Johann Wenke verbittert. »Auch wenn wir es nicht wollen, machen sie uns zu Fremden in unserem eigenen Land!«
Burkhardt glaubte, gewarnt zu sein, und stellte sich auf eine Zeit der Entbehrung und Erniedrigung ein. Doch die Wirklichkeit auf Torrens Island sollte all seine bösen Erwartungen in den Schatten stellen, ganz wie Johann Wenke prophezeit hatte.
Nach ihrem Eintreffen im Camp wurden die Männer in eine der Baracken der einstigen Quarantänestation geführt, mußten sich nackt ausziehen und sich einer Entlausungsprozedur unterziehen. Als nicht weniger demütigend empfand es Burkhardt, daß er anschließend, wie jeder andere »Neuzugang« auch, vor einer festmontierten Kamera Platz nehmen und sich ein Pappschild mit einer Nummer vor die Brust halten mußte, damit er wie ein Schwerverbrecher registriert werden konnte.
Die Baracken dienten dem Kommandanten und den Wachtruppen als Unterkünfte, und so einfach sie auch sein mochten, so waren sie doch überaus komfortabel im Vergleich zu dem, was man den Internierten auf Torrens Island zugestand. Das innere Lager bestand nämlich ausschließlich aus Dutzenden von Rundzelten, die aus alten Armeebeständen stammten und gerade mal zwölf Fuß im Durchmesser maßen. Jeweils neun Männer mußten sich so ein Zelt teilen.
»Du kannst bei uns im Zelt unterkommen«, sagte Carl Zöller, nachdem Burkhardt ein angeblich wasserdichtes Stück Plane, zwei dünne, kratzige Decken und ein blechernes Eßgeschirr in Empfang genommen hatte. »Bei uns ist vor zwei Tagen ein Platz frei geworden.«
»Lungenentzündung – und aus war's mit dem jungen Burschen«, meinte Johann Wenke trocken.
»Peter Jansen war sein Name. Er konnte wunderbar Geige

spielen. Jetzt liegt er hier auf der Insel in einem schäbigen Grab«, berichtete Carl Zöller grimmig.
»Wird nicht der einzige bleiben«, unkte Johann Wenke.
Burkhardt schwieg betreten und mit einem flauen Gefühl im Magen, während die beiden ihn zu ihrem Zelt führten. Als er schließlich am Eingang stand und er nur Koffer, Decken und an einigen Stellen eine erbärmlich dünne Schicht Stroh auf dem nackten Boden liegen sah, fragte er schokkiert: »Ja gibt es denn hier nicht einmal ein Bettgestell oder einen richtigen Strohsack als Unterlage?«
»Nein, und es existieren auch keine Tische und Stühle«, antwortete Carl Zöller.
»Und das Stroh gibt es auch bloß einmal!« fügte Johann Wenke hinzu, »sozusagen als freundlicher Willkommensgruß.«
Ein Schauer durchlief Burkhardt. Während der heißen Sommermonate mochte es ja noch angehen, auf der nackten Erde zu schlafen. Aber wie sollte das im Winter werden, wenn heftiger Regen das Erdreich aufgeweicht hatte und die Kälte aus dem Boden wie aus einem Eiskeller kroch? Zudem war Torrens Island den eisigen Winden vom Meer ungeschützt ausgesetzt, das nachdrücklich an die Nähe der Antarktis gemahnte!
»Die Unterbringung läßt sogar nach spartanischen Maßstäben noch sehr zu wünschen übrig«, meinte ein junger Mann mit strohblondem Haar sarkastisch, der zu den anderen Bewohnern des Zeltes zählte, Erik Sund hieß und im Lager allgemein als »Erik der Schwede« bekannt war. »Und daß wir uns unsere Kochstelle selbst bauen und mit den lausigen Rationen, die sie uns zudem noch verflucht unregelmäßig zuteilen, das Essen selbst zubereiten müssen, verkaufen uns die Pommies zwar als Beschäftigungstherapie, ist jedoch in Wirklichkeit eine bodenlose Unverschämtheit. Aber wir

wollen ja nicht ungerecht sein und die guten Seiten des hiesigen Camplebens außer acht lassen.«
»Und diese guten Seiten wären?« fragte Burkhardt.
»Nun, beispielsweise brauchen wir uns hier wenigstens nicht um warme Duschen und Bäder zu streiten und in langen Schlangen darauf zu warten, bis wir endlich an die Reihe kommen«, antwortete Erik der Schwede grinsend.
»Davon sind also genug vorhanden«, folgerte Burkhardt erleichtert.
Carl Zöller spuckte aus. »Von wegen! Duschen und Bademöglichkeiten gibt es überhaupt keine, und die beiden Waschplätze mit ausschließlich kaltem Wasser für dreihundert Mann sind ein Witz.«
»Und wenn du überdachte Latrinen suchst, dann suchst du hier vergebens«, eröffnete ihm Johann Wenke. »Es gibt nur offene Gräben, drei Fuß tief, einen Fuß breit und gute fünfzig Fuß lang und ohne jede Unterteilung. Da kannst du dich drüber hocken. Hier geschieht alles vor aller Augen.«
Burkhardt schluckte. »Und was hat das da drüben zu bedeuten?« Er wies in die Mitte des Lagers, wo ein völlig freies Areal von etwa fünfzehn mal zwanzig Fuß mit einem mehr als mannshohen Stacheldrahtzaun umschlossen war.
»Das ist das feudale ›Hôtel de Ville‹«, erklärte Erik der Schwede mit beißendem Spott. »Eine besondere Gefälligkeit unseres Kommandanten.«
Burkhardt runzelte verständnislos die Stirn.
»Wer sich hier irgend etwas zu Schulden kommen läßt, etwa weil er beim Durchzählappell, der übrigens zweimal am Tag durchgeführt wird, geraucht hat oder den Wachen sonst irgendwie unangenehm aufgefallen ist – was übrigens keiner allzu großen Anstrengung bedarf –, der darf dort ein paar Tage und Nächte bei Wasser und Brot im Freien verbringen«, erklärte Carl Zöller.

»Diese Mistkerle finden immer etwas, wie sie uns das Leben noch saurer machen können«, meinte Johann Wenke. »Das ist ihr liebster Zeitvertreib.«

»Und ich sage euch, es wird noch schlimmer werden, je länger der Krieg dauert!« prophezeite Erik der Schwede.

Burkhardt erfuhr schnell am eigenen Leibe, daß seine Zeltgenossen nicht übertrieben hatten. Das Leben im Camp von Torrens Island wurde sogar für ihn, der doch harte Arbeit und Entbehrungen von Kindheit an gewohnt war, zu einem Alptraum, aus dem es kein Entrinnen gab. Die primitive Unterbringung, die entsetzlichen sanitären Verhältnisse und das eintönige Essen waren schon niederschmetternd genug. Doch noch schlimmer zu ertragen war die eigene Ohnmacht gegenüber der Bösartigkeit und Willkür der Wachsoldaten.

Die internierten Männer wurden beispielsweise zu völlig sinnlosen Arbeiten gezwungen. Während eine Gruppe eine tiefe Grube nach der anderen ausheben mußte, erhielt der nächste Arbeitstrupp den Befehl, diese Gruben wieder zuzuschaufeln.

Als Burkhardt seine Aufpasser gleich in den ersten Tagen einmal unbedachterweise als »Charakterlumpen ohne auch nur einen Funken Gewissen!« beschimpfte und sich weigerte, eine Schubkarre voll Sand im Laufschritt zur gerade erst ausgehobenen Grube zu karren, handelte er sich von dem Soldaten, der ihm am nächsten stand, einen schmerzhaften Stich mit dem Bajonett ins Bein ein. Doch damit beließen es die Wachen nicht. Die viel schmerzlichere Strafe, mit der sie sich für seine Verachtung an ihm rächten, erfolgte erst später.

Jedem Internierten stand es zu, pro Woche zwei Briefe zu schreiben, wobei jeder Brief nicht mehr als hundertfünfzig Worte umfassen durfte und zuerst von einem Zensor gelesen wurde, bevor er dann im Postsack landete, den das Proviantboot mit nach Adelaide nahm.

Nachdem Burkhardt seinen ersten Brief an Lena bei der Sammelstelle abgegeben hatte, erhielt er ihn Tage später vom Zensor mit dem Stempelaufdruck ANNAHME VERWEIGERT! zurück. Auf Nachfragen teilte man ihm mit, sein Brief enthalte mehr als die erlaubten hundertfünfzig Worte.

Burkhardt zählte mehrmals nach und kam stets auf nur hundertachtundvierzig. Als er darauf hinwies, zitierte ihn der Zensor in sein Büro und erklärte ihm kühl, er habe mehrere Worte zusammengeschrieben, die eigentlich getrennt geschrieben werden müssen.

»Das ist ja lächerlich! Zudem stimmt es nicht! Sie kennen offenbar Ihre eigenen Rechtschreibregeln nicht!« empörte sich Burkhardt und wollte sich beim Kommandanten beschweren, doch dieser wies das Ansinnen zurück und ließ ihm durch seinen Adjutanten ausrichten, daß es gegen den Entscheid seines Zensors keine Einspruchsmöglichkeit gebe, er sich gefälligst an die Vorschriften zu halten habe und bloß nicht noch einmal auf die Idee kommen solle, ihn mit solch einer Lappalie belästigen zu wollen.

Auch die nächsten Briefe, die Burkhardt schrieb, wurden nicht akzeptiert. Das eine Mal hatte er angeblich verleumderische Aussagen gemacht, als er Lena das Lagerleben realistisch beschrieben hatte; das andere Mal warf man ihm Verhöhnung des Militärs vor, als er das Camp mit unverhohlenem Sarkasmus wie einen Aufenthalt im Paradies geschildert hatte. Dem Zensor, der mit den Wachsoldaten zweifellos unter einer Decke steckte, fielen immer neue Begründungen ein, warum er Burkhardts Briefe nicht passieren lassen konnte.

Burkhardts ohnmächtiger Zorn wuchs mit jeder Zurückweisung, doch wurde auch seine Verzweiflung immer stärker.

Es drängte ihn nämlich jeden Tag mehr, mit Lena Kontakt aufzunehmen, ihr von sich zu berichten, aber vor allem von ihr zu erfahren, wie es seiner Tochter ging und was Lena und ihre Geschwister machten. »Maralinga« war in den vergangenen vier Jahren mehr und mehr zu seiner Welt geworden, um die jetzt sein ganzes Denken und Fühlen kreiste. Doch erst hier wurde Burkhardt bewußt, wie tief dieses Denken und Fühlen ging – und daß dieses Denken und Fühlen eine Mitte kannte, auf die hin sich alles ausrichtete. Und diese Mitte hieß Lena!

Ja, einen Brief von Lena zu erhalten war Burkhardts sehnlichster Wunsch, auch wenn er noch nicht in der Lage war, vor sich selbst einzugestehen, daß der Trennungsschmerz, der ihn so quälte, von sehnsuchtsvoller Liebe gespeist wurde.

Um die Jahreswende, als die drückende Sommerhitze den mittlerweile fast vierhundert Internierten schwer zusetzte und die sinnlose Zwangsarbeit auf dem öden Land so manchen entkräftet zusammenbrechen ließ, schien der Zorn der Wachen dann plötzlich verraucht. Burkhardt schrieb vor Weihnachten zwei Briefe an Lena und seine Tochter, die offenbar die Zensur passierten. Die tröstliche Vorstellung, daß seine Post noch rechtzeitig zum Weihnachtsfest auf »Maralinga« eingetroffen war, machte die tristen Festtage im Lager für ihn einigermaßen erträglich. Bald würde er Antwort von Lena erhalten, dessen war er sich gewiß, denn auch die drei Briefe, die er in den beiden ersten Januarwochen abgab, schienen ohne Beanstandungen die Zensur durchlaufen und den Weg in den Briefsack gefunden zu haben.

Um so härter traf es ihn, als er Ende des Monats zum Zensor bestellt wurde und dieser ihm mitteilte, daß nicht eines der fünf Schreiben aufgegeben, sondern seine gesamte Post auf einen geheimen Code hin untersucht worden war.

Welch ein Schock, als Burkhardt die fünf Briefe, die er schon längst in Lenas Händen gewähnt hatte, vor dem feisten Zensor, der den Rang eines Lieutenant bekleidete, auf dem Tisch liegen sah! Es wurde ihm regelrecht übel.
»Code? Was für ein Code?« stieß er schließlich hervor.
»Ein Code, mit dem Sie verbotene Nachrichten verschlüsseln. Wir haben ihn zwar noch nicht geknackt, aber das ist nur eine Frage der Zeit, und davon haben wir hier auf Torrens Island ja genug«, erklärte der Zensor mit einem gehässigen Lächeln.
»Sie haben wohl den Verstand verloren!« fuhr Burkhardt ihn an und ballte die Fäuste.
»Noch ein Wort, und ich verschaffe Ihnen wegen Aufruhr und Beleidigung ein paar Tage Aufenthalt im ›Hôtel de Ville‹!« drohte der Zensor.
Doch Burkhardt war in seinem Zorn nicht mehr zu bremsen. »Es gibt keinen Code, und das wissen Sie Mistkerl auch ganz genau! Was Sie und Ihre charakterlosen Gesinnungsfreunde tun, ist nichts als gemeine Schikane! Sie sind eine Schande für mein Land Australien und für die Uniform, die Sie tragen!«
»Wache!« brüllte der Zensor, sprang hinter seinem Schreibtisch hervor und riß die Tür auf, als fürchte er, Burkhardt könnte sich jeden Augenblick auf ihn stürzen. »Wache! Nehmen Sie den Mann in Haft!«
Zur Strafe für seine infame Beleidigung strich ihm Captain George E. Hawkes, der Anfang des Jahres das Kommando auf Torrens Island übernommen hatte, nicht nur das Recht, Briefe zu schreiben und zu empfangen, auf unbestimmte Zeit, sondern schickte ihn auch noch zusätzlich ins »Hôtel de Ville«.
Eine entsetzlich lange Woche verbrachte Burkhardt hinter dem Stacheldrahtverhau, wo es keinen Schutz vor der sen-

genden Sonne gab. Die Kanne Wasser, die man ihm täglich mit einem Kanten Brot gewährte, reichte meist nicht einmal bis zum Mittag. Dann begann der quälende Durst. Um von der Sonne nicht völlig verbrannt zu werden, grub er sich mit den Händen eine Mulde, in die er sich während der heißen Mittagsstunden kauerte. Dabei preßte er sein Gesicht in die Vertiefung des Bodens, schloß die Augen und versuchte in Gedanken zu Lena nach »Maralinga« zu flüchten. Er bedeckte auch seinen Kopf mit Erde und häufte Sand auf alle unbedeckten Stellen seines Körpers. Es waren die schrecklichsten Tage seines Lebens. Doch es gelang ihm, die Strafe zu überstehen, ohne die Wachen weinend um Gnade anzuflehen, wie es mehreren anderen Internierten ergangen war, die den körperlichen und seelischen Belastungen eines Strafaufenthaltes im »Hôtel de Ville« nicht gewachsen gewesen waren. Als die Tür sich endlich vor ihm öffnete und Carl Zöller und Johann Wenke ihn zu ihrem Zelt schleppten, hatte er das Gefühl, unter hohem Fieber zu leiden. Er brauchte Tage, um sich auch nur einigermaßen zu erholen.

»Diese Schweine!« sagte Erik voller Haß. »Wenn der Krieg noch lange dauert – und es sieht ganz danach aus –, werden wir in diesen elenden Camps noch wie die Ratten krepieren!«

Mit dem neuen Kommandanten Captain Hawkes nahm für die Internierten das auch so schon von Entbehrungen und Willkür geprägte Leben eine deutlich negative Wendung. Anstatt auf militärische Disziplin zu achten, ließ er den überwiegend jungen Wachsoldaten nicht nur völlig freie Hand, wie sie die internierten Männer behandelten, sondern ging auch noch mit schlechtem Beispiel voran. Captain Hawkes schwelgte förmlich in seiner unbegrenzten Machtfülle, die ihm seine Position als Kommandant gewährte. Er

behandelte die Insassen rücksichtslos und brutal, als hätte er es mit Schwerstverbrechern zu tun, die jeglichen Anspruch auf Menschlichkeit verwirkt hätten.
Einmal schoß er einem Mann aufgebracht ins Knie, als dieser es wagte, ihn bei einem Rundgang durch das Lager um eine Zigarette zu bitten. Ein anderes Mal befahl er seinen Soldaten, eine Gruppe von Männern, die sich zuviel Zeit gelassen hatte, um zum Zählappell auf dem Vorplatz anzutreten, mit aufgepflanzten Bajonetten ein dutzendmal über eine Reihe von Stacheldrahthindernissen zu jagen, bis ihre Arme und Beine völlig blutig gekratzt waren.
»Wenn er so weitermacht, wird es bald die ersten Toten geben!« meinte Erik der Schwede an einem windigen Herbsttag düster. »Und er wird weitermachen. Der Kerl genießt es zu sehr, uns seine grenzenlose Macht spüren zu lassen. Ich sage euch, der will Blut sehen!«
»Wir müssen es also versuchen, bevor es zu spät ist«, murmelte Richard Reineck, der immer noch steif und fest behauptete, amerikanischer Bürger deutscher Abstammung und daher unter dem infamen »War Precautions Act« ungerechtfertigterweise verhaftet worden zu sein.
»Was müssen wir versuchen?« fragte Carl Zöller in ahnungsvoller Besorgnis. »Ihr denkt doch wohl hoffentlich nicht an Flucht, oder?«
Erik der Schwede und Richard Reineck sahen sich nur schweigend an, und das war Antwort genug.
»Ihr seid ja verrückt!« stieß Johann Wenke bestürzt hervor. »Von dieser Insel ist jede Flucht unmöglich. Wißt ihr, wie eisig kalt das Wasser jetzt ist?«
»Das ist reiner Selbstmord, denn gegen die Strömung kommt ihr nicht an. Sie treibt euch aufs offene Meer hinaus«, pflichtete Burkhardt ihm bei, der selbst schon mit dem Gedanken zu fliehen gespielt, diese Möglichkeit aber nach

reiflicher Überlegung und Abwägung aller Risiken als undurchführbar verworfen hatte.
Die beiden Männer versuchten es dennoch – und wurden noch auf der Insel gefaßt. Die Bestrafung, die Captain Hawkes verhängte, übertraf alle Erwartungen. »Dreißig Schläge mit der neunschwänzigen Katze!« lautete sein grausames Urteil.
Erik und Richard wurden die Kleider vom Leib gerissen und nackt an einen Baum gefesselt. Dann peitschte man sie eine geschlagene halbe Stunde lang so unbarmherzig aus, daß ihnen die Haut aufplatzte. Das häßliche Klatschen der Peitschen und die entsetzlich gellenden Schreie der beiden Männer waren im ganzen Lager zu hören, das in eine atemlose Erstarrung gefallen war: Niemand sagte ein Wort, keiner rührte sich von der Stelle. Hier und da sah man Männer, die sich die Ohren zuhielten, weil sie das Gebrüll nicht länger ertrugen. Manchen liefen stumme Tränen der Verzweiflung und der Ohnmacht übers Gesicht. Die Empörung über diese Methoden, die an die Zeit erinnerten, als Australien noch eine Sträflingskolonie gewesen war und von einer korrupten Offiziersclique beherrscht wurde, brachte die Internierten an den Rand eines offenen Aufruhrs.
Zwei Tage nach der grausamen Auspeitschung, am 26. Juni 1915, erschien die dritte Ausgabe der Lagerzeitung »Der Kamerad«, die einige einfallsreiche Insassen mit Hilfe von selbstgefertigten Wachsschablonen in einer Auflage von einigen Dutzend Exemplaren hergestellt hatten.
Captain Hawkes hatte den Männern bei Antritt seines Postens die Erlaubnis zur Herausgabe einer solchen Lagerzeitung erteilt. Doch als er in dieser dritten Ausgabe einen Bericht über die Auspeitschung sowie einen offenen Brief an Major Logan, seinen Vorgesetzten, fand, in dem die

Insassen an Major Logans Offiziersehre appellierten, dieser Brutalität und Tyrannei ein Ende zu bereiten, geriet Hawkes in helle Wut und ließ das Lager auf den Kopf stellen, um auch noch das letzte Exemplar der Zeitung zu konfiszieren.

»Wenn der Schweinehund glaubt, er hätte alle Ausgaben vernichtet, dann irrt er sich!« vertraute Carl Zöller Burkhardt hinterher an. »Wir haben drei Stück vor ihm gerettet, und Dr. Burth hat sogar Fotos von den schrecklichen Wunden gemacht, die man Erik und Richard mit den Peitschen zugefügt hat. Irgendwie werden wir einen Weg finden, sie aus dem Lager zu schmuggeln, und dafür sorgen, daß die Welt erfährt, wie man hier mit uns umspringt.«

Weitere willkürliche Bestrafungen, mit denen Captain Hawkes offenbar Vergeltung für den Artikel in der Lagerzeitung üben wollte, ließen nicht lange auf sich warten. Achtunddreißig Lagerinsassen, die angeblich verbotenerweise Feuerholz gesammelt hatten, wurden zu zwei Wochen Aufenthalt im »Hôtel de Ville« verurteilt. Wie der Zufall es wollte, befand sich auch Burkhardt unter den Männern, die von den Wachen zusammengetrieben und wie Schlachtvieh in den Stacheldrahtverhau getrieben wurden. Einige von ihnen waren nur unzureichend für das kalte, regnerische Winterwetter bekleidet, als man sie mit Bajonettstichen aus ihren Zelten gejagt hatte.

Die Zustände im »Hôtel de Ville« waren stets entsetzlich, doch zu dieser Jahreszeit und ob der Anzahl der Eingeschlossenen übertrafen sie alles, was je einer hatte erdulden müssen. »Das ist der Vorgeschmack auf die Hölle!« meinte jemand schon nach einer halben Woche.

Schutzlos waren die Männer den eisigen Winden und den Regenschauern ausgesetzt, die den Platz schon am ersten

Tag in ein stinkendes Schlammloch verwandelten. Denn achtunddreißig Männer mußten dort, wo sie standen oder kauerten, ihre Notdurft verrichten. Daß sie sich anfangs eine Ecke suchten und mit den Händen eine Grube aushoben, half nicht viel. Der ständige Regen sorgte dafür, daß sich nach wenigen Tagen der Platz in eine einzige Kloake verwandelte. In der Nacht mußte die eine Hälfte stundenlang stehen bleiben, bis die Reihe an ihnen war, sich in den Schlamm zu legen, denn es war einfach nicht genug Platz vorhanden, als daß sich alle gleichzeitig hätten hinlegen können. Nur jeden dritten Tag gab es eine heiße Mahlzeit, so daß bald auch die Zähesten unter ihnen entkräftet ihren Schwur vergaßen, sich unter keinen Umständen in den Morast zu legen.

Burkhardt hielt es eine volle Woche lang durch, sich nur hinzukauern und sich nachts, allen Schmerzen zum Trotz, mit dem Rücken gegen den Stacheldraht zu lehnen. Er schlief dabei schließlich sogar ein, obwohl die Stacheln seine Kleidung schon nach drei Nächten zerfetzt und seinen Rücken in ein blutiges Schrammenmeer verwandelt hatten. Die Erschöpfung besiegte den Schmerz.

Zu Beginn der zweiten Woche überfiel ihn jedoch ein Zittern. Schweißausbrüche wechselten sich mit Schüttelfrost ab, und er spürte, wie brennendes Fieber von seinem Körper Besitz ergriff und ihm die letzten Kräfte raubte. In der zehnten Nacht vermochte er sich nicht einmal mehr in der Hocke zu halten, sondern kippte in den Schlamm. Diesmal war es ihm egal; er blieb einfach liegen.

Auch am nächsten Tag kam Burkhardt nicht wieder auf die Beine. Das Fieber hatte ihn nicht nur völlig geschwächt, sondern verwirrte auch seinen Geist, so daß er in einen Dämmerzustand sank.

Als er am Ende der zweiten Woche aus dem Stacheldraht-

verhau getragen wurde, nahm er es nicht bewußt wahr. Im Zelt kam er jedoch kurzzeitig zu sich und sah über sich in die Gesichter von Carl Zöller und Johann Wenke.
»Du hast es überstanden, Burkhardt! Die zwei Wochen sind vorbei. Aber du darfst jetzt nicht klein beigeben, hast du verstanden? Du mußt gegen dieses verdammte Fieber ankämpfen, das du dir im ›Hôtel de Ville‹ geholt hast!« beschwor ihn Carl Zöller.
Burkhardt lallte etwas vor sich hin.
»Mann, du darfst dich jetzt nicht verabschieden wie Peter Jansen damals! Du willst doch noch erleben, wie sie das Lager hier dichtmachen und das Schwein von Captain Hawkes vor ein Kriegsgericht gestellt wird!« sagte Johann Wenke beschwörend.
»Wir haben es nämlich geschafft, ein Exemplar der Lagerzeitung aus dem Camp zu schmuggeln, und das ist jetzt auf dem Weg zur deutschen Botschaft«, fuhr Carl Zöller fort.
»Sobald die Deutschen erfahren, wie die Australier Kriegsgefangene mißhandeln, werden sie bestimmt mit Vergeltung drohen, wenn das nicht sofort aufhört. Aber das ist noch nicht alles, Kumpel. Wir haben gehört, daß Colonel Sandford, der Kommandant des Vierten Militärdistriktes, der damit auch für Torrens Island zuständig ist, nächste Woche hier zu einer Routineinspektion aufkreuzen wird. Und wir haben einen Plan, wie wir dafür sorgen können, daß auch ihm ein Exemplar unserer Lagerzeitung zugespielt wird und er erfährt, welche Zustände hier herrschen. Diesmal kommt Captain Hawkes nicht ungeschoren davon, darauf kannst du Gift nehmen.«
Burkhardt kämpfte gegen die Bewußtlosigkeit an und bewegte die Lippen.
»Was willst du sagen, Kumpel?« fragte Carl Zöller und beugte sich zu ihm hinab.

»Lena«, flüsterte Burkhardt, während er schon wieder ins Fieberdelirium glitt. »Lena ... Werde es ihr jetzt nicht mehr ... sagen können ... All die Zeit habe ich es gewußt ... und doch nicht wirklich begriffen ... Und jetzt ist es zu spät ...O Lena, verzeih mir ...« Seine Stimme erstarb.

37

Wie Tränen rannen die dicken Regentropfen an den Fensterscheiben herab. Mit einem Gefühl der Verlassenheit blickte Lena hinaus auf den Hof und die kahlen Rebstöcke, deren Konturen sich in den Regenschleiern verloren. Sie erschauerte, als die dürren Pflanzen bei ihr plötzlich die Assoziation von Hunderten von Soldaten hervorriefen, die im Tode erstarrt ihre Hände aus den Schützengräben streckten. Schnell verdrängte Lena dieses schreckliche Bild aus ihrem Bewußtsein, indem sie sich vom Fenster abwandte und ihren Blick auf Anna-Katharina richtete, die neben ihr auf einer Wolldecke saß und mit ihren bunten Bauklötzen spielte.
Lena strich ihr liebevoll über den Kopf. Sie brauchte diese Berührung, um sich selbst zu trösten. Und als Anna-Katharina zu ihr aufblickte, kam ihr wieder einmal in den Sinn, daß sie dieselben ausdrucksstarken Augen wie ihr Vater besaß.
»Warum weinst du, Lena?« fragte sie mit kindlicher Neugier und Besorgnis.
»Weil ich traurig bin.«
»Dann will ich auch traurig sein«, erwiderte Anna-Katharina und machte ein betont ernstes Gesicht.
Lena wischte sich die Tränen aus den Augen und lächelte.
»Nein, du bist mein Sonnenschein, und ich mag dich so fröhlich, wie du bist. Dann geht es mir auch gleich wieder besser«, sagte sie und drückte das zierliche Mädchen an sich, das sie nun seit über vier Jahren wie ihr eigenes Kind aufzog.

Wäre die Kleine ihre leibliche Tochter gewesen, hätte sie Anna-Katharina nicht mehr lieben können, als sie es jetzt schon tat.
»Ganz wirklich?« vergewisserte sich Anna-Katharina.
Lena lachte. »Ja, ganz wirklich«, versicherte sie und fuhr wenig später mit ihrer Hausarbeit fort. Doch das Gefühl der Verlassenheit und der Traurigkeit wurde sie an diesem tristen Augusttag nicht los. Es verband sich mit der tiefen Sorge um Burkhardt, die sie nun schon seit über einem dreiviertel Jahr quälte und ihr mit jedem Tag stärker auf der Seele lastete. Nicht einmal ihre Gebete vermochten sie davon zu befreien.
Lena hatte fest damit gerechnet, schon in der ersten Woche nach seiner Verhaftung, spätestens jedoch innerhalb von vierzehn Tagen von Burkhardt eine Nachricht zu erhalten. Denn wie sie von anderen Frauen wußte, deren Männer abgeholt und in eines dieser Lager gebracht worden waren, durften die Internierten zweimal pro Woche einen Brief aufgeben. Und Burkhardt hatte versprochen, ihnen umgehend Nachricht zu geben, wohin man ihn gebracht hatte.
Aber die Tage vergingen und wurden zu Wochen, ohne daß Post von ihm eintraf. Nach vier Wochen hielt sie das untätige Warten nicht länger aus und fuhr nach Tanunda zur Polizeiwache. Sergeant Malone versuchte sie auf seine unwirsche Art abzuwimmeln, doch Lena gab nicht eher Ruhe, bis man sie endlich zu Captain Jones vorließ. Der versicherte ihr dann, keine Auskunft erteilen zu können, in welches Lager man Burkhardt gebracht hatte, da er nur für den Transport zum Gefängnis in Adelaide zuständig sei. »Ich habe keinen Zugang zu den Unterlagen, in denen vermerkt steht, welchem Camp man ihn zugewiesen hat«, erklärte er.
»Aber mit ein wenig gutem Willen und einem Telefonat könnten Sie es doch bestimmt herausfinden!« insistierte sie.

»Das bezweifle ich sehr, unterliegen diese Unterlagen doch der militärischen Geheimhaltung.«
»Die Liste mit den Namen der deutschstämmigen Weinbauern, Krämer und Arbeiter, die man willkürlich interniert hat, sowie die Angaben über das Lager, in dem sie sich nun aufhalten, sind ein Militärgeheimnis?« fragte Lena ungläubig.
»So ist es«, bestätigte Captain Jones.
»Das ist ja wohl das Lächerlichste, das ich bislang gehört habe! Warum sollen denn diese Listen geheim sein, wenn doch die Internierten selbst schreiben dürfen, in welchem Lager sie sich befinden?« hielt Lena ihm vor. »Gottfried Gödecke hat seiner Frau geschrieben, daß er ...«
»Das tut nichts zur Sache!« schnitt Captain Jones ihr verdrossen das Wort ab. »Und jetzt bitte ich Sie zu gehen. Ich habe Ihnen gesagt, daß ich Ihnen nicht weiterhelfen kann; und dem habe ich nichts mehr hinzuzufügen.« Er erhob sich demonstrativ hinter seinem Schreibtisch und riß die Tür zum Vorzimmer auf, in dem Sergeant Malone herumlungerte.
Lena sah ihn mit zorniger Geringschätzung an. »Und Sie können nachts wirklich noch gut schlafen, Captain?«
»Einen schönen Tag noch, Miss Seewald!« antwortete er ärgerlich und knallte die Tür hinter ihr ins Schloß.
Dabei beließ Lena es natürlich nicht. Sie schrieb an die Militärbehörde in Adelaide und bat um Auskunft, in welches Internierungslager man Burkhardt Helmsdorf aus Marienthal eingewiesen hatte.
Die Antwort, die in der zweiten Februarwoche des neuen Jahres eintraf, bestand aus nur einem arrogant lapidaren Satz: »Da uns ein Ort namens Marienthal im Barossa-Valley nicht bekannt ist, können wir Ihre Anfrage nicht beantworten.«

Lena beherrschte ihre Empörung und ihren Drang, auf diese Unverschämtheit mit einem geharnischten Brief zu antworten, besann sich jedoch eines Besseren und stellte noch einmal höflichst die Bitte, ihr doch mitzuteilen in welches Lager man Burkhardt Helmsdorf aus *Perawillia* im Barossa-Valley gebracht habe.

Die Militärbehörde ließ sich mit ihrer Antwort noch mehr Zeit als bei ihrer ersten Anfrage. Der Februar verstrich und dann auch der März und der halbe April, ohne daß Lena Post aus Adelaide erhielt, obwohl sie dreimal eine Antwort anmahnte. Dafür traf jedoch ein kurzer Brief von Patrick aus Frankreich ein, in dem er ihr mitteilte, daß er seine erste Feuertaufe an der Front überlebt habe. Er schrieb:

Liebe Lena,
ich habe den Krieg einst für eine Zeit der Bewährung und des Heroismus gehalten. Von dieser Illusion bin ich für den Rest meines Lebens – insofern davon überhaupt noch etwas übrig ist, wenn Du diesen Brief in den Händen hältst – gründlich kuriert. Krieg ist nichts weiter als Grauen und eine gegenseitige Schlächterei ohne Ende. Nichts Gutes kann darauf entstehen, höchstens ebendiese Einsichten und daß vieles, was man einmal für wichtig beziehungsweise unwichtig gehalten hat, plötzlich ein völlig neues Gesicht und Gewicht bekommt. Doch dafür ist der Preis zu hoch. Aber was ist jetzt die Alternative? Ein Standgericht wegen Feigheit vor dem Feind und Fahnenflucht? Nein, sorg Dich nicht allzu sehr um mich. Ich schlage mich schon irgendwie durch. Und Du behalte mich lieb in Deinen Gebeten.
Dein Patrick

PS: Ich habe mich all die Jahre gefragt, was ich bloß mit meinem Leben anfangen soll. Hier auf den Schlachtfeldern, umgeben von Bombenkratern und zerfetzten Leichen, habe ich die Antwort gefunden. Wenn, besser gesagt *falls* ich aus dem Krieg zurückkomme, werde ich aufs College zurückkehren und meine Ausbildung beenden. Ich möchte eines Tages Jugendliche unterrichten, denn ich habe hier gemerkt, daß ich gut mit Menschen umgehen kann und es mir Freude macht, Verantwortung für sie zu übernehmen und sie zu führen. Aber ich möchte es nicht mit der Waffe in der Hand und mit einer Offiziersuniform am Leib tun, sondern mit Wissen! Ich möchte Frieden bringen, wo Zwietracht herrscht, Glauben wecken, wo Zweifel um sich greift, und Hoffnungen nähren, wo Traurigkeit uns Menschen lähmt. Dafür, glaube ich, lohnt es sich zu leben und in dieser Hölle nicht zu verzweifeln ...

Sein Brief trug keine Adresse, an die Lena ihre Antwort hätte richten können. Ob Patrick sie nur vergessen oder bewußt weggelassen hatte, konnte sie nicht abschätzen. Ihr Gefühl sagte ihr jedoch, daß er absichtlich darauf verzichtet hatte.
Patricks Brief beunruhigte Lena; sie machte sich aufrichtige Sorgen um ihn. Natürlich vergaß sie ihn nie in ihren morgendlichen und abendlichen Gebeten und Fürbitten, und wann immer sie zur Kirche ging, stellte sie stets auch eine Kerze für ihn auf.
Ja, Lena bewahrte ihn treu in ihrem Herzen, in ihren Gedanken und Gebeten. Dennoch erreichte die Sorge um ihn nicht annähernd das beklemmende Ausmaß, das sie Burkhardt gegenüber empfand. Patrick wünschte sie wohlbehal-

ten aus dem Krieg zurück, doch nach Burkhardt sehnte sie sich mit jeder Faser ihres Körpers. Manchmal schämte sie sich förmlich dafür, daß sie erheblich mehr Angst um Burkhardt hatte, obwohl sie ihn doch vergleichsweise sicher im Internierungslager wußte, während Patrick an vorderster Front in einem Schützengraben lag. Aber gegen ihre Gefühle, die nach Burkhardts Verhaftung wie eine gewaltige Woge in ihr aufgestiegen waren und sie völlig aus der Fassung gebracht hatten, gegen diese überwältigende Macht der Liebe und der Sehnsucht kam sie nicht an. Sie vermochte auch nichts daran zu ändern, daß sie nie von Patrick träumte, sondern immer nur von Burkhardt.

In der zweiten Aprilwoche, an einem extrem schwülen Tag, erlitt James Finnegan im »Merchant's Club«, als er nach einem opulenten Essen mit einigen Geschäftsleuten bei Kognak und Zigarre angelangt war, einen schweren Schlaganfall. Er überlebte ihn, war jedoch fortan halbseitig gelähmt, stark sprachbehindert, an den Rollstuhl gefesselt – und somit auf fremde Hilfe angewiesen. Douglas kehrte auf der Stelle mit seiner Frau Jessica aus Melbourne nach »Finnegan's Park« zurück, stellte zwei überaus attraktive Krankenschwestern ein und übernahm die Leitung des Familienunternehmens. Er machte einen sehr zufriedenen Eindruck, spotteten einige, zumindest als Geschäftsmann. Privat sah es in seinem Leben dagegen weniger positiv aus. Dem Klatsch nach, den einige Bedienstete in Umlauf brachten, stand es um die Ehe von Douglas und Jessica nicht gut. Es gebe ständig häßliche Szenen zwischen den beiden, hieß es. Douglas ließ seine Frau auf seine unbeherrschte Art bei jeder Gelegenheit spüren, wie sehr er sich in seiner Männlichkeit gekränkt fühlte und wie bitter enttäuscht er war, daß sie nach fast fünfjähriger Ehe noch immer nicht schwanger war. Und Jessica, der die provinzielle Welt des Barossa-Tals und die Abgeschiedenheit von »Finnegan's Park« völlig verhaßt war, suchte immer öfter Zuflucht im Alkohol und in spiritistischen Zirkeln.

Lena empfand keine Genugtuung darüber, als ihr das zu Ohren kam. Die Schicksalsschläge der Finnegans gehörten einer Welt an, von der sie zwar gelegentlich hörte, die aber mit der ihren nicht das geringste gemein hatte. Ihre Gefühle für Burkhardt, der noch immer wie verschollen war, der Krieg und die antideutsche Hysterie bestimmten ihren Alltag – sowie ihre Fürsorge für Andreas, Marianne, Franziska und Anna-Katharina; wobei sich das eine natürlich nicht vom anderen trennen ließ.

Anfang Mai, nach über zehn Wochen des Wartens, traf schließlich ein Brief von der Militärbehörde in Adelaide ein. Aufgeregt riß Lena den Umschlag auf, um erst ungläubig und dann mit wachsender Wut zu lesen, daß man ihr die gewünschte Auskunft verweigerte, weil diese angeblich nur Familienangehörigen ersten Grades wie Ehepartnern und Kindern zustand.

»Ich weiß gar nicht, warum du dich so darüber aufregst. Es stimmt doch, was da in dem Brief steht: Du bist weder seine Frau noch sonst irgendwie direkt mit ihm verwandt. Das hat also schon seine Richtigkeit, denn sonst könnte ja jeder kommen und Auskünfte verlangen«, sagte Marianne, deren schnippisches Betragen seit Kriegsbeginn noch zugenommen hatte. Dann fügte sie fast schon gehässig hinzu: »Außerdem: vielleicht will er dir ja gar nicht schreiben, selbst wenn du es dir auch noch so sehr wünschst.«

Franziska sah ihre Schwester ob dieser verletzenden Bemerkung sprachlos an, während Andreas den Kopf schüttelte und ärgerlich erwiderte: »Du bist ja wirklich nicht mehr ganz bei Trost, so einen Schwachsinn von dir zu geben! Am liebsten würde ich dir eine scheuern!«

Marianne reckte das Kinn und funkelte ihren Bruder herausfordernd an. »Versuch es nur, und ich kratze dir die Augen aus!« zischte sie drohend.
Lena spürte, wie ihr das Blut heiß ins Gesicht schoß. »Dir mag es bei deinem schäbigen Egoismus ja völlig egal sein, wie es Burkhardt im Internierungslager ergeht, aber mir und allen anderen im Haus ist es ganz und gar nicht gleichgültig!« wies sie ihre Schwester aufgebracht zurecht und war froh, daß Anna-Katharina diese häßliche Auseinandersetzung nicht mitbekam; sie war kurz zuvor mit einer Schüssel voll Kartoffelschalen und Gemüseresten zum Stall hinübergelaufen, um die Hühner zu füttern. »Wir machen uns Sorgen um ihn, weil er uns viel bedeutet. Ja, er bedeutet mir sogar sehr viel. Ist es das, was du von mir hören willst? Du brauchst gar nicht so überlegen zu grinsen. Im Gegensatz zu dir haben wir hier nicht vergessen, was Burkhardt all die Jahre für uns und ›Maralinga‹ getan hat!«
»Du solltest dich wirklich schämen!« sagte Andreas verständnislos.
»Ja, dafür solltest du dich bei Lena entschuldigen«, meinte Franziska ernst und warf ihr einen bittenden Blick zu.
Marianne wurde hochrot im Gesicht. »Von wegen! Ihr könnt mich alle mal!« zischte sie, wandte sich um und stürzte aus dem Zimmer.
Einen Augenblick herrschte betroffenes Schweigen in der Küche. Dann sagte Andreas zu Lena: »Wenn du möchtest, fahre ich mit dir nach Adelaide zur Militärbehörde. Es ist einfacher, jemanden per Brief abzuwimmeln, als wenn man einander Auge in Auge gegenübersteht. Und du hast sehr wohl ein Recht zu erfahren, wohin sie Burkhardt gebracht haben. Immerhin ziehst du ja seine Tochter groß.«
Lena zwang sich zu einem Lächeln. »Danke für dein liebes Angebot, Andreas, aber es ist wohl klüger, wenn ich allein

dort meine Bitte vortrage, sozusagen als schwache alleinstehende Frau.«

Andreas schmunzelte unwillkürlich. »Na, dafür hält man dich aber nur, wenn man dich nicht kennt! Gib ihnen fünf Minuten, und sie werden wünschen, sich dein persönliches Erscheinen erspart zu haben.«

Ganz so gestaltete es sich allerdings nicht, als Lena an einem empfindlich frischen Morgen Mitte Mai mit der Eisenbahn nach Adelaide fuhr, um persönlich bei der Militärbehörde vorstellig zu werden. Sie ging davon aus, daß man versuchen würde, sie von Pontius zu Pilatus zu schicken, sie hinzuhalten und durch endlose Stunden der Warterei mürbe zu machen und schließlich dazu zu bringen, aufzugeben und nach Hause zu fahren. Deshalb hatte sie wohlweislich eine Reisetasche mit allem Notwendigen mitgenommen und sich auch noch fünf Pfund eingesteckt, um notfalls eine Nacht in der Stadt verbringen zu können.

Ihre Vorahnung bewahrheitete sich. Es wurden sogar zwei Nächte, die sie in einer nicht gerade sauberen, dafür aber preiswerten Pension in North Terrace West direkt beim Güterbahnhof verbrachte, auf dem Tag und Nacht gearbeitet wurde, so daß Lena wenig Schlaf bekam. Aber sie hätte wohl auch kein Auge zugetan, wenn sie sich am anderen Ende der Stadt in einem der eleganten Häuser direkt an den herrlichen Park Lands einquartiert hätte. Die starke Anspannung und der Zwiespalt ihrer Gefühle ließen sie innerlich nicht zur Ruhe kommen. Sie lebte in einem aufreibenden Wechselbad aus der Zuversicht, die Ignoranz und demonstrative Mißachtung der Militärbürokraten doch noch überwinden zu können, und der Angst, womöglich zu scheitern und unverrichteter Dinge nach »Maralinga« zurückkehren zu müssen.

Gottlob war die Geduld des Personals in den Vorzimmern

eher erschöpft als Lenas Ausdauer. Sie hatte gedroht, nicht eher zu gehen, bis sie die geforderte Auskunft erhalten hatte.

»Und wenn ich noch eine Woche oder einen ganzen Monat von morgens bis abends hier warten muß! Mich werden Sie so schnell nicht los!« erklärte sie kühn, obwohl sie wußte, daß ihr Geld so lange nicht ausreichen würde.

Aber ihr Bluff zeigte Wirkung und brachte die Wende in diesem Nervenkrieg. Am Mittag des dritten Tages resignierte Major Chester Manning, der für die Interniertentransporte zuständig war, vor Lenas Entschlossenheit. Barsch rief er sie in sein Zimmer und knallte ihr einen Zettel auf den Tisch, auf dem »Burkhardt Helmsdorf, German Concentration Camp Torrens Island« geschrieben stand.

»Ich hoffe, der Mann ist den Aufstand, den Sie seinetwegen gemacht haben, wenigstens wert!« sagte er mit einer Mischung aus Respekt und Verärgerung.

»Allerdings ist er das!« versicherte Lena mit einem Gefühl der Erlösung. Sie nahm den Zettel schnell an sich und wagte dann noch den Zusatz: »Im Gegensatz zu vielen in dieser Behörde und anderswo, die sich schämen sollten, was sie ihren eigenen Landsleuten antun!«

»Machen Sie, daß Sie hinauskommen!«

»Nichts lieber als das, Major«, erwiderte Lena und rauschte aus dem Zimmer, ohne die Tür hinter sich zu schließen.

Noch am selben Abend schrieb Lena ihren ersten Brief an Burkhardt. Schon in der folgenden Woche kam die Antwort; doch nicht von Burkhardt, sondern von der Lagerkommandantur. Man teilte ihr auf einem miserabel hektographierten Blatt mit, daß der Internierte – und hier stand der handschriftlich eingetragene Name Burkhardt Helmsdorf – wegen Mißachtung der Lagerdisziplin vorerst weder Post erhalten noch versenden dürfe.

Lena schwankte an diesem Tag zwischen Erleichterung und furioser Wut. Immerhin stellte dieses miese Stück Papier indirekt ein Lebenszeichen von Burkhardt dar und bestätigte, daß er sich tatsächlich in diesem Camp auf Torrens Island befand. Doch natürlich verärgerte es sie ungemein, daß man es wagte, sie mit so einem Schreiben abzuspeisen und zudem Burkhardt mit einem Postverbot zu belegen. Sie hegte nämlich nicht den geringsten Zweifel, daß es sich dabei um reine Schikane handelte.

Lena wußte jedoch auch, daß sie mit Wut und Vorwürfen nichts erreichen würde. Deshalb zwang sie sich zu einem nüchtern beherrschten Ton, als sie umgehend an den Kommandanten schrieb und »höflichst« um Aufklärung darüber bat, wann sie denn damit rechnen dürfe, mit Burkhardt Helmsdorf in Briefkontakt treten zu können.

Diesmal erhielt sie eine handschriftliche Antwort, die unter ihren eigenen Brief gekritzelt und mit »Lieutenant Saunders, Zensor« unterzeichnet war. Die rätselhafte und irgendwie bedrohliche Antwort lautete: »Sowie er seinen Aufenthalt im ›Hôtel de Ville‹ hinter sich gebracht hat, was in zwei Wochen der Fall ist, vorausgesetzt, er hat seine Lektion gelernt!«

»Ich will dich ja nicht unnötig beunruhigen, aber für mich klingt dieses ›Hôtel de Ville‹ nach irgendeiner Form von Bestrafung«, bestätigte Andreas ihre Befürchtungen. »Ich kann mir einfach nicht vorstellen, daß es dort so was wie ein Hotel geben sollte, da ist wohl eher das krasse Gegenteil damit gemeint.«

»Ja, das fürchte ich auch«, sagte Lena und kämpfte tapfer gegen die Tränen an.

Das war im Juni gewesen. Sie hatte zwei Wochen gewartet und dann angefangen, Burkhardt jede Woche zweimal zu schreiben in der Hoffnung, daß man ihm früher oder später endlich ein Schreiben von ihr aushändigen würde. Doch es kam noch immer keine Antwort von ihm; dafür erhielt sie jedoch zwei kurze Lebenszeichen von Patrick. Und je öfter sie sich an ihren Sekretär setzte, um Burkhardt von »Maralinga«, seiner Tochter und ihrem Leben zu berichten, desto mutiger wurde sie, ihm schließlich auch zu schreiben, wie sehr sie ihn vermißte und was er ihr bedeutete.

Einst hatte sie geglaubt, Erfüllung und den Sinn ihres Lebens im Kloster zu finden, und mit jugendlicher Begeisterung war sie deshalb in den Konvent der »Sisters of the Sacred Heart« eingetreten. Doch im Laufe der Jahre, in denen sie notgedrungen allein auf sich gestellt gewesen war und Verantwortung für »Maralinga« und ihre Geschwister hatte übernehmen müssen, in dieser schweren Zeit innerer wie äußerer Prüfungen hatte sie erkannt, daß sie bei aller Frömmigkeit ihr Leben nicht hinter Klostermauern verbringen wollte. Es war der Wunschtraum ihrer Mutter gewesen, den sie unbewußt zu ihrem eigenen gemacht hatte. Doch aus diesem Traum war sie erwacht und hatte ihre tiefe Liebe zum Land, zur Arbeit in den Weinbergen sowie den starken Wunsch nach eigenen Kindern in sich entdeckt. Und sie war sich der Liebe bewußt geworden, die in ihr für Burkhardt gewachsen war – unmerklich wie ein winziges Saatkorn, das lange Zeit unbemerkt im Dunkel des Erdreichs sprießt und erst tiefe Wurzeln schlägt, bevor es sich eines Tages zum Licht Bahn bricht.

All dies schrieb Lena ihm, weil sie es nicht länger zurückhalten konnte, voller Furcht und Hoffnung zugleich, wie er ihre gefühlvollen Bekenntnisse wohl aufnehmen würde. Ihre Briefe kamen zwar nicht zurück, aber sie erhielt auch keine Antwort von Burkhardt.

Und dann, an einem tristen grauen Wintertag Ende August, als der beständige Regen nicht nur die Erde zwischen den kahlen Rebstöcken fortspülte, sondern auch Lenas Seele bis auf den Grund der Verzweiflung und Verlassenheit auszuwaschen drohte, war es soweit.

»Lena, Lena!« rief Anna-Katharina plötzlich.

»Was ist, Kind?«

»Der Postbote!«

Lena ließ den Teig fallen und lief mit mehlbestäubten Händen auf die Veranda hinaus. Es war längst nicht mehr Erich Bonkert, der die Post in diesem Bezirk zustellte. Man hatte ihn genauso verhaftet und als *enemy alien* interniert wie Theodor Traugott und all die anderen, die nicht in diesem Land geboren, sondern deutscher Abstammung waren. Es war der maulfaule Matthew Birch, der ihr den Brief, fast geringschätzig und ohne überhaupt vom Rad abzusteigen, zuwarf, sein weites Regencape wieder über die Posttaschen seines Fahrrades zurrte und grußlos davonradelte.

Lena fing den Brief auf, und als ihr Blick auf die Anschrift fiel, erkannte sie sofort Burkhardts Schrift.

Burkhardt hatte ihr geschrieben!

Die Freude, nach über neun Monaten endlich Nachricht von ihm zu erhalten, ließ ihr Herz wie wild schlagen. Sie fühlte sich plötzlich atemlos und bekam weiche Knie. Ohne darauf zu achten, daß sie Planken feucht waren und ihr Kleid näßten, setzte sie sich auf die alte Bank und riß den Umschlag auf. Ihre Hände zitterten, als sie das einfache Blatt Papier herauszog, es auffaltete und zu lesen begann:

Meine geliebte Lena,
heute hat man mir hier im Gefängnislazarett von Adelaide neun Briefe von Dir ausgehändigt. Noch nie in meinem Leben habe ich mich reicher be-

schenkt gefühlt als in dieser Stunde. O nein, ich habe Dir nichts zu verzeihen, wie Du in Deinem letzten Brief befürchtest, schon gar nicht Deine Offenheit. Ganz im Gegenteil, sie hat mich von der schrecklichen Ungewißheit erlöst, die mich seit unserer Trennung quält. Du hast den Mut gezeigt, den ich vermutlich noch lange nicht aufgebracht hätte, obwohl ich doch genauso empfinde wie Du und mich nach Deiner Liebe sehne. Ja, Du hast mich zum glücklichsten Menschen unter dem Kreuz des Südens gemacht. Warum nur muß man immer erst einen Verlust oder eine Trennung erleiden, damit einem bewußt wird, was man all die Zeit so Kostbares besessen hat, ohne es jedoch zu bemerken? Aber manchen gibt das Leben eine zweite Chance, und wenn es stimmt, daß auch ich wegen all dem, was ich auf Torrens Island erlitten habe, von einer weiteren Internierung verschont bleibe, dann werde ich bald zu Euch nach Maralinga, nein, *zu Dir*, meine geliebte Lena, zurückkehren; dann gehören wir zu den wenigen Glücklichen, denen diese seltene Gnade vergönnt ist ...

Weiter kam Lena nicht, denn an dieser Stelle überwältigten sie die Tränen der Dankbarkeit und Erlösung, und Burkhardts Schrift verschwamm ihr vor den Augen. Schluchzend preßte sie den Brief an ihre Brust. Sie kämpfte nicht gegen ihren Gefühlsausbruch an, sondern ließ ihm freien Lauf, weil sie spürte, wie dadurch auch die Qual von ihrer Seele wich, unter der sie neun Monate gelitten hatte, und eine unbeschreibliche Glückseligkeit sich einstellte. Später würde noch viel Zeit bleiben, seinen Brief wieder und wieder zu lesen. Das Wichtigste war, daß er ihre Liebe erwiderte. Und selbst wenn sie noch Jahre auf ihn warten mußte, so wußte sie doch, daß Burkhardt einmal *zu ihr* zurückkehren würde und daß das Leben, egal, was auch passieren mochte, ihre Liebe niemals aufzehren würde!

Nachwort

Die »Zelthölle«, wie das Internierungslager auf Torrens Island von seinen Insassen genannt wurde, existierte vom Oktober 1914 bis zum August 1915. »Hinter seinen Stacheldrahtzäunen wurde eines des schändlichsten Kapitel der australischen Geschichte geschrieben«, formulierte es Jahrzehnte später ein australischer Historiker überaus kritisch.
Am 16. August wurde das Camp Hals über Kopf geschlossen. Die Herausgeber der Lagerzeitung »Der Kamerad« hatten Colonel Sandford bei seiner Routine-Inspektion am 11. August ein Exemplar zugespielt und ihn so über die Zustände auf Torrens Island informiert. Colonel Sandford handelte unverzüglich. Nach einer kurzen Anhörung suspendierte er Captain Hawkes von seinem Posten als Lagerkommandant und leitete eine Untersuchung ein. Als der Bericht am 16. August schließlich vorlag, der die brutale Willkürherrschaft von Captain Hawkes und seiner Wachmannschaft bestätigte, löst er das Lager noch am selben Tag auf. Die circa vierhundert Internierten wurden dem »German Concentration Camp Holdsworthy« im Bundesstaat New South Wales überstellt, das einige Meilen südöstlich von Sydney mitten im öden Buschland lag und gegen Ende des Krieges über sechstausend Häftlinge zählte.
Captain Hawkes mußte sich vor einem Kriegsgericht verantworten und gab während der Verhandlung mit unbelehrbarer Überheblichkeit zu Protokoll, daß er sich nichts vor-

zuwerfen, sondern vielmehr das Recht habe, als »Kommandant eines Internierungslagers von Bajonett und Gewehr nach eigenem Gutdünken Gebrauch zu machen«. Das Kriegsgericht schloß sich seiner Meinung jedoch nicht an, sondern befand ihn für schuldig, seine Befehlsgewalt mißbraucht zu haben, was schließlich seine unehrenhafte Entlassung aus der Armee zur Folge hatte.

Von diesem Prozeß wie auch von den entsetzlichen Zuständen im Camp auf Torrens Island wurde die Öffentlichkeit allerdings mit keinem Wort informiert – wie sie auch nichts über die bedrückenden Bedingungen in den anderen Internierungslagern erfuhr, in denen die Zustände vielleicht nicht ganz so brutal, aber doch menschenverachtend genug waren. Der Militärzensur gelang es, diesen Skandal bis nach dem Krieg geheimzuhalten.

Daß Captain Hawkes vor ein Kriegsgericht gestellt und suspendiert wurde und man das Camp auf Torrens Island umgehend auflöste, hing vermutlich auch mit der Furcht der australischen Regierung zusammen, Australiens Reputation könnte international schweren Schaden nehmen. Fotos der beiden ausgepeitschten Männer und ein Exemplar der Lagerzeitung waren nämlich aus dem Camp geschmuggelt worden und hatten ihren Weg bis nach Deutschland gefunden. Am 22. September 1915 wandte sich das Außenministerium in Berlin mit der Bitte an die amerikanische Botschaft, der britischen Regierung eine formelle Note zu übermitteln, in der direkt auf die brutalen Vorgänge auf Torrens Island Bezug genommen wurde. Berlin verlangte nicht nur eine Erklärung für die Vorgänge, sondern deutete zugleich auch Konsequenzen für die sich in deutscher Kriegsgefangenschaft befindlichen Soldaten des britischen Commonwealth an, sollten sich die Zustände in den australischen Internierungslagern nicht bessern.

Wenn sich auch die Tyrannei eines Lagerkommandanten wie Captain Hawkes nicht wiederholte, so blieb das Leben der Internierten in den anderen Camps dennoch von großen Entbehrungen, Demütigungen, Schikanen und Übergriffen durch die Wachmannschaften geprägt, zudem waren die sanitären Einrichtungen katastrophal, und es fehlte an jeglicher medizinischen Versorgung. So war es beispielsweise in Holdsworthy den zahlreichen internierten Ärzten deutscher Herkunft unter Strafe verboten, Patienten zu behandeln. Nicht einmal in Notfällen, wenn das Überleben eines Kranken von der raschen medizinischen Betreuung abhing, durften sie eingreifen, was so manchen unnötigen Todesfall zur Folge hatte – und viel böses Blut zwischen den Insassen und ihren Bewachern schuf.

Die letzten Internierten, einige von ihnen Australier der zweiten oder gar schon dritten Generation, wurden erst im Mai 1920, also fast anderthalb Jahre nach Kriegsende, entlassen. Nicht einem von ihnen hatte man vor, während oder nach ihrer Verhaftung das Recht eines ordentlichen Gerichtsverfahrens zugestanden, um sich gegen die bloße Verdächtigung verteidigen zu können, ein *enemy alien* oder Sympathisant zu sein und somit eine Gefahr für die nationale Sicherheit darzustellen.

Das System der politischen Unterdrückung und Überwachung vermeintlich illoyaler Bürger, das der Denunziation während des Krieges auf übelste Weise Tor und Tür geöffnet und erschreckende Ausmaße in einem Staat angenommen hatte, der eigentlich eine rechtsstaatliche demokratische Verfassung besaß, dieses System hörte mit Ende der Kampfhandlungen nicht auf zu existieren. Es wurde vielmehr von der neuen Zivilregierung übernommen und – wenn auch auf subtilere Weise – als willkommenes Machtinstrument benutzt. Es sei in diesem Zusammenhang nur erwähnt, daß auch nach dem Krieg weiterhin Siedlungen mit vorwiegend deutschstämmiger Bevölkerung observiert wurden und man sogar ein Netz von Informanten aufbaute, die über vermeintlich illoyale Aktivitäten und Äußerungen Bericht erstatten sollten.

Die für Australien beschämende Wahrheit über die Verhaftungswellen, Denunziationen und Internierungslager wurde von offizieller Seite jahrzehntelang gezielt zurückgehalten. Alle Papiere, Protokolle und Unterlagen, die sich auch nur im entferntesten mit diesen Camps beschäftigten, wurden bei Kriegsende vom Verteidigungsministerium eingezogen, für geheim erklärt und der Öffentlichkeit vorenthalten. Auch heute noch stellen diese Ereignisse für die Mehrheit der Bevölkerung Australiens ein unbekanntes Kapitel der eigenen Geschichte dar.

Eine Rückbesinnung auf die Leistungen deutscher Siedler und Pioniere fand erst lange nach Ende des Zweiten Weltkrieges statt, zusammen mit dem neu erwachten Stolz deutschstämmiger Australier auf ihre Vorfahren und ihr kulturelles Erbe. Erst 1975 wurde beispielsweise in Südaustralien der »Geographical Names Act« von 1969 umgesetzt, der viele der einstigen Umbenennungen aufhob. Seitdem heißen die Zwillingsberge, die das Barossa-Tal dominieren, wieder Kaiserstuhl; aus Karalta ist wieder Gruenberg und aus Karrawirra Hoffnungsthal geworden. Und im Barossa-Tal erfreut sich der Reisende nicht nur am deutschen Kulturerbe, sondern vor allem auch an den vorzüglichen Weinen.

Palm Coast, Florida, im September 1999